U0097424

# 古典詩歌研究彙刊

## 第十五輯

龔鵬程 主編

## 第2冊

### 隱逸詩人的歷史影像
### ——陶淵明經典化研究

邊利豐 著

國家圖書館出版品預行編目資料

隱逸詩人的歷史影像——陶淵明經典化研究／邊利豐 著 — 初
版 — 新北市：花木蘭文化出版社，2014〔民 103〕
序 2+ 目 2+280 面；17×24 公分
（古典詩歌研究彙刊 第十五輯：第 2 冊）
ISBN　978-986-322-588-1（精裝）
1.（南北朝）陶潛 2. 中國詩 3. 詩評
820.91　　　　　　　　　　　　　　　　103001109

ISBN-978-986-322-588-1

9 789863 225881

古典詩歌研究彙刊
第十五輯　第二冊　　　　　　　ISBN：978-986-322-588-1

隱逸詩人的歷史影像——陶淵明經典化研究

作　　　者　邊利豐
主　　　編　龔鵬程
總 編 輯　杜潔祥
副總編輯　楊嘉樂
編　　　輯　許郁翎
出　　　版　花木蘭文化出版社
社　　　長　高小娟
聯絡地址　235 新北市中和區中安街七二號十三樓
　　　　　　電話：02-2923-1455 ／傳真：02-2923-1452
網　　　址　http://www.huamulan.tw 信箱 hml 810518@gmail.com
印　　　刷　普羅文化出版廣告事業
初　　　版　2014 年 3 月
定　　　價　第十五輯 20 冊（精裝）新台幣 30,000 元

# 隱逸詩人的歷史影像
## ——陶淵明經典化研究

邊利豐　著

## 作者簡介

邊利豐，河北省定州人，一九七一年生。新疆大學文學學士、碩士，北京師範大學文學博士，現爲三峽大學文學與傳媒學院副教授。主要研究方向爲中國古代文學理論及六朝文學，目前主持國家社科基金一項──「陶淵明經典化研究」。主要學術論文包括《玄而不玄──論陶淵明詩歌的文體特徵》、《從陶淵明的詠史詩考察其所期待的自我形象》、《蘇軾對陶詩「自然」美的闡釋》、《蕭統──陶淵明經典的「第一讀者」》、《「華髮長折腰，將貽陶公誚」──詩仙李白的另一面》等。

## 提　　要

　　經典化是作家、作品在不同歷史語境的闡釋過程，是作家、作品在特定文化語境的意義再生成過程，它體現了文學發展的基本軌跡和文學觀念的變化歷程。經典化研究需要回答的問題主要有兩個：「誰的經典」與「如何經典化」。

　　六朝是陶淵明經典性的奠基期，鍾嶸《詩品》對陶淵明「古今隱逸詩人之宗」的首次命名和蕭統對陶淵明詩文作品的選錄及闡釋使詩人的歷史地位初次顯豁化，經典性得以初步顯現。唐是陶淵明經典性的形成期。陶淵明開創的田園詩體（「陶彭澤體」）在唐代形成了頗具聲勢的山水田園詩派（「淵明一派」），陶詩表現的田園情趣在唐代山水田園詩歌中得到了發揚光大，這是詩歌情趣的經典化；陶淵明創造的一系列別具特色的審美意象較大規模、較大面積地滲透到唐詩創作中，這些凝聚著陶淵明風采的意象，開始由個人意象演變爲公共意象，由普通自然意象演變爲極富蘊籍的人文意象，這是詩歌意象的經典化。兩宋時期，陶淵明眞正成了「詩人之冠冕」，完全確立了文學史的經典地位。經典化往往意味著使作家或作品具有「神聖化」性質，這種「神聖化」除了對經典的肯定之外，更反映了文學領域（甚至更爲廣大領域）對它的頂禮膜拜。陶淵明經典在兩宋的「神聖化」包括詩文境界的「神化」與人格境界的「聖化」。詩文境界的「神化」指宋人對其自然、平淡經典詩風的系統、深入的闡釋與無以倫比的推崇；人格境界的「聖化」包括兩個大的方面：一是借助於對詩人「恥事二姓」和「安貧樂道」政治、倫理精神的開掘，塑造了陶淵明的經典「聖賢」形象；二是通過對陶詩理性精神的闡釋，以「知道者」命名確立了陶淵明最早的經典「哲人」形象。

# 序

　　邊利豐的博士論文《隱逸詩人的歷史影像——陶淵明經典化研究》即將出版，囑我作序。我作爲他的指導教師無可推脫，不得不重新閱讀他的論文。

　　一篇博士論文寫作是否能獲得成功，首先就在於作者所選取的題目。題目過大，或泛泛而論、或面面俱到，很難做到有視角、有見解；題目過窄，則轉來轉去，不易展開，以致左支右絀，很難突破藩籬提出新的見解。邊利豐的題目主要寫陶淵明的經典化過程，問題集中，但過程長、涉及的場域大，既可以突出主旨，又可當做陶淵明學案來清理。這樣做，就可以寫中國詩歌的一段發展過程，寫詩與社會影像的關係，追尋陶詩的流傳歷程和各種評價，討論文學經典化的諸多條件，從個性情景中獲得一般的規律。

　　其次是研究方法問題。陶淵明的經典化關鍵點在於其作品在不同歷史語境的闡釋過程，即其作品在特定文化語境的意義再生成過程。邊利豐認爲：「解釋學爲此提供了可能的方法論基礎：注重對特殊文學現象的把握，重視文學現象與社會變遷之間的互動關係。從解釋學的角度看，經典化既非僅僅保存舊有的東西，更非一成不變，而是一個作品意義不斷積澱、演化、變異的過程，表現爲一種效果歷史——

在歷史流動過程之中不斷肯定新東西，不斷接受新事物，不斷產生新意義。」他的論文特別注意「命名」的變化，進而以「釋名」爲自己的寫作尋找到了一個有價值的視角。

陶淵明是中國東晉時期一位具有特色的偉大詩人，但在當時他的詩名很低。直到《詩品》，鍾嶸獨具慧眼撥開迷霧，他將陶淵明被列入「中品」，認爲陶詩「文體省淨，殆無長語」，並稱其爲「古今隱逸詩人之宗」。而與此同時的劉勰《文心雕龍》是中國古代的文章學巨著，書中所引的從古到今的詩人或詩句不可謂不多，卻沒有提到陶淵明一個字。由此看來，一個詩人的作品要受到別人的認同、賞識，並獲得一個名實相副的客觀評價不是容易的。陶淵明到今天成爲中國文學史的大家，其間有一個漫長的經典化過程。歷史的累積、考驗和沉澱，無數知音的唱和，才能使一位思想情感豐富的、有突出特色的詩人，終於站立在中國文學經典歷史的平臺上。

邊利豐的論文把陶淵明的經典化的歷程分爲三個時期：

**六朝是陶淵明經典性的奠基期。**陶淵明生活於晉宋時期，那是一個門閥勢力強力控制社會的時期，士與庶的分野十分嚴格。陶淵明雖說出仕過若干年，但只能獲得參軍之類的職位。其後，他不爲五斗米折腰，辭官回家務農，隱居鄉里，過自食其力的清貧生活，已淪落爲一般的民眾。六朝時期門閥勢力形成了一些高門大族，他們過著奢靡的生活。反映到文學上，「雅麗」、「富豔」的詩文創作蔚然成風，所謂「儷採百字之偶，爭價一句之奇」，加之「駢體」開始流行，「雕琢」字句成爲詩歌中普遍的現象。陶淵明生活在偏僻的鄉村，所謂「曖曖遠人煙，依依墟里煙」，景象自然簡淡，其詩也只能用單純素樸的筆調去寫，沒有那種描寫名山秀水的富豔雕琢的氣象。「採菊東籬下，悠然見南山」這些樸素的句子，如何能夠進入當時文壇的主流呢？沈約是當時文壇領袖，他寫的《宋書》在謝靈運傳後作長論，歷數一代文人創作，但並沒有提到陶淵明一個字。不過，正如魯迅先生所說的陶淵明筆下也還有「精衛銜微木，

將以塡滄海,刑天舞干戚,猛志故長在」的「金剛怒目」式的詩篇,爲何沈約們就看不見呢?說到底,還是因爲陶淵明歸隱後,已經寒微不堪了。那些高門大族怎能看得起他的詩呢?

幸虧陶淵明的命好,首先是如前面所說的,他和他的詩遇到了鍾嶸,鍾嶸將他列爲「中品」,更重要的是給他以「古今隱逸詩人之宗」的評價;其次是昭明太子蕭統編《文選》,他的部分詩篇得以編入其中,蕭統又爲他寫《陶淵明傳》,這才獲得一個較高的地位。這兩個人就爲陶淵明的經典化「奠基」了。邊利豐的論文從上述各個方面去論述,有根據,有分析,有深度。以我之見,若能把陶淵明的身份和生活的寒微放置到六朝的門閥制度和具體歷史語境中去論述或許還可以使他的論文更深刻一些。

**唐是陶淵明經典性的形成期。**邊利豐對這一時期的論述也是很豐富的。在這一時期,「陶淵明體」發展爲山水田園詩派,陶淵明詩中的一些意象,如「桃花源」、「陶令菊」、「陶家柳」等,經過唐人的「運用」,已經成爲中國詩歌傳統的經典意象。邊利豐還指出,唐人視陶淵明爲「隱士——飮士——詩人」。邊利豐對以上幾點的論述,以事實爲根據,展現了唐代對陶淵明的闡釋眞實狀況,所論紮實有力。這就是陶淵明經典性的「形成期」了。但唐代詩人和批評家出於歷史的成見,還沒有給予陶淵明以充分的評價,還沒有把他當成六朝時期最偉大的詩人。就是在詩聖杜甫那裡,雖然有過「寬心應是酒,遣興莫過詩,此意陶潛解,吾生後汝期」(《可惜》)這樣的詩,但他也並沒有看出陶潛詩思的高妙之處。杜甫對於六朝「清詞麗句」的評價,恐怕更多還是屬於「二謝」。

**宋朝是陶淵明經典地位的確立期。**邊利豐對於這個時期問題的研究和探討,用力更勤。特別對於宋人評陶淵明「恥事二姓」的政治氣節,評陶淵明「安貧樂道」的「孔顏樂處」,評陶詩表現出的理性精神,評陶淵明的「哲人」形象,評陶詩「自然」、「平淡」的格調等,都格外關注,且論述特別全面、深入。顯然,詩人陶淵明

的經典化得以確立，跟宋代社會文化的變遷有密切關係。這其中又與當時文壇領袖蘇軾對陶淵明那種共鳴式的評價有著更密切的關係。蘇軾被貶住在海南羅浮山下，寫信給蘇轍說：「古之詩人，有擬古之作矣，未有追和古人者也。追和古人，則始於吾。吾於詩人，無所甚好，獨好淵明之詩。淵明作詩不多，然其詩質而實綺，臞而實腴，自曹、劉、鮑、謝、李、杜諸人，皆莫及也。吾前後和其詩，凡一百有九篇，至其得意，自謂不甚愧淵明。」在中國文學史上，把陶淵明擡到李、杜之上者，開始於蘇軾。蘇軾一言九鼎，陶淵明和他的詩至此經典化了。淵明地下有知，真地要對蘇軾感激涕零了。邊利豐對宋代評論陶淵明的文獻資料搜集得豐富全面，論述涉及了問題的多個方面，這樣就把宋人眼中一個活生生的、豐富的、全面的陶淵明展現到了讀者面前。

　　邊利豐的論文選題好，問題提得好，方法用得好，事實擺得好，論述論得好，文字也很好，是一篇「六好」論文。但還要繼續努力啊！

　　是為序。

童慶炳

2013 年 9 月 4 日

# 目

# 次

# 緒　論

　　陶淵明是中國文學史上最偉大的經典作家之一，其經典性（人格境界與文學價值）的確立經歷了一個不斷被認識、發掘、發現甚至發明的歷史過程，其中不僅包括後世對其精神人格的歷史認同與塑造，還有歷代評論家對其作品的漸次闡釋。本書進行的陶淵明經典化研究即是探討陶淵明如何從六朝時期的一名隱士最終成爲一位著名詩人，一位重要文化人物——甚至是中國文化別具意義的某種象徵的。

　　陶淵明的經典化與陶淵明的接受是一個問題的兩個方面：接受所強調的是前世對後人產生的作用力與效果；而經典化正好相反，它所研究的是後世的接受與闡釋活動對前世的作家、作品產生的作用力與效果，即後世是如何一步一步地將前世的作家與作品塑造成爲經典的。因此，經典化研究應當是另一種過程研究，陶淵明的經典化就是研究其經典價值的顯現過程，他的經典性是「怎樣」顯現的，通過「什麼」顯現的，最終顯現爲「什麼」。陶淵明的經典化首先在於其作品在不同歷史語境的闡釋過程，即其作品在特定文化語境的意義再生成過程。解釋學爲此提供了可能的方法論基礎：注重對特殊文學現象的把握，重視文學現象與社會變遷之間的互動關係。從解釋學的角度看，經典化既非僅僅保存舊有的東西，更非一

成不變，而是一個作品意義不斷積澱、演化、變異的過程，表現爲一種效果歷史——在歷史流動過程之中不斷肯定新東西，不斷接受新事物，不斷產生新意義。

文學歷史作爲文學經典化的歷史，是文學現象（作家、作品、文學觀念、文學範疇）不斷獲得命名（包括除名與更名）的歷史。

命名也是一種闡釋，它是批評家（當然亦不止於批評家）對文學或作家「說話」的一種方式，就像運用語言是我們對世界說話的方式一樣。這是本書研究的基本視角。按照伽達默爾的詮釋學思想，所有的理解最終都是自我理解……在任何情況下都是：誰理解，誰就理解他自己，誰就知道按照他自身的可能性去籌劃自身。後人以較爲實用主義的方式，從自己的思想觀念和生存際遇出發理解陶淵明和他所思考的問題，一再以自己的方式「重塑」陶淵明，籍以表達自己對這些問題的思考和認識。其中一個重要的方式就是從各自的歷史處境出發，以自己的方式對陶淵明進行命名。這是陶淵明經典性得以顯現的一種重要方式。

命名是指通過給事物提供一個特定的符號，從而賦予事物一個名稱，藉此我們可以實現對事物的認識和理解。因而命名是對象的符號化過程，是一種符號化行爲。符號化的命名行爲是人之爲人的重要特徵之一。卡西爾認爲人是符號的動物，「符號化的思維和符號化的行爲是人類生活中最富於代表性的特徵，並且人類文化的全部發展都依賴於這些條件，這一點是無可爭辯的」〔註1〕從單純的實踐態度到符號化態度的轉化是人的一個重要的存在標誌。他言稱：「凡物都有一個名稱——符號的功能並不局限於特殊的狀況，而是一個普遍適用的原理，這個原理包涵了人類思想的全部領域」〔註2〕大多數情況下我們正是借助命名化的語詞實現了對事物的認識，命

---

〔註1〕〔德〕卡西爾：《人論》，第35頁，甘陽譯，上海譯文出版社，1985年。

〔註2〕〔德〕卡西爾：《人論》，第44～45頁。

名就像光一樣，而經典的色彩正是在闡釋與命名的光束裏才能顯現出來。

　　命名是我們認識事物、把握事物的一種重要方式，獲得命名符號也是事物存在的重要方式。給一個事物如何命名，往往由我們對它的反應所決定，命名體現著我們的基本價值準則，接受一個命名符號，也意味著我們認可附著在這一命名符號上的價值原則。命名本身不僅體現了價值判斷和情感傾向，甚至有時還體現出某種強烈的權力意志。「語言憑其給存在物的初次命名，把存在物導向語詞和顯現。這一命名，才指明了存在物源於其存在並到達其存在」〔註3〕布爾迪厄也指出：「命名一個事物，也就意味著賦予了這事物存在的權力」；他還認為，「社會世界是爭奪詞語的鬥爭的所在地，詞語的嚴肅性（有時是詞語的暴力）應歸功於這個事實，即詞語在很大程度上製造了事物。還應歸功於另一個事實，即改變詞語，……早已是改變事物的一個方法」。〔註4〕

　　在中國，「名」與「命名」是一個關係重大的問題。許慎《說文解字》對「名」的解釋是：「名，自命也，從口從夕。夕者，冥也。冥不相見，故從口自名」。「名」的本義是人們黑暗之中相互認識與辨別的方法與途徑，這對我們理解中國人對於名的執著大有幫助。

　　在老子的觀念當中，「道」是存在的最高本體，它本是無法命名的，故有「道可道，非常道；名可名，非常名」（《老子》1章）和「道無常名」（《老子》32章）的說法。但為了實現對於它的基本認識，老子也只得將其勉強命名為「道」。也就是說，即便是作為世界最高本體的「道」也因命名而獲得存在；「無，名天地之始；有，名萬物之母」。（《老子》1章）「道」的存在狀態也是通過命名進入我們認識視野的。從本質來講，作為最高存在本體的「道」是不可能

〔註3〕　〔德〕海德格爾：《詩・語言・思》，第69頁，彭富春譯，文化藝術出版社，1991年。
〔註4〕　〔法〕布爾迪厄：《文化資本與社會煉金術》，第136～138頁，包亞明譯，上海人民出版社，1997年。

給予定形和命名的，但老子也只能無奈地以命名的方式將其呈現出來，以顯現它的存在和不同，可見命名行為對事物的存在有多麼巨大的作用。

「正名」是中國文化傳統的一項重要內容，《論語‧子路》載子曰：「名不正，則言不順；言不順，則事不成」。而「釋名」與「考察名號」也是中國古代經典解釋的一個重要途徑。

後人對《春秋》微言大義的解讀很多也是從釋名入手的：

> 書曰：「鄭伯克段於鄢」。段不弟，故不言「弟」；如二
> 君，故曰「克」；稱「鄭伯」，譏失教也。(《左傳‧隱公元年》)

再如《左傳》(文公九年) 載「春，毛伯來求金。」《公羊傳》解釋：「毛伯者何？天子之大夫也。何以不稱使？當喪未君也」。周襄王已於魯文公八年駕崩，沒有國君，故不稱毛伯為使；《春秋》(莊公三十二年) 載「秋七月癸巳，公子牙卒。」《公羊傳》解釋：「何以不稱弟，殺也」。因為公子季友鴆殺其兄公子牙，故不稱弟。

董仲舒對《春秋》的解釋也採用了一種「深察名號」的方法。其《深察名號》篇稱「辨大之端，在深察名號」，強調正確解釋名號，是解釋經典的首要任務。而其關鍵在於「深察」二字，也就是發掘「名號」指稱物以外的涵義，從自己的視界出發，發現、選擇、整合、建構涵義中的意義要素，從而闡發「名號」中隱含的禮義本原和聖人的微言大義。在董仲舒看來，《春秋》如何稱人的名號富有深意，不僅有等級之劃分，更為重要的是其中包含著褒貶之意，《春秋》慎重地選用「名號」，完全是一種價值判斷，其用意在於借助「名號」對個人行為進行評價，達到彰顯王道之意。如「諸侯來朝者得褒，邾婁儀父稱字，藤、薛稱侯，荊得人，介葛盧得名。同出言如，諸侯來朝曰朝，大夫來曰聘。王道之意也」。邾婁儀父能在魯隱公即位之時首先予以承認，並前來結盟締約，對他稱字，富含褒義；葛盧是夷狄之君，對其稱名，是稱讚他向往禮義前來朝見。

　　名與命名為何會對事物的存在具有這麼大的作用呢？關鍵在於名生於實。在「名」與「實」關係當中，「實」居於第一位，「名」因「實」而立，事物的名稱是根據事物的性質被賦予──當然最初一般事物的命名也有約定俗成的因素在內──所指決定了能指。徐幹《中論‧考僞》：「名者，所以名實也。實立而名從之，非名立而實從之也。故長形立而名之曰長，短形立而名之曰短，非長短之名先立而長短之形從之也」。關於名與實的關係，《尹文子》認爲，「有形者必有名，有名者必有形。形而不名，未必失其方圓黑白之實；名而無形，不可不尋名以檢其差。……形以定名，名以定事，事以檢名，察其所以然，則形名之與事物，無所隱其理矣」。因而認識「名」是進一步探究「實」的一個重要步驟與方法。王弼《老子指略》：「夫不能辨名，則不可與言理；不能定名，則不可與論實也。凡名生於形，未有形生於名者也。故有此名必有此形，有此形必有此分。仁不得謂之聖，智不得謂之仁，則各得其實矣。夫察見至微者，明之極也；探射隱伏者，慮之故也。能盡極明，匪唯聖乎？能盡極慮，匪唯智乎？校實實名，以觀絕聖，可無惑矣」。釋名的本質也就穿透「名」所籠罩的迷霧進而去觸摸其「實」。

　　這樣的思路對於我們考察陶淵明的經典化之路富有借鑒意義。在文學現象不斷歷史化的過程中，獲得命名是使之得以存在和延續的必要條件，命名給了作家、作品得以存在和延續的理由。

　　陶淵明的經典化歷史過程實質是其經典性的呈現史，這與文學史對他的命名密切相關，如他的自命名爲「幽居士」和「五柳先生」。六朝，顏延之作《陶徵士誄並序》將其命名爲「靖節徵士」，鮑照的《學陶彭澤體》將其詩體命名爲「陶彭澤體」，鍾嶸《詩品》稱陶淵明爲「古今隱逸詩人之宗」；唐代，他則是作爲田園詩人之宗和「嗜酒陶彭澤」存在的；宋是其經典性完全顯現的時期：人們對他的命名包括「千古士」、「知道者」、「清淡之宗」等。文學史對陶淵明的

每一次新命名都意味著在特定歷史語境下新問題、新視角的出現，而這種命名背後則融入了批評主體對陶淵明經典的選擇、參與和創造活動。那麼對陶淵明經典化的研究完全可以從「名」（釋名）這個視角入手去探究其經典性的歷史呈現過程。

# 第一章　華麗時代的隱逸詩人

　　中國文學史上歷來有幾大詩人之說，其中不外乎屈原、陶淵明、李白、杜甫、蘇東坡等人。陶淵明作爲詩人的命運與其它幾人大有不同，屈原、李白、杜甫、蘇東坡都較爲迅速地得到所屬時代文學階層的承認並在漫長的時空隧道里一直被「經典」的光輝包裹，順利輸送給其後每一個朝代的人。而陶淵明的文學創作在其有生之年和去世後的眾多年中並沒有受到充分的重視，沒能獲得「應有」的文學地位，其經典性在他去世幾百年後才得以追認。在一個較長的歷史時期內，陶淵明主要是以隱士而非詩人形象出現在中國歷史文化當中的。王瑤認爲陶淵明之所以在六朝不受重視有兩個重要原因：一是因爲他「人微地輕」，「在那個重視門閥地位的社會裏，詩文只是市朝顯達的專有品，像他這樣一個日漸淪落的小有產者，是不會被人重視的」；同時還因爲那個時代，「文化是掌握在高門大族的手裏，他們的生活和對於詩的要求都和陶詩的單純自然的風格不合拍，因此像謝靈運的富麗難蹤的詩體，當時可以蔚爲風氣；『儷採百字之偶，爭價一句之奇』的雕琢，也可以爲當世所競；而陶詩則被認爲是不登大雅之堂的」。〔註1〕

　　「任何一個人在文學上的價值都不是由他自己決定的，而只是

〔註 1〕　王瑤編注：《陶淵明集·前言》，人民文學出版社，1956 年。

同整體的比較當中決定的」。〔註2〕陶淵明在六朝的寂寞只有從當時文學創作的整體狀況出發才能得到富有說服力的解釋，而從當時的文學觀念和文學活動本身去尋找原因可能會有助於這個問題的解決。對於陶淵明的生前身後的長期不得志，明人許學夷鳴不平曰：「晉宋間詩以俳偶雕刻爲工，靖節則眞率自然，傾倒所有，當時人初不知尙也。顏延之作《靖節誄並序》云：『學非稱師，文取指達。』延之意或少之，不知正是靖節妙境」。〔註3〕許學夷認爲陶淵明「眞率自然」的詩歌風格與晉宋時期「以俳偶雕刻爲工」的文學主潮不相符合，所以在後人看來極富妙境的陶淵明詩歌才不受時人重視。考察文學史，可以印證許學夷的觀點的確正中要害。

魯迅先生曾將漢末魏初的文風總括爲「清峻，通脫，華麗，壯大」，再進行歸納則爲「大概不外是『慷慨』、『華麗』罷」；並稱「這個時代的文學的確有點異彩」。〔註4〕李澤厚受魯迅先生啓發也認爲「文的自覺（形式）和人的主題（內容）同是魏晉的產物」，同時主張「藥、酒、姿容、神韻，還必須加上『華麗好看』的文采詞章，才構成魏晉風度」。〔註5〕今天看來「異彩」正是這個時期文學藝術對形式的極度追求，正是在這個意義上，魯迅稱這個時代爲「『文學的自覺的時代』或如近代所說是爲藝術而藝術（Art For Art's Sake）的一派」。〔註6〕這種「自覺」主要表現爲當時的文學觀念由偏於經世致用轉向藝術審美，體現在兩個最爲主要的方面：一是重「情」，即對主體情感體驗和抒發的空前重視；一是「爲藝術而藝

---

〔註2〕 恩格斯：《評亞歷山大‧榮克的「德國現代文學講義」》，《馬克思恩格斯全集》，第一卷，第523～524頁，人民出版社，1956年。

〔註3〕 許學夷：《詩源辯體》卷六，第101頁，人民文學出版社，1987年。

〔註4〕 魯迅：《而已集‧魏晉風度及文章與藥及酒之關係》，《魯迅全集》，第3卷，第524～527頁，人民文學出版社，2005年。

〔註5〕 李澤厚：《美的歷程》，《美學三書》，第100頁、103頁，安徽文藝出版社，1999年。

〔註6〕 魯迅：《而已集‧魏晉風度及文章與藥及酒之關係》，《魯迅全集》，第3卷，第526頁。

術」，即當時的文學風氣尚「麗」重「採」。

文學主情突出了創作主體的獨特個性和風格。文學風氣尚「麗」、重「采」，是對文學本體的一種回歸，這一點可以從漢字「文」的本義考察做起。據《周易・繫辭下》：「道有變動，故曰爻；爻有等，故曰物；物相雜，故曰文」；《周禮・冬官考工記》云：「赤與青謂之文，赤與白謂之章，白與黑謂之黼，青與黑謂之黻，五彩備謂之繡」。可見「文」之本義是色彩交錯與文飾。這種意義在後世的文字學著作中得到了強調，《廣雅・釋詁》：「文，飾也」；《爾雅・釋言》講得更爲具體：「文者，會集眾彩以成錦繡，會集眾義以成辭義，如文繡然也」；《說文解字》：「文，錯畫也，象交文」。可見人們最初對「文」的理解與作爲表現形式的錦繡、藻飾密切相關。故後人總結「文」意說：「蓋『文』訓爲『飾』，乃英華發外，秩然有章之謂也。故道之發現於外者爲文，事之條理秩然者爲文，而言詞之有緣飾者，亦莫不稱之爲文」。〔註7〕文的核心內涵乃「飾」，是形之於外，富有條理的妝飾之物，這就表明文的基本性質和潛在的審美意味都包含著作爲語言形式的「麗」之內涵。

先秦諸子各家大多重「質」輕「文」。「時運交移，質文代變」。六朝恰是中國文學由先秦之「質」經由兩漢達到「文」之極致的時期。「六朝的文學可說是一切文體都受了辭賦的影響，都『駢儷化』了。議論文也成了辭賦體，紀敘文（除了少數史家）也用了駢儷文，抒情詩也用駢偶，紀事與發議論也用駢偶，甚至描寫風景也用駢偶。故這個時代可謂一切韻文與散文的駢偶化的時代」。〔註8〕

六朝主流的文學創作顯現出「麗」的特徵，具體表現爲繪形體物之美、聲韻和諧之美、辭藻修飾之美、鋪排對偶之美──反映了一種專求形似的藝術追求。文學批評也自覺地以「麗」作爲標準，

---

〔註7〕劉師培：《中國中古文學史》，第 118 頁，人民文學出版社，1959 年。
〔註8〕胡適：《白話文學史》，《胡適學術文集・中國文學史》（上），第 209 頁，中華書局，1998 年。

評論文章風格時，帶有「麗」字的詞語出現得其為頻繁。如「豔麗」、「藻麗」、「瑰麗」、「超麗」、「典麗」、「雅麗」、「贍麗」、「鴻麗」、「壯麗」、「遒麗」、「清麗」、「新麗」、「哀麗」、「巧麗」、「宏麗」、「靡麗」、「文麗」、「詭麗」、「辯麗」、「淫麗」（「麗淫」）、「麗則」、「麗縟」、「絕麗」、等。以「麗」描述文，便將文的核心凝聚於作為藝術形式美的文字與文采意義之上。

《文心雕龍》總體立論「務持折衷」，強調「文質相稱」，但整個理論體系所表明的根本觀念卻是「古來文章，以雕縟成體」，即使「聖賢書辭，總稱文章，非采而何。」在這樣的思想指導之下，劉勰的整個文學理論體系對當時文學「麗」的特徵給予了足夠的重視。在《文心雕龍》中，「麗」共出現 61 次，其中 56 次都是以「麗」為內核的批評話語。

《宗經》：「體有六義」之「文麗而不淫」的體制規定，主張文學創作言辭華麗但不能浮靡過度；《徵聖》：「聖文之雅麗，固銜華而佩實者也」。認為聖人之文風格雅麗，具有華實兼備的特點。聖人之文多風格平實，劉勰以麗評價用心良苦；《明詩》：「五言流調，則清麗居其宗」，闡明五言詩的格調是清新豔麗；《樂府》：「魏之三祖，氣爽才麗」，對三曹的評價是意氣豪爽，才華富麗；《詮賦》：「立賦之大體」包括「麗詞雅義，符采相勝」——賦的根本在於詞義明雅，文詞巧麗；《史傳》：「贊序弘麗，儒雅彬彬，信有遺味」，是對班固《漢書》贊、序宏大富麗，內容雅正，文質彬彬，富有餘味的稱許；《諸子》：「泛采而文麗」贊《淮南子》舉事豐富、文辭華麗是博採眾家之長的結果；《章表》：「雅義以扇其風，清文以馳其麗」申明表的體制是以雅正的內容加強它的風力，用清新的文辭來顯示它的文采；《體性》：「高論宏裁，卓爍異采」為特徵的「壯麗」為一體；《定勢》：「賦頌歌詩，則羽儀乎清麗」，是提倡賦頌歌詩的創作應以清麗為規範；《情采》：「辯麗本於情性」立論，以「淫麗而煩濫」批評「為文造情」者的文辭浮華，內容雜亂虛誇；《麗辭》：

「麗句與深采並流」，主張為文之道應當麗句與文采共重，反對單純的「碌碌麗辭」；《物色》：「詩人麗則而約言，辭人麗淫而繁句」對舉，提倡詩人的麗而有度，摒棄辭人的浮靡之麗；《才略》：李斯的《諫逐客書》「麗而動」，言辭華麗具有打動人心的藝術效果。以「詭麗」稱楊雄的作品，指出其特色是奇詭豔麗。以「詩麗而表逸」讚美曹植詩歌清麗，表章傑出，是其「思捷而才俊」的表現。

通觀《文心雕龍》全書，反映「麗」這一特色的並非只有以詩、賦為主的文學體裁，一些實用的公牘文體也非常明顯地呈現出這種狀況。

文學批評與文學理論是對文學創作實踐的概括與總結，從中可見當時的文學潮流的確呈現出以「麗」為文的態勢，「麗」的文學風格居於主導地位，文學作品的基本色調是形式之華麗。即使如劉勰論文從「務持折衷」的立場出發，對「麗」的文學風尚也持基本肯定態度。《文心雕龍》較為詳盡地描述了當時的文壇風貌〔註9〕：

《明詩》：

> 晉世群才，稍入輕綺。張潘左陸，比肩詩衢，采縟於正始，力柔於建安：或枡文以為妙，或流靡以自妍：此其大略也。江左篇製，溺乎玄風，嗤笑徇務之志，崇盛忘機之談。袁孫已下，雖各有雕采，然辭趣一揆，莫與爭雄；所以景純仙篇，挺拔而為俊矣。宋初文詠，體有因革，莊老告退，而山水方滋；儷采百字之偶，爭價一句之奇，情必極貌以寫物，辭必窮力以追新，此近世之所競也。

《物色》：

> 自近代以來，文貴形似，窺情風景之上，鑽貌草木之中。吟詠所發，志惟深遠，體物為妙，功在密附。故巧言切狀，如印之印泥，不加雕削，而曲寫毫芥。故能瞻言而見貌，即字而知時也。

---

〔註9〕 其它著作亦有記載，如鍾嶸《詩品序》，沈約《宋書‧謝靈運傳論》等。

《定勢》：

> 自近代辭人，率好詭巧，原其為體，訛勢所變，厭黷
> 舊式，故穿鑿取新，察其訛意，似難而實無他術也，反正
> 而已。故文反正為乏，辭反正為奇。效奇之法，必顛倒文
> 句，上字而抑下，中辭而出外，回互不常，則新色耳。

《時序》：

> 然晉雖不文，人才實盛：茂先搖筆而散珠，太冲動墨
> 而橫錦，岳湛曜聯璧之華，機雲標二俊之采。應傅三張之
> 徒，孫摯成公之屬，並結藻清英，流韻綺靡。

《序志》：

> 詳觀近代之論文者多矣：……魏典密而不周，陳書辯
> 而無當，應論華而疏略，陸賦巧而碎亂，《流別》精而少功，
> 《翰林》淺而寡要。又君山公幹之徒，吉甫士龍之筆，泛
> 議文意，往往間出，並未能振葉以尋根，觀瀾而索源。不
> 述先哲之誥，無益後生之慮。

唐魏徵在《隋書・經籍志四・集部・總論》中對唐代之前的文學
發展狀況進行了全景式的掃描，其中對於晉之後的文學情況是這樣敘
述的：

> 爰逮晉氏，見稱潘、陸，並縟藻相輝，宮商間起。清
> 辭潤乎金石，精義薄乎雲天。永嘉已後，玄風既扇，辭多
> 平淡，文寡風力。降及江東，不勝其弊。宋、齊之世，下
> 逮梁初，靈運高致之奇，延之錯綜之美，謝玄暉之麗藻，
> 沈休文之富溢，輝煥斌蔚，辭義可觀。梁簡文帝之在東宮，
> 亦好篇什，清辭巧製，止乎衽席之間；雕琢蔓藻，思極閨
> 闈之內。後生好事，遞相仿習，朝野紛紛，號為宮體，流
> 宕不已，訖于喪亡。陳氏因之，未能全變。其中原則，兵
> 亂積年，文章道盡。

六朝可能是中國歷史上最為重視外在之美（不僅在藝術領域）
的一個時期。「一部文學作品在其出現的歷史時刻，對它的第一讀
者的期待視野是滿足、超越、失望或反駁，這種方法明顯提供了一

個決定其審美價值的尺度」。〔註 10〕讀者的期待視野是由過去和當時文學創作主流提供的。期待視野「作爲一個社會構成，它不僅包括文學的標準與價值；還包括文學欲望、要求和靈感；因此，文學作品是『在其它藝術形式和日常生活經驗的背景之下』被人們接受和評價的」。〔註 11〕陶淵明的創作大致處在玄言詩的後期，其詩攜玄言餘風，有較爲明顯的玄味，其後以元嘉、永明、宮體詩風爲代表的文學潮流此起彼伏。這樣，陶淵明便「孤獨」存在於一個與其文學風貌大不相同的文化環境之中，被與自己文學趣味相悖的審美價值尺度所評判，以質樸、自然、平淡的邊緣化風格爲主的陶淵明詩歌被視爲「文取指達」〔註 12〕、「辭采未優」〔註 13〕，「質直」的「田家語」〔註 14〕而不爲世人所重也便不難理解了。

　　與其文學創作的不受重視相比，陶淵明作爲隱士的高風亮節則頗受世人景仰。在這個時期，陶淵明主要是作爲隱逸者的經典形象出現在各種典籍中的，如顏延之的《陶徵士誄並序》與沈約的《宋書·隱逸傳》都是將陶淵明以單純隱士視之。

　　概而言之，在六朝人的主流觀念中，陶淵明不是經典作家，甚至不是作家；其作品亦非經典文學作品，甚至不是文學作品。在這個時期，陶淵明的形象經鍾嶸《詩品》的「古今隱逸詩人之宗」的首次命名，由單純的隱士向隱逸詩人的過渡，蕭統以嚴格的文學標準編撰《文選》初錄陶詩則使陶淵明的經典地位初顯。

〔註10〕〔德〕堯斯：《走向接受美學》，堯斯、霍拉勃：《接受美學與接受理論》，第 31 頁，周寧、金元浦譯，遼寧人民出版社，1987 年。

〔註11〕〔美〕霍拉勃：《接受理論》，《接受美學與接受理論》，第 350 頁。

〔註12〕顏延之：《陶徵士誄》，蕭統選編，李善注：《文選》卷五十七，第 2470 頁，上海古籍出版社，1986 年。

〔註13〕陽休之《陶集序錄》語，陶澍注《陶靖節集注》卷首《諸本序錄》，第 5 頁，世界書局，1999 年。

〔註14〕晉宋之際評陶詩語，鍾嶸著，陳延傑注：《詩品注》，第 41 頁，人民文學出版社，1961 年。

## 一、「五柳先生」的自畫像

六朝文獻對陶淵明事迹的記錄主要限於顏延之的《陶徵士誄並序》和沈約的《宋書·隱逸傳》（《宋書》對陶淵明事迹的記載也大多以其詩文爲腳本），他們所描繪的是陶淵明的「標準像」。歷史記載的缺憾爲陶淵明的生平留下了許多空白，後人景仰和想像的陶淵明形象，諸如隱士、「飲士」、農夫、志士等幾乎全部由他自己的作品所提供，是陶淵明的「自畫像」。陶淵明把他的生活造就成了一個藝術家用來表現和解釋的東西，這樣他的詩歌就不僅僅是其自身構成的一部分，而且甚至可能是比其「眞實」人生經歷更爲重要和精細的一部分，隨之也成了後世理解、闡釋陶淵明最爲主要的依據。

陶詩具有明顯的「自傳性」。沈約指出《五柳先生傳》是詩人自身形象的寫照，《宋書·隱逸傳》記，「潛少有高趣，嘗著《五柳先生傳》以自況」。當代學者孫康宜認爲陶詩是「自傳式的詩歌」，「陶淵明表現自我的熱望促使他在詩歌中創造了一種自傳式的模式，使他本人成爲詩歌的重要主題。他的詩歌的自傳不是字面意義上的那種自傳，而是一種用形象作出自我界定（self-definition）的『自我傳記』（self-biography）。他爲詩歌自傳採用了各種不同的文學形式，有的時候，他採用寫實的手法，時間、地點皆有明文；有的時候，他又採用虛構的手法，披露自我。然而不管他採用什麼形式，他的大多數詩歌自傳總是表達了他一以貫之的願望，即界說自己在生命中的『自我認知』（self-realization）這一終極目的」；並且「陶淵明的自傳式詩歌不僅僅是披露『自我』，它還用共性的威力觸動了讀者的心」。〔註15〕王國瓔亦主陶詩的「自傳性」，認爲陶詩是「綴生活點滴以自傳：以自我爲焦點之自傳性詩歌」；「陶詩以抒發一己情性懷抱爲宗旨，因此詩中的田園風光，農村景象，不過是其個人日常生活背景的展示，而

---

〔註15〕孫康宜：《抒情與描寫──六朝詩歌概論》，第15頁，鍾振振譯，上海三聯書店，2006年。宇文所安《自我的完整映象──自傳詩》亦持較爲一致的觀點，載樂黛雲、陳珏編選《北美中國古典文學研究名家十年文選》，江蘇人民出版社，1996年。

詩人自我經驗感受的表白，自我情懷的流露，才是創作的中心焦點，乃至形成帶有濃厚自傳性的詩歌特色」。〔註16〕

　　陶詩具有強烈的「自傳性」確是一個事實，這並不奇怪，中國詩歌最爲強大的傳統是言志與緣情，這必然會使「作者」成爲詩歌表現的中心，也進而成爲詩歌解釋的中心。但陶淵明（另一個是大詩人杜甫）的作品這種特色表現得相對更爲明顯和突出。六朝是人的覺醒期，人們「我與我周旋」的自我意識非常強烈，表現自我或自我理想人格的作品數量眾多，甚至在繪畫領域還出現了自畫像。在這個意義上，一方面是陶淵明創造了一百多首詩歌，另一方面也正是這一百多首詩歌創造了陶淵明——這一形象既有相當的現實基礎，同時也是詩人所「期望」的自我形象。貢布里希認爲：「藝術家的傾向是看到他要畫的東西，而不是畫他所看到的東西」。〔註17〕那麼詩人所傾向於描繪的也是他所要描繪的東西，而不僅僅是描繪他所看到的東西，是同時具有現實性和理想化的東西。

　　詩歌作爲詩人自我實現、自我印證和自我建構的重要方式，可以在文本層面上建構詩人的自我形象，作者籍此可以對自己的生活道路做出裁決，以一種自我審視、自我解釋和自我批評的眼光投射其中。我們通過陶淵明的作品可以大概瞭解其所塑造的自我形象，其中有些可以在其詩文中明顯看到，通過陶詩的「自白」性表述——隱士、「飲士」、農夫等形象得以清晰展現。這種情況以往的研究大多都有涉及，本書不再贅述。

　　陶淵明有一部分詩文一直沒能得到充分的重視，這就是他的詠史詩（稱爲懷古詩或史述詩亦可）。詠史詩是陶淵明在田園詩之外最大數量的作品——而且其田園詩中也有大量的史述成分，詩人傾心於這類作品的創作值得我們思考。

---

〔註16〕王國瓔：《古今隱逸詩人之宗——陶淵明論析》，第18～19頁，允晨文化實業股份有限公司，1999年。
〔註17〕〔英〕貢布里希：《藝術與錯覺》，第101頁，范景中等譯，浙江攝影出版社，1987年。

　　陶淵明詩文流傳下來的不過120多篇，其中直接以懷古爲主題的有《擬古》九首、《詠貧士》七首、《癸卯歲始春懷古田舍》二首、《詠二疏》、《詠三良》、《詠荊軻》、《扇上畫贊》等，其它如《飲酒》、《讀山海經》、《雜詩》等也多具懷古內容。陶詩中出現的古代人物共計六十餘人，其所詠懷的古人既包括其先祖如陶舍、陶青、陶茂、陶侃等，也包括荷蓧丈人、長沮、桀溺、孔子、董仲舒、許由、顏回、邵平、伯夷、叔齊、榮啟期、夏黃公、綺季里、荊軻、楊公孫、張摯、楊倫、張仲蔚、劉龔、揚雄、疏廣、疏受、鍾子期、俞伯牙、莊周、黔婁、袁安、黃子廉、田子泰等等，都是古代的高人義士。

　　在現實環境之中，陶淵明自然曠達但又極其孤獨寂寞。在他的作品中，用以描述個人心理狀態和自然意象的詞語，用得最爲頻繁的是「獨」與「孤」，其中「獨」出現41次，「孤」出現16次。舟是眇眇而逝的孤舟，春日遊賞所棹的亦是孤舟；云是萬族皆有託而己獨無依的孤雲；鳥是淒聲不歸之孤鳥和棲棲失群、日暮獨飛之鳥；獸是索偶不還的孤獸；木是高莽眇無界而獨森疏之夏木；樹是凝霜殄異類後而卓然見高枝的獨樹，詩人盤桓而撫的松是孤松，樹蔭是勁風無榮木之後不衰孤松的獨蔭。城是傍無依接而中皐獨秀的曾城。作者從總角到白髮是懷抱孤介的四十年；中宵不寐踏上的征程是孤征；春雨濛濛之時的春醪只能獨撫；春服既成、景物斯和的春色只能偶影獨遊；飲酒是顧影成雙的獨盡；清琴橫床，濁酒盈杯所生的則是獨慨；崎嶇歷榛曲的郊外之遊後是悵恨獨策還；遊是少時壯且厲之撫劍獨行遊；歌是無鍾期知己的慷慨獨悲歌；悲是逸想不可淹的猖狂獨長悲；形迹憑化而往，所餘的唯有靈府的長獨閒。

　　在「知音苟不存」（《詠貧士》其一）情況下，陶淵明將自己的目光投向了歷史時空中的先賢高士，其《和郭主薄》（其一）曰：「遙遙望白雲，懷古一何深」；《詠貧士》其三曰：「何以慰吾懷，賴古多此賢」；《癸卯歲十二月中作與從弟敬遠》：「歷覽千載書，時時見遺烈」。這樣，他的詩歌便轉向在古人世界中馳騁感情，用自己的筆墨在詠史

詩中塑造了一個用以寄託個人情操的高人義士的天地。「爲別人做傳記也是自我表現一種；不妨加入自己的主張，借別人爲題目來發揮自己。……所以，你要知道一個人的自己，你得看他爲別人做的傳。」〔註18〕歷史是照亮現實的一面鏡子，通過考察陶淵明詩歌中的古人形象，可以推究陶淵明的自我形象——其所期望的自我形象。朱光潛《陶淵明》一文已經意識到這個問題，「他的詩文裏不斷地提到他所景仰的古人，《述酒》與《扇上畫贊》把他們排起隊伍來，向他們馨香禱祝，更可以見出他的志向。這隊伍裏不外兩種人，一是固守窮節的隱士，如荷蓧丈人、長沮、桀溺、張長公、薛孟嘗，袁安之類，一是亡國大夫積極或消極地抵抗新朝，替故主報仇的，如伯夷、叔齊、荊軻、韓非、張良之類，這些人們和他自己在身世和心迹上多少相類似」。〔註19〕

　　陶淵明詠史詩的主題分野較爲明顯，一爲慷慨豪邁的志士之詠；一是超脫世俗的隱士之詠。其所歌詠的對象大致有三個類型：安貧樂道者，功成身退者，壯志不逞者。

### 擬古　其二

> 辭家夙嚴駕，當往志無終。問君今何行？非商復非戎。
> 聞有田子泰，節義爲士雄。斯人久已死，鄉里習其風。
> 生有高世名，旣沒傳無窮。不學狂馳子，直在百年中。

〔註20〕

這裡所記的是「文武有效，節義可嘉」的士人之雄田子泰。《三國志·魏書·田疇傳》載：「田疇，字子泰，右北平無終人也」。田疇好讀書，

〔註18〕錢鍾書：《魔鬼夜訪錢鍾書先生》，錢鍾書《寫在人生邊上》，第3頁，北京三聯書店，2001年。

〔註19〕朱光潛：《詩論·陶淵明》，《朱光潛全集》，第三卷，第258頁。

〔註20〕逯欽立校注：《陶淵明集》，第110頁，中華書局，1979年。本書所引陶淵明作品除特別注明者，均據逯欽立校注《陶淵明集》，中華書局，1979年版。陶詩在歷史流傳過程中產生了較多異文，逯欽立注《陶淵明集》有具體標注。本研究除特別標明之處，均以逯欽立注《陶淵明集》爲依據，取其爲當代所普遍接受的文字。

善擊劍。董卓遷帝於長安，幽州牧劉虞欲奉使展節，遂屬田疇爲從事。
疇至長安致命，詔拜騎都尉，固辭不受。後還於鄉里，入徐無山中，
營深險平敞地而居，躬耕以養父母。百姓歸之，數年間至五千餘家。
疇爲約束，興舉學校。眾皆便之，道不拾遺。北邊翕然服其威信。
袁紹數遣使招命，皆拒不受。後助曹操平定烏桓，封疇亭侯，邑五
百戶。疇自以爲居難，率眾逃此，志義不立，反以爲利，非本義也，
固讓。曹操知其至心，許而不奪。文帝踐阼，高疇德義，賜疇從孫
續爵納侯，以奉其嗣。此詩雖題爲「擬古」，其實是「用古人格作自
家詩」。〔註21〕詩推田疇之節義爲士之雄者，可見淵明之志所在。

### 擬古 其五

> 東方有一士，被服常不完。三旬九遇食，十年著一冠。
> 辛苦無此比，常有好容顏。我欲觀其人，晨去越河關。
> 青松夾路生，白雲宿簷端。知我故來意，取琴爲我彈。
> 上絃驚別鶴，下絃操孤鸞。願留就君住，從今至歲寒。

〔註22〕

此東方之一士係身處憂患而終無悔恨者，並非實有其人，而是詩人理
想人格追求之所在。蘇東坡稱「此東方一士，正淵明也」；〔註23〕清
邱嘉穗亦主此詩是「擬其平生固窮守節之意」；〔註24〕袁行霈也以爲
「此詩抒發其理想人格也。披服不守，三旬九食，而有好顏色；居處
有青松夾路，白雲繚繞；所彈爲別鶴、孤鸞，正見其安貧固窮，孤高
不凡」。〔註25〕

　　《詠貧士》詩七首是在知音不存，內心悲涼的境遇下所作的以古

---

〔註21〕方東樹著，汪紹楹校點：《昭昧詹言》卷二，第 37 頁，人民文學出
　　　　版社，1984 年。

〔註22〕逯欽立校注：《陶淵明集》，第 112 頁。

〔註23〕蘇軾：《書淵明東方有一士詩後》，蘇軾著，孔凡禮點校《蘇軾文集》
　　　　卷六十七，第 2115 頁，中華書局，1986 年。

〔註24〕邱嘉穗箋注評注：《東山草堂陶詩箋證》卷四，光緒八年漢陽邱氏重
　　　　刊本。

〔註25〕袁行霈：《陶淵明集箋注》，第 330 頁，中華書局，2003 年。

代賢人寬慰自心的作品。所詠之貧士皆爲財貨所困，然志氣不爲屈撓，安於貧而樂於道。其中包括鹿裘帶索鼓琴而歌的榮啓期、衣不蔽體而清歌商音的原憲、樂貧行道死後衣不蔽體的黔婁，貧富交戰、不畏飢寒的袁安與阮生，宅生蒿蓬而耿介守拙的張仲蔚、辭吏而歸清貧難儔的黃子廉等。

### 詠貧士 其三

榮叟老帶索，欣然方彈琴。原生納決履，清歌暢商音。
重華去我久，貧士世相尋。弊襟不掩肘，藜羹常乏斟。
豈忘襲輕裘，苟得非所欽。賜也徒能辯，乃不見吾心。

〔註26〕

此詩所詠爲榮啓期與原憲。榮啓期事迹載《列子‧天瑞》：「孔子游於太山，見榮啓期行乎郕之野，鹿裘帶索，鼓琴而歌。孔子問曰：『先生所以樂，何也？』對曰：『吾樂甚多：天生萬物，唯人爲貴。而吾得爲人，是一樂也。男女之別，男尊女卑，故以男爲貴。吾既得爲男矣，是二樂也。人生有不見日月、不免襁褓者，吾既已行年九十矣，是三樂也。貧者士之常也，死者人之終也。處常得終，當何憂哉？』孔子曰：『善乎！能自寬者也。』」〔註27〕《韓詩外傳》載原憲事迹：「原憲居魯，子貢往見之。原憲應門，振襟則肘見，納履則踵決。子貢曰：『嘻！先生何病也？』憲曰：『憲貧也，非病也。……仁義之匿，車馬之飾，……憲不忍爲也。』子貢慚，不辭而去。憲乃徐步曳杖，歌商頌而返。聲淪於天地，如出金石」。

### 詠貧士 其四

安貧守賤者，自古有黔婁。好爵吾不縈，厚饋吾不酬。
一旦壽命盡，弊覆仍不周。豈不知其極，非道故無憂。
從來將千載，未復見斯儔。朝與仁義生，夕死復何求？

〔註28〕

〔註26〕逯欽立校注：《陶淵明集》，第 124 頁。
〔註27〕列禦寇著，楊伯峻集釋：《列子集釋》，第 22～23 頁，中華書局，1979年。
〔註28〕逯欽立校注：《陶淵明集》，第 125 頁。

此詩所詠者爲黔婁，事見《列女傳・賢明傳・魯黔婁妻傳》，「黔婁先生死，曾子與門人往弔之。其妻出戶，曾子弔之。上堂，見先生之屍在牖下，枕墼席藁，縕袍不表。覆以布被，手足不盡斂；覆頭則足見，覆足則頭見。……其妻曰：『昔先生，君嘗欲授之政，以爲國相，辭而不受，是有餘貴也；君嘗賜之粟三十鍾，先生辭而不受，是有餘富也。彼先生者，甘天下之淡味安天下之卑位，不戚戚於貧賤，不忻忻於富貴。求仁而得仁，求義而得義』」。溫汝能認爲「安貧守賤者，自古有黔婁」是陶淵明「自比其安貧守賤之操，堅且決矣」。〔註29〕

### 詠貧士　其六

> 仲蔚愛窮居，遶宅生蒿蓬。翳然絕交游，賦詩頗能工。
> 舉世無知者，止有一劉龔。此士胡獨然？實由罕所同。
> 介焉安其業，所樂非窮通。人事固以拙，聊得長相從。

〔註30〕

所詠者張仲蔚，陶淵明表明心志要與之「長相從」。丁福保箋注《陶淵明集》引皇甫謐《高士傳》：「張仲蔚者，平陵人也。與同郡魏景卿俱修道德，隱身不仕。明天官博物，善屬文，好詩賦。常居窮素，所處蓬蒿過沒人。閉門養性，不治榮名。時人莫識，唯劉龔知之」；袁行霈注：「張仲蔚，遺世者也。所樂不在窮通與否，而自樂其所樂。淵明嘗謂自己『性剛才拙，與物多忤』，每與世相違，故引仲蔚爲同調也」。〔註31〕

### 詠二疏

> 大象轉四時，功成者自去。借問衰周來，幾人得其趣？
> 游目漢廷中，二疏復此舉。高嘯還舊居，長揖儲君傅。
> 餞送傾皇朝，華軒盈道路。離別情所悲，餘榮何足顧。
> 事勝感行人，賢哉豈常譽！厭厭閭里歡，所營非近務。
> 促席延故老，揮觴道平素。問金終寄心，清言曉未悟。

---

〔註29〕溫汝能：《陶詩彙評》卷四，清嘉慶順德溫氏刻本。
〔註30〕逯欽立校注：《陶淵明集》，第 127 頁。
〔註31〕袁行霈：《陶淵明集箋注》，第 377 頁。

放意樂餘年，遑恤身後慮。誰云其人亡，久而道彌著。

〔註32〕

「二疏」指西漢時的疏廣（字仲翁）及其兄子疏受（字公子），《漢書・疏廣傳》載宣帝時疏廣爲太子太傅，疏受爲太子少傅。

太子每朝，因進見。太傅在前，少傅在後。父子並爲師傅，朝廷以爲榮。在位五歲，皇太子年十二，通《論語》、《孝經》。廣謂受曰：「吾聞『知足不辱，知止不殆』，『功遂身退，天之道』也。今仕〔官〕二千石，宦成名立，如此不去，懼有後悔。豈如父子相隨出關，歸老故鄉，以壽命終，不亦善乎？」受叩頭曰：「從大人議」。即日父子俱移病。滿三月賜告，廣遂稱篤，上疏乞骸骨。上以其年篤老，皆許之。加賜黃金二十斤，皇太子贈以五十斤。……廣既歸鄉里，日令家共具設酒食，請族人故舊賓客，與相娛樂。數問其家金餘尚有幾所，趣賣以共具。……皆以壽終。〔註33〕

二疏是順應規律功成身退、知足不辱的明進退之大節者。蘇軾云：「淵明未嘗出，二疏既出而知返，其志一也。或以謂既出而返，如從病得愈，其味勝於初不病，此惑者顚倒見耳」。〔註34〕

詠三良

彈冠乘通津，但懼時我遺。服勤盡歲月，常恐功愈微。
忠情謬獲露，遂爲君所私。出則陪文輿，入必侍丹帷。
箴規嚮已從，計議初無虧。一朝長逝後，願言同此歸。
厚恩固難忘，君命安可違。臨穴罔惟疑，投義志攸希。
荊棘籠高墳，黃鳥聲正悲。良人不可贖，泫然沾我衣。

〔註35〕

此詩所詠是爲秦穆公殉葬的子車氏三子：奄息、仲行，鍼虎。《左傳》

---

〔註32〕逯欽立校注：《陶淵明集》，第128〜129頁。
〔註33〕班固著，顏師古注：《漢書》卷七十一，第3039〜3040頁，中華書局，1962年。
〔註34〕蘇軾：《題淵明詠二疏詩》，《蘇軾文集》卷六十七，第2092頁。
〔註35〕逯欽立校注：《陶淵明集》，第130頁。

（文公六年）載，「秦伯任好卒，以子車氏之三子奄息、仲行、鍼虎為殉，皆秦之良也。國人哀之，為之賦《黃鳥》」；《詩經·秦風·黃鳥》序曰：「黃鳥，哀三良也。國人以刺穆公以人從死而作是詩也」。此詩言「三良」與穆公君臣相和，可以「生共此樂，死共此哀」，陶淵明讚美三良死於知己，求仕者至此應是死而無憾。

### 詠荊軻

燕丹善養士，志在報強嬴。招集百夫良，歲暮得荊卿。
君子死知己，提劍出燕京。素驥鳴廣陌，慷慨送我行。
雄髮指危冠，猛氣衝長纓。飲餞易水上，四座列群英。
漸離擊悲筑，宋意唱高聲。蕭蕭哀風逝，淡淡寒波生。
商音更流涕，羽奏壯士驚。心知去不歸，且有後世名。
登車何時顧，飛蓋入秦庭。凌厲越萬里，逶迤過千城。
圖窮事自至，豪主正怔營。惜哉劍術疏，奇功遂不成。
其人雖已沒，千載有餘情。〔註36〕

所歌為奇功雖不遂，千載有餘情的英雄荊軻，朱熹以為此詩是露出其豪放本相者，「陶淵明詩人皆說是平淡。據某看，他自豪放，但豪放得來不覺耳。其露出本相者，是《詠荊軻》一篇，平淡底人如何說得這樣言語出來。」〔註37〕湯漢注《陶靖節先生詩》（卷四）稱：「二疏取其歸，三良與主同死，荊軻為主報仇，皆託古自見云」；清蔣薰評《陶靖節詩集》卷四亦說此詩，「摹寫荊軻出燕入秦，悲壯漂流，知潯陽之隱，未嘗無意奇功，奈不逢時耳，先生心事逼露如此」。《詠荊柯》一詩把作者的豪情壯志表現得淋漓盡致，荊柯那「提劍出燕京」的英氣、「飲餞易水上」的悲壯、「豪主正怔營」的壯舉、「千載有餘情」的震響，也把詩人慷慨不平的悲壯精神展現了出來。顧炎武《菰中隨筆》由衷讚歎：「何等感慨！何等豪宕！」陶潛真乃「伉爽高邁之人，易與人道，夫子言『狂者進取』，正謂此耳」。就連力主「溫柔

---

〔註36〕逯欽立校注：《陶淵明集》，第 131 頁。
〔註37〕朱熹：《朱子語類》卷一百四十，第 4323 頁。《朱子全書》本，上海古籍出版社、安徽教育出版社，2002 年。

敦厚」詩教的沈德潛也評批此詩云：「英氣勃發，情見乎詞」。〔註38〕
此詩既包含著欲有所爲而無從施展的無奈，也有屈原《離騷》式的悲
憤與感慨，眞正是「莫信詩人竟平淡，二分梁甫一分騷」。〔註39〕

　　**讀山海經　其九**

　　　夸父誕宏志，乃與日競走。俱至虞淵下，似若無勝負。
　　　神力既殊妙，傾河焉足有。餘迹寄鄧林，功竟在身後。

〔註40〕

　　**讀山海經　其十**

　　　精衛銜微木，將以塡滄海。刑天舞干戚，猛志故常在！
　　　同物既無慮，化去不復悔。徒設在昔心，良晨詎可待？

〔註41〕

這兩首《讀山海經》是魯迅所說「金剛怒目式」的詩，所詠包括：夸
父、精衛與刑天。清邱嘉穗以爲夸父追日、精衛塡海、刑天猛志皆是
陶淵明「欲洙劉裕，恢復晉室，而不可得」的自況之詞；〔註42〕袁行
霈則以爲是前詩爲「耕種之餘，流觀之間，隨手記錄，敷衍成章，未
必有政治寄託」，後者則旨在「悲憫精衛、刑天之無成徒勞也。非悲
易代，亦非以精衛、刑天自喻也」。〔註43〕此說可能確有偏頗之處，
這兩首詩所體現的至少都是一種以犧牲生命的代價來追求生命價值
的精神力量，作者所寄託的情感既有敬佩又有惋惜，而絕非簡單地只
是「耕種之餘，流觀之間，隨手記錄，敷衍成章」。

　　《讀史述九章》歌頌了絕影窮居、貞廉超世的伯夷與叔齊，懷去
國離鄉之悲戚的箕子，曠世知音管仲與鮑叔牙，重義輕生的程嬰與公
孫杵臼，品德高尚的孔門七十二弟子，生不逢時的屈原與賈誼，「以
文自殘」的韓非，耿介孤高不同流俗的魯國二儒，斂轡歸來不爲世屈

〔註38〕沈德潛：《古詩源》卷九，第 209 頁，中華書局，1963 年。
〔註39〕龔自珍：《舟中讀陶詩》其二。
〔註40〕逯欽立校注：《陶淵明集》，第 137 頁。
〔註41〕逯欽立校注：《陶淵明集》，第 138 頁。
〔註42〕邱嘉穗評注：《東山草堂陶詩箋證》卷四。
〔註43〕袁行霈：《陶淵明集箋注》，第 410 頁、412 頁。

的張長公。這一組詩序曰「有所感而述之」，可見其歌詠對象不是隨意而生。蘇軾《書淵明述史章後》以爲，「淵明作《述史九章》，《夷齊》、《箕子》蓋有感而云。去之五百餘歲，吾猶知其意也」；〔註44〕葛立方《韻語陽秋》：「觀淵明《讀史》九章，其間皆有深意。……由是觀之，則淵明委身窮巷，甘黔婁之貧而不悔者，豈非以恥事二姓而然邪？」〔註45〕清吳菘《論陶》說此詩：「言君臣朋友之間，出處用舍之道，無限低徊感激，悉以自況，非漫然詠史者。『張長公』詩中凡再見，此復極意詠歎，正自寫照」。〔註46〕

《扇上畫贊》是爲扇面上的人物畫像所題寫的贊辭，所讚美的都是「有時而隱」的達人。其中包括超凡脫俗的荷蓧丈人，耦耕自欣與鳥獸同群的長沮與桀溺，浩然養氣、灌園爲樂的陳仲子，高謝人間、終不復仕的張長公，審時度世、辭官而去的邴曼容，垂釣川湄、交酌林下的鄭次都，拂塵披褐而去世的薛孟嘗，稱病閒居性淡操清的周陽珪。《尚長禽慶贊》所詠是去官不仕王莽，與同好周遊名山「迹絕青崖，影滅雲際」的北海儒生禽慶。方宗誠《陶詩眞詮》稱《扇上畫贊》「蓋淵明心所向往之人」。〔註47〕

「誰謂古今殊，異世可同調」。〔註48〕這些古人或貧而不諂、窮且益堅或胸懷壯志而終不獲逞，陶淵明基於自身的人生境遇，引古人爲同道，既是詠古，亦是詠懷，抒發自己君子固窮與壯志未酬的情懷。上述詩歌均可歸入懷古一類，但懷古不是單純的崇古意識，也不是簡單地投入古人的懷抱，更絕非逃避與脫離現實，而是

〔註44〕蘇軾：《蘇軾文集》卷六十六，第 2056 頁。

〔註45〕葛立方：《韻語陽秋》卷五，載何文煥輯《歷代詩話》，第 530 頁，中華書局，1981 年。

〔註46〕北大、北師大師生編《陶淵明資料彙編》（下冊），第 370 頁，中華書局，1962 年。另《飲酒》其十二亦云：「長公曾一仕，壯節忽失時」。邱嘉穗《東山草堂陶詩箋證》卷一稱此詩「借古人仕而歸者，以解其辭彭澤而歸隱之本懷」。

〔註47〕方宗誠：《陶詩眞詮》，載《柏堂遺書》（光緒桐城方氏志學堂刻本），第 17 冊。

〔註48〕謝靈運：《七里瀨》。

使歷史的光芒進入並照亮現實，是將古人的事迹納入現實性語境當中，以古現今，從而實現歷史與現實的互動與對話。懷古是以古人的境界來反襯自己的情懷，以古人的窮通得失之際遇抒發個人出處仕隱的志趣，是「借古人事作一影子說起，便爲設身處地，以自己身份推見古人心事，使人讀之若詠古人，又若詠自己，不可得分」。〔註49〕陶淵明對歷史人物活動的復現，是借歷史以保存現實，隱喻地展現了自己的情操與思想，是以他人形象來顯現自我形象，詩中之古以現實之今爲背景，古人其實是現實人生的鏡象，雖曰懷古、詠史，其實乃爲詠懷也。正如鮑照詩所云「思今懷近憶，望古懷遠識。懷古復懷今，長懷無終極」。〔註50〕

## 二、「陶彭澤體」的新質

　　鮑照《學陶彭澤體──奉和王義興》應是歷史上最早一首完整的學陶詩，從此開創了中國文學蔚爲大觀的和、擬陶詩的風氣。其詩云：

> 長憂非生意，短願不須多。但須樽酒滿，朋舊數相過。
> 秋風七八月，清露潤綺羅。提琴當户坐，歎息望天河。
> 保此無傾動，寧復滯風波。

其後還有江淹所擬的《陶徵君田居》：

> 種苗在東皋，苗生滿阡陌。雖有倚鋤倦，濁酒聊自適。
> 日暮巾柴車，路暗光已夕。歸人望煙火，稚子候簷隙。
> 問君亦何爲，百年會有役。但願桑麻成，蠶月得紡績。
> 素心正如此，開徑望三益。〔註51〕

嚴羽稱：「擬古唯江文通最長，擬淵明似淵明，擬康樂似康樂，擬左思似左思，擬郭璞似郭璞」。〔註52〕江淹詩以平淡自然的手法，描繪

---

〔註49〕邱嘉穗：《東山草堂陶詩箋證》卷四。

〔註50〕鮑照：《採菱歌七首》其七，鮑照著，錢仲聯增補集說校：《鮑參軍集注》卷四，第210頁，上海古籍出版社，1980年。

〔註51〕江淹著，胡之驥注，李長路、趙威點校：《江文通集彙注》卷四，第156頁，中華書局，1984年。

〔註52〕嚴羽：《滄浪詩話・詩評》，嚴羽著，郭紹虞校釋《滄浪詩話校釋》，

了一位不辭辛勞、躬耕田園、詩酒自娛、淡泊自持的高士形象。此詩後來曾被誤收入陶淵明集中，可見江淹擬陶似乎已經達到了以假亂眞的程度。以往對鮑、江二詩的研究多側重於風格、語言的似與不似，且已有人做出了較有成效的工作。〔註53〕其實，這兩首詩還傳達出了這樣的重要信息：鮑照將陶淵明的詩體命名爲「陶彭澤體」，可見鮑照已經意識到陶詩獨特的文體特徵；江淹做《擬陶徵君田居》，則表明陶詩題材特徵在於「田居」。這對闡釋陶詩的獨特性都極具價值，它提示我們，陶淵明的創作已作爲一種「文體」得到初步認識，而其最重要題材特徵乃是「田居」。

六朝是中國文體思想與文體理論發展成熟的時期，文學界已經具有了較爲清晰的辨體意識，〔註54〕並開始以自己的方式進行文體命名。六朝人對文體進行命名的方式很多，如以時代、作品、地點、年號、作家等。以作家命名文體的情況有「仲宣體」、「劉公幹體」、「阮步兵體」、「景陽體」、「陶彭澤體」、「謝靈運體」、「謝惠連體」、「吳均體」、「徐庾體」等。

以作家命名文體意味著什麼？

徐復觀認爲文體出自人的情性，是作者心靈、生命和人格的體現，無生命力貫注的作品就不能成爲好的文體，所以文體是與作者的生命力相連結的東西，作品中有人格的存在，才能成爲一個文體。他將布封的名言「風格即人」轉譯爲「文體即是人」，強調文體是主客體相融合的生命創造，並以「氣」作爲溝通人與文體的橋梁，爲文體與人之間找到一個確實連結的線索。〔註55〕而童慶炳對文體的定義更加明確了文體內容的各個層次：「文體是指一定的話語秩序所形成的

---

第 191 頁，人民文學出版社，1983 年。

〔註53〕參見李劍鋒：《元前陶淵明接受史》，齊魯書社，2002 年。

〔註54〕參見徐復觀：《中國文學精神》，上海世紀出版集團，2005 年；李士彪：《魏晉南北朝文體學》，上海古籍出版社，2004 年；貫奮然：《六朝文體批評研究》，北京大學出版社，2005 年。

〔註55〕徐復觀：《文心雕龍文體論》，徐復觀《中國文學精神》，第 157～187 頁，上海世紀出版集團，2005 年。

文本體式，它折射出作家、批評家獨特的精神結構、體驗方式、思維方式和其它歷史精神。上述文體定義實際上可分為兩層來理解，從表層看，文體是作品的語言秩序、語言體式；從裏層看，文體負載著社會的文化精神和作家、批評家的個體的人格內涵」。〔註 56〕其中內層所強調的正是文體與作家主體之間的密切聯繫。可見，以作家進行命名的文體最能反映文體是主客體的完美統一，最能反映命名者對文體與作家關係的認同。以「陶彭澤體」來命名陶淵明的創作表明它是六朝文學潮流中的一種具有陌生性的新文體。

　　「判斷歷史的功績，不是根據歷史活動家沒有提供現代所要求的東西，而是根據他們比他們的前輩提供了新的東西」。〔註 57〕我們考察陶淵明的經典化也應具有這種眼光，看他的創作提供了哪些新鮮的東西。因為文學經典必定意味著作家在思想與藝術上取得了一定程度的開創性，揭開了時代文化的新篇章。〔註 58〕

　　陶淵明是中國田園詩歌的開拓者，他以自然簡淨的語言，親切平實的口吻，把自己田園故居的日常生活寫成詩篇，在中國文學史上是第一位不斷將個人於田園農村生活之經驗與感受入詩的作家。農村田園生活作為題材進入詩歌很早，《詩經》中就有了大量描寫農村生活和農民勞作的詩歌，有全面反映田家生活的《七月》，也有反映農人疾苦的《碩鼠》，還有描繪婦女勞動場景的《芣苢》和《十月之間》，更有極富詩意的《君子于役》。「但人們公認的『田園詩派』卻以陶淵明為創始人」。〔註 59〕正是陶淵明把詩歌創作的題材、範圍擴大到了鄉村、田園的日常生活，因此成為中國田園山水詩的開創

---

〔註 56〕童慶炳：《文體與文體的創造》，第 1 頁，雲南人民出版社，1999 年。
〔註 57〕列寧：《評經濟浪漫主義》，《列寧全集》，第 2 卷，第 150 頁，人民出版社，1953 年。
〔註 58〕袁行霈認為陶詩主題在文學史上「很大的開創性」，表現在五個方面：「徘徊—回歸主題」、「飲酒主題」、「固窮安貧主題」、「農耕主題」、「生死主題」。袁行霈《陶詩主題的創新》，載袁著《陶淵明研究》，第 109～121 頁。
〔註 59〕葛曉音：《山水田園詩派研究》，第 71 頁，遼寧大學出版社，1993 年。

者，他在中國詩歌史上之所以可以佔有崇高的地位，正是由於其作品實現了對田園生活之美的發現和描繪。章培恒、駱玉明主編《中國文學史》認為，只有到了陶淵明筆下，鄉村生活、田園風光才第一次被當作重要的審美對象加以表現，呈現出如此的新鮮和活力，由此為後人開闢一片開闊自如、情味獨特的嶄新天地；〔註60〕袁行霈主編《中國文學史》也認為：「田園詩是他為中國文學增添的一種新的題材，以自己的田園生活為內容，並真切地寫出躬耕之甘苦，陶淵明是中國文學史上的第一人」。〔註61〕

　　錢鍾書《談藝錄》論及詩樂離合、文體遞變一節談到文學革新之路曾說：「文章之革故鼎新，道無它，日以不文為文，以文為詩而已。向所謂不入文之事物，今則取為文料；向所謂不雅之字句，今則組織而斐然成章。謂為詩文境域之擴充，可也；謂為不入詩文名物之侵入，亦可也」。〔註62〕陶淵明創作的意義正在於此，此前田園題材進入文學創作尚屬少數情況，是陶淵明第一個將大量「不文之事物」——農村日常生活、日常景物「取為文料」寫入詩歌，實現了田園詩境的開拓與定型。他的創作將日常生活中諸如飲酒、採菊、耕地、鋤草、及鄰里間交往的俗事細節統統納入詩中，不僅將日常生活「詩化」了，而且也將詩「日常生活化」了，擴大了詩歌表現生活的情境和內涵，為中國詩歌創作增添了濃厚的田園生活氣息。如《歸園田居》其一：

　　　　少無適俗韻，性本愛丘山。誤落塵網中，一去三十年。
　　　　羈鳥戀舊林，池魚思故淵。開荒南野際，守拙歸園田。
　　　　方宅十餘畝，草屋八九間。榆柳蔭後簷，桃李羅堂前。
　　　　曖曖遠人村，依依墟里煙。狗吠深巷中，雞鳴桑樹顛。

---

〔註60〕章培恒、駱玉明：《中國文學史》（上），第362頁，復旦大學出版社，1996年。
〔註61〕袁行霈主編《中國文學史》，第二卷，第75頁，高等教育出版社，1999年。
〔註62〕錢鍾書：《談藝錄》（補訂本），第29～30頁。中華書局，1984年。

　　　　　戶庭無塵雜，虛室有餘閒。久在樊籠裏，復得返自然。
〔註63〕

　十餘畝方宅，八九間草屋；屋後婀娜的榆柳，堂前灼灼的桃李；隱約
依稀的遠村，若有若無的炊煙；深巷犬吠，桑巔雞鳴；無塵的戶庭，
閒暇的虛室……作品描寫的是平凡質樸的農村生活、鄉間景物。但親
切的人情、淳樸的民風、鄉土的氣息都浸透著勃勃生機，令人賞心悅
目。普普通通的生活和景物，被賦予了令人心馳神往的魅力。清袁枚
《遣興》詩云：「但肯尋詩便有詩，靈犀一點是吾師。夕陽芳草尋常
物，解用都為絕妙詞」。陶淵明善於發現、表現平常生活中的不平常，
平淡無奇的尋常之物由於作者詩心的靈犀一點成了絕妙之詞。

　　陶淵明是「玄學人生觀的一個句號」，〔註64〕其詩「顯然接受
了玄言詩的影響……他之所以能夠超過玄言詩，卻在能擺脫那些老
莊的套頭，而將日常生活體驗化入詩裏」。〔註65〕陶詩是「活生生
的富有哲理的詩，……他雖然沒有脫離魏晉思潮的主流，但有他自
己的發明，在哲學上有其卓然獨立的品格。陶詩並沒有完全脫離玄
言詩的影響，但已不再是玄言詩，在詩史上也有其卓然獨立的品
格」。〔註66〕

　　陶淵明的田園詩歌創作處於玄言詩流行的末期，山水詩滋生之
前，帶有較為明顯的玄言印跡，但又表現出了與玄言詩完全不同的東
西——既有玄言詩似的標準表達，又有自己富有個性的獨特表達，可
謂「玄而不玄，不玄而玄」。雖然陶詩所闡發的仍有魏晉玄學所關注
的言意、生死、仕隱等問題，並沒有離開魏晉玄學清談的範圍。但陶
淵明的思考卻源自於他對現實田園生活的真實體味和切身感受，不再

---

〔註63〕 逯欽立校注：《陶淵明集》，第40頁。
〔註64〕 羅宗強：《玄學與魏晉士人心態》，第 272 頁，天津教育出版社，2005
　　　　年。
〔註65〕 朱自清：《〈陶淵明批評〉序》，蕭望卿《陶淵明批評》，臺灣：開明
　　　　書店，1975 年。
〔註66〕 袁行霈：《陶淵明的哲學思考》，袁行霈《陶淵明研究》，第 20～21
　　　　頁。

只是抽象的哲理，而是對個體生命意義的反思和領悟，是現實生活的哲理化。因故沒有玄言詩故作玄虛莫測的味道，反而富含充沛的情感活力。陶淵明對生活本身有著豐富深厚的感受力，其詩體物、緣情、富有理趣，實現了虛實、情理的平衡，而不是純粹的玄虛空疏，有「玄心」、「洞見」，更有「妙賞」、「深情」，〔註67〕這就使他的創作區別於一般的玄言詩。

陶淵明田園詩與玄言詩的相同之處在於談道、說理，涉及玄學題材形而上的東西，富有理性精神和思辨色彩。

**榮木**

> 榮木，念將老也。日月推遷，已復九夏，總角聞道，白首無成。
>
> 采采榮木，結根于茲。晨耀其華，夕已喪之。
>
> 人生若寄，顦顇有時。靜言孔念，中心悵而。〔註68〕

此詩言人生短暫、禍福無常之理。

**五月旦作和戴主簿**

> 虛舟縱逸棹，回復遂無窮。發歲始俛仰，星紀奄將中。
> 南窗罕悴物，北林榮且豐。神萍寫時雨，晨色奏景風。
> 既來孰不去，人理固有終。居常待其盡，曲肱豈傷沖。
> 遷化或夷險，肆志無窊隆。即事如已高，何必昇華嵩。
>
> 〔註69〕

詩述「既來孰不去，人理固有終」之天道變遷、人理無常的一般規律。袁行霈以為，「從此詩可見淵明之人生哲學。季節時令循環往復無窮無盡，而人之生命卻有極限」。〔註70〕

較為典型的是《形影神》，詩在六朝人爭辯日久的「形」、「神」關係中加入了「影」。其序云：「貴賤賢愚，莫不營營以惜生，斯甚惑

---

〔註67〕馮友蘭：《論風流》所舉魏晉風流之四端，《馮友蘭經典文存》，第285～289頁，上海大學出版社，2004年。

〔註68〕逯欽立校注：《陶淵明集》，第15～16頁。

〔註69〕逯欽立校注：《陶淵明集》，第53頁。

〔註70〕袁行霈：《陶淵明集箋注》，第125頁。

焉；故極陳形影之苦言，神辨自然以釋之。好事君子，共取其心焉」。
《形影神》設計了形、影、神三者的對話：「形」慕天地之不化，感
人生之無常；「影」立善求名以不朽；「神」以自然遷化之理，破「形」、
「影」之迷惑。這樣就使三種觀念直接交鋒，表達了適應自然化遷，
縱浪大化、不喜不懼的人生觀念。

《雜詩》其一的「盛年不重來，一日難再晨。及時當勉勵，歲月
不待人」；其二：「日月擲人去，有志不獲騁」；其三：「榮華難久居，
盛衰不可量。昔爲三春蕖，今作秋蓮房。……日月有環周，我去不再
陽」；其四：「百年歸丘壟，用此空名道」；其五：「荏苒歲月頹，此心
稍已去。……壑舟無須臾，引我不得住」；其六：「去去轉欲速，此生
豈再值」；其七：「日月不肯遲，四時相催迫」等都富含自然、人世之
理的成分。林庚稱陶淵明的詩富於理趣，「及時當勉勵，歲月不待人」
尤其爲人所傳誦。〔註71〕

陶淵明的詩歌在精神意蘊上閃耀著睿智的哲思光輝，討論了諸
如自然、社會、人生（生死、仕隱、靈肉）等一些人類精神生活的
根本性問題，具有一種形而上的性質。正是因爲作品富含的理性精
神，在文學史上陶淵明屢被稱爲「哲人」或「哲學家」。如元虞集《跋
子昂所畫淵明像》：「田園歸來，涼風吹衣。窈窕崎嶇，逶縱遠微。
帝鄉莫期，乘化以歸。哲人之思，千載不違」。就徑直將其稱爲「哲
人」；明代朗瑛則稱他「吐詞即理，默契道體，高出世人有自哉」；
〔註72〕胡適也注意到陶淵明詩歌的哲理性，認爲他是「自然主義的
哲學的絕好代表者」，是作著「哲理詩」的平民詩人。〔註73〕陳寅恪
將陶淵明的哲學思想歸納爲「新自然說」，並進而斷言陶淵明不僅「文
學品節居古今之第一流」，而且「實爲吾國中古時代之大思想家」。

---

〔註71〕林庚：《「及時當勉勵，歲月不待人」》，林庚《唐詩綜論》，第330頁，
　　　　人民文學出版社，1987年。
〔註72〕朗瑛：《七類修稿》卷十六《淵明非詩人》。
〔註73〕胡適：《白話文學史》，《胡適學術文集·中國文學史》上冊，第214
　　　　頁，中華書局，1998年。

〔註74〕

　　然則，陶淵明畢竟並不是一位哲學家，而是一位哲思詩人，他的作品展現了對於宇宙、人生的深邃思考，但並沒有一個系統、嚴謹的邏輯體系。

　　陶詩帶有濃郁的哲理意味，但不是枯說玄理，而是富有理趣。其詩所言之理不是從抽象的邏輯概念進行推理，而是從具體的生命現象自然生發出來，將具體的生命感悟昇華為哲理，又將這哲理訴諸詩的形象和語言。所以他的詩既有哲人的智慧，更有詩人的情趣。那個時代大多的玄言詩說理言道都遠離「世物」和「事物」而以純思辨的方式直接談論形而上學本體論問題，陶詩對一般玄言詩的超越又在於「善體物」，且體物入微，能原天地之美，達萬物之理，富有一種微塵之中見大千，一瞬之間顯永恒、精細入微的審美表現力。

　　上文所舉《榮木》即是借榮木之花的「晨耀其華，夕已喪之」來傳達「人生若寄，憔悴有時」，「繁華朝起，慨暮不存」的人生苦短、禍福無常之萬端感慨；《五月旦作和戴主薄》則以「明兩萃時物，北林榮且豐。神淵寫時雨，晨色奏景風」的節令變化無窮，闡述「既來孰不去，人理固有終」的世事變遷規律。

<blockquote>

擬古　其三

　　仲春遘時雨，始雷發東隅。眾蟄各潛駭，草木縱橫舒。
　　翩翩新來燕，雙雙入我廬。先巢故尚在，相將還舊居。
　　自從分別來，門庭日荒蕪。我心固匪石，君情定何如。

</blockquote>

〔註75〕

此詩所描繪的是冬去春來的季節變遷，喜雨時至，始雷首發，潛伏一冬的動物駭然驚醒，枯萎的草木縱橫怒生，曾經離家的燕子雙飛返巢。元化靜觀，天地運行之妙理自然顯現。

---

〔註74〕陳寅恪：《陶淵明之思想與清談之關係》，陳寅恪《金明館叢稿初編》，
　　　　第 225、229 頁，北京三聯書店，2001 年。
〔註75〕逯欽立校注：《陶淵明集》，第 110 頁。

### 雜詩 其三

> 榮華難久居,盛衰不可量。
> 昔為三春蕖,今作秋蓮房。
> 嚴霜結野草,枯悴未遽央。
> 日月還復周,我去不再陽。
> 眷眷往昔時,憶此斷人腸。〔註76〕

蓮有春華秋實,草有秋去春來,日月尚可環周,人之盛衰起伏雖亦如草木,而人之老少生死則不如草木復生,此盛衰興亡之理也。潘德輿《養一齋詩話》說陶淵明「任舉一境一物,皆能曲肖神理」。

### 歸園田居 其四

> 久去山澤游,浪莽林野娛。試攜子姪輩,披榛步荒墟。
> 徘徊丘隴間,依依昔人居。井竈有遺處,桑竹殘朽株。
> 借問採薪者,此人皆焉如?薪者向我言,死歿無復餘。
> 一世異朝市,此語真不虛。人生似幻化,終當歸空無。

〔註77〕

詩描繪了經歷戰亂、災荒之後的農村殘景。「徘徊丘隴間,依依昔人居。井竈有遺處,桑竹殘朽株」四句形象地概括了滄海桑田變遷之後的物是人非,從而自然而然地生發出「人生似幻化,終當歸空無」之「一世異朝市」的世事無常之感。可見,陶淵明詩歌表現理不是簡單地進行玄學教義的說教,而是「來自生活的,表現了陶淵明對於社會和人生的認識,而不是玄學的注疏和圖解」。〔註78〕

　　陶詩既能深入體驗自然萬象之微妙,又善於描繪自然萬象之微妙,極富體物繪形之美。上舉《雜詩》(其三)「嚴霜結野草,枯悴未遽央」即是工於體物之句。黃文煥析:「『嚴霜結野草』:『結』字工於體物,柔卉披霜,萎亂紛紜,根葉輒相糾纏,道盡極目;『枯

---

〔註76〕逯欽立校注:《陶淵明集》,第 116 頁。

〔註77〕逯欽立校注:《陶淵明集》,第 42 頁。

〔註78〕袁行霈:《陶淵明崇尚自然的思想與陶詩的自然美》,袁行霈《陶淵明研究》,第 70 頁,北京大學出版社,1997 年。

悴未遽央』：半生半死之況，尤爲慘戚，『未遽央』三字，添得味長」。
〔註79〕

### 時　運

　　邁邁時運，穆穆良朝。襲我春服，薄言東郊。

　　山滌餘靄，宇曖微霄。有風自南，翼彼新苗。〔註80〕

「有風自南，翼彼新苗」一句爲歷代激賞。春風自南方吹來，田野中
新生的禾苗隨風搖曳，輕盈飄逸宛若張開了翅膀。其中「翼」用得渾
樸生動，僅一字便將春苗寫得活靈活現、生機盎然。鍾惺評「翼」字
「奇古之極」，譚元春則贊其「細極靜極」。〔註81〕

### 遊斜川

　　辛酉正月五日，天氣澄和，風物閒美，與二三鄰曲，
同遊斜川。臨長流，望曾城，魴鯉躍鱗於將夕，水鷗
乘和以翻飛。彼南阜者，名實舊矣，不復乃爲嗟歎。
若夫曾城，傍無依接，獨秀中皋，遙想靈山，有愛嘉
名。欣對不足，率共賦詩。悲日月之遂往，悼吾年之
不留。各疏年紀鄉里，以記其時日。

　　開歲倏五十，吾生行歸休。念之動中懷，及辰爲茲游。
氣和天惟澄，班坐依遠流。弱湍馳文魴，閒谷矯鳴鷗。
迥澤散游目，緬然睇曾丘。雖微九重秀，顧瞻無匹儔。
提壺接賓侶，引滿更獻酬。未知從今去，當復如此不？
中觴縱遙情，忘彼千載憂。且極今朝樂，明日非所求。

〔註82〕

此亦極善體物之作。明黃文煥評此詩：「『弱湍馳文魴』。『弱湍』字
奇，湍壯則魚避，至於漸緩而勢弱，魚斯敢於馳矣；『迥澤散游目，
緬然睇曾丘。雖微九重秀，顧瞻無匹儔。』『散』字奇，意紛於四
顧，睛不得專聚也。既曰『散游目』，又曰『顧瞻無匹儔』，眼中意
中，去取選汰，不遺不苟；『中觴縱遙情』。『縱遙』曰『中觴』，酒

〔註79〕黃文煥析義：《陶元亮詩》卷四，汲古閣刻本。
〔註80〕逯欽立校注：《陶淵明集》，第13頁。
〔註81〕鍾惺，譚元春：《古詩歸》卷九，明萬曆45年刻本。
〔註82〕逯欽立校注：《陶淵明集》，第44～45頁。

趣深遠，初觸之情矜持，未能縱也。席至半而爲中觸之候，酒漸以多，情漸以縱矣。一切近俗之懷，杳然喪矣。近者喪，則遙者出矣」。〔註83〕

### 癸卯歲始春懷古田舍　其二

> 先師有遺訓，憂道不憂貧。瞻望邈難逮，轉欲患長勤。
> 秉耒歡時務，解顏勸農人。平疇交遠風，良苗亦懷新。
> 雖未量歲功，即事多所欣。耕種有時息，行者無問津。
> 日入相與歸，壺漿勞近鄰。長吟掩柴門，聊爲隴畝民。

〔註84〕

「平疇交遠風，良苗亦懷新」：冬去春來，暖風習習而至，拂過平曠的原野，禾苗茁壯成長，蘊含著新的生機。這兩句詩被視爲一時興到之語，歷來爲人稱道，並被奉爲陶詩最佳語句之一。蘇軾認爲，「非古之偶耕植杖者，不能道此語，非余之世農，亦不能識此語之妙」；〔註85〕南宋張表臣對這兩句也深有體會：「僕居中陶，稼穡是力。秋夏之交，稍旱得雨，雨餘徐步，清風獵獵，禾黍競秀，濯塵埃而泛新綠，乃悟淵明之句善體物也」；〔註88〕後洪亮吉說：「余最喜觀時雨既降，山川出雲氣象，以爲實足以窺化工之蘊。古今詩人雖善狀情景者，不能到也。陶靖節之『平疇交遠風，良苗亦懷新』，庶幾近之」。〔註87〕「亦」字表明「懷新」的不僅是禾苗，也不僅是詩人。一方面禾苗被賦予了人的情感，如劉熙載《藝概・詩概》所說，「陶詩……『良苗亦懷新』，物亦具我之情也」；另一方面詩人心頭洋溢的喜悅也充分表達了出來。

### 癸卯歲十二月中作與從弟敬遠

> 寢迹衡門下，邈與世相絕。顧盼莫誰知，荊扉晝常閉。

---

〔註83〕黃文煥析義：《陶元亮詩》卷二。
〔註84〕逯欽立校注：《陶淵明集》，第 77 頁。
〔註85〕蘇軾：《題淵明詩二首》，《蘇軾文集》卷六十七，第 2091 頁。
〔註88〕張表臣：《珊瑚鉤詩話》卷一，《歷代詩話》，第 459 頁。
〔註87〕洪亮吉：《北江詩話》卷一，劉德叔點校《洪亮吉集》，第 2243 頁，中華書局，2002 年。

> 淒淒歲暮風，翳翳經日雪。傾耳無希聲，在目皓已潔。
> 勁氣侵襟袖，簞瓢謝屢設。蕭索空宇中，了無一可悅。
> 歷覽千載書，時時見遺烈。高操非所攀，謬得固窮節。
> 平津苟不由，棲遲詎爲拙？寄意一言外，茲契誰能別！
> 〔註88〕

「傾耳無希聲，在目皓已潔」歷代被奉爲詠雪名句，刻畫而不黏滯，簡潔生動，聽之無聲、視之有色，無限風光躍然紙上。羅大經贊此詩，「只十字而雪之輕虛潔白，盡在是矣，後來詠者莫能加也」。〔註89〕

體物寫景在陶淵明詩歌當中不似一般的玄言詩只是體玄悟道的佐證或闡發機理的對象，而是詩人情感的載體，「他把自己的胸襟氣韻貫注於外物，使外物的生命更活躍，情趣更豐富；同時也吸收外物的生命與情趣來擴大自己的胸襟氣韻」，自然風景是作爲「作者的整個的人格」而出現在作品中的。〔註90〕

陶詩還善於將抽象的事態、哲理進行具體、形象的把握。《雜詩》（其一）：「盛年不重來，一日難再晨。及時當勉勵，歲月不待人」。一個「待」字，使「歲月」有了擬人化的形象感，流光飛逝、韶華不再的憂慮躍然紙上；其二「日月擲人去，有志不獲騁」，僅一「擲」字，使時間脫離了難以把握的抽象虛空狀態，產生了日月運行不息的具體感覺。陶詩表現了對自己生命、自然、社會的發現、思索、把握和追求，但講理深沉活潑，既有哲理，更有情趣。正因如此，「陶淵明所以不但是哲人，而且是最高的詩人」。〔註91〕

這樣，從藝術上看，陶淵明的創作不僅富有理性精神，更有「詩性」內涵，它體現了作家獨特、不可重複的藝術創造，表現了豐富多彩、鮮活豐滿的個體生命，提供了某種前人未曾提供的原創性審美經驗，是一種基於個體感性生命和精神追求的對於內部、外部世界的獨

---

〔註88〕 逯欽立校注：《陶淵明集》，第78頁。
〔註89〕 羅大經撰，王瑞來點校：《鶴林玉露》丙編卷五，第322頁，中華書局，1983年。
〔註90〕 朱光潛：《詩論·陶淵明》，《朱光潛全集》，第三卷，第259頁。
〔註91〕 林庚：《「及時當勉勵，歲月不待人」》，林庚《唐詩綜論》，第331頁。

特審美把握。

　　玄言詩所以受到後世人們的嚴厲批評，一個很重要的原因在於它「情既離乎比興，體有近乎偈語」，以談玄說理悟道為主要內容，強調的往往是擺脫俗世塵纓、超越人間情緣的玄遠之境，自然缺乏現實人生中個人情感的流露。陶詩則理中有情，表現出充沛的感情活力，言理深沉而活潑，且不廢人事、不離人情，超俗但不絕世──既超脫世俗，又富生活情趣。陶淵明是「一位纏綿俳惻最多情的人」。〔註92〕其作品中所表現的不僅有「復得返自然」的隱居之樂，還有「遙遙從羈役，一心處兩端」的身不由己的宦遊之歎，更有「日月擲人去，有志不獲騁」的無成之悲，「夏日長抱饑，寒夜無被眠」的飢寒交迫之苦。陶淵明雖然超脫俗世而不棄絕人世，具有深切的人際關懷，其詩中既有對國家、社會的深切關懷，對自然、人生的理性思考，也充滿了手足、親子、朋友、鄉黨之間平實而溫馨的人倫感情。如《榮木》有「總角聞道，白首無成」，「徂年既流，業不增舊」之悵然；《答龐參軍》亦有知己遠行「良話曷聞」，「嘉遊未歡，誓將離分」之憂傷；《遊斜川》則在天氣澄和、風物閑美的春日之遊中抒發了時光流逝、壯年不再、人生無常的千載之憂。

### 諸人共遊周家墓柏下

　　　　今日天氣佳，清吹與鳴彈。感彼柏下人，安得不為歡。
　　　　清歌散新聲，綠酒開芳顏。未知明日事，余襟良以殫。

〔註93〕

詩寫眾人共遊於周家墓地之柏下，雖有人生無常之感慨，但更有清吹、鳴彈、高歌、飲酒的盡情之欣然。欣慨相交，揮之難盡。

### 和郭主簿　其二

　　　　和澤同三春，華華涼秋節。露凝無遊氛，天高肅景澈。
　　　　陵岑聳逸峰，遙瞻皆奇絕。芳菊開林耀，青松冠巖列。

---

〔註92〕梁啓超：《陶淵明之文藝及其品格》，梁啓超《陶淵明》，第9頁，上海商務印書館，1934年再版。
〔註93〕逯欽立校注：《陶淵明集》，第49頁。

懷此貞秀姿，卓爲霜下傑。銜觴念幽人，千載撫爾訣。

檢素不獲展，厭厭竟良月。〔註94〕

高天肅景、陵岑聳立，芳菊耀林、青松冠岩，所記是風光山水的妙賞之樂。

### 飲酒 其十四

故人賞我趣，挈壺相與至。

班荊坐松下，數斟已復醉。

父老雜亂言，觴酌失行次。

不覺知有我，安知物爲貴。

悠悠迷所留，酒中有深味！〔註95〕

故人父老彼此雜言、失行的自由豁達彌漫著挈手宴飲的交遊之樂。

### 移居 其一

昔欲居南村，非爲卜其宅。聞多素心人，樂與數晨夕。

懷此頗有年，今日從茲役。弊廬何必廣，取足蔽床席。

鄰曲時時來，抗言談在昔。奇文共欣賞，疑義相與析。

〔註96〕

此詩是鄰曲之間奇文共賞、疑義同析之樂。

### 移居 其二

春秋多佳日，登高賦新詩。過門更相呼，有酒斟酌之。

農務各自歸，閒暇輒相思；相思則披衣，言笑無厭時。

此理將不勝，無爲忽去茲。衣食當須紀，力耕不吾欺。

〔註97〕

此則是登高妙賞而賦詩、田園力耕而無所悔恨的豁達之樂。

### 庚戌歲九月中於西田獲早稻

人生歸有道，衣食固其端。孰是都不營，而以求自安！

開春理常業，歲功聊可觀。晨出肆微勤，日入負禾還。

---

〔註94〕逯欽立校注：《陶淵明集》，第 61 頁。

〔註95〕逯欽立校注：《陶淵明集》，第 95 頁。

〔註96〕逯欽立校注：《陶淵明集》，第 56 頁。

〔註97〕逯欽立校注：《陶淵明集》，第 57 頁。

　　　　山中饒霜露，風氣亦先寒。田家豈不苦？弗獲辭此難。
　　　　四體誠乃疲，庶無異患干。盥濯息簷下，斗酒散襟顏。
　　　　遙遙沮溺心，千載乃相關。但願長如此，躬耕非所歎。

〔註98〕

所記乃是四季勞作、飽受風霜的身心疲乏之苦。方宗誠評此詩：「陶公高於老莊，在不廢人事、人理，不離人情，只是志趣高遠，能超然境遇形骸之上」。〔註99〕

　　責子

　　　　白髮被兩鬢，肌膚不復實。雖有五男兒，總不好紙筆。
　　　　阿舒已二八，懶惰故無匹。阿宣行志學，而不愛文術。
　　　　雍端年十三，不識六與七。通子垂九齡，但覓梨與栗。
　　　　天運苟如此，且進杯中物。〔註100〕

此詩在流露對後人「不肖」之無奈的同時，父子之親情、舐犢之憐愛溢於言表。

　　悲從弟仲德

　　　　銜哀過舊宅，悲淚應心零。借問為誰悲？懷人在九冥。
　　　　禮服名群從，恩愛若同生。門前執手時，何意爾先傾。
　　　　在數竟不免，為山不及成。慈母沈哀疾，二胤才數齡。
　　　　雙位委空館，朝夕無哭聲。流塵集虛坐，宿草旅前庭。
　　　　階除曠遊迹，園林獨餘情。翳然乘化去，終天不復形。
　　　　遲遲將回步，惻惻悲襟盈。〔註101〕

此詩情致纏綿悱惻，躍然紙上的是物是人非之感慨，親人早逝之哀傷。

　　怨詩楚調示龐主簿鄧治中

　　　　天道幽且遠，鬼神茫昧然。結髮念善事，僶俛六九年。
　　　　弱冠逢世阻，始室喪其偏。炎火屢焚如，螟蜮恣中田。
　　　　風雨縱橫至，收斂不盈廛。夏日長抱飢，寒夜無被眠。

〔註98〕逯欽立校注：《陶淵明集》，第84頁。
〔註99〕方宗誠：《陶詩眞詮》，《柏堂遺書》，光緒桐城方氏志學堂刻本。
〔註100〕逯欽立校注：《陶淵明集》，第106頁。
〔註101〕逯欽立校注：《陶淵明集》，第69頁。

　　　造夕思雞鳴，及晨願鳥遷。在己何怨天，離憂淒目前。

　　　吁嗟身後名，於我若浮煙。慷慨獨悲歌，鍾期信爲賢。

〔註102〕

此詩是陶淵明仿擬樂府舊題《怨歌行》所作，世事巨變、妻子早亡、水旱天災不時而至，平生飢寒交迫之苦難盡現筆端。

　　任何一種文體都包含著兩個層次的內容，從表層看，「文體是作品的語言秩序、語言體式」。〔註103〕「陶彭澤體」之語體表現正是「質直」的「田家語」，〔註104〕這本是六朝人出於對書面文體的維護而對陶淵明創作的一個貶低，但這個「質直」的「田家語」卻歪打正著地點明了陶淵明創作的語體特徵。

　　「寫什麼」與「怎麼寫」往往密切聯繫，陶詩以描繪普通平凡的農村田園生活爲主，最爲合適的語體方式當然就是以「質直」（質樸、直接）爲特徵的「田家語」（似是農村日常生活所使用的語言）。蘇東坡稱陶詩，「初若散緩不收，反復不已，乃識其奇趣」；〔註105〕姜夔亦稱陶詩「散而莊」，〔註106〕蘇、姜二人拈出的這個「散」字可謂恰得陶詩之要領。陶詩語言大多與散文接近，簡單凝煉、明白、生動且節奏自然，少有排偶雕飾與辭藻堆砌，所表現出的素樸、自然、清朗與那個時代的繁縟、矯飾、浮靡形成了鮮明的對照。錢鍾書將這一特點稱爲「通文於詩」，說「唐以前惟陶淵明通文於詩，稍引厥緒，樸茂流轉，別開風格」；〔註107〕高建新則稱爲「以文爲詩」，並將中國文學史上「以文爲詩」的傳統由韓愈上溯到陶淵明。所謂的「以文爲詩」，指陶淵明以「散文的篇章結構、句法及其虛詞、虛字入詩，使

---

〔註102〕　逯欽立校注：《陶淵明集》，第49～50頁。

〔註103〕　童慶炳：《文體與文體的創造》，第1頁，雲南人民出版社，1999年。

〔註104〕　「田家語」是晉宋之際對陶淵明詩文語言的評價，《詩品》，第41頁。

〔註105〕　蘇軾：《書唐氏六家書後》，《蘇軾文集》卷六十九，第2206頁；又《冷齋夜話》卷一引蘇軾語「淵明詩初視若散緩，熟視之有奇趣。」

〔註106〕　姜夔：《白石道人詩說》，《歷代詩話》，第681頁。

〔註107〕　錢鍾書：《談藝錄》（補訂本），第73頁。

詩歌呈現出一種如散文般的平實自如、天然入妙，能夠更痛快暢達地敘事、抒情」。陶淵明「以文爲詩」給人耳目一新之感，使其作品帶有一種自由流暢、樸實明淨、天然入妙之美。〔註108〕

　　「以文爲詩」的說法最早見於陳師道的《後山詩話》，相關記載有兩條，黃魯直云：「杜之詩法出審言，句法出庾信，但過之爾。杜之詩法，韓之文法也。詩文各有體，韓以文爲詩，杜以詩爲文，故不工爾」；又「退之以文爲詩，子瞻以詩爲詞，如教坊雷大使之舞，雖極天下之工，要非本色」。〔註109〕當然用「以文爲詩」概括陶詩並非沒有可商榷之處。這一說法還見於南宋陳善《捫虱新話》對杜甫、韓愈創作的評價：「韓以文爲詩，杜以詩爲文，世傳以爲戲。然文中要自有詩，詩中要自有文，亦相生法也。文中有詩，則句語精確；詩中有文，則詞調流暢。謝玄暉曰：『好詩圓美流轉如彈丸。』此所謂詩中有文也。唐子西曰：『古文雖不用偶儷，而散句之中，暗有聲調，步驟馳騁，亦有節奏。』此所謂文中有詩也。觀子美到夔州以後詩，簡易純熟，無斧鑿痕，信是如彈丸矣」。〔註110〕如果以「詩中有文」概括陶詩語言「詞調流暢」、「圓美流轉如彈丸」自然質樸的特色可能更爲恰當。

　　這樣，陶詩的語體特徵就能以「田家語」與「詩中有文」加以概括。

　　首先是「田家語」的「質直」與簡淡。陶詩語言口頭化與家常化特徵明顯，「質直」之「質」可以理解爲質樸，陶詩與當時的詩壇主流相比質樸無文，自成一格，其語言不事雕琢，明白如話。如《雜詩》（其八）：「正爾不能得，……」清陳祚明《採菽堂古詩選》卷十四稱：「『正爾不能得』句法，晉時人質語，後人不能道」。「質

---

〔註108〕　高建新：《自然之子——陶淵明》，第 119～126 頁，內蒙古大學出版社，2003 年。

〔註109〕　陳師道：《後山詩話》，《歷代詩話》，第 303 頁、第 309 頁。

〔註110〕　蔡夢弼《杜工部草堂詩話》引陳善《捫虱新話》語，丁福保輯《歷代詩話續編》，第 205～206 頁，中華書局，1983 年。。

直」之直則應理解為「脫口而出，無矯揉妝束之態」〔註 111〕的直
率。嚴羽比較陶詩與謝詩稱：「謝所以不及陶者，康樂之詩精工，
淵明之詩質而自然」。〔註 112〕所謂「質而自然」即「直寫己懷，自
然成文」，〔註 113〕是思想情感的直接流露，沒有做作拿捏之處。簡
淡之簡，表現為陶詩「語言之妙，往往累言說不出處，數字迴翔略
盡」；〔註 114〕簡淡之淡，則指陶詩行文緩慢舒展，沒有突兀的雕句
鍊字，沒有炫目的色彩渲染。

　　「詩中有文」的散文化筆調。首先是陶詩「散文化的篇章結構」，
陶詩敘事往往以時間的先後為順序，敘述事件的起因、發展及結果，
用語樸實，簡潔明瞭。如《乞食》：

> 飢來驅我去，不知竟何之！行行至斯里，叩門拙言辭。
> 主人解余意，遺贈豈虛來？談諧終日夕，觴至輒傾杯。
> 情欣新知勸，言詠遂賦詩。感子漂母惠，愧我非韓才。
> 銜戢知何謝，冥報以相貽。〔註 115〕

「起二句諧甚、趣甚，以下求食得食，因飲而欣，因欣而生感，因感
而思謝，俱是實情實境」。〔註 116〕此詩完全按照事情的發展始末組
織：「飢來驅我去」，「行行至斯里」，「叩門拙言辭」，「主人遺贈」、主
客談諧終日、傾觴而飲，賦詩感恩整個過程完全是依序寫來，絕無顛
倒章句之痕。陶詩「散文化的句法」則主要體現在對特定語境下不同
句式的選擇、使用上。陶詩「造語簡妙」，多使用散文化的設問句式。
如《和劉柴桑》：「山澤久見招，胡事乃躊躇」；《飲酒》：「問君何能爾，
心遠地自偏」；《五月旦作和郭主簿》：「既來孰不去，人因固有終」；
《己酉歲九月九日》：「何以稱我情，濁酒且自陶」等。陶詩虛詞、虛

---

〔註111〕　王國維：《人間詞話》，載《蕙風詞話·人間詞話》，第 218 頁，人
　　　　　民文學出版社，1984 年。
〔註112〕　嚴羽：《滄浪詩話》，第 151 頁。
〔註113〕　許學夷：《詩源辨體》卷六，第 101 頁，人民文學出版社，1987 年。
〔註114〕　鍾惺、譚元春：《古詩歸》卷九。
〔註115〕　逯欽立校注：《陶淵明集》，第 48 頁。
〔註116〕　溫汝能：《陶詩彙評》卷二。

字的妙用，堪稱一絕，它們沖淡了詩句固有的稠密、凝重，爲陶詩帶
來了清新、疏雅之美。以陶詩「之」字的運用爲例：《讀山海經》其
一：「微雨從東來，好風與之俱」；《移居》其二：「過門更相呼，有酒
斟酌之」；《己酉歲九月九日》：「從古皆有沒，念之中心焦」；《飲酒》
其一：「衰榮無定在，彼此更共之」；其十二：「擺落悠悠談，請從余
所之」；《擬古》其六：「萬一不合意，永爲世笑之」；《雜詩》其七：「去
去欲何之？南山有舊宅」。錢鍾書《談藝錄》稱：陶詩「以『之』作
代名詞用者」極妙。〔註117〕

　　陶詩對「田家語」不奇而奇的絕妙運用及「詩中有文」的藝術特
色使其別具審美價值，也使陶淵明區別並最終超越了以「儷採百字之
偶，爭價一字之奇」爲特徵的晉宋詩壇。

　　一個作家之所以能夠成爲經典作家，首先要求它所創造的必須是
「眞正的藝術作品」，還要看它（作家和作品）是否爲民族文學藝術
的寶庫貢獻了某種新的、具有原創性的東西。如《紅樓夢》之所以成
爲文學經典的「常青樹」，首先是它的藝術質量（藝術作品的原創性）
非同尋常「只有高度的藝術質量所產生的藝術魅力，才能征服一代又
一代的接受者，才能保證作品經得起歷史和時間的沖刷而作爲文學經
典保留下來」。〔註118〕

　　詩文一道不過「理」「事」、「情」而已，「譬之一木一草，其能發
生者，理也。其既發生，則事也。既發生之後，夭矯滋植，情狀萬千，
咸有自得之趣，則情也。……三者藉氣而行者也。得是三者，而鼓行
於其間，絪縕磅礴，隨其自然，所至即爲法，此天地萬象之至文也」；
「此三言者足以窮盡萬有之變態。凡形形色色，音聲狀貌，舉不能越
乎此」。〔註119〕陶淵明詩寫景狀物在人耳目，言情詠懷沁心入脾，言

〔註117〕　錢鍾書：《談藝錄》（補訂本），第73頁。
〔註118〕　童慶炳：《〈紅樓夢〉、「紅學」與文學經典化問題》，《中國比較文學》
　　　　　2005年第4期。
〔註119〕　葉燮：《原詩》內篇下，《原詩・一瓢詩話・說詩晬語》，第21～23
　　　　　頁，人民文學出版社，1979年。

道述理含蓄蘊藉，能夠體物達理、情理相生，實現了體物、抒情、闡理的統一，既有物色之美、又有情致之幽、還具說理之趣。陶淵明創作的思想情感和藝術表現都在中國文學歷程中翻開了嶄新的一頁，極具文學史價值，而這也正是文學經典所應具有的新鮮品格。

## 三、從「靖節徵士」到「古今隱逸詩人之宗」

### （一）「靖節徵士」

　　顏延之《陶徵士誄並序》提供了中國歷史上最早較爲完整、準確的作爲隱逸之士的陶淵明經典形象，這是目前所見史料當中唯一由陶淵明生前故舊所提供的記錄。其誄曰：「有晉徵士潯陽陶淵明，南嶽之幽居者也。弱不好弄，長實素心。學非稱師，文取指達。……心好異書，性樂酒德，簡棄煩促，就成省曠。……若其寬樂令終之美，好廉克己之操，有合諡典，無愆前志。故詢諸友好，宜諡曰靖節徵士」。〔註120〕「有學行之士，經詔書徵召而不仕者曰徵士，尊稱之則曰徵君」。〔註121〕「徵士」是徵而不仕之士，歸根結蒂還是隱士，《陶徵士誄並序》所記載的陶淵明確實是一個具有「寬樂令終之美，好廉克己之操」的隱逸之士。顏延之是陶淵明好友，《陶徵士誄並序》這樣描述兩人的親密關係：「自爾介居，及我多暇。伊好之洽接閻。宵盤晝憩，非舟非駕」；《宋書・隱逸傳》亦載：「先是顏延之爲劉柳後軍曹，在尋陽與潛情款。後爲始安郡，經過，日日造潛。每往，必酣飲至醉。臨去，留二萬錢與潛。潛悉送酒家，稍就取酒」。如此看來，《陶徵士誄並序》對陶淵明事迹描述、記載應比較準確可信。

　　《陶徵士誄並序》較爲詳盡地記述了陶淵明的隱逸事迹與高風亮節，在一定程度上具有蓋棺定論的性質。但對其文學創作則只以淡淡一句「文取指達」就輕輕略過。這當然首先與誄的文體特徵相關，誄

---

〔註120〕　蕭統：《文選》卷五十七，第 2470～2472 頁，上海古籍出版社，1986年。

〔註121〕　趙翼：《陔餘叢考》卷三十六，第 801 頁，中華書局，1963 年。

是稱頌死者德行之文，最初具有爲逝者確定諡號的功能，用於喪葬之禮。《說文解字》：「誄，諡也。諡行之迹也」；劉勰《文心雕龍·誄碑》稱：「誄者，累也，累其德行，旌之不朽也」。故誄之爲制「蓋選言錄行，傳體而頌文，榮始而哀終。論其人也，曖乎若可覿，道其哀也，淒焉如可傷」。在中國傳統的「三不朽」觀念中，「立德」不朽居於首位，誄的基本特徵是確定諡號使之不朽，故以詳細記錄亡人德行爲主。顏氏此誄亦說「實以誄華，名由諡高」。但這可能並不是此誄不論陶淵明文學成就的唯一原因，對照其它誄文，這一點就相對清楚了。曹植《王仲宣誄》就以「文若春華，思若湧泉。發言可詠，下筆成篇」讚美了王粲的文才；〔註122〕潘岳《夏侯常侍誄》也以「英英夫子，灼灼其俊。飛辯摛藻，華繁玉振。如彼隨和，發彩潤流。如彼錦繢，列素點絢。人見其表，莫測其裏」褒獎了夏侯湛的才華。〔註123〕與《王仲宣誄》、《夏侯常侍誄》相比，我們便可發現《陶徵士誄》輕描淡寫地以「文取指達」評價陶淵明是可能別有深意──暗含了以顏延之爲代表的主流詩人對陶淵明詩文風格的輕視。這種評價表面來看這似是以「辭達而已矣」〔註124〕進行褒獎，實際上卻是對陶淵明作品缺少修飾和文采的含蓄批評。陶淵明的作品缺少六朝文學的時代感──語言修辭的華麗風格，而這正是以顏謝爲代表的同代人所極力推崇和追求的。顏延之的詩「如鋪錦列繡，亦雕繪滿眼」，「辭達而已矣」的評價幾乎使陶淵明的作品被排斥在文學範圍之外。顏延之這種評價也基本代表了六朝文壇對陶淵明創作的態度。

〔註122〕　蕭統：《文選》卷五十六，第 2435 頁。
〔註123〕　蕭統：《文選》卷五十七，第 2450 頁。
〔註124〕　《論語·衛靈公》「子曰：『辭達而已矣』。」後蘇東坡對「辭達」進行了重新闡釋，再用以評價陶淵明就再恰當不過了。其《與謝民師推官書》：「孔子曰：『言之不文，行而不遠。』又曰：『辭達而已矣。』夫言止於達意，即疑若不文。是大不然。求物之妙，如係風捕影，能使是物了然於心者，蓋千萬人而不一遇也。而況能使了然于口與手者乎？是之謂辭達。辭至於能達，則文不可勝用矣。」《蘇軾文集》，第 1418 頁。

　　沈約《宋書》爲陶淵明立傳，列入隱逸而未入文苑——文苑在史書中相當於專門的文學史——重其隱士身份而完全忽視了其作爲詩人的意義，生平行事述之較詳，於詩於文則無評語。另外，沈約《宋書‧謝靈運傳論》較爲明晰地敘述了晉宋文學的發展狀況，亦隻字未提陶淵明。《宋書‧陶淵明傳》以史傳的平實筆法記錄了陶淵明的主要人生歷程，重點突出了其胸懷高潔、瀟灑不拘的人格，提供了許多可供後人對陶淵明進行想像性建構的重要文化資源。其一，「恥事二姓」的「忠憤」說，使陶淵明最初的忠臣形象得以塑成雛形。「潛弱年薄官不潔去就之迹，自以曾祖晉世宰輔，恥復屈身後代，自高祖王業漸隆，不復肯仕。所著文章，皆題其年月，義熙以前，則書晉氏年號，自永初以來，唯云甲子而已」。這就以「詩題甲子」將陶淵明詩歌的政治隱喻凝定在了「忠晉憤宋」的「不事二姓」上；其二，《宋書》載「郡遣督郵至縣，吏白應束帶見之。潛歎曰：『我不能爲五斗米，折腰向鄉里小人！』即日解印綬去職，賦《歸去來》」。這是「不爲五斗米折腰」而「解綬歸田」的軼事；其三「無弦琴」的傳說：「潛不解音律，而畜素琴一張，無弦，每有酒適，輒撫弄以寄其意」；其四《宋書》對陶淵明「公田種秫」「九日坐菊」、「葛巾漉酒」、「王弘送酒」等富有傳奇色彩的飲酒事迹也有記載。這些軼事都成了後世對陶淵明進行理想性塑造的重要資源。

　　《宋書》第一次以史傳的形式爲陶淵明作傳，爲陶淵明生平事迹的流傳奠定了一塊重要的基石。蕭統的《陶淵明傳》、李延壽的《南史‧隱逸傳》、房玄齡等的《晉書‧隱逸傳》爲陶淵明立傳都是以《宋書》對陶淵明平生事略的記載爲基礎的。

　　顏延之《陶徵士誄並序》與沈約《宋書‧隱逸傳》對陶淵明的記載雖然只重其隱士身份而忽視了其作爲詩人的意義，但我們並不能因此而否認這種行事記載對於陶淵明經典構成的作用力。

　　「中國文化有一個特點，就是對人的評價很高。人在宇宙中佔了很高的地位，人爲萬物之靈。……中國的文化講的是『人學』，著重

的是人」。〔註125〕儒道二家都極其重視人的生存價值。《荀子·王制》言：「水火有氣而無生，草木有生而無知，禽獸有知而無義；人有氣、有生、有知且有義，故最爲天下貴也」。人是天下最爲貴者；《老子》第二十五章：「道大，天大，地大，人亦大」。人爲「四大」之一。這樣，人自然而然就應當成爲理解中國幾乎一切文化形態的重要切入點，要理解文學就必須首先理解人。中國文學批評最爲基本的原則是主體性批評，其中包含兩個重要文學觀念，一是「詩言志」，一是「詩緣情」。「言志」與「緣情」都強調詩有一個固定的意義產生的源泉，一個意義創造的主體。詩人就是詩的本源，是詩歌意義的本源，也應當是解釋詩歌的最爲重要的參照。而這也正是抒情理論與再現理論的區別：抒情理論關注的重心是創作主體，藝術品雖然在物質形態上與作家獨立存在，但卻是藝術家內心世界的延展。故曰「頌其詩，讀其書，不知其人可乎？是以論其世也。是尙友也」。〔註126〕這樣要理解和解釋詩歌作品，作者就成了一個關鍵的視點。中國古代的美學與藝術論也正是圍繞人——人的生存意義、人格價值、人生境界展開的。其基本觀念在於藝術與美是人生境界的顯現與外化，藝術是人生體驗的表達，是人自我發現、確證、觀照的一種重要方式，人生境界與藝術境界是合二爲一的統一體。對文學文本的關注與理解從人生出發，而最終又落實到人生。理解與解釋文本的前提基礎是關注文所產生的源泉——詩人。中國傳統的美學與文學批評總是和人密切相關的，其特徵是「在人的具體生命的心、性中，發掘出藝術的根源，把握到精神自由解放的關鍵」。〔註127〕

　　「文如其人」的觀念在中國極爲久遠。〔註128〕《周易·繫辭上》

〔註125〕 馮友蘭：《中國哲學的特質》，中國文化書院講演錄編委會《論中國傳統文化》，第139～140頁，北京三聯書店，1988年。
〔註126〕 《孟子·萬章下》。
〔註127〕 徐復觀：《中國藝術精神·自敘》，華東師範大學出版社，2001年。
〔註128〕 當然，對此也有異議，如元好問《論詩絕句》稱：「心畫心聲總失眞，文章寧復見爲人」。錢鍾書對「文如其人」問題作過精彩闡釋，

有「聖人之情見乎辭」的說法,《周易‧繫辭下》則更爲具體地指出：
「將叛者其辭慚,中心疑者其辭枝,吉人之辭寡,躁人之辭多,誣善
之人其辭游,失其守者其辭屈」;《文心雕龍‧體性》主張:「夫情動
而言形,理發而文見,蓋沿隱以至顯,因內而符外⋯⋯各師成心,其
異如面」;陸游《上辛給事書》斷言文如其人,不可復隱:「人心之所
養,發而爲言;言之所發,比而成文。人之邪正,至觀其文則盡矣,
決矣,不可復隱矣」;李贄《讀律膚說》論詩主「格調」,強調有格才
有調:「性格清澈者音調自然宣暢,性格舒徐者音調自然疏緩,曠達
者自然浩蕩,雄邁者自然壯烈,濃鬱者自然悲酸,古怪者自然奇絕。
有是格便有是調,皆情性之自然之謂也」;劉熙載《藝概‧詩概》直
言「詩品出於人品」:「詩格,一爲品格之格,如人之有智愚賢不肖也;
一爲格式之格,如人之有貧富貴賤也。詩品出於人品。人品悃款樸忠
者最上,超然高舉,誅茅力耕者次之,送往勞來,從俗富貴者無譏焉」。

　　在中國文化系統當中,文不是單純的文本存在,而是一個極具倫
理包蘊性的概念,包含著眾多的社會道德因素,是一個典型的道德綜
合體,幾乎具有道德文化的全體意義。有學者通過考察卜辭和金文中
的「文」字,認爲商周時期「文」是對人的美稱,是對人的偏向於道
德倫理行爲態度的評價,「對於行爲說,德是發之於內,文是表之於
外,提到『文』是不能不想到德的」。〔註 129〕春秋戰國以後,文的道
德內涵愈發明顯。《國語》以文爲世間諸多基本美德和重要品格的綜
合與集中,「夫敬,文之恭也;忠,文之實也;信,文之孚也;仁,
文之愛也;義,文之制也;智,文之興也;勇,文之帥也;教,文之
施也;孝,文之本也;惠,文之慈也;讓,文之材也。象天能敬,帥
意能忠,思身能信,愛人能仁,利制能義,事建能智,帥意能勇,施
辯能教,昭神能孝,慈和能惠,推敵能讓」。〔註 130〕韋昭注云:「文

---

見《談藝錄》(補訂本),第 161 頁~165 頁。

〔註 129〕 李鎮淮:《「文」義探源》,季鎮淮《來之文錄》,第 23 頁,北京大
　　　　　學出版社,1992 年。

〔註 130〕 上海師範大學古籍整理組校點:《國語》卷三,《周語》下,第 96

者，德之總名也」。這樣就將敬、忠、信、仁、義、智、勇、教、孝、惠、讓等最為重要的道德質量都集中到了「文」這一載體之上。漢代劉向《說苑・修文》稱：「文，德之至也，德不至則不能文」。〔註131〕文的道德屬性不可能憑空產生，只能源於作者。在這樣的觀念之下，要理解文學，就必須得加強對文之道德屬性的關注，要達到這樣的目的，僅從文本入手理解文學就明顯不夠了，只能從作者出發才可能做得到。

　　文學研究的道路主要有兩條：一是研究文本之所為，便離不開體的問題；一是研究文本之所出，那就必須要關注作者。「中國的文學批評，從它的開始起，主要即是沿著兩線發展的——論作者和論文體。一直到後來的詩文評或評點本的集子，也還是這樣；一面是『讀其文不知其人可乎』的以作者為中心的評語；一面是『體有萬殊』而『能之者偏』的各種文體體性風格的辨析。一切的觀點和理論，都是通過這兩方面來表現或暗示的」。〔註132〕後世對陶淵明的批評也正是循著這兩條道路進行的，一是對陶淵明思想境界與人格修養的探討，一是對陶淵明詩歌文本特色與藝術風格的研究。而後者的進展恰是以對前者的認識為基礎和前提的。六朝是文學的自覺時代，文學自覺的前提是人主體性的發現與覺醒，作者的人格魅力、獨特氣質、先天稟賦、精神風貌等主體性因素被提到文學批評的重要位置。顏延之的誄、沈約的傳記載了陶淵明簡略的生平行迹，這為理解進而解釋其詩文提供了雖然略顯簡單但真實可靠的歷史材料和必要的前提條件。

## （二）「古今隱逸詩人之宗」

　　鍾嶸《詩品》評論了漢代之後的 123 家五言詩人（包括不具名的古詩）。《詩品序》雖然強調「預此宗流者，便稱才子」，但仍以較為嚴格的品第升降方法將所有詩人分為三品，其中上品 12 人、中品 39

　　　　頁，上海古籍出版社，1978 年。
〔註131〕　劉向編著，向宗魯校證：《說苑校證》卷十九，中華書局，1987 年。
〔註132〕　王瑤：《文體辨析與總集的成立》，王瑤《中古文學史論》，第 87 頁，
　　　　北京大學出版社，1998 年。

人、下品 72 人。那麼鍾嶸《詩品》選擇詩人與劃分品級的依據與標準是什麼呢？

> 五言居文詞之要，是眾作之有滋味者也，故云會於流俗。豈不以指事造形，窮情寫物，最爲詳切者耶！故詩有三義焉：一曰興，二曰比，三曰賦。文已盡而意有餘，興也；因物喻志，比也；直書其事，寓言寫物，賦也。宏斯三義，酌而用之，幹之於風力，潤之以丹彩，使味之者無極，聞之者動心，是詩之至也。〔註133〕

首先作品要「有滋味」。鍾嶸認爲五言詩乃「指事造形，窮情寫物最爲詳切者」，文情之美兼具，是眾體當中最有滋味者，故《詩品》只評五言詩人，是一部簡略的五言詩歌史；鍾嶸對「賦比興」三義進行了重釋，將興置於首位，重視其「文已盡而意有餘」的藝術效果；具有「風力」、「丹彩」，並能夠「使味之者無極，聞之者動心」藝術效果的作品，是詩歌的最高標準。《詩品序》稱曹植爲「建安之傑」，陸機爲「太康之英」，謝靈運爲「元嘉之雄」，「皆五言之冠冕，文詞之命世也」。在鍾嶸的心目中，這三個人代表了五言詩發展不同時期的最高成就。曹植是《詩品》評價最高的作家，可以反映鍾嶸的審美理想：「陳思之於文章也，譬人倫之有周、孔，鱗羽之有龍鳳，音樂之有琴笙，女工之有黼黻」；其特點爲「骨氣奇高，辭采華茂，情兼雅怨，體被文質」。這一評語包含了情感內容的「雅」與「怨」，體制風格的「文」與「質」。「雅」反映的是以雅正爲美的藝術原則，「怨」則是繼承了漢代以來以悲爲美的審美觀念，「文」、「質」相兼表達了對不浮、不野，「文質彬彬」儒家詩學思想的認可。陸機「才高詞贍，舉體華美」；謝靈運則以「名章迥句，處處間起；典麗新聲，絡繹奔會」爲特色。曹、陸、謝三人都具有文采華麗的特點，可見《詩品》的詩人批評除以「自然英旨」爲貴之外，文采也是一個十分重要標準。《詩品》所推崇的上品詩人作品多形式美感特徵較爲明顯，如曹植的

---

〔註133〕 鍾嶸著，陳延傑注：《詩品注》，第 2 頁，人民文學出版社，1961年。

「骨氣奇高，詞採華茂」，陸機的「才高詞贍，舉體華美」，潘岳的「爛若舒錦」，張協的「詞採蔥蒨，音韻鏗鏘」，謝靈運的「才高詞盛，富豔難蹤」。故錢鍾書先生以為其論詩標準「與淵明之和平淡遠，不相水乳，所取反在其華靡之句，仍囿於時習而已」。〔註134〕

《詩品》清楚明白地確立了陶淵明的詩人地位。「古今隱逸詩人之宗」的命名，使其經典地位得以初顯，影響深遠。另外《詩品》對陶淵明詩歌的淵源、語言特徵都做出了不同以往的新闡釋，但僅將陶淵明列入中品，在文學史上引起了較大的爭議。另外《詩品序》結尾處列舉了二十二位詩人的代表作品，鍾嶸稱它們為「五言之警策者也。所以謂篇章之珠澤，文采之鄧林」，其中包括「陳思贈弟，仲宣七哀……顏延入洛，陶公詠貧之製，惠連搗衣之作。」〔註135〕陶淵明《詠貧士》詩位列其中。

《詩品》對陶淵明的具體評價是如下這段文字：

> 其源出於應璩，又協左思風力。文體省淨，殆無長語。篤意真古。辭興婉愜。每觀其文，想其人德。世歎其質直，至如「歡言酌春酒」、「日暮天無雲」，風華清靡，豈直為「田家語」哉？古今隱逸詩人之宗也。〔註136〕

「這是陶淵明的詩歌第一次正式被品評」。〔註137〕

### 1、備受爭議的中品詩人

《詩品》類似一部簡要的五言詩歌史，它採用一種簡單易行的品第方式通過排名來確立作家的文學史地位。陶淵明在《詩品》的總體排名中位於中品第 25 位，位居全部 123 家之前列。如再考慮《詩品序》所言稱的「一品之中，略以世代為先後，不以優劣為詮次」。那麼陶淵明的地位則在上品「古詩」和 11 位漢代以來文壇精英之後，下品 72 位文學創作各具特色的詩人之前。這種做法所賦予陶淵明的

---

〔註134〕　錢鍾書：《談藝錄》（補訂本），第 93 頁。
〔註135〕　鍾嶸著，陳延傑注：《詩品》，第 5 頁。
〔註136〕　鍾嶸著，陳延傑注：《詩品》，第 41 頁。
〔註137〕　曹旭：《詩品研究》，第 194 頁，上海古籍出版社，1998 年。

文學地位與此前單純的隱士形象相比是較爲顯赫和重要的。

即使如此，後人還是對《詩品》這種做法提出了眾多疑義。主要的意見是認爲與上品諸詩人相比，將陶淵明排在中品明顯不公。如明閔文振《蘭莊詩話》：「置之『中品』，其『上品』十一人，如王粲、阮籍輩，顧右於潛耶？」沈德潛也認爲鍾嶸將陶淵明置於中品是難辭其咎的不智之舉，《說詩晬語》卷上曰：「陶公以名臣之後，際易代之事，欲言難言，時時寄託，不獨《詠荊軻》一章也。六朝第一流人物，其詩自能曠世獨立。鍾記室謂其源出於應璩，目爲中品，一言不智，難辭厥咎已」；王士禎《漁洋詩話》卷下則直稱「中品之陶潛，宜在上品。」還有意見則認爲陶淵明原在上品，今於中品，是文本流傳訛誤所致。諸種說法可能都有其合理之處，其目的在於對陶淵明文學創作給予更高、更充分的肯定。但如果我們結合鍾嶸《詩品》所處的文化語境，便只能對他的做法表示滿意和肯定了，我們不能指望陶淵明在一個與其文風不甚合拍的環境中獲得後人所期盼的文學聲譽。

**2、陶詩的藝術「淵源」**

推尋源流是《詩品》評論詩人的一個重要方法。章學誠《文史通義》卷五《詩話》比較《詩品》與《文心雕龍》的研究方法，[註138]認爲《詩品》的特點正是在於「知溯流別」：「《詩品》之於論詩，《文心雕龍》之於論文，皆專門名家勒爲成書之祖也。《文心》體大而慮周，《詩品》思深而意遠。蓋《文心》籠罩群言，而《詩品》深從溯流別也」；「論詩文而知溯流別，則可以探源經籍，而進窺天地之純，古人之大體矣」。

在《詩品》所收全部詩人當中，上品除古詩外的 11 人，中品 16 人，下品 7 人鍾嶸都追尋了其歷史淵源。其論陶淵明曰：「源出於應璩，又協左思風力」。

---

〔註138〕 《文心雕龍》的批評體例是「原始以表末，釋名以章義，選文以定篇，敷理以舉統。」其中「原始以表末」所表明的就是「溯源」法，這可以在《文心雕龍》所論的三十三種文體中得到證實。

　　《詩品》關於陶詩「源出於應璩」之論一出引得後人議論紛紛。如葉夢得以爲：「梁鍾嶸作《詩品》，皆云某人詩出於某人，亦以此。然論陶淵明，乃以爲出於應璩，此語不知其所據。應璩詩不多見，惟《文選》載其《百一詩》一篇，所謂『下流不可處，君子愼厥初』者，與陶詩了不相類。五臣注引《文章錄》云：『曹爽用事，多違法度，璩作此詩以刺在位，意若百分有補於一者。』淵明正以脫略世故，超然物外爲意，顧區區在位者，何足累其心哉。且此老何嘗有意欲以詩自名，而追取一人而模仿之？此乃當時文士與世進取競進而爭長者所爲，何期此老之淺，蓋嶸之陋也」。〔註139〕《江西詩社宗派圖錄》：「山谷云：淵明於詩直寄焉耳，絳雲在宵，舒卷自如，寧復有派？夫無派，即淵明之派耳。鍾記室謂其源出於應璩，又協左思風力，果何見而云然耶？」許學夷曰：「鍾嶸謂淵明詩『其源出於應璩，又協左思風力』。……要知靖節爲詩，但欲寫胸中之妙，何嘗依仿前人哉！」許學夷同時指出，陶詩風格渾樸、語言質簡與應詩表面有相似之處，應璩《三叟詩》「簡樸無文，中具問答，亦與靖節口語相近，嶸蓋得之於驪黃之間耳」。〔註140〕

　　當然也有認爲《詩品》所論陶淵明「源出於應璩」爲當者。王夫之《八代詩選評》評陶淵明《擬古》其四云：「此眞《百一》詩中傑作，鍾嶸一評，千秋論定耳」；張錫瑜《詩平》云：「今案仲偉之意，直取其古樸相似耳」；古直《鍾記室詩品箋》認爲：「此說最爲後世非議。然璩世以文學顯，冰生於水，而寒於水。陶詩何渠不能出璩？考璩詩，以譏切時事，風規治道爲長，陶詩亦多諷刺，故昭明序云：『語時事，則指而可想。』源出應璩，殆指此耳」；還有研究者主張應陶二家詩「文辭大都質樸而不豔麗，故歸爲一派」。〔註141〕

　　應璩，字休璉，曹魏詩人。《三國志‧魏書》對其事迹的記載極

〔註139〕葉夢得：《石林詩話》卷下，《歷代詩話》，第433～434頁。
〔註140〕許學夷：《詩源辨體》卷六，第99頁，人民文學出版社，1998年。
〔註141〕復旦大學中文系古典文學教研組：《中國文學批評史》上冊，第210頁，上海古籍出版社，1979年新1版。

為簡單：「瑒弟璩，璩子貞，咸以文章顯。璩官至侍中。貞咸熙中參
相國軍事」。關於應璩的作品，《隋書‧經籍志》記載：「魏衛尉卿《應
璩集》十卷」；又載：「應貞注應璩《百一詩》八卷」；《舊唐書‧經籍
志》記：「《百一詩》八卷，應璩撰」；《新唐書‧藝文志》記：「應璩
《百一詩》八卷」。應璩詩集現已亡佚不傳，蕭統《文選》收《百一
詩》一篇，其詩云：

> 下流不可處，君子慎厥初。名高不宿著，易用受侵誣。
> 前者隳官去，有人適我閭。田家無所有，酌醴焚枯魚。
> 問我何功德，三入承明廬。所占於此土，是謂仁智居。
> 文章不經國，筐篋無尺書。用等稱才學，往往見歎譽。
> 避席跪自陳，賤子實空虛。宋人遇周客，慚愧靡所如。

丁福保《全漢三國晉南北朝詩》亦存錄應璩七首作品，《百一詩》
三首，一首殘缺，《雜詩》三首，一首殘缺，《三叟》。〔註142〕這樣應
璩創作的基本風貌也難以確定了，不過我們可以參照前人對應璩的評
價來考察應氏的文學地位。劉勰《文心雕龍》有三處論及應璩與其「百
一」詩。《書記》：「休璉好事，留意詞翰」；《明詩》：「若乃應璩百一，
獨立不懼，辭譎義貞，亦魏之遺直也」；《才略》：「休璉風情，則『百
一』標其志」。《南齊書‧文學傳論》言及當時文章，總而為論，略為
三體：一體出謝靈運而成，一體為鮑照之遺烈，還有一體「緝事比類，
非對不發，博物可嘉，職成拘制。或全借古語，用申今情，崎嶇牽引，
真為偶說。唯?事例，頓失清採。此則傅咸五經，應璩指事，雖不全
似，可以類從」。《南齊書》將其列為當時文章三體之一，可見應璩在
當時文壇的確是一個創作風範具有相當代表性和重要影響的作家。

鍾嶸列應璩於《詩品》中品，稱其「祖襲魏文。善為古語，指
事殷勤，雅意深篤，得詩人激刺之旨。至於『濟濟今日所』，華靡可
諷味焉」；賀貽孫《詩筏》說：「應璩《百一詩》，在鄴中諸體中，頗
稱古淡」；張伯偉《應璩詩論略》認為應詩內容以「譏切時事」為特

---

〔註142〕 參見張伯偉：《鍾嶸詩品研究》，南京大學出版社，1999年。

色，語言則亦典亦俗，詩句形式駢散兼行。〔註143〕這樣看陶淵明的詩的確與其多有相似之處，將陶詩歸入應璩一體，還算是比較準確的做法，而絕不至於是一種不恰當的貶低。同時我們也不能將陶淵明源出應璩簡單理解爲前人的影響與後人接受、學習、仿擬的關係，而只是一種詩歌體制或文學風貌的總體相似性，如逯欽立認爲：「尋陶詩所以見稱出於應璩者，就《詩品》二家評語觀之，蓋基於三點，此三點即二家之共同特色也」。這三點是「華靡」、「質直」與「古直」。〔註144〕王叔岷亦認爲：「陶詩『質直』類，與應詩『古語』類相似；陶詩『風華清靡』類，與應詩『華靡』類相類似。此鍾氏所以謂陶詩源出應璩也」；〔註145〕王運熙也認爲二者詩歌風格同樣古樸質直，具體表現爲：語言的通俗、口語化和喜用通俗的語言說理髮議論。〔註146〕退一步考慮，哪一家的藝術可能完全是獨家自創而沒有來源呢？「要之，詩有源必有流，有本必達末；又有因流溯其源，循末以返本。其學無窮，其理日出。乃知詩之爲道，未有一日不相續相禪而或息者也」。〔註147〕況且青出於藍、冰寒於水更是普遍存在的現象。

　　左思，字太沖，西晉詩人，博學多才，《文心雕龍‧才略》稱其「盡銳於三都，拔萃於詠史」。左思曾因《三都賦》而致一時洛陽紙貴，但奠定其文學地位的，卻是「創成一體，垂式千秋」的《詠史》八首。明代胡應麟《詩藪》外編卷二稱：「太沖《詠史》，景純《遊仙》，皆晉人傑作。《詠史》之名，起自孟堅，但指一事。魏杜摯《贈毋丘儉》，疊用八古人名，堆垛寡變。太沖題實因班，體亦本社，而造語奇偉，創格新特，錯綜震盪，逸氣干雲，遂爲古今絕唱」。

〔註143〕張伯偉：《應璩詩論略》，《鍾嶸詩品研究》，第383～388頁。
〔註144〕逯欽立：《鍾嶸〈詩品〉叢考》，逯欽立《漢魏六朝文學論集》，第482頁，陝西人民出版社，1984年。
〔註145〕王叔岷：《論鍾嶸評陶淵明詩》，王叔岷《陶淵明詩箋證稿》附錄一。
〔註146〕王運熙：《鍾嶸〈詩品〉陶詩源出應璩解》，《文學評論》，1980年第5期。
〔註147〕葉燮：《原詩》內篇上，《原詩‧一瓢詩話‧說詩晬語》，第3頁，人民文學出版社，1979年。

　　《詩品》列左思於上品，言「其源出於公幹。文典似怨，頗爲精切，得諷諭之致。雖野於陸機，而深於潘岳。謝康樂嘗言：『左太沖詩，潘安仁詩，古今難比』。」

　　鍾嶸以左思爲參照評價陶淵明多爲後人所認同。逯欽立《鍾嶸〈詩品〉叢考》：「左、陶詩章，確有風力相合之作。左思《詠史》，震鑠古今，其詠荊軻，尤懍懍有生氣，然陶潛《詠荊軻》一篇，獨足伯仲之。……又陶潛之《詠三良》、《詠貧士》等作，亦皆詠史體，與左思各作，悉相彷彿，凡此皆風力之極協者也。次則隱世之作，左、陶抑尤有合者。……鍾嶸之論，甚足玩味，未可慢然視之也」；許文雨《鍾嶸詩品講疏》：「今人游國恩君舉左思《雜詩》、《詠史》，與淵明《擬古》、《詠荊軻》相比，以爲左之胸次高曠，筆力雄邁，與陶之音節蒼涼激越，辭句揮灑自如者，同其風力。此論甚是」；王叔岷《鍾嶸詩品箋證稿》：「觀其《詠田疇》、《詠荊軻》，『少時壯且厲』，『萬族各有託』諸篇，直與左思相頡頏，故鍾氏謂其『又協以左思風力』也」。

　　鍾嶸以「又挾左思風力」之「風力」聯結陶淵明與左思的關係。「風力」源於中國文化對人生命活力的評價。風與氣密切相關，《爾雅‧釋言》：「風，氣也」；《莊子‧齊物論》也說：「大塊噫氣，其名爲風」。力也是氣，如王充《論衡‧儒增》：「人之精乃氣也，氣乃力也」。風與力都表達了氣的意思，氣在中國古代文化中乃是萬物與人的生命之源，是生命活力的所本、所顯。「風力」是六朝重要的人物品鑒話語，用以「讚譽人物內在所具有的那種生命勁氣勃發、意志昂揚的精神氣質之美」。〔註148〕「風力」亦是《詩品》的重要批評觀念，《詩品》宣稱詩之極致的標準爲「幹之以風力，潤之以丹彩，使味之者無極，聞之者動心」。「風力」與「丹彩」是詩歌達到極致的兩大因素，只有具備了這兩個條件，詩才可能產生味者無極、聞者動心的藝術效果。《詩品》還以「風力」之有無來區別建安詩與玄言詩，「爰至

〔註148〕　盛源、袁濟喜：《六朝清音》，第 52 頁，河南人民出版社，2000 年。

江表，微波尚傳，孫綽、許詢、桓、庾諸公詩，皆平典似道德論，建安風力盡矣。」玄言詩的「理過其辭，淡乎寡味」，正因其完全喪失了建安文學的「風力」而致。

對鍾嶸來說，「風力」是與作為藝術外部形式的「丹彩」相對言的一種藝術之內部質素，是詩歌產生令人心馳神往藝術效果的首要條件。詩除了需有「丹彩」的外部潤飾，還要具有一種由心靈中感發而生的「風力」以進一步加強詩歌的表達效果。《詩品》參照左思的作品以「風力」評價陶淵明詩是對其創作的巨大褒揚。

鍾嶸的溯源法遵循的是從文學世系的整體理解作家和文學作品的基本思路，這種方法將現實的批評與歷史背景相聯繫，使批評具有了深重的歷史感。過去的詩人、作品是理解和判斷現有詩人、作品的前提條件和考察視角，任何詩人及其作品只有在和同序列的詩人、作品，不同序列詩人、作品的比較中才可能得以理解，這是一種整體性的文學史觀。過去的文學創作為我們的批評提供了一個基本的參考標準，任何批評都是在這個基礎上進行的。任何作家創作的意義只能在「同類」作家的背景之下才能得到準確的評價。如果我們沿著《詩品》的整個體系溯源而上，便是這樣的結果：

　　　　《楚辭》→李陵→曹丕→應璩→陶淵明；
　　　　《國風》→古詩→劉楨→左思→陶淵明。

陶淵明的創作便被追溯到了中國詩歌最為主要的兩個偉大源頭：《楚辭》與《詩經》。

### 3、陶詩語言的新闡釋

《詩品》對陶淵明詩歌語言的闡釋包括三個方面，一是「文體省淨，殆無長語」，二是「詞興婉愜」，三是「風華清靡」。

「文體省淨，殆無長語」的評價準確地指出了陶詩獨具一格的語言風格。「文體省淨」是對陶淵明詩歌的準確概括，頗多「長語」則是六朝詩歌逐文、繁采的普遍特徵。自漢以後，繁麗為文成了審美時尚。據王充《論衡・超奇》：「筆能著文，則心能謀論，文由胸中而出，

心以文爲表。觀見其文，奇偉倜儻，可謂得論也。由此言之，繁文之人，人之傑也」。陶淵明詩歌的自然簡潔、不奢冗語正與當時密而無裁、蠹文過甚的蕪漫、繁密詩風形成了鮮明的對比。

其次是「詞興婉愜」。我們可以參照葉嘉瑩的解釋：「『詞』當然是指其用以表現之文字，而所謂『興』則正是指詩歌中一種心物相感發的感動，『婉愜』則是說陶潛的詩可以用文字把這種感動表達得婉轉愜當恰到好處」；詩「除了須注意『丹彩』的潤飾外，還需要具有一種『風力』，也就是由心靈中感發而出的力量以支持振起詩歌之表達效果」。〔註149〕

「每一個時代都有它自己的習俗、趣味，因而也就有它的相對的美（Beau relatif）」。〔註150〕藝術的美與其它形態的美一樣具有其歷史性以及由此產生的相對性。六朝文化主體基本是貴族文化，主流審美趣味也呈現貴族化、雅化傾向，以質樸、自然、平淡爲主要特徵的陶淵明詩歌分明乃是一種邊緣化風格，甚至不被時人以文學視之。《詩品》透露出時人以「質直」、「田家語」評價陶淵明的詩歌創作，這是一種隱晦而嚴厲的貶低。

質與文對言，質者，質木無文。《論語・雍也》：「質勝文則野」。直與曲相對，直是直言，是直截了當的表達方式；曲是曲筆，乃迂迴曲折的表達方式。六朝詩多以曲爲貴，故多用代字和典故。如其役字模形多以人所不熟悉的僻澀典雅的書面語言曲折地表達普通事物和日常行爲，諸如照水叫「映泫」，看日叫「迎旭」，以「窅崿」代山，以「飆激」代風，以「石華」代月，狀喪亂之情謂之「氛昬」，形容飄零之人謂之「淪薄」等等，這種做法雖易引發讀者的隔膜感，無法產生直接、鮮明的印象，但往往卻有文雅、迂迴之美。將陶詩的語言定格於「質」、「直」二字，幾乎同於鄙詞俚語之野，爲當時的審美風

---

〔註149〕 葉嘉瑩：《鍾嶸〈詩品〉評詩之理論標準及其實踐》，葉嘉瑩《迦陵論詩叢稿》，第46頁，河北教育出版社，1997年。
〔註150〕 堯斯：《走向接受美學》，《接受美學與接受理論》，第59頁。

尚所摒棄。《詩品》就以「質」與「直」批評了幾個詩人，如班固的「質木無文」、陸機「有傷直致之奇」、魏文帝「鄙質爲偶語」、嵇康的「訐直露才」等。

「田家語」的評價出於對書面文學體制的維護，否定了陶淵明詩歌自然質樸、淺顯通俗、近乎農村口語化的語言風格。是否「直」、「質」，是否「田家語」實際涉及到六朝人最基本的文學觀念。自漢代開始，中國的語言與文字分途發展，口出者爲言，筆書者爲文。「直言爲言，論難爲語，修辭者始爲文。文也者，別乎鄙詞俚語者也……言語既然，則筆之於書，亦必象取交錯，功施藻飾，始克披以文稱」。〔註151〕這樣文字與語言便有了深刻或淺露、優雅或鄙俗的分別。最終「語言附著於土俗，文字方臻於大雅。文學作品，則必仗雅化之文字爲媒介、爲工具，斷無憑語言可以直接成爲文學之事」。〔註152〕這種觀念在筆書之文與口述之言分離之後的很長時期內都占上風。在這樣的歷史文化語境下，陶淵明的詩歌自然、通俗的口語化特徵，被視爲「不文」就不足爲奇了。如陽修之《陶集序錄》重視陶淵明的「奇絕異語」，但卻以「辭采未優」直截了當地從辭、採兩個方面指責陶詩語言的不完美。

鍾嶸以「風華清靡」評價陶淵明的兩首詩。

### 讀山海經 其一

孟夏草木長，遶屋樹扶疏。眾鳥欣有託，吾亦愛吾廬。
既耕亦已種，時還讀我書。窮巷隔深轍，頗迴故人車。
歡然酌春酒，摘我園中蔬。微雨從東來，好風與之俱。
泛覽周王傳，流觀山海圖。俯仰終宇宙，不樂復何如？

〔註153〕

---

〔註151〕 劉師培：《廣阮氏文言説》，郭紹虞編《中國歷代文論選》，第三冊，第599頁，上海古籍出版社，1980年。
〔註152〕 錢穆：《讀詩經》，錢穆《中國學術思想史論叢》（卷一），第139頁，安徽教育出版社，2004年。
〔註153〕 逯欽立校注：《陶淵明集》，第133頁。

擬古　其七

日暮天無雲，春風扇微和。

佳人美清夜，達曙酣且歌。

歌竟長歎息，持此感人多。

皎皎雲間月，灼灼葉中華。

豈無一時好，不久當如何！〔註154〕

「風華清靡」之「清」。《說文解字》釋「清」：「朖也。澄水之皃。從水青聲」。段玉裁《說文解字注》：「朖也。澂水之皃。朖者，明也，澂而後明，故云澂水之皃。引申之，凡潔曰清，凡人潔之亦曰清。同『瀞』」；《莊子・刻意》：「水之性，不雜則清，莫動則平；鬱閉而不流，亦不能清；天德之象也」。可見，「清」言水性，乃是「水之美者」。人之美者亦曰清。中國文學自《詩經》開始便常以「清」來形容人的美。如《齊風・猗嗟》：「猗嗟名兮，美目清兮」；《鄭風・野有蔓草》：「有美一人，清揚婉兮」。在道家思想中，清與道相關，清是道的產物，《老子》第三十九章：「天得一以清，地得一以寧。」《莊子・天地》：「夫道，淵乎其居也，漻乎其清也」。言道本身就是淵深幽隱、澄明清澈的。莊子有時甚至直接將「天道」、「自然」稱爲「太清」，清是得道、體道的一種狀態，是道的反映；清又是不假雕琢、不染塵俗、自然而然的本眞狀態。《莊子・至樂》：「天無爲以清，地無爲以寧」。儒家也以清爲美，《孟子・萬章下》稱伯夷爲「聖之清者也」，其「當紂之時，居北海之濱」，不與昏君同流合污，「以待天下之清也」。六朝以清爲美，多以清進行人物品藻。《世說新語》以「清」評品人物就有近百處，如嵇康「蕭蕭肅肅，爽朗清舉」、嵇康子嵇紹「清遠雅正」、劉眞長「清蔚簡令」、謝仁祖「清易令達」、袁羊「洮洮清便」等。

在文學批評中，清也是一個非常重要的範疇。劉勰《文心雕龍》多以「清」來評價作家作品。《宗經》舉體有六義，其二爲「風清而不雜」；《明詩》稱張衡《怨篇》「清典可味」；《銘箴》贊「張載《劍

---

〔註154〕　逯欽立校注：《陶淵明集》，第 113 頁。

閣》，其才清採」，而賈誼《弔屈原文》則「體同而事核，辭清而理哀」；
《章表》讚美曹植之表獨冠群才「體贍而律調，辭清而志顯」；《體性》
以「文潔而體清」稱賈誼之俊發；《才略》稱樂府「清越」，並分別以
「清綺」、「清暢」、「清靡」、「清通」概括魏文帝、張華、曹攄、溫太
眞的創作。《詩品》亦多以「清」讚美詩人的創作，如稱劉琨有「清
拔之氣」、戴逵有「清上之句」、班婕妤「詞旨清捷」、范衞「清便宛
轉」、謝莊「氣候清雅」、鮑令暉「嶄絕清巧」、江祐「猗猗清潤」、虞
義「奇句清拔」等。鍾嶸以「清」評價陶詩是對陶淵明自然清新風格
的準確把握。後世胡應麟《詩藪》以「清」論詩，稱「詩最可貴者清」，
「清者，超凡脫俗之謂也」，而陶淵明詩歌的特點正在於格調的「清
而遠」。〔註 155〕

　　「靡」則主要指詩歌聲音層面（音、辭、聲、韻）的節奏之美。
劉勰《文心雕龍》多以「靡」評價詩人。《樂府》有「魏之三祖，氣
爽才麗，宰割辭調，音靡節平」；《聲律》有「辭靡於耳，累累如貫珠
矣」；《章句》有「歌聲靡曼，而有抗墜之節也」；《時序》有「應傅三
張之徒，孫摯成公之屬，並結藻清英，流韻綺靡」。「靡」除在聲音韻
律層面運用之外，也可用於對文學整體特徵的把握。《文心雕龍》亦
多此種意義的用法，如《辨騷》稱「《九歌》、《九辯》，綺靡以傷情」；
《雜文》有「張衡《七辨》，結採綿靡」；《章表》說「魏初表章，指
事造實，求其靡麗」；《才略》言「曹攄清靡於長篇」。

　　這樣看來，「風華清靡」之「靡」指華靡、華麗，強調陶詩在清
的基礎上亦有華靡特色，華者在目、側重視覺效果，靡者入耳、側重
聽覺效果。〔註 156〕文采華麗是六朝詩歌的普遍特徵，陶淵明詩歌總
體自然平淡，但亦有注重色彩韻律之作。鍾嶸所舉《擬古》其七，

〔註155〕　胡應麟：《詩藪》外編卷四，第 185〜186 頁，上海古籍出版社，1979
　　　　　年。

〔註156〕　逯欽立：《鍾嶸〈詩品〉叢考》「夫華靡二字，兼詞採音節之美，華
　　　　　者在目，靡者入耳，與陸機所謂『詩緣情而綺靡』，而兼綺靡二字論
　　　　　文章聲色者，旨趣正同」。逯欽立《漢魏六朝文學論集》，第 482 頁。

一般認爲所表現的是生命短暫之歡，通篇較爲自然明白。「皎皎雲間月，灼灼葉中華」，則爲詩增添了一絲亮麗色彩。「皎皎」描繪雲間之月的潔白明亮，嵇康《雜詩》亦有「皎皎亮月，麗於高隅」。「灼灼」則爲花開鮮豔貌，語出《詩經·周南·桃夭》，「桃之夭夭，灼灼其華」。但陶詩表現出的亮麗色彩不是一種濃郁厚重之麗，而是清新淺淡之麗。除鍾嶸所舉兩首之外，陶詩中亦有工於體物的細心研煉之作。如《時運》之「翼彼新苗」便描繪得渾樸生動。新苗因風而舞，若羽翼之狀，僅一「翼」字就將禾苗沐浴春風的歡樂情景刻畫得惟妙惟肖、細緻入微。另外，陶淵明生活在一個追求文采、堆砌辭藻的時代，其詩也難免會受到影響。如《五月旦作和戴主簿》所言：「發歲始俛仰，星紀奄將中。明兩萃時物，北林榮且豐」。其中「星紀」與「明兩」就頗令人費解，「星紀」爲星次名，是十二次之一，與十二辰之丑相對應，二十八宿中的斗、牛二宿屬此。「星紀」指丑年，此處虛指歲月。《左傳》襄公二十八年「歲在星紀，而淫於玄枵」；「明兩」本於《易經》「明兩作離」，「離」在八卦中屬火，火指夏天，故「明兩」就是夏天的意思。

現在看來，《詩品》以「清靡」較爲準確地闡釋了陶淵明詩歌「流麗而不濁滯」〔註 157〕的清麗格調：其詩在給人以自然清新整體感覺的同時，又具輕描淡寫的色彩之美。清者清新，清在於心；靡者華靡，靡在耳目。清爲主色，靡爲輔調。陶詩的「清靡」使其遠離了以「濃妝豔抹」爲美的時代流俗，具備了與時文不同的異彩。

### 4、「古今隱逸詩人之宗」

對文學現象進行命名是將其導向存在的行爲，「命名一個事物，也就意味著賦予了這一事物存在的權力」。〔註 158〕「古今隱逸詩人之

---

〔註157〕 明楊愼《清新庾開府》：「杜工部稱庾開府曰清新，清者，流麗而不濁滯；新者，創見而不陳腐也。」見胡經之等編《中國古典文藝學叢編》（三），第 72 頁，北京大學出版社，2001 年。

〔註158〕 〔法〕布爾迪厄：《文化資本與社會煉金術——布爾迪厄訪談錄》，第 138 頁，上海人民出版社，1997 年。

宗」是歷史上對陶淵明的首次文學命名，正是憑藉「隱逸詩人」這一
命名形式，陶淵明首次獲得了文學性存在，文學經典地位的第一次得
以顯豁化。鍾嶸《詩品》這一命名從基本的歷史事實生發而出，比較
準確、恰當地把握了陶淵明作爲詩人的關鍵文化要素：「隱逸」。

　　仕隱、出處是中國古代士人面對的兩種截然不同的人生道路選
擇。以「隱逸」命名陶淵明是否恰當準確是《詩品》問世以來爭論最
多的問題之一，後世的眾多評論家都對鍾嶸的做法表示了質疑。胡仔
《苕溪漁隱叢話》（後集卷二）稱：「鍾嶸以淵明詩爲古今隱逸詩人之
宗。余謂：陋哉！斯言豈足以盡之」；黃文煥《陶詩析義·自序》言：
「鍾嶸品陶，徒曰隱逸之宗。以隱逸蔽陶，陶又不得見也。析之以憂
時念亂，思扶晉衰，思抗宋禪，經濟熱腸，語藏本末，湧若海立，屹
若劍飛，斯陶之心膽出矣」。這種疑問的關鍵在於對「隱逸」到底應
當作何種理解。

　　中國社會在漢末大亂之後，兵禍戰亂、政治迫害的頻繁催發了隱
逸之風的盛行。當然，這種隱逸風潮也與玄學的影響有關，「玄者玄
遠，宅心玄遠則必然主張超乎世俗，不以物務營心；而同時既重自然，
則當然會希企隱逸」。〔註159〕范曄《後漢書·逸民列傳序》分析了士
人隱逸的基本動機，「或隱居以求其志，或迴避以全其道，或靜己以
鎮其躁，或去危以圖其安，或垢俗以動其槩，或疵物以激其清。然觀
其甘心畎畝之中，憔悴江海之上，豈必親魚鳥樂林草哉，亦去性分所
至而已。故蒙恥之賓，屢黜不去其國；蹈海之節，千乘莫移其情。適
使矯易去就，則不能相爲矣」。〔註160〕士人的隱逸在「不事王侯，高
尚其事」之外，還包括了避禍以保身、迴避以全道的內容，但這還不
是隱逸的全部意義之所在。

　　中國古代的士以清醒自覺的道德意識和敢於承擔社會責任的勇

〔註159〕　王瑤：《論希企隱逸之風》，王瑤《中古文學史論》，第197頁。
〔註160〕　范曄撰，李賢等注：《後漢書》卷八十三，第2755頁，中華書局，
　　　　　1965年。

氣來確認其身份，故《論語・子路》有「行己有恥，使於四方不辱使命，可謂士矣」。士的價值追求、價值取向有內外兩個向度，即《孟子・盡心上》所闡發的「窮則獨善其身，達則兼濟天下」。《孟子正義》：「修身立世，賤不失道；達善天下，乃用其實」。〔註161〕「兼濟」是體現的是救世精神，「獨善」體現的是自救意識，這較爲準確地反映了中國古代士人在窮達處境之中較爲融通靈活的價值原則。〔註162〕《孟子・滕文公下》云：「士之仕也，猶農夫之耕也」。這句話表明了兩方面的意思：仕是士的社會責任所在，是天賦的義務；另一方面這句話還暗示，士人之仕與農夫之耕是待時而作，有條件限制和必要前提的，它需要合適的氣候和土壤。

儒、道兩家爲隱逸確立了必要的思想理論基礎，明確了這種行爲的正當性。《論語・泰伯》：「篤信好學，守死善道。危邦不入，亂邦不居。天下有道則見，無道則隱」。孔子將士的人生道路與儒家的中心信仰「道」相聯繫，——有道則現身而仕，無道則隱身而逸，道是做出仕隱抉擇的重要依據。《莊子・刻意》區分了兩種不同的隱逸類型，一爲非世、一爲避世。「刻意尚行，離世異俗，高論怨誹，爲亢而已矣；此山谷之士，非世之人，枯槁赴淵者之所好也。……就藪澤，處閒曠，釣魚閒處，無爲而已矣；此江海之士，避世之人，閒暇者之所好也」。「非世」與「避世」之人，「爲亢」與「無爲」的舉動都是因特定的時勢而出現的。

隱逸本質並非後人所強調的深居山林而藏身不見。《莊子・繕性》：「古之所謂隱士者，非伏其身而弗見也，非閉其言而不出也，非藏其智而不發也，時命大謬也」。隱是士人因「時命大謬」的現實環境，從而被剝奪、或主動放棄其在社會結構中應有的地位不再能夠履行「士志於道」的社會義務，遠廟堂之高而居江湖之遠，處於疏離現

---

〔註161〕 焦循撰，沈文倬點校：《孟子正義》，第 891 頁，中華書局，1987年。

〔註162〕 李春青：《略論中國古代詩人的人格類型》，《學術月刊》，1995 年第3 期。

實政治活動的狀況。隱逸是特定時期士人生存方式的一種選擇，並不是個人行爲、言語、智慧的完全消散，它往往從另一種形式表現出對社會生活的介入和批評。「非隱士的心目中的隱士，是聲聞不彰，息影山林的人物。但這種人物，世間是不會知道的」；〔註163〕「原則上說隱士如果完全是遺世的，那就應該沒有事迹流傳下來；正因爲他們對現實不滿，才有了逃避的意圖，但『不滿』本身不就表示他們對現實的關心嗎？眞正遺世的人對現實應該是無所謂『滿』與『不滿』。因爲不滿才隱逸的人，實際上倒是很關懷世情的人」。〔註164〕

　　陶淵明的隱逸是兼濟不得的獨善，是對個體心靈安寧的追求，但其內心深處並沒有眞正放棄救世的理想。「古來避世士，死灰或餘煙」。〔註165〕避世之士表面心如死灰，實則還有「餘煙」。豈止僅是「餘煙」，從詩作我們不難看出，陶淵明心中熊熊燃燒的「猛志固常在」、「猛志逸四海」的火焰似乎從來就沒有熄滅過。陶淵明隱逸但不冷漠世事，有「全身存道」的生存智慧，卻沒有喪失士人所應具有的社會責任意識。而整個六朝以隱爲優、以處爲劣，將隱逸當作一種合乎自然的逍遙的人生，喪失了起碼的不滿和反抗現實的意味，只單純地剩下了企求玄遠，重視超脫，這種寄隱爲隱的行爲自身反而成了政治昇平的點綴。〔註166〕

　　陶淵明雖然隱居卻不絕於世事，這與六朝時期許多從超脫世俗走向棄絕人世的隱士大不相同。如《晉書·隱逸傳》載：孫登「無家屬，於郡北山爲土窟居之，夏則編草爲裳，冬則被髮自覆」；同傳中的郭文入於「吳興餘杭大辟山中窮谷無人之地，倚木於樹，苫覆其上而居焉，亦無壁障……文獨宿十餘年……恒著鹿裘葛巾，不飲酒食肉，區種菽麥，採竹葉木食，貿鹽以自供」；索襲「不與當世交通，或獨語

---

〔註163〕 魯迅：《且介亭雜文二集·隱士》，《魯迅全集》卷六，第231頁。
〔註164〕 王瑤：《論希企隱逸之風》，王瑤《中古文學史論集》，第189頁。
〔註165〕 蘇軾：《和陶詠貧士》其二，王文誥輯注，孔凡禮點校《蘇軾詩集》卷三十九，第2137頁，中華書局，1982年。
〔註166〕 王瑤：《論希企隱逸之風》，王瑤《中古文學史論》，第198～200頁。

獨笑，或長歎涕泣，或請問不言」。〔註167〕陶淵明的隱居則不然，他是「結廬在人境」，如其《和劉柴桑》所說：「直爲親舊故，未忍言索居」；《移居》二首更是寫他自己爲了求友於「素心人」而向南村主動移居。鍾惺云：「二詩移居，意重求友，其不苟不必言，亦想見公和粹坦易，一種近人處」。〔註168〕

鍾秀曾經全面具體地指出了陶淵明隱逸的獨特性。「知有身而不知有世者，僻隱之流也，其樂也隘；知有我而不知有物者，孤隱之流也，其樂也淺。唯陶公則全一身之樂未嘗忘一世之憂」；「隱逸者流，多以絕物爲高，如巢父、許由諸人，心如槁木，毫無生機，吾何取焉。又如老子知我者希，則亦視己太重，視人太輕，以爲天壤間竟無一人能與己匹，是誠何心。今觀靖節以上諸詩，情致纏綿詞語委婉，不僑俗，亦不絕俗，不徇人，亦不褻人，古人柳下惠而外，能介而和者，其先生乎」；還說「後人云晉人一味狂放，陶公有憂勤處，有安分處，有自任處。秀謂陶公所以異於晉人者，全在有人我一體之量；其不流於楚狂處，全在有及時自勉之心。故以上諸詩，全是民胞物與之胸懷，無一毫薄待斯人之意，恍然見太古，不獨親其親，不獨子其子。景象無他，其能合萬物之樂以爲一己之樂者，在於能通萬物之情以爲一己之情也。若後世所稱，不過如宋景濂所云，竹溪逸民，戴青霞冠，披白鹿裘，不復與塵世接；所居近大溪，篁竹翛翛然，當明月高照，水光瀲灩，共月爭清輝，輒腰短簫，乘小舫，蕩漾空明中，簫聲挾秋氣爲豪，直入無（天）際，宛轉若龍吟深泓，絕可聽。此得隱之皮貌，未得隱之精神；得隱之地位，未得隱之情性。似此一味作快樂，不知有世，不知有物，天地間亦何賴有此人乎？三代以後可稱儒隱者，捨陶公其誰與歸」。〔註169〕陶淵明隱而不忘世、不離俗，既有及時自勉

---

〔註167〕 房玄齡等：《晉書·隱逸傳》卷九十四，第 2462、2440、2449 頁，中華書局，1974 年。

〔註168〕 鍾惺、譚元春：《古詩歸》卷九。

〔註169〕 鍾秀：《陶靖節紀事詩品》卷四，清同治 13 年刻本。

之心，又有民胞物與之懷，這也就使他超越了枯槁自身、棄絕外物的「僻隱」、「孤隱」之流。

　　這種人生態度和隱居生活方式之不同也直接導致了詩歌作品表現方式的不同。陶淵明之前的隱逸詩描寫隱士生活多爲離群索居、棲身岩穴山林。詩中描繪的環境往往是遠離世俗、人煙絕迹的荒郊野外、深谷幽林，所記的隱居生活要麼神仙一般彷彿隱在天上。如嵇康《兄秀才公穆入軍詩》之十六：「乘風高遊，遠登靈丘。託好松喬，攜手俱遊。朝發太華，夕宿神州」；要麼就是如鬼魅一樣好像隱在地獄，如左思《招隱》其二：「杖策招隱士，荒途橫古今。岩穴無結構，丘中有鳴琴。……」張協《雜詩》其九：「結宇窮崗曲……溪谷無人迹，荒楚鬱蕭森……。」陶淵明的隱逸卻「結廬在人境」、「守拙歸田園」，其詩表現的也一種極富人間情調的隱居生活。他的田園詩，從另一角度視之，亦爲魏晉盛行的隱逸詩開闢了新的境界。「一般魏晉隱逸詩中強調的超世絕俗的高情，在陶淵明的田園詩中，變得人間化，生活化了。陶淵明的田園詩，不僅拓展了隱逸詩的詩境，同時亦爲後世心懷隱逸者，指出了一種比較富有人間情味的生活方式，一種並不『反社會』的人生理想。人世間的田園農村，從此取代了荒野處的岩穴山林，成爲歌詠隱居生活，抒發隱逸情懷的主要環境背景」。〔註170〕

　　隱逸是解讀陶淵明不可能繞道而行的一個問題。陶淵明自身有多次出仕入隱和徵而不至的經歷，詩文的田園生活題材（如飲酒、躬耕等）也大多與隱逸相關，所表現的是幽居士的歡樂與憂慮，隱逸者的現實生活與人生理想。這正是鍾嶸以「古今隱逸詩人」對其進行命名的事實基礎。更爲重要的是陶淵明的人格正是在其仕隱、出處行爲中得以充分體現的，「陶淵明欲仕則仕，不以求之爲嫌；欲隱則隱，不以去之爲高」。〔註171〕其仕隱去就自如，不以他人爲意，

---

〔註170〕　王國瓔：《古今隱逸詩人之宗──陶淵明論析》，第 16 頁，臺北：
　　　　　允晨文化實業股份有限公司，1999 年。
〔註171〕　蘇軾：《書李簡夫詩集後》，《蘇軾文集》卷六十八，第 2148 頁。

表現了心迹合一、眞實自然的生存原則。個體的隱逸行爲與詩文的
隱逸內容合力塑造了陶淵明立足現實世俗生活，精神卻追求無限自
由的理想人格，這種理想人格在六朝士人品行卑污的整體環境之中
顯得更爲可貴。

　　隱逸詩之源可以追溯到《詩經》，如《衛風・考盤》：「考盤在澗，
碩人之寬。獨寐寤言，永矢弗諼。考盤在阿，碩從之邁。獨寐寤歌，
永矢弗過。考盤在陸，碩從之軸。獨寐寤宿，永矢弗告」。《詩集傳》
解釋：「考，成也。盤，盤桓之意。言成其隱處之室也。……詩人美
賢者隱處澗谷之間，而碩大寬廣、無戚戚之意，雖獨寐而寤言，猶自
誓其不忘此樂也」。〔註172〕《陳風・衡門》：「衡門之下，可以棲遲。
泌之洋洋，可以樂饑。豈其食魚，必泌之魴？豈其取妻，必齊之姜？
豈其食魚，必泌之鯉？豈其取妻，必宋之子？」《韓詩外傳》曰：「《衡
門》，賢者不用世而隱處也」；《詩集傳》曰：「此隱居自樂而無求者之
詞。言衡門雖淺陋，然亦可以遊息。泌水雖不可飽，然亦可以玩樂而
忘饑也」。〔註173〕陶淵明喜用的衡門之典正出於此處，如「寢迹衡門
下，邈與世相絕」；「養眞衡茅下，庶以善自名」；「衡門之下，有琴有
書」。

　　六朝時期，以隱逸爲高的思想普遍於士大夫之間，伴隨隱逸的盛
行，隱逸文學的創作也隨之繁盛，隱逸自然成了六朝文學的重要主
題，〔註174〕描寫隱逸生活或表現隱逸思想的作品都可以納入其中。
《詩品》中收錄隱逸詩人共八人（包括僧人），其中列入中品的有晉
處士郭泰機、宋徵士陶潛、徵君王微，列入下品的有晉徵士許詢、徵

---

〔註172〕　朱熹：《詩集傳》，第35頁，上海古籍出版社，1979年。
〔註173〕　朱熹：《詩集傳》，第82頁，上海古籍出版社，1979年。
〔註174〕　袁行霈主編《中國文學史・魏晉南北朝文學・緒論》將魏晉南北朝
　　　　　文學分爲三大主題：生死、遊仙和隱逸主題。其中「隱逸主題包括
　　　　　向往和歌詠隱逸生活的作品，也包括招隱詩、反招隱詩，形成了這
　　　　　一個時期的一種特殊的文學景觀。」《中國文學史》，第二卷，第8
　　　　　～10頁，高等教育出版社，1999年。

士戴逵、齊惠休上人、道猷上人、釋寶月。〔註175〕更爲重要的是「志深軒冕，而泛詠皋壤，心纏幾務，而虛述人外」成了一種文學創作潮流。張華、張載、陸機、左思、張協、張翰、潘尼、孫綽、何勛、郭璞、謝靈運、謝朓、沈約、吳均、庾信都有隱逸詩傳世。但對於大多數人來說，寫作隱逸詩只是抒發一種隱逸情懷、只是一種籍隱逸爲名的「消遣」而已。如潘岳就有著名的《閑居賦》，其序云：「覽止足之分，庶浮雲之志。築室種樹，逍遙自得。池沼足以漁釣，春稅足以代耕。灌園粥蔬，以供朝夕之膳；牧羊酤酪，以俟伏臘之費」；賦文則稱：「身齊逸民，名綴下士」，「仰眾妙而絕思，終優游以養拙」。而《晉書·潘岳傳》載：「岳性輕躁，趨勢利，與石崇等諂事賈謐，每候其出，輒望塵而拜」。〔註176〕故元好問《論詩絕句》稱：「心畫心聲總失眞，文章寧復見爲人。高情千古閑居賦，爭識安仁拜路塵」。六朝最爲豪奢淫逸的人物之一、富可敵國的石崇也在作品中表現了對隱逸閒情的向往與傾慕，其《思歸引》云：「晚節更樂放逸，篤好林藪。遂肥遁於河陽別業」；又云：「出則以遊目弋釣爲事，入則有琴書之娛」；「困於人間煩黷，常思歸而永歎」。身體力行者是陶淵明，其詩文作品是眞正意義上的隱逸文學，他棄官隱退躬耕壟畝之間，遠遠超出了那個時代的「希企隱逸」之風，鍾嶸稱其爲「古今隱逸詩人之宗」是準確的。「晉宋間人物，雖曰尚清高，然個個要官職。這邊一面清談，那邊一面招權納貨。陶淵明卻眞個是能不要，此其所以高於晉宋人物也」。〔註177〕

　　「語言，憑藉給存在物的首次命名，第一次將存在物帶入語詞和顯象。這一命名，才指明了存在物源於其存在並達到其存在」。〔註178〕

〔註175〕　王瑤：《論希企隱逸之風》認爲佛教徒也應算是隱逸者，「沙門居於山林，屏絕俗物，在行爲上就是一個隱士」。王瑤《中古文學史》，第 190 頁。

〔註176〕　房玄齡等撰：《晉書》卷五十五，第 1504 頁，中華書局，1974 年。

〔註177〕　朱熹：《朱子語類》卷三十四，第 1226 頁。

〔註178〕　海德格爾：《詩·語言·思》，第 69 頁，彭富春譯，文化藝術出版社，1991 年。

鍾嶸「古今隱逸詩人」的命名在歷史上第一次標明了陶淵明的詩人身份，將其從單一的隱士存在導向文學存在，從而在文學歷史中發揮了其獨特的文學價值與文化意義。

## 四、蕭統——陶淵明經典的「第一讀者」

在文學經典的形成過程中，知識精英的權威意見往往可以起到關鍵性作用。作爲文學經典的「發現人」，〔註179〕知識精英的批評、研究、創作和遴選行爲能對經典的確立起到巨大作用，籍此他們可以使作家或文本的經典地位得到彰顯。陶淵明經典地位的初顯，梁太子蕭統是一個關鍵人物，我們可以把他稱爲陶淵明經典的「第一讀者」。所謂「第一讀者」是接受美學的代表人物堯斯提出的關鍵概念。堯斯認爲：「文學與讀者的關係有美學的、也有歷史的內涵。美學蘊涵存在於這一事實之中：一部作品被讀者首次接受，包括同已經閱讀過的作品進行比較，比較中就包含著對作品審美價值的一種檢驗。其中明顯的歷史蘊涵是：第一個讀者的理解將在一代又一代的接受之鏈上被充實和豐富，一部作品的歷史意義就是在這過程中得以確實，它的審美價值也是在這過程中得以證實」。〔註180〕「第一讀者」不是現實意義上第一個閱讀某一文本的讀者，也不應該是賦予這一文本最高價值的讀者。「第一讀者」，是最早對文本眞正價值做出鑿定和判斷的讀者。在中國文學史上，蕭統第一個以選文的形式對陶淵明的創作給予了「文」的確認；第一個認眞全面地整理了陶淵明的作品全集；〔註181〕第一個對陶淵明的整體創作給予了較爲全面、準確、深刻的評價；第一個準確概括了陶淵明及其詩文精神世界的重要特徵。蕭統所做的工作雖然還有不盡完善之處，但卻爲後世陶淵明經典作家地位的確立打下了堅實的基礎。錢鍾書先生

---

〔註179〕 童慶炳：《文學經典建構的內部要素》，天津社會科學，2005 年第 3 期。

〔註180〕 堯斯：《走向接受美學》，《接受美學與接受理論》，第 24～25 頁。

〔註181〕 陽休之《陶集序錄》：「其集先有兩本行於世。……蕭統所編八卷，合序目誄序，而少《五孝傳》及《四八目》，然編錄有體，次第可尋。」

認爲「當時解推淵明者，惟蕭氏兄弟，昭明爲之標章遺集，作序歎爲『文章不群』，『莫與之京』」。〔註182〕蕭統在陶淵明經典化過程中所起的「第一讀者」的作用主要體現在如下兩個大的方面。

## （一）文之體認與選之影響

「選本是指選者按照一定的選擇意圖和選擇標準，在一定範圍內的作品中選擇相應的作品編排成而的作品集」。〔註183〕在中國古代傳統文學批評中，選本是一種重要的形式，其在傳統目錄學中屬集部總集類。《隋書‧經籍志》稱「總集者，以建安之後，辭賦轉繁，眾家之集，日益滋廣。晉代摰虞，苦覽者之勞倦，於是採摘孔翠，芟剪繁蕪，自詩賦下，各爲條貫，合而編之，謂之《流別》。是後文集總鈔，作者繼軌，屬辭之士，以爲覃奧，而取則焉」；《四庫全書總目》卷一百八十六「總集類」小序：「文籍日興，散無統紀，於是總集作焉。一則網羅放佚，使零章殘什，並有所歸；一則刪汰繁蕪，使莠稗咸除，菁華畢出。是固文章之衡鑒，著作之淵藪矣。《三百篇》既列爲經，王逸所裒又僅《楚辭》一家，故體例所成，以摰虞《流別》爲始。其書雖佚，其論尚散見《藝文類聚》中。蓋分體編錄者也。《文選》而下，互有得失。至宋眞德秀《文章正宗》，始別出談理一派，而總集遂判兩途。然文質相扶，理無偏廢，各明一義，未害同歸」。兩則文獻資料表明總集的主要作用表現爲：一彙集並保存各家文本，二芟汰繁蕪，突出菁華。其中選本的功能則偏重於區別優劣，保存精華。王充《論衡‧正說》「詩經舊時亦數千篇，孔子刪去重複，正而存三百篇」。孔子「刪詩」之刪不是網羅放佚，而是刪汰繁蕪，恰恰顯示了選本的特點所在。

「文選」不是「逢詩輒取」，而是細心鑒別、選擇的結晶，其一巨大功能在於確立並保存文學經典。蕭統等編撰《文選》以嚴格的「文學性」作爲選文標準，首先明確實現了對陶淵明作品「文」的體認；

---

〔註182〕　錢鍾書：《談藝錄》（補訂本），第 91 頁。
〔註183〕　鄒雲湖：《中國選本批評‧導言》，上海三聯書店，2002 年。

再者，《文選》以「選」之價值判斷功能確立了陶淵明作品的文學經典身份。

選本總是有一定標準的，如《詩經》是「取可施於禮義」者，或者如《論語·爲政》所說的「思無邪」。《文選》具有十分明確嚴格的選文標準，它第一次從文學的角度以選文的方式對陶淵明及其作品進行了歷史定位，這種選的行爲首先體現了對陶淵明創作「文學性」的界定，進而表現爲對其「經典性」的確立。

《文選序》曰：「若夫姬公之籍，孔父之書，與日月俱懸，鬼神爭奧，孝敬之準式，人倫之師友，豈可重以芟夷，加之剪截？……蓋以立意爲宗，不以能文爲工……若其贊論之綜緝辭采，序述之錯比文華，事出於沉思，義歸乎翰藻，故與夫篇什，雜而集之」。這裡蕭統以序的形式表明了其選文標準，顯現了其選擇標準的公開性與規範性，表明《文選》代表的並非僅僅是個人審美情趣的偏好，而是一個時代較爲廣泛的審美價值取向，這就又進一步地提供了確立經典的充分理由。清人阮元《書昭明太子〈文選序〉後》評：「昭明所選，名之曰文，蓋必文而後選也。經也，子也，史也，皆不可專名爲文也。故昭明《文選序》後三段特明其不選之故，必『沉思』、『翰藻』，始名爲文，始以入選也」。可見，蕭統的「文學」觀念比較明確，文不再依附於經史而取得了相對獨立的文化地位。

《文選序》對於選與不選確定了非常明確嚴格的標準，其中最爲重要的是「事出於沉思，義歸乎翰藻」，這正是蕭統選文的形式標準，也可以看作是他所認定的文之形式標準。許文雨《文論講疏》將這一標準解釋爲「事出沉思，則非振筆縱書；義歸翰藻，則非清言質說」。即重視所選對象的文采——用今天的話說就是「文學性」。王運熙對《文選》的選錄標準做了全面準確的概括：一是重視駢體詩文語言之美，包括對偶、辭藻、用典等訴諸視覺的形態色澤之美和訴諸聽覺的音韻聲律之美；二是要求選文的風格雅正，即蕭統在《答湘東王求文集及〈詩苑英華〉書》中所表述的審美理想「麗而不浮，典而不野，

文質彬彬，有君子之致」。〔註184〕另外，《文選序》沿襲《毛詩序》
的說法：「詩者，蓋志之所之也，情動於中而形於言，《關雎》、《麟趾》，
正始之道著；桑間濮上，亡國之音表；故風雅之道，粲然可觀」。這
說明《文選》選文繼承了儒家雅正的文學觀念，我們姑且將之稱爲《文
選》的「思想性」標準。不難看出，《文選》選文有較爲明顯的折衷
色彩，既重文采又繼承儒家雅正的文學觀念。

　　從《文選》的選與不選的區別來考察，它首先在理論上確立了所
選必「文」，因而不選經、史、子三部及謀夫說客的言辭，對於史書
中的「贊」、「論」、「序」、「述」等只是因其具有「綜輯辭采」、「錯比
文華」的文學性才加以選錄；從《文選》的選錄實踐來看，豔情詩、
單純的詠物詩、齊梁時期的新體詩都沒有入選。可見《文選》的選錄
標準是受嚴格控制的，入選的詩文是經得起推敲的。《文選》借助於
對陶淵明作品的選錄行爲，在鍾嶸《詩品》「古今隱逸詩人之宗」命
名之後，以另一種方式確認了陶淵明創作的「文」的本質屬性。《文
選》之「選」指按照一定的意圖和標準選文編排成集，本身就是一種
特殊的批評行爲和價值判斷行爲，具有遴選、確立和保存文學經典的
功能。陶淵明的作品進入《文選》，表明它已成爲那個時代的文學經
典，並具備了穿越歷史時空的可能性。

　　《文選序》明確指出其選文目的在於「略其蕪穢，集其精英」。
選集是經典形成的重要原動力之一，選集「頭等重要且最爲明顯的是
價值判斷——如同爲編織花環採摘最好的花朵一樣，選擇最有價值的
文章以維持人們對於『精華』的理解」。〔註185〕選集的特點在於通過
對作品的取捨來確立文學精華與經典，所有選錄進入其中的文本都可
以分享到經典的光彩，成爲文學經典的組成部分。《文選》的選文是

---

〔註184〕 王運熙：《〈文選〉選錄作品的範圍和標準》，《復旦學報》1988 年第
　　　　 6 期。

〔註185〕 余寶琳：《詩歌的定位——早期中國文學的選集與經典》，見樂黛
　　　　 雲、陳珏編選《北美中國古典文學研究名家十年文選》，第 258 頁，
　　　　 江蘇人民出版社，1996 年。

從文學的角度對作家及其作品進行的歷史定位，是選家儘其所能搜集到的其所能發現的最好文學樣本，陶淵明的詩文進入《文選》意味著他的作品已經進入那個時代的精品系列。當然完全做到確立「精華」的目的是極其困難的，這以選者的眼光準、見識高為保障，「眼光愈銳利，見識愈深廣，選本固然愈準確」。〔註186〕

「選者之權力，能使人歸」。〔註187〕經由知識精英的遴選從大量歷史文本中脫穎而出進入選本，本身就可以增強文本作為經典的神聖性。孔子可以說是評選詩文的祖師爺，《詩經》的經典化就與孔子「刪詩」密切相關。刪與選對言，一是遴選，一是剔除而已，去留不同，意義相當。據司馬遷《史記·孔子世家》：「古者詩三千餘篇，及至孔子，去其重，取可施與禮義，上採契后稷，中述殷周之盛，至幽厲之缺，始於衽席。故曰：『關雎之亂以為風始，鹿鳴為小雅始，文王為大雅始，清廟為頌始。』三百五篇孔子皆絃歌之，以求合韶武雅頌之音。禮樂自此可得而述，以備王道，成六藝」。〔註188〕《詩經》是經人刪、選而成沒有問題，但孔子刪詩已不可信，將《詩經》選編的功勞附會到孔子身上，進一步加強了其作為儒家經典的權威性。王逸《楚辭章句序》：「昔者孔子睿聖明哲，天生不群，定經術，刪詩、書，正禮、樂，製作春秋，以為後王法。門人三千，罔不昭達」。所言即是「孔子刪詩」所產生的「以為後王法」的巨大作用。《文選》主要編撰者蕭統作為梁之太子與文壇領袖無疑代表了當時文學精英的權威意見，這保證並加強了陶淵明入選作品的經典性。

「選詩之道，與作史同，一代才人其應傳者皆應列傳」。〔註189〕文選扮演著文學編年史的角色。中國早期的文學史大多寄居於其它文

---

〔註186〕 魯迅：《且介亭雜文二集·「題未定」草六》，《魯迅全集》，第六卷，第436頁。

〔註187〕 鍾惺、譚元春：《詩歸序》。

〔註188〕 司馬遷：《史記》卷四十七，第1936～1937頁，中華書局，1982年。

〔註189〕 袁枚：《再與沈大宗伯書》，見《小蒼山房文集》卷十七，袁枚著，王英志點校《袁枚全集》（二），第285頁，江蘇古籍出版社，1993年。

體形態當中，歷史著作與文學選集是兩種重要形式。《文選》可以看作一部從先秦至梁的簡略文學編年史，它通過作家作品的入選數量顯示了不同作家與文本在時間線索上的重要性。《文選》共選錄陶淵明作品詩八首，文一篇。詩八首分別爲「行旅類」兩首：《始作鎮軍參軍經曲阿作》、《辛丑歲七月赴假還江陵夜行塗口》；「輓歌類」一首：《輓歌詩》之「荒草何茫茫」；「雜詩類」四首：《飲酒詩》之「結廬在人境」與「秋菊有佳色」、《詠貧士》之「萬族各有託」、《讀山海經》之「孟夏草木長」；「雜擬類」一首：《擬古》之「日暮天無雲」。文一篇爲《歸去來辭》。《文選》收錄自先秦至梁作家共 130 人，按照選文數量排序，陶淵明與曹丕並列第 13 位。《文選》共選東晉詩文 26 篇，其中陶淵明作品入選的數量爲最。陶淵明作品入選的數量與陸機（62）、謝靈運（40）、曹植（32）、顏延之（26）等入選作品數量較多的詩人相比的確明顯偏少，但考慮到陶淵明在六朝文壇的實際地位，《文選》的做法已是極其難能可貴了。

　　文選還是一個民族保存文化範例和文化語法的儲藏室，它通過肯定並保存特定歷史時期民族文學的價值標準和審美原則，從而使之成爲後人創作的典範，產生明顯的教化和規範功能。〔註 190〕進入《文選》是對陶淵明作品所涉創作題材與方法經典性的充分肯定，並使之可能在更長久的歷史時間跨度產生影響。《文選》也的確在較長時期內都起到了創作範本的作用。由於統治者的提倡、科舉考試和詩歌創作的需要，研究《文選》在唐代成了一門學問──「文選學」或曰「選學」。王應麟《困學紀聞》卷十七載：「李善精於《文選》，爲注解，因以講授，謂之『《文選》學』；少陵有詩云：『續兒讀《文選》。』又訓其子：『熟精《文選》理。』蓋《選》學自成一家。江南進士試『天雞弄和風』詩，以《爾雅》天雞有二，問之主司，其精如此。故曰『文

〔註 190〕　查爾斯‧阿爾蒂瑞：《文學經典之觀念與理想》，轉引自余寶琳《詩歌的定位──早期中國文學的選集與經典》，見樂黛雲、陳玨編選《北美中國古典文學研究名家十年文選》，第 257 頁，江蘇人民出版社，1996 年。

選爛，秀才半。』」錢鍾書先生對《文選》在唐代的重要地位作了較為詳細的闡述：「昭明《文選》，文章奧府，入唐尤家弦戶誦，口沫手胝。《舊唐書‧吐蕃列傳》上奏『請《毛詩》、《禮記》、《文選》各一部』；敦煌《秋胡變文》攜書『十袟』——《孝經》、《論語》、《尚書》、《左傳》、《公羊》、《穀梁》、《毛詩》、《禮記》、《莊子》、《文選》。正史載遠夷遣使所求，野語稱游子隨身所挾，皆有此書，儼然與儒家經籍並列。……詞人衣被，學士鑽研，不捨相循，曹憲、李善以降，『文選學』專門名家」。﹝註191﹞後《文選》詩被稱為「選詩」，《文選》所選文體成為「選體」，《文選》成了文學創作的重要範本，似乎已經成為歷代文章的始祖。《文選》的影響可從另一側面見出。新文學運動中，文學革命的矛頭所指就在「選學妖孽」與「桐城謬種」。《新青年》第三卷第五號「通訊」欄，錢玄同寫給陳獨秀的信中說「惟選學妖孽所尊崇之六朝文，桐城謬種所尊崇之唐宋文，則實在不必選讀」。將選學視為舊文學的代名詞，並列為文學革命的重要目標，可見其在中國文學史上的影響之大。可以這麼理解，正是借助於《文選》在後代的長時間、大範圍傳播、影響，陶淵明的作品才可能開始倍受重視，成為後世文人創作範本的一部分，對人們的文學品位和文學觀念產生影響，其作為文學經典的規範性和教化性得以不斷加強。

## （二）傳、序之闡釋

蕭統對陶淵明經典化的意義還在於他整理、編撰了文學歷史上較早、較為完整的陶淵明作品全集。蕭統在舊本的基礎上，將陶集重新編定為八卷，是「第一位認真搜集和整理陶淵明作品的人」。﹝註192﹞編撰別集雖不加取捨，但通過對編撰對象的解讀詮釋，可以藉以提倡某種創作傾向，它通過提供一個作家的全部文本供人學習仿傚，從而賦予了作家一份極為珍貴的榮譽，是一種非常利於確立經典地位的方

---

﹝註191﹞ 錢鍾書：《管錐編》，第四冊，第 1400 頁，中華書局，1979 年。
﹝註192﹞ 袁行霈：《宋元以來陶集校注本之考察》，袁行霈《陶淵明研究》，第 200 頁。

式。蕭統編撰的陶集現已不存，但後世陶淵明集的編撰大多是以蕭統的工作爲基礎的。蕭統在編撰陶集的同時，對陶淵明進行了較爲系統的闡釋，這種闡釋見於其所撰寫的《陶淵明傳》與《陶淵明集序》（以下分別稱《傳》、《序》）。《傳》、《序》對陶淵明形象的塑造與既往相比更爲豐富、鮮明，如《序》以「語時事則指而可想，論懷抱則曠而且眞」，「不以躬耕爲恥，不以無財爲病」使「古今隱逸詩人之宗」形象更爲具體生動。《傳》增加了拒絕檀道濟梁肉和諷刺周續之講《禮》兩件軼事，從另一角度突出了陶淵明堅守志節、有所不爲的品格。

蕭統從整體上肯定了陶淵明創作的意義，《傳》稱「淵明少有高趣，博學，善屬文；」《序》贊其「文章不群，詞採精拔；跌蕩昭章，獨起眾類；抑揚爽朗，莫與之京」。蕭統還以讀陶詩可遣馳競之情、可袪鄙吝之意、使貪夫可以廉、令懦夫可以立來讚美其所具有的巨大風教之力。錢鍾書認爲蕭統於陶淵明可謂別具慧眼：「昭明太子愛陶集而『不能釋手』，具眼先覺」；「而其《陶淵明集序》首推陶潛『文章不群超類』，則衡文具眼，邁輩流之上，得風氣之先」。〔註193〕蕭統《傳》、《序》對陶淵明的闡釋是從作品實際出發所做的合理化闡釋，很多觀點是首建之功，具有開創意義，並爲後人進一步的闡釋提供了良好的基礎——這正是接受美學所強調的「第一讀者」的特徵所在。我們不妨對蕭統闡釋中的「道」、「眞」、「酒」進行簡單再闡釋。

「道」：《序》云：「含德之至，莫逾於道；親己之切，無重於身。故道存而身安，道亡而身害。……加以貞志不休，安道苦節，不以躬耕爲恥，不以無財爲病，自非大賢篤志，與道污隆，孰能如此者乎？」道是陶淵明詩歌的一個重要話題，陶淵明對於中國文化的意義可能也正在於他和道這個最富深意和複雜性的最高範疇密切聯繫。道作爲一個極具神聖性和超越性的範疇，幾乎是中國古代文化價值與信仰體系的總括——無論是儒家與道家。如儒家之道是其思想體系的核心，與

〔註193〕 錢鍾書：《管錐編》，第四冊，第 1394、1446 頁，中華書局，1979 年。

現實人生尤其與古代士人的社會使命和價值觀念的密切關聯。孔子以「士志於道」、「君子憂道不憂貧」強調士人以道自任、明道救世的積極進取精神；曾參以「士不可以不弘毅，任重而道遠」將乃師的思想發揮得更加清晰；士之於道，甚至「朝聞道，夕死可矣」。程頤釋爲：「言人不可以不知道，苟得聞道，雖死可也」；朱熹解說得更爲直截了當：「道者，事物當然之理。苟得聞之，則生順死安，無復遺恨矣」。〔註194〕蕭統的評價在歷史上首次從道的高度闡述了陶淵明的文化價值，開啓了歷代陶淵明批評的一個重要方向。唐代，杜甫對陶淵明是否「達道」〔註195〕表示了懷疑。至宋道成爲士人心目中最高的精神境界，得道是士人理想人格修養的終極目標，從不輕易以道稱人，但宋人卻普遍地讚美陶淵明「知道」、「聞道」。如蘇軾曾拈出陶淵明三首談理之詩，以爲其皆爲「知道之言」：〔註196〕羅大經《鶴林玉露》則稱其爲「知道之士」；辛棄疾《書淵明詩後》：「身似枯株心似水，此非聞道更誰聞」。當然由於詮釋語境和關注視點的差別，歷代批評家心中的陶淵明之「道」也必有不同。

「眞」：《傳》之「任眞自得」、「眞率」，《序》之「論懷抱則曠而且眞」，均以「眞」評價陶淵明可謂深得陶詩要領。保持性情之「眞」是魏晉玄學人格美的理想，也是陶淵明最爲重要的人生準則。「眞」是陶淵明詩文的一個關鍵詞語，它不是一個認知性範疇，而是一個重要的價值判斷，表達的是去僞存眞、返樸歸眞的殷切願望。「任眞」、「養眞」、「含眞」是其人生之根本準則，「眞風」、「眞意」是其畢生之理想追求。眞是以陶淵明爲代表的魏晉人「向自己的眞性情、眞血

---

〔註194〕 朱熹：《論語集注》，朱熹《四書章句集注・四書或問》，第94頁。
〔註195〕 杜甫：《遣興五首》其三「陶潛避俗翁，未必能達道。觀其著詩集，頗亦恨枯槁。達生豈是足，默識蓋不早。有子賢與愚，何其掛懷抱。」
〔註196〕 葛立方《韻語陽秋》卷三「東坡拈出陶淵明談理之詩，前後有三，一曰：『採菊東籬下，悠然見南山。』二曰：『笑傲東軒下，聊復得此生。』三曰：『客養千金軀，臨化消其寶。』皆以爲知道之言。」《歷代詩話》，第507頁。

性裏發掘人生的眞意義、眞道德。」〔註197〕眞是與道家核心思想「道」的密切聯繫的核心範疇。眞在本質意義上是最高本體「道」與「德」的屬性，《老子》第二十一章：「道之爲物……窈兮冥兮，其中有精；其精甚眞，其中有信」；又第五十四章：「修之身，其德乃眞」；眞是萬物本性之保持，《莊子‧馬蹄》：「馬，蹄可以踐霜雪，毛可以御風寒，齕草飲水，翹足而陸，此馬之眞性也」；眞更是人之性情保持自然狀態的最高境界，是與世俗之禮相對的自然。《莊子‧漁父》：「眞者，精誠之至也，不精不誠，不能動人。故強哭者雖悲不哀，強怒者雖嚴不威，強親者雖笑不和。眞悲者無聲而哀，眞怒者未發而威，眞親者未笑而和。眞在內者，神動於外，是所以貴也。禮者，世俗之所爲也。眞者，所以受於天也，自然不可易也。故聖人法天貴眞，不拘於俗」。

　　眞的本質包含自然之義，陶淵明之「眞」表達的正是對一種自然理想人格的追求。眞是詮釋和理解陶淵明的一個關鍵，蕭統在文學史上第一個準確地以「眞」評價陶淵明及其創作，開後世以「眞」和「自然」闡釋陶詩之先河。自宋陶淵明開始成爲「詩人之冠冕」〔註198〕與人們對其詩歌眞與自然風格的開掘密切相關。蘇軾《書李簡夫詩集後》「陶淵明欲仕則仕，不以求之爲嫌；欲隱則隱，不以去之爲高；饑則扣門而乞食，飽則雞黍以延客。古今賢之，貴其眞也」；楊時《龜山先生語錄》：「陶淵明詩所不可及者，沖淡深粹，出於自然」；朱熹《朱子語類》卷一百四十「陶淵明詩平淡，出於自然」；陳模《懷古錄》卷上：陶詩有「自然之工……蓋淵明人品素高，胸次灑落，信筆而成，不過寫胸中之妙爾，未嘗以爲詩，亦示嘗求人稱其好，故其好者皆出於自然，此其所以不可及」；顧炎武《日知錄》卷十九「栗里之徵士，淡然若忘於世，而感憤之懷，有時不能自止，而微見其情者，

〔註197〕　宗白華：《論〈世說新語〉和晉人的美》，宗白華《藝境》，第 128頁，北京大學出版社，1999 年。

〔註198〕　曾紘：「余嘗評陶公詩語造平淡而寓意深遠，外若枯槁，中實敷腴，眞詩人之冠冕也」。語見宋李公煥《箋注陶淵明集》卷四。

眞也」。

「酒」:《序》:「有疑陶淵明之詩,篇篇有酒;吾觀其意不在酒,亦寄酒爲迹也。」酒可以使人精神「麻木」從而進入形神相親、物我兩冥的夢幻勝地,還有全神避害的功能。《莊子‧達生》「夫醉者之墜車,雖疾不死。骨節與人同而犯害與人異,其神全也,乘亦不知也,墜亦不知也,死生驚懼不入乎胸中,是故遻物而不懾。」酒是六朝文化的重要標誌,它在滿足士人感官需要的同時,更進一步釋放出反虛僞、反矯飾的信息。酒還是六朝名士重要的身份標籤,《世說新語‧任誕》載王孝伯言:「名士不必須奇才,但使常得無事,痛飲酒,熟讀《離騷》,便可稱名士」。「千古飲酒人,安得不讓淵明獨步」,〔註199〕陶淵明《五柳先生傳》自稱「性嗜酒」,他是六朝時期最著名的飲酒人之一,也是中國文學史上第一個大量表現飲酒的詩人,酒是其作品中出現最爲頻繁的重要意象。據逯欽立統計,「陶淵明現存詩文142篇,凡說到飲酒的有56篇,占其全部作品的百分之四十」。〔註200〕其《飲酒》諸詩爲歷代傳唱,追和、附擬之作更是蔚爲大觀。

顏延之《陶徵士誄並序》、鮑照《學陶彭澤體》、江淹《擬陶徵君田居》、沈約《宋書‧隱逸傳》都曾注意到了陶淵明的飲酒。但卻蕭統在文學史第一個準確明白地指出了詩人描述的飲酒不是一個普通的日常生活行爲,其本意並不在酒,而是另有深意、別有寄託。清人方宗誠《陶詩眞詮》說陶詩言酒「皆託酒以返眞還淳,忘懷名利,以了死生」;到了現代,陳寅恪認爲陶詩雖篇篇有酒,但卻沒有沉湎任誕之舉,《五柳先生傳》、《飲酒》、《止酒》、《述酒》等關涉酒之文字,「乃遠承阮、劉遺風,實一種與當時政權不合作態度之表示,其是自然非名教之意顯然可知」;〔註201〕王瑤則以蕭

〔註199〕 溫汝能:《陶詩彙評》卷三引《鶡冠子》。
〔註200〕 逯欽立校注:《陶淵明集》,第238頁。
〔註201〕 陳寅恪:《陶淵明之思想與清談之關係》,陳寅恪《金明館叢稿新編》,第227頁,北京三聯書店,2001年。

統的看法爲起點更爲詳盡地分析了陶淵明詩文的酒意,「昭明太子
《陶集‧序》云:『有疑陶淵明詩,篇篇有酒,吾觀其意不在酒,
亦寄酒爲迹者也。』按以酒大量入詩,確以淵明爲第一人,其心境
可於此諸詩中觀之。十四首云:『不覺知有我,安知物爲貴,悠悠
迷所留,酒中有深味。』第七首云:『一觴雖獨進,杯盡壺自傾,
嘯傲東軒下,聊復得此生。』乃以酒求一物我兩冥之眞的境界也。
二十首云:『但恨多謬誤,君當恕醉人。』十三首云:『一士常獨醉,
一夫終年醒,醒醉還相笑,發言各不領。』乃借酒以韜晦免禍也。
此固爲一事之雙方,但晉時竹林諸賢,似皆側重於後者,故阮嗣宗
可大醉六十日免禍,司馬文王許之爲天下之至愼;但即《詠懷》詩
中,對酒亦並無較高境界之寫出。淵明於酒中而知其深味,確高出
前人,此《飲酒》諸詩之境界,所以高拔也」。〔註202〕

---

〔註202〕 王瑤:《讀陶隨錄》,《中古文學史論》,第 375 頁。

# 第二章　田園詩人之宗

　　唐是中國封建社會的鼎盛時期，國勢之強大、經濟之繁榮、思想之解放，文化之發達在中國歷史上幾乎都居巔峰。「一時代最完美確切之解釋，須向其時之詩中求之，因詩之爲物，乃人類心力精華之所構成也」。〔註1〕作爲中國詩歌的黃金時代的唐朝正是如此。詩歌是唐代最爲重要的文化形態，也能較全面準確地反映唐代的文化狀況和唐人的文化心態。本章擬以唐詩尤其是盛唐詩歌爲研究對象，就其中描繪的陶淵明形象和陶淵明所創造的經典意象的復現與強化，來探討陶淵明經典化問題。

　　任何一個民族的藝術都是由它的社會心理所決定的，而它的社會心理狀態則由它的時代境況所造就。「文士之熱衷仕進，原是唐代文士一貫的精神」。〔註2〕面對繁榮強盛的青春盛世和空前開闊的官宦仕途，唐人激昂文字、施展才華、建功立業的信心倍增。「唐人多宦情，宋人多理障」。〔註3〕即使在安史之亂後，社會劇變也沒有根本改變唐人好仕進、謀功名的精神實質。從不同時期的唐朝詩人作品中可以清

---

〔註1〕英人阿諾德語，引自繆鉞：《詩詞散論》，第50頁，上海古籍出版社，1982年。

〔註2〕臺靜農：《論唐士風與文學》，《文史哲學報》，第十四期，1965年11月。

〔註3〕毛慶蕃：《古文學餘》卷二十六。

晰地窺見同樣熾烈的「拯物之情」。

　　楊炯《從軍行》：「烽火照西京，心中自不平。牙璋辭鳳闕，鐵騎繞龍城。雪暗凋旗畫，風多雜鼓聲。寧爲百夫長，勝作一書生」。〔註4〕

　　高適《塞下曲》：「萬里不惜死，一朝得成功。畫圖麒麟閣，入朝明光宮。大笑向文士，一經何足窮。古人味此道，往往成老翁」。

　　岑參《銀山磧西館》：「丈夫三十未富貴，安能終日守筆硯」；《送李副史赴磧西官軍》「功名只須馬上取，眞是英雄一丈夫」；《初過隴山途中呈宇文判官》「萬里奉王事，一身無所求」。

　　李白《永王東巡歌》：「但用東山謝安石，爲君談笑靜胡沙」；《贈張相鎬》「一生欲報主，百代期榮親；其事竟不就，哀哉難重陳」；《梁園吟》「沉吟此事淚滿衣，黃金買醉未能歸；連呼五白行六博，分曹賭酒盾馳暉。歌且謠，意方遠，東山高臥時起來，欲濟蒼生未應晚」。

　　杜甫《奉贈韋左丞丈二十二韻》：「致君堯舜上，再使風俗淳」。

　　孟浩然《書懷貽京邑同好》：「感激遂彈冠，安能守固窮」。

　　王維《送趙都督赴代州得青字》：「天官動將星，漢上柳條青。萬里鳴刁斗，三軍出井陘。忘身辭鳳闕，報國取龍庭。豈學書生輩，窗間老一經」。

　　王昌齡《從軍行》：「黃沙百戰穿金甲，不破樓蘭終不還」。

　　祖詠《宿御池》：「誰念迷方客，常懷魏闕情」；《望薊門》：「少小雖非投筆吏，論功還欲請長纓」。

　　韋應物《送崔押衙相州》：「望闕應懷戀，遭時應立功」。

　　李賀《南園》之五：「請君暫上凌煙閣，若個書生萬戶侯」。

　　韋莊《冬日長安感志》：「唯有遠心長擁篲，恥將新劍學編」；《關河道中》「平生志業匡堯舜」；《長安》「大道不將爐冶去，有心重築太平基」。

---

〔註4〕　本書所引唐代詩歌作品除特別注明者外，均據《全唐詩》（彭定求等編，中華書局，1960年），《全唐詩補編》（陳尚君輯校，中華書局，1992年）。

溫庭筠《郊居秋日有懷一二知己》：「自笑漫懷經濟策，不將心事許煙霞」；《詠懷百韻》：「經濟懷良畫，行藏識遠圖」。

杜荀鶴《亂後宿南陵廢寺寄沈明府》：「且把酒杯添志氣，已將身事託公卿」；《秋宿山館》：「男兒出門志，不獨爲身謀」。

初盛唐時期自不必言，即使到了中晚唐詩人們建功立業的的壯志豪情也並沒有完全消散。唐人鄙視「終日守筆硯」皓首窮經的書生，如李白《行行且遊獵篇》所稱：「儒生不如游俠人，白首帷下復何益」。儒與俠的結合成爲唐代知識分子的理想人格，文人崇武、儒生慕俠的精神氣質表現得極爲突出。〔註5〕「願爲腰下劍，直爲斬樓蘭」〔註6〕的意氣功業之美是唐代文化的眞實寫照。這與陶淵明的幾經仕隱，最後徹底走向田園窮居的人生道路截然不同。

唐人出仕的主要途徑是科舉，科舉是唐王朝爲鞏固政治統治，扼制世族門第勢力而採用的一種制度，也是爲吏治需要而建立的一種人才選拔制度。自武則天之後，唐朝甄選人才均以進士科爲主。科舉制度將文學才能與個人功名利祿直接聯繫起來，作爲一種主要力量和關鍵因素，直接參與造就了唐代的文人心態和文學形態。〔註7〕

唐人的另一條出仕之路是以退爲進，這主要源於李唐王朝開國之初獎披、封賞隱士籠絡人心、點綴太平以示天下歸心的政策。於是，在一個立功建業之心極度膨脹的時代，出現了普遍的崇尚隱逸之風。有心用世者往往希望以隱者的身份，通過「終南捷徑」自江湖之遠直登廟堂之高。如王昌齡就將「置身青山，俯飲白水，飽於道義，然後謁王公大人，以希大遇」〔註8〕視爲入仕陳規。據《舊唐書·李白傳》

---

〔註5〕　參見程薔、董乃斌《唐帝國的精神文明》，第 364～384 頁，中國社科出版社，1996 年。

〔註6〕　李白：《塞下曲六首》其一。

〔註7〕　關於唐代科舉與文學之關係可參見陳寅恪《元白詩箋證稿》、《唐代政治史述論稿》，程千帆《唐代行卷與文學》，傅璇琮《唐代科舉與文學》，陳飛《唐詩與科舉》等。

〔註8〕　王昌齡：《上李侍郎書》，載《全唐文》（影印本）卷三百三十一，第3353 頁，中華書局，1983 年。

載，李白「少與魯中諸生孔巢父、韓沔、裴政、張叔明、陶沔等隱於
徂徠山，酣歌縱酒，時號『竹溪六逸』。天寶初，客遊會稽，與道士
吳筠隱於剡中。既而玄宗詔筠赴京師，筠徵赴闕，薦之於朝，與筠俱
待詔翰林」。〔註9〕這種待時之隱，完全是以退爲進的機巧策略。宋陳
正敏《遯齋閒覽》說：「詩人類以棄官歸隱爲高，而謂軒冕榮貴爲外
物，然鮮有能踐其言者。故靈徹答韋丹云：『相逢盡道休官去，林下
何曾見一人』。蓋譏之也」。〔註10〕

　　崇尚事功的思潮和不拘一格的用人制度，決定了這個時代的人生
風範：文士不重操守，只知以文學事主子，無所謂出處之義，傾向於
利祿的追求。〔註11〕這一點對理解唐人看待陶淵明的態度至關重要。

　　從另一方面看，雖然政府爲普通士子的出仕提供了比以往更爲廣
闊的道路，但不遇仍是大多數人的共同命運，整個唐朝眞正顯達的詩
人只有高適等幾人，更多詩人雖自詡懷有經國濟世之才華（實際上這
種才華可能只是一種文學才華），但並未得到眞正重用。唐代詩人有
一個較爲普遍的特徵：人生理想偉大而現實人生失意，他們在政治上
往往具有理想主義的氣質，仕宦情結極爲濃重，對自己自許甚高，抱
有富國安邦的政治理想（甚至是幻覺或者幻覺），但大多入仕並不成
功，如李白的橫溢才華自始至終也不只過是朝庭妝點歌舞昇平的飾
物。這樣唐詩中就出現了另外一種色調：不遇的嗟歎無窮與難平的感
慨萬端，這是政治抱負受阻後的自然反應。故詩人們在滿懷自信心的
同時又在高唱「人生在世不稱意」的行路之難。進取的豪氣和不遇的
嗟歎相交織，謳歌盛世的美頌和抗議現實不平的激憤相融合，是唐詩
尤其盛唐詩的一大特色。

---

〔註9〕 劉昫：《舊唐書》卷一百九十下，第 5053 頁，中華書局，1975 年。
〔註10〕 胡仔纂，廖德明校點：《苕溪漁隱叢話》前集卷三九，第 266～267
　　　　頁，人民文學出版社，1981 年。本書所引《苕溪漁隱叢話》內容均
　　　　據此本。
〔註11〕 臺靜農：《論唐士風與文學》，《文史哲學報》，第十四期，1965 年 11
　　　　月。

　　陶淵明經典性在唐代的顯現可能與此有關。詩歌對人有一種重要的心理調適和補償功能，唐代許多詩歌正是「爲生活的矛盾求統一、求調和而產生的」。〔註12〕這樣，陶淵明隱逸田園的悠然情趣和閒適精神，就作爲平衡仕隱矛盾心態的一味良藥開始較爲頻繁地出現在唐詩之中。

　　在相近的境遇之中，唐人與陶淵明的人生選擇往往大相徑庭。如高適《封丘作》表現的也是仕隱心態的矛盾與調和。其詩曰：

　　　　我本漁樵孟諸野，一生自是悠悠者。
　　　　乍可狂歌草澤中，那堪作吏風塵下。
　　　　只言小邑無所爲，公門百事皆有期。
　　　　迎拜長官心欲碎，鞭撻黎庶令人悲。
　　　　歸來向家問妻子，舉家皆笑今如此。
　　　　生事應須南畝田，世情盡付東流水。
　　　　夢想舊山安在哉？爲銜君命且遲回。
　　　　乃知梅福徒爲爾，轉憶陶潛歸去來。

　　高適年近50歲中第之後，任封丘縣尉，這與其人生理想相距甚大，兼有使人心碎的迎拜長官，令人悲憫的鞭撻黎庶，詩人似乎萌生了如陶淵明一樣盡將世情付諸東流，事南畝而退隱之心。但事實上，高適根本不可能完全捨棄宦情而歸隱躬耕，在辭去此官以後詩人謀到了更好的仕途。

　　與陶淵明的毅然拂身而去安於貧賤不同，唐人往往會選擇更爲現實的方式去調和仕隱矛盾，這就是亦官亦隱的「中隱」。白居易《中隱》詩是這種心態和存身方式的集中體現，其詩云：

　　　　大隱住朝市，小隱入丘樊。丘樊太冷落，朝市太囂喧。
　　　　不如作中隱，隱在留司官。似出復似處，非忙亦非閒。
　　　　不勞心與力，又免飢與寒。終歲無公事，隨月有俸錢。
　　　　君若好登臨，城南有秋山。君若愛游蕩，城東有春園。

---

〔註12〕聞一多：《孟浩然》，載聞著《唐詩雜論》，第33頁，中華書局，2004年。

> 君若欲一醉，時出赴賓筵。洛中多君子，可以恣歡言。
> 君若欲高臥，但自深掩關。亦無車馬客，造次到門前。
> 人生處一世，其道難兩全。賤即苦凍餒，貴則多憂患。
> 唯此中隱士，致身吉且安。窮通與豐約，正在四者間。

「月俸百千官二品，朝廷雇我作閒人」〔註13〕是這種人生選擇的生動寫照：一方面要享用任職為官帶來的優厚物質條件，一方面更不放棄徜徉園林、縱情山水的人生樂趣。唐人的半隱半仕常在別墅園林之中，隱朝市而非隱幽林成了人們理想的隱逸狀態，其作品所期望的田家之樂也不是陶淵明似地躬耕於壟畝之間，而是優游玩賞於園林別業之中。

邊塞與山水田園兩大詩派的出現〔註14〕，正是唐人平衡仕隱心態的真實反映。邊塞詩並不是主要寫戰爭，「而是一種在相對和平的環境下，充滿著豪邁精神的邊防歌」，〔註15〕它反映的是少年豪俠意氣和經邦濟世精神；山水田園詩則是宦海沉浮者自我心理調適的工具，是對人生失意或仕途坎坷的精神補償，其特徵是人在宦海而詩在山水，身居魏闕而心有田園。如楊萬里《山居記》所言：「身居金馬玉堂之近，而有云嶠春臨之想；職在獻納論思之地，而有灞橋吟哦之氣」。山水田園詩所包含的陶淵明式的閒適精神、田園情趣成了唐代士人保持心態平衡、穩定人格結構的重要砝碼，陶詩的自得、自適精神為他們提供了精神的避風港和稀釋人生痛苦的良藥。因此，陶詩表現出的隱逸之樂、閒適之趣受到了空前的重視，並在唐詩創作中得到了重現與強化。

唐代的山水田園詩歌創作豐富開拓了陶淵明開創的田園詩風，並最終形成了中國文學的山水田園詩歌傳統。但唐代的田園詩絕大多數不是（或說幾乎沒有）產生於農村的現實生活之中，而是產生於士人

---

〔註13〕白居易：《從同州刺史改授少傅分司》。
〔註14〕魯迅：《幫忙文學與幫閒文字》說唐詩可以分成「廊廟文學」與「山林文學」，《魯迅全集》，第七卷，第405頁。
〔註15〕林庚：《略談唐詩高潮中的一些標誌》，載林著《唐詩綜論》，第59頁，人民文學出版社，1987年。

的別業、園林之中。〔註16〕這裡的「山水田園詩」雖稱「田」,「並不是以田的性格出現,而是以園的性格出現」。〔註17〕因而與陶淵明的田園詩相比,在追求閒適之外多了幾分風流華貴之氣,而鄉野的樸素、農人的辛勞則幾乎全部消失了,陶詩充溢的喜怒哀樂演變成了寧靜悠閒生活的田園牧歌情調。

錢鍾書《談藝錄》較為詳盡地列舉了陶淵明對唐詩創作的影響:有用陶公事者、有師法陶公詩者、有美其志節者、有不言「紹陶」而學陶者,有不言效陶而神似者、有涉筆而成陶趣者,……〔註18〕可見,陶淵明的確已是唐詩建構的一個重要因素。但從整體來看,陶淵明主要還是作為一名隱士——六朝文化、魏晉風度的重要代表出現在唐詩中的,既不是一名才華橫溢的經典作家,也不是一個安貧樂道的志士仁人。陶淵明尚走在通向經典作家的路途之中。

本章擬從三個方面探討唐代陶淵明的經典化問題:一、由陶淵明開創的田園詩體(「陶彭澤體」)在唐代形成了極具聲勢的山水田園詩派(「淵明一派」),陶淵明詩歌所表現出的田園情趣在唐代的田園詩歌中得到了突出和發揚;二、陶淵明詩創造的一系列別具特色的審美意象開始大規模、大面積地滲透到唐詩創作中,這些凝聚著陶淵明風采的意象,開始由個人意象演變為公共意象,由一般的自然意象演變成為極富蘊籍的人文意象,這是陶詩意象的經典化;三、以唐詩為對象探討陶淵明在唐人心目中的形象:隱士、飲士、詩人。

## 一、山水田園詩派的「藝術先行者」

「藝術最初產生的印象總比後來即使最成功的回憶要輝煌得多」。「第一個出現的詩歌也許就是最值得稱羨的詩歌」,其優越性在

---

〔註16〕關於唐詩與唐代別業、園林的關係,參見王毅《園林與中國文化》(上海人民出版社,1990年);葛曉音《盛唐田園詩和文人的隱居方式》(載《詩國高潮與盛唐文化》,北京大學出版社,1998年)。
〔註17〕林庚:《山水詩是怎樣產生的》,林庚《唐詩綜論》,第72頁。
〔註18〕錢鍾書《談藝錄》(補訂本),第88～90頁。

於一切人生情景「最強烈的印象是由描繪這些東西的第一個詩人產生出來的」。它們往往在「最初的一次詩情迸發中達到以後無法超過的某種美」，而作家也會因爲「給他描繪的圖景以後人無法企及的光輝」，從而成爲影響後世的「藝術先行者」。〔註19〕陶淵明正是唐代山水田園詩派的「藝術先行者」，其所開創的田園詩境及表現手法影響了唐代的一批詩人，並在這一時期得到了進一步的發揚。而陶淵明留給唐代山水田園詩派之「最強烈的印象」正是蘊含於雞鳴狗吠、桑麻榆柳、村墟煙火、窮巷柴扉等農村景象之中的悠閒自適的田園生活情趣。

所謂的山水田園詩派包括三層內涵：「就盛唐而言，指以王、孟爲代表，包括祖詠、常建、儲光羲等在內的一批風格相近的專長於山水田園的詩人；就唐代而言，則指王、孟、韋、柳；而就中國詩歌史而言，則應以陶、謝、王、孟、韋、柳爲一個完整的體系」。〔註 20〕這裡我們使用山水田園詩派的第二層意義。之所以稱山水田園詩派而不將田園與山水分開，理由在於唐代詩歌山水與田園情趣之合流。一方面王、孟等詩人既寫田園詩，也寫山水詩；但更爲重要的是，他們大部分的山水詩中都蘊含著田園情趣，將田園情趣注入了山水意象當中。所謂田園情趣當然並不是指詩中一定要有田園風光、農家事項，而是指像陶淵明部分的田園詩中表現的有若「牧歌式」的，恬淡、自適的逸趣。這種詩歌情調的出現與對陶淵明的追慕，以及隱逸風氣的盛行有關。〔註21〕陶淵明在唐代山水田園詩中留下的最爲顯著的印迹正是其恬淡、閒適的田園逸趣。當然唐代的田園詩歌創作在王孟詩派之外還大有人在，如杜甫就有爲數不少富有田園氣息的作品。這裡僅以王孟詩派（王、孟、韋、柳）作爲研究對象。

---

〔註19〕〔法〕斯達爾夫人：《論文學》，第 37～39 頁，人民文學出版社，1986年。
〔註20〕葛曉音：《山水田園詩派研究》，第 349 頁，遼寧大學出版社，1993 年。
〔註21〕王國瓔：《中國山水詩研究》，第 255 頁，臺北聯經出版事業公司，1986 年。

　　唐初藝術風格上接陶淵明下啓孟浩然、王維的是王績（公元 585
～644 年）。王績號東皋子，其作品以描寫隱逸和飲酒為主。王績以
疏狂簡傲處世，在詩中屢以阮籍、嵇康、劉伶、陶淵明等魏晉名士自
況。陸淳《刪東皋子後序》稱他「有陶公之去職，言不怨時；有阮氏
之放情，行不忤物」。〔註 22〕王績尤其在生活方式和文學創作上全面
稱道、效法陶淵明，是「文學史上第一個追摹陶潛的詩人」。〔註 23〕
其《五斗先生傳》云：「……有以酒請者，無貴賤皆往。往必醉，則
不擇地斯寢矣。醒則復起飲也，常一飲五斗，因以為號焉」。可以明
顯看出是脫胎於《五柳先生傳》，而《醉鄉記》則深受《桃花源記》
影響。聞一多先生認為王績繼承了陶詩的「嫡系真傳」，「陶淵明死後，
他那種詩的風格幾乎斷絕，到王績才算有了適當的繼承人」。〔註 24〕

　　整體而言，王績的詩樸素、直率、平淡，較少修飾，以描繪隱逸
之趣見長，是唐初濃郁的宮體詩氛圍之外一股清新質樸的氣息。清人
賀裳稱：「詩之亂頭粗服而好者，千載一淵明耳。樂天傚之，便傷俚
淺，惟王無功差得其彷彿。陶王之稱，余嘗欲以東皋代輞川。輞川誠
佳，太秀，多以綺思掩其樸趣，東皋瀟灑落穆，不衫不履」。但王績
的生存狀況要比陶淵明好得多，他生活在祖傳的別業之中，生活安寧
而富裕，不必如陶淵明一般為個人的生計而操勞。故又說「彭澤、東
皋皆素心之士，陶為飢寒所驅，時有涼音，王黍秫果藥粗足，故饒逸
趣」。〔註 25〕這是王績與陶淵明的不同之處，也是整個唐代山水田園
詩人與陶淵明的不同之處。

### 野　望

　　東皋薄暮望，徙倚欲何依？樹樹皆秋色，山山唯落暉。

〔註 22〕王績著，韓理洲點校《王無功文集》（五卷本會校），附錄一，第 222
　　　　頁，上海古籍出版社，1987 年。
〔註 23〕許總：《唐詩史》（上冊），第 120 頁，江蘇教育出版社，1994 年。
〔註 24〕聞一多：《聞一多說唐詩》，載《聞一多選唐詩》，第 480～481 頁，
　　　　嶽麓書社，1986 年。
〔註 25〕賀裳：《載酒園詩話又編》，載王績：《王無功文集》附錄三，第 265
　　　　～266 頁，上海古籍出版社，1987 年。

　　牧人驅犢返，獵馬帶禽歸。相顧無相識，長歌懷采薇。

這是王績的代表作，詩題就表明作品的著眼點是「望」，寫的是旁觀
者眼中的田園景象，雖有無可相依的茫然詩情，但閒逸、恬淡的牧歌
情調顯而易見。王績的創作在田園詩發展過程中所起的作用在於承先
啓後，他開啓了唐代田園詩風，是聯結陶淵明與王孟詩派的一座橋
梁。但王績的詩歌在文學史上影響較小，經典化研究本身是一種效果
研究，故這裡不作過多涉及。

　　孟浩然（公元 689 年～740 年）是盛唐時期不遇而隱的典型。《唐
詩紀事》載：「孟浩然，襄陽人也。骨貌淑清，風神散朗。救患釋紛
以立義，灌園藝圃以全高。交遊之中，通脫傾蓋，機警無匿。學不攻
儒，務掇菁華；文不按古，匠心獨妙。五言詩天下稱其盡善。閒遊秘
省，秋月新霽，諸英聯詩，次當浩然，句曰：『微雲淡河漢，疏雨滴
梧桐』。舉座嗟其清絕，咸以之擱筆，不得爲繼」。〔註26〕

　　在同代人的眼裏，孟浩然是一個不折不扣的隱逸高士，李白《贈
孟浩然》稱：「吾愛孟夫子，風流天下聞。紅顏棄軒冕，白首臥松雲。
醉月頻中聖，迷花不事君。高山可仰止，徒此挹清芬」。「紅顏棄軒冕」、
「迷花不事君」強調正是他的隱逸志趣。《李詩直解》稱：「此贈孟浩
然之風流而贊隱德之清高也。吾愛孟夫子之風流，天下聞矣。少之時，
棄軒冕而不仕；老之時，臥松雲崦固隱。惟隱則身閒而行以流連花月
之中，故醉月常病於酒，迷花而不事其君」。

　　事實上，雖然孟浩然終身未仕，但也沒有完全打消過入仕之心，
他不但參加過進士考試，而且還曾向張九齡干謁，其前期是爲仕而
隱，後期則是因落第求仕不成而隱，但依然隱不忘仕。

　　**書懷貽京邑故人**

　　　惟先自鄒魯，家世重儒風。詩禮襲遺訓，趨庭紹末躬。
　　　晝夜常自強，詞賦頗亦工。三十既成立，嗟籲命不通。

〔註26〕計有功撰，王仲庸校箋：《唐詩紀事校箋》卷二三，第 609 頁，巴蜀
　　　書社，1989 年。

> 慈親向羸老，喜懼在深衷。甘脆朝不足，簞瓢夕屢空。
>
> 執鞭慕夫子，捧檄懷毛公。感激遂彈冠，安能守固窮。
>
> 當途訴知己，投刺匪求蒙。秦楚邈離異，翻飛何日同！

此詩頗能反映孟浩然的仕隱心態。詩人將自己的祖先追述到孟子（家鄉鄒魯），意在表明秉承聖人遺訓，但卻對官運不通、三十而不立深感遺憾。此詩以「執鞭慕夫子，捧檄懷毛公」言志。其中「執鞭」乃用孔子事。《論語‧述而》記子曰：「富而可求也，雖執鞭之士，吾亦爲之」。朱熹《論語集注》：「執鞭，賤者之事，設言富貴若可求，則身爲賤役以求之，亦所不辭」。可見孟浩然志向之所在。又《南陽北阻雪》：

> 我行滯宛許，日夕望京豫。曠野莽茫茫，鄉山在何處。
>
> 孤煙村際起，歸雁天邊去。積雪覆平皋，饑鷹捉寒兔。
>
> 少年弄文墨，屬意在章句。十上恥還家，裴回守歸路。

其中「十上恥還家」用蘇秦事，《戰國策‧秦策》載：「蘇秦說秦王，書十上而說不行」。孟浩然用此典表示自己要如蘇秦一樣不成功名絕不還家。

### 田家作

> 弊廬隔塵喧，惟先養恬素。卜鄰近三徑，植果盈千樹。
>
> 粵余任推遷，三十猶未遇。書劍時將晚，丘園日已暮。
>
> 晨興自多懷，晝坐常寡悟。衝天羨鴻鵠，爭食羞雞鶩。
>
> 望斷金馬門，勞歌採樵路。鄉曲無知己，朝端乏親故。
>
> 誰能爲揚雄，一薦甘泉賦。

這是一首糾結著仕隱矛盾心態的田園詩。「衝天羨鴻鵠，爭食羞雞鶩」一句有兩種極富意味的鳥意象：胸懷衝天高翔之志的鴻鵠是爲詩人所羨慕，反映的是孟浩然不甘心居人之下的凌雲壯志；又以不知羞恥群聚爭食的雞鴨表明自己不願爲功名利祿而忍受揖拜上官及與人爭食之辱，這與「羞逐府僚趣」（《和宋太史北樓新亭》），「欲殉五斗祿，其如七不堪」（《京還贈張維》）的思想一致。但他最終還是希望自己能如揚雄一樣（「誰能爲揚雄，一薦甘泉賦」）憑藉自己的文學才華見

賞於唐王，從而可以大展宏圖、建功立業，其汲汲用世之心清晰可見。
孟浩然詩中還有第三種重要的鳥意象：鷦鷯。

### 送丁大鳳進士赴舉呈張九齡

吾觀鷦鷯賦，君負王佐才。惜無金張援，十上空歸來。

棄置鄉園老，翻飛羽翼摧。故人今在位，岐路莫遲回。

鷦鷯是中國文化中傳承較久的一種意象。《莊子‧逍遙遊》：「鷦鷯巢
於深林，不過一枝」；晉張華《鷦鷯賦》：「鷦鷯，小鳥也，生於蒿萊
之間，長於藩籬之下，翔集尋常之內，而生生之理足矣。色淺體陋，
不爲人用，形微處卑，物莫之害，繁滋族類，乘居匹遊，翩翩然有以
自樂也」。〔註27〕「鷦鷯」反映了孟浩然無奈而現實的人生選擇：有
鴻鵠之志而無法實現，又羞於同雞鶩之流爭食，就只能去作翩翩自樂
的鷦鷯了。這也正是孟浩然一生境遇的形象寫照及其隱居自適之志的
詩意表達。

在這種心態下，孟浩然有兩首詩明確表示欽慕陶淵明悠然自得的
田園逸趣。

### 仲夏歸漢南園寄京邑耆舊

嘗讀高士傳，最嘉陶徵君。日耽田園趣，自謂羲皇人。

予復何爲者，棲棲徒問津。中年廢丘壑，上國旅風塵。

忠欲事明主，孝思侍老親。歸來當炎夏，耕稼不及春。

扇枕北窗下，採芝南澗濱。因聲謝同列，吾慕穎陽眞。

### 李氏園林臥疾

我愛陶家趣，園林無俗情。春雷百卉坼，寒食四鄰清。

伏枕嗟公幹，歸山羨子平。年年白社客，空滯洛陽城。

所謂陶「陶家趣」與「田園趣」都是意指陶淵明隱居田園的高風逸趣，
詩人反思了自己的風塵僕僕一心事主，更加向往陶淵明北窗高臥的悠
閒自在之趣。在孟浩然的詩歌作品中，表現悠然自得的陶家之趣的作
品頗多。

---

〔註27〕蕭統編，李善注：《文選》卷十三，第 616～617 頁，上海古籍出版
社，1986 年。

### 過故人莊

故人具雞黍，邀我至田家。綠樹村邊合，青山郭外斜。

開筵面場圃，把酒話桑麻。待到重陽日，還來就菊花。

這是一首頗具陶家趣的田園詩作，也是孟浩然的代表作品之一。詩寫田家留飲的歡言對酌：綠樹環繞的農家、斜出城外的青山、開窗把酒的閒談、重九賞菊的心願構成了一幅簡單、質樸而極富詩意的田園風光的美景。其中故人聚飲、桑麻雜話、九日賞菊都帶有陶淵明式的濃厚田園氣息。《唐詩成法》評此詩「以古為律，得閒適之意，使靖節為近體，想亦不過如此而已」。〔註28〕

### 遊精思觀回王白雲在後

出谷未停午，到家日已曛。回瞻下山路，但見牛羊群。

樵子暗相失，草蟲寒不聞。衡門猶未掩，佇立望夫君。

此詩化用《詩經·君子于役》「日之將夕，羊牛下來」的詩境和陶淵明《歸去來兮辭》「乃瞻衡宇，載欣載奔。童僕歡迎，稚子候門」的成句。詩人以簡潔的筆調描繪了山村的黃昏景致：消失了背影的樵子、因寒而停唱的草蟲、倚門盼歸的村婦，秋山的微寒之中彌漫著日入後的惆悵與溫情。鍾惺稱讚：「一首陶詩卻入律中，妙！妙！」

〔註29〕

### 採樵作

採樵入深山，山深樹重疊。橋崩臥槎擁，路險垂藤接。

日落伴將稀，山風拂蘿衣。長歌負輕策，平野望煙歸。

這是一首較為典型的山水與田園情趣合流的詩歌。名為「採樵」，實是山水田園觀賞之作。前四句是採樵入山所見之景，後四句展現的則是採樵人勞作結束之後歸家途中的田園情調。其中「日落伴將稀，山風拂蘿衣」與陶淵明《和郭主簿二首》其一「凱風因時來，回飆開我襟」有類似的意趣——一種清風入懷而與自然融為一體的愜意；「長

---

〔註28〕陳伯海主編：《唐詩彙評》（上）引，第 539 頁，浙江教育出版社，1995 年。

〔註29〕鍾惺、譚元春：《唐詩歸》卷十。

歌負輕策，平野望煙歸」則與陶淵明《歸園田居五首》其三「晨興理
荒穢，帶月荷鋤歸」一樣，表現的都是田家日入而歸的生活狀態。從
整首詩來看，一是樵子入山打柴，一是農人（陶淵明自身形象）的種
豆鋤禾，整體構造非常相似；但二詩所體現的情感基調則大不相同：
陶詩雖有無與願違的安貧樂道之意，但農家的辛苦艱難表現無遺；孟
浩然詩則是以旁觀者的角度觀賞和想像採樵人的日常生活與勞作，側
重表現的是勞動者身上的田園牧歌情調。

　　孟浩然還有一些作品也較為明顯地表現出陶淵明式的田園情
趣，如：

　　《山中逢道士雲公》：「春餘草木繁，耕種滿田園。酌酒聊自勸，
農夫安與言。忽聞荊山子，時出桃花源。採樵過北谷，賣藥來西村。
村煙日雲夕，榛路有歸客。杖策前相逢，依然是疇昔。邂逅歡覯止，
殷勤敘離隔。」

　　《秋登張明府海亭》：「海亭秋日望，委曲見江山。染翰聊題壁，
傾壺一解顏。歌逢彭澤令，歸賞故園間。予亦將琴史，棲遲共取閒。」

　　《晚春題遠上人南亭》：「春晚群木秀，間關黃鳥歌。林棲居士竹，
池養右軍鵝。炎月北窗下，清風期再過。」

　　《盧明府九日峴山宴袁使君張郎中崔員外》：「共美重陽節，俱懷
落帽歡。酒邀彭澤載，琴輟武城彈。獻壽先浮菊，尋幽或藉蘭。」

　　《贈王九：》「日暮田家遠，山中勿久淹。歸人須早去，稚子望
陶潛。」

　　在上述這些作品中，除了出現「桃花源」、「彭澤令」、「陶潛」等
明確指向陶淵明的話語，酌酒自勸、傾壺而飲、杖策前行、北窗下臥
等行為明顯來自陶詩，是孟浩然的想像而非現實行動。

　　王維（公元 701 年～761 年），字摩詰，唐代山水田園詩歌的重
要代表。王維人生經歷和思想較為複雜，可以張九齡被貶分為前後兩
期，其前期詩歌多充滿樂觀浪漫的幻想和積極進取的少年豪情壯志，
那些意象風發的邊塞詩多作於這個時期。張九齡被貶荊州，王維的精

神受到了巨大打擊，便在終南山和輞川購置別業，過起了亦官亦隱、非吏非隱的「朝隱」生活，其山水田園詩歌創作主要集中於這個時期。〔註30〕

　　王維有兩首詩直接描繪了他所理解亦或想像的陶淵明形象。

　　　　**偶然作　其二**
　　　　田舍有老翁，垂白衡門裏。有時農事閒，斗酒呼鄰里。
　　　　喧聒茅簷下，或坐或復起。短褐不爲薄，園葵固足美。
　　　　動則長子孫，不曾向城市。五帝與三王，古來稱天子。
　　　　干戈將揖讓，畢竟何者是。得意苟爲樂，野田安足鄙。
　　　　且當放懷去，行行沒余齒。

詩中垂衡門之中的田舍老翁正是陶淵明：農閒之時三五鄰里聚於茅簷之下，有人起有人坐，喧鬧不停地呼叫斗酒（陶詩《移居》其二「過門更相呼，有酒斟酌之」；《雜詩》其一「得難當作樂，斗酒聚比鄰」），正是陶淵明隱居田園期間的一大樂事；天寒不以短褐爲薄（《始作鎮軍參軍經曲阿作》「被褐欣自得，屢空常晏如」；《飲酒二十首》其十六「披褐守長夜，晨雞不肯鳴」），覓食則以園葵爲美（《止酒》「好味止園葵」）。此詩所描繪的陶淵明是一個放懷而去以自得爲樂、安足田野的隱逸高士。

　　　　**偶然作　其四**
　　　　陶潛任天眞，其性頗耽酒。自從棄官來，家貧不能有。
　　　　九月九日時，菊花空滿手。中心竊自思，倘有人送否。
　　　　白衣攜壺觴，果來遺老叟。且喜得斟酌，安問升與斗。
　　　　奮衣野田中，今日嗟無負。兀傲迷東西，蓑笠不能守。
　　　　傾倒強行行，酣歌歸五柳。生事不曾問，肯愧家中婦。

此詩幾乎全從陶淵明作品和《宋書》、《晉書》所記「白衣送酒」一事演化而出，所側重的是棄官家貧，不問生事、性耽酒德而不能常有的陶淵明形象。

　　《渭川田家》是王維田園詩代表作，其詩云：

―――――――――――――

〔註30〕葛曉音：《山水田園詩派研究》，第219頁。

> 斜陽照墟落，窮巷牛羊歸。野老念牧童，倚杖候荊扉。
> 雉雊麥苗秀，蠶眠桑葉稀。田夫荷鋤至，相見語依依。
> 即此羨閒逸，悵然吟式微。

清張文蓀《唐賢清雅集》評此詩：「羨閒逸」的田園情趣「眞實似靖節」。此詩所詠爲朋友的渭川田家：落日中昏暗的村莊，窮巷晚歸的牛羊，倚杖等候牧童的村老，歡叫跳躍於麥苗間的雉雊，蠶眠後稀疏的桑葉，地頭上荷鋤閒談的農夫，詩中所描寫的都是鄉村暮春時節較有代表性的情景，宛然一幅充滿陶淵明式淳樸閒逸情調的田園畫。王士禎《唐賢三昧集》稱：「此瓣香陶柴桑」。〔註31〕

### 輞川閒居贈裴秀才迪

> 寒山轉蒼翠，秋水日潺湲。倚杖柴門外，臨風聽暮蟬。
> 渡頭餘落日，墟里上孤煙。復值接輿醉，狂歌五柳前。

此詩「淡宕閒適，絕類淵明」。〔註32〕首聯所描繪的春日轉爲蒼翠的寒山、秋日潺潺流淌的溪水是典型的山光水色；頷聯與頸聯中渡頭斜掛的落日、村墟上空飄蕩的炊煙（同陶詩《歸園田居》其一「曖曖遠人村，依依墟里煙」一樣洋溢著安詳與寧靜），柴門口倚杖而立，臨風傾聽蟬鳴的老翁則是安閒蕭爽的田園風光；尾聯以楚狂接輿比裴迪、又以五柳先生自況，其所表達的正是陶淵明那種灑脫的田園情懷和悠閒的人生態度。作品古樸、清曠之氣有類陶詩。清《聞鶴軒初盛唐近體讀本》贊：「品高氣逸，與『採菊東籬下，悠然見南山』正同一格」。

### 田 家

> 舊穀行將盡，良苗未可希。老年方愛粥，辛歲且無衣。
> 雀乳青苔井，雞鳴白板扉。柴車駕羸牸，草屩牧豪豨。
> 夕雨紅榴折，新秋綠芋肥。餉田桑下憩，旁舍草中歸。
> 住處名愚谷，何煩問是非。

---

〔註31〕陳伯海主編：《唐詩彙評》（上）引，第 288 頁，浙江教育出版社，1995 年。
〔註32〕陳伯海主編：《唐詩彙評》（上），第 301 頁，引《唐詩選脈會通評林》周珽語。

《田家》詩以鋪排田家生活瑣事的方式來表現田園隱居生活中的逸趣。作者所描繪的舊穀將盡、良苗未成（陶詩《有會而作》詩前小序「舊穀既沒，新穀未登」；《癸卯歲始春懷古田舍二首》其二「平疇交遠風，良苗亦懷新」），年老而食粥、卒歲而無衣是貧苦農村生活的典型寫照；駕瘦牛以拉車、穿草鞋以放豬、桑樹下的小憩、草叢中的暮歸是鄉間常見生活起居；雀乳於青苔之井、雞鳴於白板之扉、紅榴為夕雨所折、綠芋因新秋而肥，是農村生活中少有人關注的閒趣，加之青、白、紅、綠的色彩勾勒，為田家貧寒、平淡的生活憑添了一縷難得的閒情逸致。

### 終南別業

中歲頗好道，晚家南山陲。
興來每獨往，勝事空自知。
行到水窮處，坐看雲起時。
偶然值林叟，談笑無還期。

詩是作者中年在終南別業所作。「行到水窮處，坐看雲起時」寫人與水窮雲起之自然造化的默契相合，有悠然自得之意，並頗具理趣之美。堪與陶淵明「結廬在人境」竟爽。唐汝詢解此詩：「山水之遊，同志者寡，故每獨往，其間勝事亦自得於心，有未易語人者。即臨水看雲，真樂自在，世人疇能賞此哉！」〔註33〕陳模贊其「得陶閒適之意」。〔註34〕

　　孟浩然與王維是盛唐山水田園詩的代表，他們繼承了陶詩的牧歌情調和田家逸趣，但對農村的現實生活較少涉及，是理想化的田園風光，多呈現出蓬勃旺盛的氣象；韋應物和柳宗元則主要生活在安史之亂後，戰亂對國勢民生的巨大影響在他們的詩歌中有所反映。雖然他們的創作仍以寫田園逸趣為主，但田家的愁苦已在詩歌中有所表現，

〔註33〕唐汝詢撰，王振漢點校《唐詩解》，第144頁，河北大學出版社，2001年。
〔註34〕陳模著，鄭必俊校注：《懷古錄校注》卷上，第30頁，中華書局，1993年。

開始有了更強的現實性內容。如韋應物的《觀田家》：

> 微雨眾卉新，一雷驚蟄始。田家幾日閒，耕種從此起。
> 丁壯俱在野，場圃亦就理。歸來景常晏，飲犢西澗水。
> 饑劬不自苦，膏澤且為喜。倉廩無宿儲，徭役猶未已。
> 方慚不耕者，祿食出閭里。

自首句至「飲犢西澗水」還是盛唐時期孟浩然、王維式山水田園詩的典型寫法，雖是寫農家的備耕，但清新自然散發著濃郁的鄉土氣息。詩的後半部分卻以勞動者終年辛苦卻因徭役未已而不得溫飽與詩人自己的不耕而食作對比，因此感到深深的愧意。葛曉音教授認為此詩是「田園詩主旨從中唐開始大變的一個信號」，[註35] 其實變則有之，大變則未必，韋應物及中唐以後的其它田園詩人雖然與盛唐相比，多了表現田家苦的現實內容，但其主要色調仍保持著陶淵明那種牧歌式的悠閒自適。

　　中唐以後田園詩歌的變化還在於，雖然同樣表現田園逸趣，但與孟浩然、王維的朝氣蓬勃相比，多了幾分清曠蕭瑟乃至淒涼之氣。孟浩然與王維的山水田園詩多寫春夏景象，即使寫秋景也往往充滿生機和活力，如王維的《贈房盧氏管》：「秋山一何淨，蒼翠臨寒城」；《達奚侍郎夫人寇氏挽詞二首》：「秋日光能淡，寒川波自翻」。韋、柳的作品在表現田園心緒時所描繪的景象多了幾分寒氣和冷意。如韋應物《九日澧上作寄崔主簿倬二李端係》：[註36]

> 淒淒感時節，望望臨澧汶。翠嶺明華秋，高天澄遙滓。
> 川寒流愈迅，霜交物初委。林葉索已空，晨禽迎飆起。
> 時菊乃盈泛，濁醪自為美。良遊雖可娛，殷念在之子。
> 人生不自省，營欲無終已。孰能同一酌，陶然冥斯理。

盛唐人的金秋在這裡變成了寒川迅疾流淌、霜交物已初委、林葉索然已空的淒清時節。柳宗元詩亦多用冷色調的詞語描繪景物，如「寒

---

〔註35〕葛曉音：《山水田園詩派研究》，第330頁。
〔註36〕「二李端係」之「李」乃「季」之訛，指的是韋應物族弟韋端、韋系。
　　　　孫望校箋：《韋應物詩集系年校箋》，第210頁，中華書局，2002年。

水」、「晚英」、「寒花」、「殘月」等。但韋、柳二人詩歌中那種陶淵明
式的恬淡自然的田園逸趣依然存在。

　　韋應物（公元 737 年～792 年？），王孟詩派的後繼者。韋應物
的田園詩除少數寫其假期休沐生活外，大多作於閒居長安西灃上，以
抒寫閒居齋中或矚眺田野的蕭散清曠之感爲主，具有澄淡蕭疏的特
色。〔註37〕在唐代山水田園詩人當中，韋應物明確表示學陶、「慕陶」
與「效陶」，並有效陶詩二首，直接化用陶淵明詩意的作品也不少。

　　《東郊》是韋應物明確表示「慕陶」的作品，其詩云：

　　　　　吏舍局終年，出郊曠清曙。楊柳散和風，青山澹吾慮。
　　　　　依叢適自憩，緣澗還復去。微雨靄芳原，春鳩鳴何處。
　　　　　樂幽心屢止，遵事迹猶遽。終罷斯結廬，慕陶眞可庶。

此是大曆末年韋應物任京兆府功曹時所作，詩所寫的任官期間的郊遊
逸趣。楊柳和風、微雨芳原濾去了詩人煩惱和憂慮，與官宦生涯的備
受束縛相比，春日的出遊使終日困於公務的詩人充分領略了自然與自
由的妙處，陶淵明辭官而去「結廬在人境，而無車馬喧」的那種安閒
自在的田園生活更令詩人羨慕不已。故有二詩明確表示「效陶」。

　　效陶彭澤

　　　　　霜露悴百草，時菊獨妍華。
　　　　　物性有如此，寒暑其奈何。
　　　　　掇英泛濁醪，日入會田家。
　　　　　盡醉茅簷下，一生豈在多。

　　與友生野飲效陶體

　　　　　攜酒花林下，前有千載墳。
　　　　　於時不共酌，奈此泉下人。
　　　　　始自玩芳物，行當念徂春。
　　　　　聊舒遠世蹤，坐望還山雲。
　　　　　且遂一歡笑，焉知賤與貧。

這兩首詩分別作於大曆十四年秋冬之際和建中元年春，當時韋應物辭

---

〔註37〕葛曉音：《山水田園詩派研究》，第 330～331 頁。

官閒居灃上。前者所效是陶淵明的《飲酒》其七，其詩云：

> 秋菊有佳色，裛露掇其英。
> 泛此忘憂物，遠我遺世情。
> 一觴雖獨進，杯盡壺自傾。
> 日入群動息，歸鳥趨林鳴。
> 嘯傲東軒下，聊復得此生。

二詩同是即物寫意，同是以酒、菊入詩，以黃花寄意。陶詩側重的是順命委運、忘憂以達生的思考；韋詩在感菊傷懷、表達人生短暫的同時，則突出了菊花在百草憔悴之後的傲霜獨妍。而這也正是陶詩多次詠菊的重要原因，如《和郭主簿》其二：「芳菊開林耀，青松冠岩列。懷此貞秀姿，卓爲霜下傑」。所突出的正是芳菊懷貞秀之姿、卓然不群而爲霜下之傑的品格。宋人周紫芝評：「古今詩人多喜效淵明體者，如和陶詩非不多，但使淵明愧其雄麗耳。此詩非惟語似而意亦太似，蓋意到而語隨之也。」〔註38〕

韋應物後一首詩所效者爲陶淵明《諸人共遊周家墓柏下》：

> 今日天氣佳，清吹與鳴彈。
> 感彼柏下人，安得不爲歡。
> 清歌散新聲，綠酒開芳顏。
> 未知明日事，余襟良以殫。

兩詩俱寫攜友同遊的宴飲之樂，面對逝人（「柏下人」、「泉下人」），生者不禁思索良多，發出了春光易逝、人生苦短當及時行樂的感歎。《唐風定》評此詩：「體質自與陶近，不擬肖而合矣」。〔註39〕

### 園林晏起寄昭應韓明府盧主簿

> 田家已耕作，井屋起晨煙。園林鳴好鳥，閒居猶獨眠。
> 不覺朝已晏，起來望青天。四體一舒散，情性亦忻然。
> 還復茅簷下，對酒思數賢。束帶理官府，簡牘盈目前。
> 當念中林賞，覽物遍山川。上非遇明世，庶以道自全。

〔註38〕周紫芝：《竹坡詩語》，《歷代詩話》，第356頁。
〔註39〕陳伯海主編：《唐詩彙評》（上）引，第745頁，浙江教育出版社，1995年。

此詩是韋應物建中二年（781 年）辭去櫟陽令，閒居灃上寫給韓、
盧二位朋友的寄贈之作。袁宏道稱讚此詩：「體裁情韻，俱逼淵明」。
〔註40〕所謂「體裁」當指此詩的田園題材，所謂「情韻」當指其所
沿襲的陶詩那種恬淡靜謐的韻味。作品所描繪的是詩人「閒居」、「晏
起」之後回憶起的春日田園景象，其中田家的耕作、井屋的晨煙、
園林中鳴唱的好鳥、閒居者的茅簷營造了一種悠閒、安謐的田園情
調。沈德潛評此詩「眞樸處最近陶公」。〔註41〕

　　韋應物有《種瓜》一首，錢鍾書認爲此詩「不言效陶，而最神似」。
〔註42〕實際情況是否如錢鍾書所言「最神似」呢？其詩云：
　　　　率性方鹵莽，理生尤自疏。今年學種瓜，園圃多荒蕪。
　　　　眾草同雨露，新苗獨黳如。直以春窖迫，過時不得鋤。
　　　　田家笑枉費，日夕轉空虛。信非吾儕事，且讀古人書。
此詩題爲「種瓜」，實是作者以種瓜爲樂，意不在瓜而在種，其目的
在於體會「躬耕壠畝」的田園之樂。詩人不識稼穡，耽誤了農時以致
園圃荒蕪，眾草淹沒了瓜苗，枉費了功夫，並招來農人的「嘲笑」。
但作者並以此爲意，反而成了日常生活中不可多得的樂趣，只因「種
瓜」根本就非吾輩的本分之事。此詩顯然是從陶淵明《歸園田居》其
三演化而來：
　　　　種豆南山下，草盛豆苗稀。晨興理荒穢，帶月荷鋤歸。
　　　　道狹草木長，夕露沾我衣。衣沾不足惜，但使願無違。
但陶淵明的躬耕是其人生歷程的重要內容，是他謀生的重要手段，不
是表演性的作秀。在這種生活當中他既體驗了田園隱居的樂趣，更經
歷了「炎火屢焚如，螟蜮恣中田。風雨縱橫至，收斂不盈廛」而導致
「夏日長抱饑，寒夜無被眠」〔註43〕的凍餒纏身。韋應物以稼穡種瓜

---

〔註40〕劉辰翁校點，袁宏道參評《韋蘇州集》，引自陶敏等校注《韋應物集
　　　　校注》，上海古籍出版社，1998 年。
〔註41〕沈德潛選編：《唐詩別裁集》卷三，第 95 頁，上海古籍出版社，1979
　　　　年。
〔註42〕錢鍾書：《談藝錄》（補訂本），第 89 頁。
〔註43〕陶淵明：《怨詩楚調示龐主簿鄧治中》。

作田園之樂與陶淵明以農耕為生計安貧樂道的精神完全不同。再如韋詩《喜園中茶生》：

> 潔性不可污，為飲滌塵煩。此物信靈味，本自出山原。
> 聊因理郡餘，率爾植荒園。喜隨眾草長，得與幽人言。

詩人處理郡務之餘，將荒園開墾出來種植本來出自山原「潔性不可污，為飲滌塵煩」的茶，但詩人之喜並非來自茶之獨生，而是茶隨眾草同生同長。又其《種藥》詩言：「悅玩從茲始，日夕繞庭行」。作者種藥沒有任何實用目的，只為日夕繞庭而行的「悅玩」。陶淵明身處窮困雖十分達觀，但農務是其謀生的手段，所以他往往會因「草盛豆苗稀」而深感憂慮，以致「晨興理荒穢，帶月荷鋤歸」方可。韋應物自稱效陶，其實所效只是陶詩富有閒情逸致的一面。

　　**野　居**

> 結髮屢辭秩，立身本疏慢。今得罷守歸，幸無世欲患。
> 棲止且偏僻，嬉遊無早宴。逐兔上坡岡，捕魚緣赤澗。
> 高歌意氣在，貰酒貧居慣。時啟北窗扉，豈將文墨間。

詩人韋應物向我們展現了一幅棲止偏僻之地，嬉遊無論早晚的悠閒自樂的畫面：或上山岡逐兔、或緣赤澗捕魚、或引吭高歌、或賦詩詠歎、或把酒閒話。這種無憂無慮的閒居生活充滿了田園牧歌式的生活情調。

　　韋應物的田園詩有個特點是以外郡為隱，在詩中他常常將官衙當作是隱居的田園。如其《新理西齋》：

> 方將泯訟理，久翳西齋居。草木無行次，閒暇一芟除。
> 春陽土脈起，膏澤發生初。養條刊朽枿，護藥鋤穢蕪。
> 稍稍覺林聳，歷歷忻竹疏。始見庭宇曠，頓令煩抱舒。
> 茲焉即可愛，何必是吾廬。

此詩作於江州刺史任上，描述的是詩人在處理完公事之後在官署西齋的「田園」活動。荒廢已久、草木橫生的西齋，經過芟除雜蕪、膏澤土地、養條刊朽、護藥除穢最後竟然成了林聳竹疏、可以消減煩憂的寬曠庭院，以致詩人感慨：郡齋如此可愛，大可不必再去尋覓「吾廬」

（陶淵明《讀山海經》其一「眾鳥欣有託，吾亦愛吾廬」）。韋應物的
《縣齋》亦同，其詩云：

> 仲春時景好，草木漸舒榮。公門且無事，微雨園林清。
> 決決水泉動，忻忻眾鳥鳴。閒齋始延矚，東作興庶氓。
> 即事玩文墨，抱沖披道經。於焉日淡泊，徒使芳尊盈。

衙門沒有公事的日子就成了詩人延矚觀覽的「閒齋」，於是微雨洗滌
樹林、草木日漸舒展開花、清泉流淌、眾鳥合鳴的田園好景都被詩人
納入了小小的官署之中。同一類型的作品還有《郡內閒居》等，其共
同特點是將陶詩存在於農村生活、王、孟詩存在於園林別業的田園逸
趣納入了自己的工作場所之中。這就將「小謝宣城郡齋詩的表現方式
和陶詩的田園風味相結合，爲田園詩派增添了一新的境界」。〔註44〕

　　柳宗元（公元 773 年～819 年）字子厚，唐代傑出的思想家、古
文家和詩人，散文與韓愈齊名，位列「唐宋八大家」。柳宗元的詩歌
作品不多，僅一百五十多首，大多作於王叔文黨改革失敗後被貶永州
十年及其後轉任柳州刺史期間。在文學史上柳宗元的創作被置於山水
田園詩派的重要環節，是「直揖陶謝」的騷人詩，內容主要是「反復
吟歎自己在政治生涯中的不幸遭遇，抒發寂寞憤鬱的貶謫之感和思鄉
之情，以及重新振作、大展宏圖的希望」。〔註45〕柳宗元田園詩較少，
山水詩較多，風格以幽清蕭瑟爲主。長期被貶類處境似羈囚的生活，
不僅使柳宗元的政治抱負不能實現，而且遠離家鄉，十分孤獨，故他
多籍文字發泄其內心的不平之氣，即其《遊南亭夜還敘志》所言「投
迹山水間，放情詠離騷」，作品中悠然自適的田園趣味相對而言比較
稀薄了。

　　柳宗元的田園詩與前人相比反映百姓疾苦的現實性極大增強，
《田家》三首體現了「中唐新樂府詩揭露現實、反映民瘼的精神」，
〔註46〕不僅是柳宗元田園詩的代表作品，也是中唐田園詩的代表作品。

---

〔註44〕萬曉音：《山水田園詩派研究》，第 332 頁。
〔註45〕萬曉音：《山水田園詩派研究》，第 338 頁。
〔註46〕萬曉音：《山水田園詩派研究》，第 339 頁。

## 田家三首

蓐食徇所務，驅牛向東阡。雞鳴村巷白，夜色歸暮田。
筩筩未耜聲，飛飛來鳥鳶。竭茲筋力事，持用窮歲年。
盡輸助徭役，聊就空自眠。子孫日已長，世世還復然。

籬落隔煙火，農談四鄰夕。庭際秋蟲鳴，疏麻方寂歷。
蠶絲盡輸稅，機杼空倚壁。里胥夜經過，雞黍事筵席。
各言官長峻，文字多督責。東鄉後租期，車轂陷泥澤。
公門少推恕，鞭樸恣狼藉。努力慎經營，肌膚真可惜。
迎新在此歲，唯恐踵前迹。

古道饒蒺藜，縈回古城曲。蓼花被堤岸，陂水寒更綠。
是時收穫竟，落日多樵牧。風高榆柳疏，霜重梨棗熟。
行人迷去住，野鳥競棲宿。田翁笑相念，昏黑慎原陸。
今年幸少豐，無厭饘與粥。

《田家三首》組詩有一個共同特點：作品先是描繪富有特徵的農村景象和田家生活的場景，保持了自盛唐以來田園詩歌所共有的陶淵明式的牧歌情調；後面則筆調一轉揭露農民在嚴苛賦稅逼迫壓榨下的悲涼、痛苦生活，這也是山水田園詩在中唐以後的一個新變。第一首所寫的是農村生活中普普通通的一天：雞鳴草食即起到田中幹活、夜幕降臨才能回來，即使竭盡體力辛勞終年，在付完稅役之後也只能落個兩手空空、一無所有，最為可悲的是「子孫日已長，世世還復然」的厄運將無窮無盡的重演。第二首作者選擇的場景是農家交完夏稅的農閒之夜：隔著籬笆可以望見做飯燃起的煙火，夜色已近，街坊四鄰相聚而談；稀疏的麻草沒有聲息，庭院裏秋蟲卻在鳴唱不停，這不正是自陶淵明到王維、孟浩然詩中那種常見的田園風味嗎？然而，現實卻是農忙剛過，人們還沒來得及喘一口氣，里胥就來告誡下個季節不要耽誤完租納稅之期，免得遭受皮肉之苦。那充溢著溫情的晚景是人們在準備招待里胥的雞黍飯。第三首詩的牧歌情調要濃郁得多：秋風高榆柳漸稀疏，霜氣重梨棗已成熟；風高日夕、蓼花披堤、陂水綠寒，樵牧晚歸、野鳥覓棲、行人尋宿、老翁挽留……都還是較為典型的從

陶淵明流傳下來的那種淳樸溫暖的詩境。但詩的結句卻又透露出這溫情之後的無奈與悲涼：慶幸今年豐收，才有饘、粥招待客人，希望行人不要介意。田園詩境在柳宗元這裡的確發生了很大的變化，詩人不再是一味地書寫田家之樂，而更注重表現充滿溫情的田園氣氛背後的淒涼和痛苦。

　　雖然柳宗元未曾明言「學陶」或「效陶」，但是「他的一些五古詩，表現的全然是恬淡高雅的意境，一看就知道是學陶淵明的」。〔註47〕這裡所言「學陶淵明」當指柳詩「樂山水而嗜閒安」〔註48〕的一面，如《雨後曉行獨至愚溪北池》：

　　　　宿雲散洲渚，曉日明村塢。
　　　　高樹臨清池，風驚夜來雨。
　　　　予心適無事，偶此成賓主。

此詩首聯緊扣「雨後曉行」的詩題，描寫夜雨過後雲開霧散破曉日出之際村塢、洲渚的清麗；次聯寫高樹臨清池而倒影自見，風吹雨落漣漪自成，是以景寫趣；尾聯則抒寫自己的心緒：難得心中悠然無事，恰與此景正相契合，呈現了詩人在山水田園中的自適之趣。

　　　　溪　居

　　　　久為簪組累，幸此南夷謫。閒依農圃鄰，偶似山林客。
　　　　曉耕翻露草，夜榜響溪石。來往不逢人，長歌楚天碧。

此詩所寫的是被貶南夷閒居之日，恰與農家相鄰，偶效山林之客（隱士或農夫）曉耕夜榜而享受到的田園之樂。

　　　　漁　翁

　　　　漁翁夜傍西巖宿，曉汲清湘燃楚竹。
　　　　煙銷日出不見人，欸乃一聲山水綠。
　　　　回看天際下中流，巖上無心雲相逐。

這是柳宗元的代表作，也是一首山水與田園情趣相合的作品。漁翁的夜宿、曉汲、野炊和行舟是典型的田園生活寫照，而這一系列的活動

〔註47〕王國瓔：《中國山水詩研究》，第278頁。
〔註48〕柳宗元：《磅僧浩初序》。

則以青山綠水、煙銷日出的山水之美爲背景。漁翁（詩人）身處江流之中回望天際，岩上唯有無心之雲（此正是陶淵明爲表達自己「不物於物」心境而使用的獨特意象）與自己的身影相伴相逐，悠閒自得心境躍然紙上。

　　整體而言，柳詩由於常有「貶謫之心」處於其中，所書寫的田園逸趣也往往會蒙上一層濃厚的淒涼。

### 首春逢耕者

　　南楚春候早，餘寒已滋榮。土膏釋原野，百蟄競所營。
　　綴景未及郊，穡人先耦耕。園林幽鳥囀，渚澤新泉清。
　　農事誠素務，羈囚阻平生。故池想蕪沒，遺畝當榛荊。
　　慕隱既有係，圖功遂無成。聊從田父言，款曲陳此情。
　　眷然撫耒耜，回首煙雲橫。

《首春逢耕者》描寫南楚早春餘寒散盡萬物復蘇的景色。「園林幽鳥囀，渚澤新泉清」二句爲我們展現了一幅清新恬淡的畫面：園林裏鳥兒婉轉歌唱、渚澤中新泉潺而出。然而，詩人卻一筆宕開，由南國早春想到久別的故園，那裡田園已經遍佈全榛荊完全荒蕪了。是荒蕪的故池田園，更是「圖功遂無成」的憂憤觸動了詩人的寂寞之心，作品在南國田園風光的背景上滲透了詩人內心的苦悶和感傷。

　　自初唐的王績到盛唐孟浩然、王維再至韋應物、柳宗元五位詩人的人生經歷有一個共同特徵：幾乎一生都處於出處、仕隱的糾葛之中。王績一生三仕三隱；孟浩然雖終生未仕、但始終也沒有放棄出仕的願望；王維後半生的生活狀態是典型的亦隱亦吏；韋應物時而隱逸閒居、時而出仕爲官；柳宗元則是革新失敗後身雖仕而心向隱。他們的山水田園詩也大多產生於這種生存狀態之中,流連山水歌詠田園所向往的正是陶淵明那種悠然自得的田園精神。「不達時皆笑屈原非，但知音盡說陶潛是」。〔註49〕陶淵明詩歌在唐代山水田園詩產生最大影響的基因正是那種難得的田園情趣，這種田園精神之所以大受青

---

〔註49〕白樸：《仙呂‧寄生草》。

眛，是因為它可以「借助大自然的力量消解內心因救世願望受挫而產生的痛苦，以山水田園生活來補償心靈的匱乏」。〔註50〕

　　聞一多先生以為「陶淵明是以士大夫身份喬扮作農夫對農民生活作趣味的欣賞，拿審美的態度來看它，正如城裏人下鄉，見鄉村生活有趣，於是模仿起來，比原來的鄉村生活更顯到（得）新奇可愛。這種審美觀念，是純粹的主觀成分，把一切審美觀觀點擺開，而陶淵明能夠長期保持這種欣賞的生活態度，因而難得。陶詩的特點在於詩人對大自然長久作有趣的看法，天眞的看法，表現出一種小孩兒似的思想感情」。〔註51〕其實不然，陶淵明歸隱之後，較長時間內身體力行地從事農業勞動成了他必需的生存手段，其田園之樂往往是以苦為樂的安貧樂道，是「從田園耕鑿中一段憂勤中討出」。〔註52〕他的詩較為全面、準確地反映了一個眞隱士眞實的農村隱居生活：既有「採菊東籬下，悠然見南山」的田園情調、「中觴縱遙情，忘彼千載憂」的灑脫心境、「有琴有書，載彈載詠」的欣然自得，「鼓腹無所思，朝起暮歸眠」自在閒適，揮茲一觴、別無所求的陶然自樂，更有「晨興理荒穢，帶月荷鋤歸」的辛苦勞累，「寒餒常糟糠」、「束帶候鳴雞」的凍餒纏身，「儋石不儲，飢寒交至」的生存之患，「繁華朝起，慨暮不存」的歲月之憂。

　　唐人則不同，他們大多不必為生計擔憂，自可充分、盡情地享受陶詩那種悠然自得的田園之趣。如王績是唐代第一個追慕陶淵明的詩人，「道淵明處最多」，〔註53〕有人稱其「行藏生死之際，澹遠眞素，絕類陶君」。〔註54〕王績自己更是深引陶淵明為異世知音，其《答處士馮子華書》：「陶生云：『富貴非吾願，帝鄉不可期。』又云：『盛夏

---

〔註50〕李春青：《略論中國古代詩人的人格類型》，《學術月刊》1995年，第3期。

〔註51〕聞一多：《聞一多說唐詩》，《聞一多選唐詩》，第481頁，嶽麓書社，1986年。

〔註52〕鍾惺、譚元春：《古詩歸》卷九。

〔註53〕錢鍾書：《談藝錄》（補訂本），第89頁。

〔註54〕黃汝亨：《黃刻東皋子集序》，《王無功文集》附錄一，第224頁。

五月，踑腳東窗下，有涼風暫至，自謂是羲皇上人。」嗟乎！適意爲樂，雅會吾意」。然而與陶淵明「夏日抱長饑，寒夜無被眠」的窘迫生存狀態相比，王績的生活可謂是極其富足了。王績在河渚間「有先人故田十五六頃，河水四繞，東西趣岸，各數百步」，〔註55〕不僅「黍田廣於彭澤」，〔註56〕且「資稅幸不及，伏臘常有儲」。〔註57〕同樣是隱逸，二者境況則大相徑庭，陶淵明「語其饑則簞瓢屢空，瓶無儲粟；其寒則裋褐穿結，絺綌冬陳；其居則環堵蕭然，風日不蔽。窮困之狀，可謂至矣」。〔註58〕胡震亨《唐音癸籤》對陶淵明與王績的境遇差別看得十分透徹：「王績之詩曰『有客談名理，無人索地租。』隱如是，可隱也。陶潛之詩曰『饑來驅我去……叩門拙言辭。』如是隱，隱未易言矣」；施補華也指出：「讀詩亦須識其眞處。後來王、孟、韋、柳皆得陶公之雅淡，然其沉痛處率不能至也。境遇使然，故曰『是以論其世也』」。〔註59〕這種生活境遇的巨大差別造成了二人田園詩風的大不相同：陶淵明時有「涼音」，王績則頗饒「逸趣」。再如王維的田園詩也不是產生於農村的現實生活而是產生於別業、園林之中，因而在雅淡之中別有華氣，雖有山野間儀態而少山澤間性情。

唐代詩歌中的田園絕大多數是詩人想像和欣賞的對象，他們即使不居官也往往沒有任何的生存危機和生活壓力，完全可以局外人的眼光懷著閒適的心境去欣賞、想像和描繪處於身外的田園（眞正的田園）生活，這樣就將他們向往的陶淵明式的田園逸趣變形、放大呈現在作品當中。在他們的田園山水詩中經常會出現「觀」、「望」、「矚」等標示作家創作視角的詞語，也有「閒」、「玩」、「賞」等表明作家創作心態的詞。如王績《野望》：「東皋薄暮望，徙倚欲何依」；孟浩然《晚春臥病寄張八》：「狹徑花障迷，閒庭竹掃淨」；《夏日南亭懷辛大》：「散

〔註55〕王績：《答處士馮子華書》，《王無功文集》，第148頁。
〔註56〕王績：《遊北山賦》，《王無功文集》，第1頁。
〔註57〕王績：《薛記室收過莊見尋率題古意以贈》，《王無功文集》，第55頁。
〔註58〕洪邁：《容齋隨筆》卷八，第103頁，上海古籍出版社，1978年。
〔註59〕施補華：《峴傭說詩》，《清詩話》（下冊），第977頁，上海古籍出版社，1978年新1版。

發乘夕涼，開軒臥閒敞」；《宴包二融宅》：「閒居枕清洛，左右接大野」；《萬山潭作》：「垂釣坐磐石，水清心亦閒」；《白雲先生王迥見訪》：「閒歸日無事，雲臥晝不起」；《九日懷襄陽》：「誰採籬下菊，應閒池上樓」；《夏日浮舟過陳大水亭》：「水亭涼氣多，閒棹晚來過」；《遊鳳林寺西嶺》：「壺酒朋情洽，琴歌野興閒」；《秋登張明府海亭》：「歌逢彭澤令，歸賞故園間。予亦將琴史，棲遲共取閒」；《同張明府碧溪贈答》：「秩滿休閒日，春餘景氣和」；柳宗元《溪居》：「閒依農圃鄰，偶似山林客」。

　　這一點在韋應物詩歌中表現得尤爲明顯突出，其作品題目表明創作視角的很多，如《西郊遊矚》、《觀田家》、《同韓郎中閒庭南望秋景》、《登西南岡卜居遇雨尋竹浪至澧壖縈帶……清流茂樹雲物可賞》等。詩句中反映閒適、觀賞心態的也的詞語也較多，如《晚歸澧川》：「適意在無事，攜手望秋田」；《晦日處士叔園林燕集》：「遽看葽葉盡，坐闋芳年賞」；《種藥》：「悅玩從茲始，日夕繞庭行」；《園林晏起寄昭應韓明府盧主簿》：「園林鳴好鳥，閒居猶獨眠」；「當念中林賞，覽物遍山川」。白居易《題洵陽樓》稱：「最愛陶彭澤，文思何高古。又怪韋蘇州，詩情亦清閒」。他將韋應物的詩情歸納爲「清閒」二字，極爲準確。與唐人相比，陶淵明的詩歌除含有悠然閒逸情調之外，更有沉痛、哀怨之語。

　　但陶淵明留給唐人最爲強烈的第一印象畢竟正是那種可以使人保持樸素之志，忘卻機巧之心的田園牧歌情調。山水田園詩派的創作將陶詩的經典性定格在了閒逸的田園之樂，突出強化了陶淵明詩歌的這一元素。

　　唐代山水田園詩的大規模湧現對陶淵明詩歌經典化的意義還在於，他們的創作使原本勢力單薄的「陶彭澤體」發展成了蔚爲壯觀的「淵明一派」。這裡首先要看這裡所謂的「淵明一派」是否能夠成立？葉適《習學記言序目》：「後世詩，《文選》集詩通爲一家，陶潛、杜甫、李白、韋應物、韓愈、歐陽修、王安石、蘇軾各自爲家，唐詩通

爲一家，黃庭堅及江西詩爲一家」；〔註60〕李杕《唐詩會選・辨體凡
例》：「五言古詩舊無分別，自余觀之，實有二派：⋯⋯予今以悲壯雄
渾者爲蘇、李、曹、劉一派，擇唐初及李、杜、高、岑以下諸公之作
實之；以沖淡蕭散者爲淵明一派，擇張、儲、王、孟、韋、柳諸公之
作實之」；葉羲昂《唐詩直解・詩法》：「詩有宗派者，李太白、杜子
美、陶、韋、韓、柳、儲、孟、元、白、高達夫、郎士元、盧綸、李
商隱，皆正派也；王、楊、盧、駱、司馬禮、張喬諸子，別派也」。
無論是稱「派」也好，稱「家」也好，有一點是共通的：以陶淵明爲
代表的田園詩歌可以成爲一個宗派，以這個宗派相當普遍的藝術創造
爲基礎最終構成了由陶淵明奠基、開創的田園文學傳統。

　　文學傳統所描述的是在文學歷史中持久存在或一再出現的東
西，借助於這些持久存在一再出現的東西，文學歷史的前後環節構成
了一個有機的整體、一個完整的體系。「和這些體系發生了關係，只
有和這些體系發生了關係，文學藝術的單個作品，藝術家個人的作
品，才有了它們的意義」。〔註61〕文學經典意義的確立不僅需要解釋，
而且需要藝術的實踐活動，新藝術品的產生會賦予經典「新」的意義。
任何單獨的一個詩人或單獨的一個作品不可能具備完整的意義，其重
要性、經典性，是在整個文學歷史的系統之中得以實現的。這意味著
對於新作品的評價勢必受到過去作品的影響，只有以歷史爲參照物，
新的作品才能得到恰當的評價。同樣新的作品和作家的出現也會對舊
有的文學系統產生作用力。「當一件新的藝術品被創作出來時，一切
早於它的藝術品都同時受到某種影響。現存的不朽作品聯合起來形成
一個完美的系列。由於新的（眞正新的）藝術品加入到它們的行列中，
這個完美體系就會發生一些修改。在新作品來臨之前，現有的體系是
完整的。但當新鮮事物介入之後，體系若要存在下去，那麼整個的藝

---

〔註60〕葉適：《皇朝文鑒・詩》，葉適《習學記言序目》卷四十七，第 701
　　　　頁，中華書局，1977 年。
〔註61〕〔英〕艾略特：《批評的功能》，《艾略特文學論文集》，第 65 頁，百
　　　　花洲文藝出版社，1994 年。

術體系必須有所修改，儘管修改是微乎其微的。於是每件藝術品和整個體系之間的關係、比例、價值便得到重新的調整；這就意味著舊事物和新事物之間取得了一致」。〔註62〕也就是說不僅後來的作家、作品會受到過去作家、作品的影響，過去的作家、作品也必然會因新的作家、作品系列的出現而得到新的衡量和評價。

　　將陶淵明的詩歌放置到整個山水田園詩歌的創作體系中，其意義才有可能得到較為充分的顯現。從理論上說，新的藝術家和藝術品不可能只是對原有藝術家的簡單繼承和補充，他們的出現必定會改變我們對以往藝術家和藝術作品的理解和解釋。唐代的山水田園詩派繼承了陶詩的基因，既有清晰的「家族相似性」，又有明顯的變異與新質。唐代山水田園派創作的豐富性才有可能凸現陶詩未被前人所發現的特徵，並為進一步闡釋陶詩提供最為可靠的參照物。陶淵明詩歌的許多特徵確實也正是借助於山水田園詩派整體的參照才得以顯現和被理解的。「唐人祖述者，王右丞有其清腴，孟山人有其閒遠，儲太祝有其樸實，韋左司有其沖和，柳儀曹有其峻潔：皆學焉而得其性之所近」。〔註63〕這段話可以從兩個角度理解：一、陶詩對唐代作家的影響；二、後世同系列作家的創作所提供的參照物充分顯現陶詩的多面性，打開了更多理解陶淵明詩歌的不同窗口：使後人得以清晰地看到陶詩「清腴」、「閒遠」、「樸實」、「沖和」、「峻潔」的「新」風貌。

## 二、「陶淵明意象」的經典化

　　「詩只有運用才成為詩」。〔註64〕文學經典（包括經典作家和作品）能否布之於口、載之於典從而成為後世創作的必要元素，是其藝術生命和和藝術價值存在和延續的重要標誌。這種運用除了後人的閱讀和解釋外還包括後人的創作。在後人的創作中文學經典的優秀元素

〔註62〕艾略特：《傳統與個人才能》，《艾略特文學論文集》，第 3 頁。
〔註63〕沈德潛：《說詩晬語》卷上，《原詩·一瓢詩話·說詩晬語》，第 207 頁。
〔註64〕瓦萊里語，引自姚斯《走向接受美學》，載《接受美學與接受理論》，第 237 頁。

往往可以較多地參與其中：既可以是以一個詞語或意象，也可以是以一個單獨的作品參與到後人的創作當中，前者是對經典作品的局部運用，後者是對經典作品的整體運用（往往表現爲改寫或重寫）。唐代，陶淵明的文學經典地位尚在形成過程之中，但其個別作品與個別獨具匠心的意象已經具有明顯的經典性。

　　錢鍾書《談藝錄》屢言某某「用陶令事」、某某「偶用陶公故事」、某某詩「屢稱淵明」。〔註65〕這表明：陶淵明的形象開始在唐代詩歌創作中頻繁出現。然而，錢鍾書的說法忽略了一個基本事實：唐人除了用陶淵明事外，其所創造的藝術意象同他本人的形象一樣逐漸滲透到了唐代的詩歌創作之中。這種滲透始於六朝時期，至唐，規模和力度比以往廣泛、強大了很多。我把陶淵明詩文中所創造的獨特意象稱爲「陶淵明意象」，它們在唐詩中也是以意象出現並發揮作用的，並將這種現象稱爲「陶淵明意象」的滲透與強化，其實質正是「陶淵明意象」的經典化。

　　意象作爲在瞬息之間呈現出的一個理性和和感情的復合體，是藝術創作的核心，以至於龐德斷言：「一生能描述一個意象，要比寫出成篇累牘的作品好」。〔註66〕中國詩人一向重視意象創造，《詩藪》稱：「古詩之妙，專求意象」；〔註67〕明人湯賓尹《齊進士稿序》（《睡庵稿文集》卷六）則將意象視爲文骨，曰：「凡爲文者，必有文章之骨，意象崚嶒，孤來脊往，寧爲一世人違其好惡，而倔強磊塊之氣，時時凸出於襟項間，此謂文骨也」。在某種程度上可以說，詩歌創造就是意象的創造、意象的呈現，就是詩人創建屬於自己的意象系統，因爲意象不是詩歌的裝飾品，而是詩歌本身。我們很難想像一首沒有意象的詩，更難以想像一個不能創造具有個性特徵意象的偉大詩人，「詩如果是用預製板建成的建築物，意象就是一塊塊的預製板」；

---

〔註65〕錢鍾書：《談藝錄》（補訂本），第88～89頁。
〔註66〕〔美〕龐德：《幾條禁例》（鄭敏譯），戴維・洛奇編《二十世紀文學評論》，第109頁，上海譯文出版社，1987年。
〔註67〕胡應麟：《詩藪》內編卷一，第1頁，上海古籍出版社，1979年。

〔註 68〕「意象(imagery)是構成詩的藝術之基本條件之一，我們似乎很難想像一首沒有意象的詩，正如我們很難理解一首沒有節奏的詩」。〔註 69〕

　　意象因其融會了作家的思想情感而充滿著個性與活力，偉大作家的人生情趣、獨特個性、藝術風格往往也可以從其所創造的獨具風貌的意象見出。意象是研究、考察和解釋詩歌的一個基本視角，也是考察詩人創作的一個有效窗口。

　　意象由創造者的情感力量催化生成，是經過心靈化而表現爲感性形態的東西，一個重要特徵是其「主觀象喻性」，它是「在瞬息間呈現出的一個理性和感情的復合體」。〔註 70〕這是針對意象的創造者而言的，它負荷著作家的理智與情緒。雖然意象首先呈現爲象，但此物一旦進入詩人的構思和創作過程，就會帶上詩人強烈的主觀色彩，意象「一方面，經過詩人審美經驗的淘洗與篩選，以符合詩人美學理想和美學趣味；另一方面，又經過詩人思想感情的化合與點染，滲入詩人的人格和情趣」，〔註 71〕從而成爲思想情感的荷載物。在這個過程中，作者力圖使一個本來平凡普通的物象煥發出異常的光彩，附著上複雜的意味和詩人的主觀色彩、獨特的情趣和性格，從而賦個性予意象，使之成詩人性格情趣和人生經驗的返照。清袁枚《遣興》詩：「但肯尋詩便有詩，靈犀一點是吾師。夕陽芳草尋常物，解用都爲絕妙詞」。靈犀一點指詩人之心，由於作者詩心的作用，尋常之物也可以成爲絕妙之詞。從這外角度來看，陶淵明生活中的菊、孤雲、歸鳥、柳等意象本來都只是詩人身邊的平凡之物，但經過詩人的心靈點撥而煥發了詩意，被賦予了豐富的內涵，成了作家人格理想和生活情趣的象徵。

---

〔註 68〕鄭敏：《英美詩歌戲劇研究》，第 52 頁，北京師範大學出版社，1982 年。
〔註 69〕余光中：《掌上雨》，第 17 頁，臺灣時報出版公司，1980 年。
〔註 70〕龐德：《幾條禁例》，《二十世紀文學評論》，第 108 頁。
〔註 71〕袁行霈：《中國古典詩歌的意象》，袁行霈《中國詩歌藝術研究》（增訂本），第 52 頁。北京大學出版社，1987 年。

　　意象的第二個特徵是其「遞相沿襲性」，〔註72〕意象對於其始創者而言是一種主觀象喻，而後人對它的使用則是遞相沿襲。作家自己獨創意象固然可貴，但詩歌創作實踐證明：詩人所使用的意象不可能個個都是自己獨創的，中國詩人在很多時候往往傾向於使用「陳舊」意象。況且「意象的效果並不完全依賴於它的獨創性，因為雖然一個獨創性的意象可以其新奇刺激讀者的想像力，但一個傳統的意象也可以正以它的非常被人熟悉而更容易引起預期的反應和有關的聯想」。〔註73〕屠隆《汪識環先生集序》：「唐宋以來，諸公好鎔古文意象，而各師心自出」。唐代天才詩人輩出，是中國詩歌創作的最高峰，但卻出現了「好鎔古文意象」的現象，大量的沿襲意象出現在唐詩創作中。這一方面與唐代詩人對既往創作經驗的總結與吸收（包括對過去成功意象的沿襲使用）有關；另一方面這也反映了詩歌創作一個不得已的必然性：現實意象的簡單疊置往往難以表達較為複雜的詩意，而舊有的獨特意象深處卻往往沉積著紛紜複雜的歷史、文化因素。在這種情況下，詩人就會選擇將舊有意象納入自己的詩歌創作──既有對舊有意象原意之繼承，又有作者自己的詩性發揮。這樣的作品往往就可以為現實提供一個更富有歷史、文化內涵的大語境，從而達到以古述今、古今對話，增加詩歌意義張力的目的。具有獨特個性的意象滲透著意象始創者強烈的自我表現，凝聚了作家的人生經驗和生命體驗，對這種意象的沿襲使用（復現、沿用、化用）不但是對舊有意象的強化，而且還意味著對意象始創者在某種程度上的膺服，對前人情感體驗與價值觀念的認同。

　　陶淵明意象就是唐代詩人沿襲使用較多的一種意象。陶淵明詩歌中所塑造意象大多來源於作家本人的現實生活，但被他賦予了濃郁的田園色彩和隱逸風度，它們是陶淵明精神的象徵群。袁行霈認

〔註72〕陳植鍔：《詩歌意象論》，第七、八章內容，中國社會科學出版社，1990 年。

〔註73〕〔美〕劉若愚：《中國詩學》，第 142 頁，韓鐵椿、蔣小雯譯，長江文藝出版社，1991 年。

爲：「自然物不斷意象化的過程」是中國詩歌發展一個重要現象。〔註74〕如「東籬」，「陶淵明的《飲酒》：『採菊東籬下，悠然見南山』。這本是寫實，陶家庭院東邊有一道籬笆，籬下種著菊花。因爲陶淵明是一位著名的隱士，他又特別喜歡菊花，在詩裏屢次詠菊，菊花幾乎成了陶淵明的化身，所以連帶著『東籬』這個詞便有一種象徵的意義。一提『東籬』，就讓人想起那種遠離塵俗的、潔身自好的品格。因爲『東籬』有了這種象徵意義，後人寫詩的時候寫到了籬笆，便常常說『東籬』，似乎『西籬』、『南籬』、『北籬』，都缺乏詩意了。如劉脊虛的《九日送人》：『從來菊花節，早已醉東籬』。蘇軾的《戲章質夫寄酒不至》：『漫繞東籬嗅落英』。李清照《醉花陰·九日》：『東籬把酒黃昏後，有暗香盈袖』」。〔註75〕袁行霈所舉上例還表明了另一重要文學史現象：作家點化自然物所生成的意象只是個人意象，如果這個附著個人情趣和象徵意義的意象能夠在文學發展過程中得到更多人的普遍理解和運用，在文學史上頻繁出現，它的意義就會得到定格——當然在流傳過程中，它會不斷吸納新時代的氣息進入其中，意義也會漸漸豐富，它體現的意蘊也會在民族心理和民族文化中沉積下來。這樣，那些原本極富個人色彩的意象就逐漸變成了公共意象，其個人象徵意義也就轉化成了公共的象徵意義。對這種意象涵蘊的定格和普遍理解與運用表明它從一個普通意象變成了一個經典意象：從簡單的自然意象到充滿情趣的人文意象，從普通意象到經典意象，從私人意象到公共意象。

在這一部分，我挑選了三個最爲具有陶淵明特色的意象：桃花源（桃源）、柳（五柳）、菊（陶令菊）在《全唐詩》中進行了檢索，從而考察它們是怎樣經過唐代詩人的「運用」，——再造與重寫——從而成爲中國詩歌經典意象的。這種對陶淵明意象的運用在本質意義上

---

〔註74〕袁行霈：《中國詩歌藝術研究·自序》（增訂本），第 3 頁，北京大學出版社，1987 年。

〔註75〕袁行霈：《中國古典詩歌的多義性》，袁行霈《中國詩歌藝術研究》（增訂本），第 12 頁。

與對經典的闡釋一樣是一種再創造：從欣賞效法到創造轉化。

經典化是一個歷史過程，這種歷史性就必然構成了一種「偏見」──對經典的理解和運用必然帶有明顯的時代色彩和個人色彩──它不是對經典的簡單消極複製性運用，而是通過一種「生產性」運用──刻上自己和時代的印跡。這種「生產性」運用加強了經典文本（意象）的某一方面，同時往往也會忽略某些方面──甚至可能是較為關鍵的方面。後人的闡釋從不同的視角和維度出發，而這種出自新視角的闡釋在使作品意義多個層次得以展現的同時，也難以避免地會出現「走樣」的情況。

## （一）桃花源

陶淵明創造的所有文學意象中在唐代影響最大的可能是「桃花源」。表達這一意象的詞語還包括「桃源」、「武陵源」、「武陵洞」、「桃花溪」、「桃花谷」、「桃花塢」等，本書僅以「桃源」和「桃花源」作為研究對象。在《全唐詩》及《全唐詩補編》「桃源」出現 144 次，「桃花源」出現 11 次。涉及的詩人包括從初唐到盛唐直至中晚唐的王績、盧照鄰、楊炯、駱賓王、孟浩然、王維、祖詠、王昌齡、劉長卿、李白、杜甫、錢起、李端、韓愈、劉禹錫、元稹、韓偓、韋莊、貫休等。其中以僅「桃源」為題的詩歌就多達 22 題 29 首，包括王維的《桃源行》、李白的《小桃源》和《桃源二首》、劉禹錫的《桃源行》和《遊桃源一百韻》、韓愈的《桃源圖》等名家名作。

《桃花源記並詩》是陶淵明的代表作品，陳寅恪認為它既是「寓意之文」又是「紀實之文」。其中紀實部分取自北方弘農、上洛一帶的塢壁生活。西晉末年，社會動蕩，為了避亂，許多人遠離本土遷至他鄉，「其不能遠離本土遷至他鄉者，則大抵糾合宗族鄉黨，屯聚堡塢，據險自守，以避戎狄寇盜之難」，這便是《桃花源記》之所本。〔註76〕任何文學作品往往都具有一定的現實基礎，但總體

---

〔註76〕陳寅恪：《桃花源記旁證》，陳寅恪《金明館叢稿初編》，第 188 頁，北京三聯書店，2001 年。

而言，《桃花源記》所側重的是作家的理想與寓意，「爲淵明理想社會之素描」；〔註77〕朱光潛以爲：「《桃花源記》所寫的是一個理想的農業社會，……這境界頗類似魯索所稱羨的『自然狀況』。淵明身當亂世，眼見所謂典章制度足以擾民，而農業國家的命脈還是繫於耕作，人生眞正的樂趣也在桑麻閒話，樽酒消憂，所以寄懷於『桃花源』那樣一個醇樸的烏托邦」。〔註78〕總之，《桃花源記》所描寫的是與「大僞斯興，眞風告逝」的社會現實截然不同的一個理想境界，是風土淳茂、民眾古樸、充滿田園牧歌風味的精神家園，既有現實性基礎，又含超現實因素。而現實性地具體化與非現實性地仙化正是唐代詩人傾慕、讚美、解讀、重寫《桃花源詩並記》的兩個重要方向。

現實性地具體化指唐人在文學創作中以包含避世色彩的桃花源來指認現實中的山水田園，他們常常將自己居住或觀覽的田園比喻爲陶淵明筆下的桃花源。

孟浩然《遊精思題觀主山房》：「誤入桃源裏，初憐竹徑深。方知仙子宅，未有世人尋。舞鶴過閒砌，飛猿嘯密林。漸通玄妙理，深得坐忘心」。詩以自己「誤入桃源裏」的驚異入題來描繪觀主山房鶴舞、猿嘯之美景以及由產生的通玄妙之理、忘機巧之心的境界。王維則將自己居住的園林比作桃花源，其《田園樂七首》極寫自己耦耕南畝、高臥東窗的隱士之樂：渡頭風急、林西日斜、孤煙遠村、高原獨樹、牛羊暮歸、園葵露折、黃粱夜春……而且「恰」處「一瓢顏回陋巷，五柳先生對門」。「桃花源裏人家」正是對詩人居處既寫實又寫意的描繪。

杜甫《春日江村》其一：「農務村村急，春流岸岸深。乾坤萬里眼，時序百年心。茅屋還堪賦，桃源自可尋。艱難賤生理，飄泊到如今」。在詩人漂泊艱難的一生當中，浣花草堂的茅屋給了作者可貴的

〔註77〕王瑤：《讀陶隨錄》，王瑤《中古文學史論》，第385頁。
〔註78〕朱光潛：《詩論‧陶淵明》，《朱光潛全集》，第三卷，第259頁～260頁。

安寧、悠閒，便是人生歷程中難以覓到的桃源了。錢起《尋華山雲臺觀道士》：「秋日西山明，勝趣引孤策。桃源數曲盡，洞口兩岸坼。還從岡象來，忽得仙靈宅。霓裳誰之子，霞酌能止客。殘陽在翠微，攜手更登歷。林行拂煙雨，溪望亂金碧。飛鳥下天窗，裏松際雲壁。稍尋玄蹤遠，宛入寥天寂。願言葛仙翁，終年煉玉液」。詩人將秋日裏美景、勝趣數不勝數的華山雲臺觀直接視作了陶淵明筆下的桃花源。

　　非現實性地仙化指唐代桃源詩創作多將陶淵明筆下交織著現實基礎和理想色彩的桃源樂土描述爲完全非現實的仙境：由陶淵明作品所寫的「避地」發展到了「出世」，把桃源由「人間」演繹成了「仙境」。《桃花源詩並記》所寫源中之人避秦而入，與外隔絕，但往來種作、男女衣著悉如外人，其設酒殺雞、作食餉客的禮節也是世俗之間所常有，可見陶淵明所寫的雖是異域，但絕非仙境。只在《桃花源詩》「奇迹隱百年，一朝敞神界」包含一個「神」字。正如蘇軾所說：「世傳桃源事，多過其實。考淵明所記止言先世避秦亂來此，則漁人所見，似是其子孫，非秦人不死者也。又云殺雞作食，豈有仙而殺者乎？」〔註 79〕

　　唐人詩歌描寫桃花源往往將其寫成仙境。洪邁《容齋隨筆》三筆卷十稱：「陶淵明作《桃源記》，云源中人自言先世避秦時亂，率妻子邑人來此絕境，不復出焉……自是之後，詩人多賦《桃源行》，不過稱讚仙家之樂」；清王先謙說：「《桃花源》章，自陶靖節之記。至唐，乃仙之」；〔註 80〕王瑤也認爲：「唐人作桃源行，以之爲永生之神仙，陋之甚矣」。〔註 81〕唐人確實多以「仙」字描述桃源，如「仙子」、「仙靈之花」、「仙翁」、「仙客」、「仙骨」、「仙夢」、「仙官」、「仙宮」、「仙家」、「仙界」、「仙路」、「仙舟」、「仙都」、「仙洞」等。司空圖《楊柳枝壽杯詞》其五：「桃源仙子不須誇，聞道惟栽一片花。何似浣紗溪

---

〔註 79〕蘇軾：《和陶桃源並引》，《蘇軾詩集》卷四十，第 2196 頁。

〔註 80〕王先謙：《讀吳懸齋尚書桃源記書後》，北大中文系文學史教研室、五六級四班同學編《陶淵明詩文匯評》，第 359 頁，中華書局，1961 年。

〔註 81〕王瑤：《讀陶隨錄》，王瑤《中古文學史論》，第 385 頁。

畔住，綠陰相間兩三家」。詩所寫是溪流之畔綠蔭叢中的人間，其美景勝似仙境，故以桃源仙子稱其主人。

唐代最早將桃源仙境化的是王績，《遊仙》其三云：

> 結衣尋野路，負杖入山門。道士言無宅，仙人更有村。
> 斜溪橫桂渚，小徑入桃源。玉床塵稍冷，金爐火尚溫。
> 心疑遊北極，望似陟西崑。逆愁歸舊里，蕭條訪子孫。

王績此詩將蘇道士的居所視爲桃源，並以玉床、金爐來點綴所謂的仙人之村。

唐代桃源詩影響較大的首推王維《桃源行》，「古今詠桃源事者，至右丞而造極」，〔註82〕其詩云：

> 漁舟逐水愛山春，兩岸桃花夾去津。
> 坐看紅樹不知遠，行盡青溪不見人。
> 山口潛行始隈隩，山開曠望旋平陸。
> 遙看一處攢雲樹，近入千家散花竹。
> 樵客初傳漢姓名，居人未改秦衣服。
> 居人共住武陵源，還從物外起田園。
> 月明松下房櫳靜，日出雲中雞犬喧。
> 驚聞俗客爭來集，競引還家問都邑。
> 平明閭巷掃花開，薄暮漁樵乘水入。
> 初因避地去人間，及至成仙遂不還。
> 峽裏誰知有人事，世中遙望空雲山。
> 不疑靈境難聞見，塵心未盡思鄉縣。
> 出洞無論隔山水，辭家終擬長遊衍。
> 自謂經過舊不迷，安知峰壑今來變。
> 當時只記入山深，青溪幾曲到雲林。
> 春來遍是桃花水，不辨仙源何處尋。

王詩取材於陶淵明《桃花源詩並記》，是對原作的隱括與重寫。前半部分（自「漁舟逐水愛山春」至「日出雲中雞犬喧」）鋪述演繹了《桃

---

〔註82〕翁方綱：《石洲詩話》卷一，郭紹虞選編、富壽蓀校點《清詩話續編》，第1368頁，上海古籍出版社，1983年。

花源記》主要情節。與陶淵明作品相比，王維對桃花源景色的描繪
極盡渲染之功。詩中雖有洋溢著人間田園氣息的漁樵閭巷、雞鳴犬
吠，但王維的重寫避開了原作「相命肆農耕，日入從所憩。桑竹垂
餘蔭，菽稷隨時藝」的寫實性因素，而主要是著墨於雲中之樹、雲
中之林、雲中之山、雲中雞犬以渲染桃源靜謐、虛幻、奇妙的神仙
境界。後半部分則以「驚聞俗客爭來集，競引還家問都邑」；「初因
避地去人間，及至成仙遂不還」；「不疑靈境難聞見，塵心未盡思鄉
縣」；「春來遍是桃花水，不辨仙源何處尋」表明詩人筆下的桃源不
是平凡的人間而是優美空靜的神仙境界。清人王士禎說：「唐宋以
來，作《桃源行》最傳者，王摩詰、韓退之、王介甫三篇。觀退之、
介甫二詩，筆力意思甚可喜。及讀摩詰詩，多少自在。二公便如努
力挽強，不免面紅耳熱，此盛唐所以高不可及」。〔註83〕這「多少自
在」四字，便是極高的評價。

　　唐代著名的桃源詩還有劉禹錫的兩首，首先是《桃源行》：

　　　　漁舟何招招，浮在武陵水。拖綸擲餌信流去，誤入桃
　　源行數里。清源尋盡花綿綿，踏花覓徑至洞前。洞門蒼黑
　　煙霧生，俗人毛骨驚仙子。爭來致詞何至此，須臾皆破冰
　　雪顏。笑言委曲問人間，因嗟隱身來種玉。不知人世如風
　　燭，筵羞石髓勸客餐。燈爇松脂留客宿，雞聲犬聲遙相聞。
　　曉色蔥籠開五雲，漁人振衣起出戶。滿庭無路花紛紛，翻
　　然恐失鄉懸處，一息不肯桃源住。桃花滿溪水似鏡，塵心
　　如垢洗不去。仙家一出尋無蹤，至今流水山重重。

此詩亦是重複漁人迷路誤入桃源的詩意，與王維詩相比更加強化了桃
源的仙境色彩：雖然還有雞犬之聲相聞，但居住此間主人的已不是凡
人而是隱身「種玉」的仙子，招待來客的也再是人間常見的雞黍之餐，
而是「筵羞石髓」了。

　　劉禹錫的《遊桃源詩一百韻》是歷史上最長的一首桃源詩。此詩

〔註83〕王士禎著，靳斯仁點校：《池北偶談》（下冊），第 322 頁，中華書局，
　　　　1982 年。

依舊以遊歷桃源爲線索，但除了「依微聞雞犬，豁達值阡陌」，「喧喧車馬馳，苒苒桑榆夕」之外，已完全沒了陶淵明詩中那種具有明顯現實性特徵的農村景象，取而代之的是對神仙境界的鋪陳摹寫：「樓居彌清霄，蘿蔦成翠帟。仙翁遺竹杖，王母留核桃。姹女飛丹砂，青童護金液。寶氣浮鼎耳，神光生劍脊」。一切凡間生活的現實氣息消失殆盡，已經完全是一首遊仙詩了。

這種情況的出現主要與唐人尊奉道教有關，鄭文悼《陶集鄭批錄》：「陶公是記，得之武陵漁者所說，亦未嘗一字著神仙家言。特唐人慕道，故附會其事」。因唐代統治者攀附老子而得以熾盛的道教，一度取得國教的尊榮，「在那個時代裏，似乎大都小邑、名山幽谷中到處都彌漫著道教的香霧煙氣」。〔註84〕不唯玄宗等帝王親自設壇受菉、煉丹習術，即使一般的文人士大夫也精誠地供奉崇道求仙的煙火，如沈佺期、王勃、陳子昂、孟浩然、李白等詩人都與道教有著密切聯繫，他們或讀仙書、學仙經、覽眞訣，或與道士交往甚密。

韓愈《桃源圖》則是另一番境界：

> 神仙有無何渺茫，桃源之說誠荒唐。
> 流水盤回山百轉，生綃數幅垂中堂。
> 武陵太守好事者，題封遠寄南宮下。
> 南宮先生忻得之，波濤入筆驅文辭。
> 文工畫妙各臻極，異境恍惚移於斯。
> 架岩鑿谷開宮室，接屋連牆千萬日。
> 嬴顚劉蹶了不聞，地坼天分非所恤。
> 種桃處處惟開花，川原近遠蒸紅霞。
> 初來猶自念鄉邑，歲久此地還成家。
> 漁舟之子來何所，物色相猜更問語。
> 大蛇中斷喪前王，群馬南渡開新主。
> 聽終辭絕共淒然，自說經今六百年，
> 當時萬事皆眼見，不知幾許猶流傳。
> 爭持酒食來相饋，禮數不同樽俎異。

〔註84〕葛兆光：《道教與中國文化》，第 178 頁，上海人民出版社，1986 年。

> 月明伴宿玉堂空，骨冷魂清無夢寐。
> 夜半金雞啁哳鳴，火輪飛出客心驚。
> 人間有累不可住，依然離別難爲情。
> 船開棹進一回顧，萬里蒼蒼煙水暮。
> 世俗寧知僞與眞，至今傳者武陵人。

這是一首題畫詩，寄畫的是時任朗州刺史竇常（詩中所言武陵太守），得畫並作題跋的是盧汀（詩中的南宮先生），二人均繫韓愈朋友。〔註85〕韓詩對桃源的描寫以陶淵明所作爲底本，發揮想像，並以雄健之筆出之。「架岩鑿谷開宮室，接屋連牆千萬日。贏顚劉蹶了不聞，地坼天分非所恤」是陶淵明作品中所沒有的內容，它描述了桃源中人創業之初的艱辛，爲桃源歷來的理想情調增加了一絲迥然不同的現實色彩。「大蛇中斷喪前王，群馬南渡開新主」是根據《桃花源記》「不知有漢，無論魏晉」描述所設想的漁人與桃花源中人的答辭。「爭持酒食來相饋，禮數不同樽俎異」則是在《桃花源記》「便要還家，設酒殺雞作食……餘人各復延至其家，皆出酒食」，《桃花源詩》「俎豆猶古法，衣裳無新制」基礎上進行的想像性發揮。

　　一般認爲此詩主旨爲懷疑、否定、諷刺桃源仙境，主要依據在於詩歌起結之處的「渺茫」、「荒唐」等詞。洪邁稱：「自是（指陶淵明《桃花源詩並記》——引者注）之後，詩人多賦《桃源行》不過稱讚仙家之樂，惟韓云：『神仙有無何渺茫，桃源之說誠荒唐』；『世俗寧知僞與眞，至今傳者武陵人』」；〔註86〕清人何焯《批韓詩》：「觀起結，命意自見。中間鋪張處皆虛矣。章法最妙」。究竟是何命意，深意何在，何焯並沒有明說。韓詩的起句言神仙有無之「渺茫」、桃源之說的「荒唐」，結句又說世俗之人不辨事情眞僞，將桃源故事流傳至今，再加上韓愈一生攘斥佛老，故以爲此詩是否定佛道迷信之作。但這是

---

〔註85〕參見屈守元、常思春主編《韓愈全集校注》（二），第 630～632 頁，四川大學出版社，1996 年。
〔註86〕洪邁：《容齋隨筆》三筆卷十，第 536～537 頁，上海古籍出版社，1978 年。

爲朋友的畫所題之詩，並且詩中稱讚「文工畫妙各臻致」，因此應無完全否定、諷刺之意。至於詩歌起句以「渺茫」、「荒唐」形容神仙與桃源，《增批韓蘇詩抄》認爲：「『渺茫』、『荒唐』、「恍惚」、『蒼蒼』，是桃源中之神理，在有意無意之間」。〔註 87〕即使認爲此詩爲諷刺亦是無妨，韓詩所諷刺的是唐人的桃源思想而不是斷然否定陶淵明的桃源理想。

　　與前人對桃源（仙境）美景的極力描繪不同，韓愈直接形容桃源之美的詩句只有「種桃處處惟開花，川原近遠蒸紅霞」。其前是對桃源人開山創業艱辛的描繪，其後「人間有累不可住，依然離別難爲情。船開棹進一回顧，萬里蒼蒼煙水暮」則是對漁人離開桃源時依依難別的留戀之情的揣摩。因此作品既反映了對桃源境界的心向往之，又增添了較多的更具現實性的內容。

## （二）陶令菊

　　《禮記·月令·季秋之月》：「其音商，律中無射，其數九，……鞠（菊）有黃華。」鞠，窮盡意也。「華事至此而窮盡，故謂之鞠」。菊開放在寒風肆虐的秋冬季節，是傲霜耐寒的花中奇葩。《本草綱目》記：「菊，春生夏茂，秋華冬實，備受四氣，飽經風霜，葉枯不落，花槁不零。味兼甘苦，性稟中和。昔人謂其能除風熱，益肝補陰，蓋不知其得金水之精英，尤多能益金水二髒」。由於菊既具「凌霜操」，〔註 88〕又有可以入藥的實用價值，在中國文學史上歌詠菊花的作品一直很多。屈原《離騷》：「朝飲木蘭之墜露兮，夕食秋菊之落英」。六朝詠菊除陶淵明外，還有很多，如潘岳《秋菊賦》：「垂採煒於芙蓉，流芳越於蘭林。遊女望榮而巧笑，鶵雛遙集而弄音。若乃眞人采其實，王母接其葩；或充虛而養氣，或增妖而揚娥，既延期以永壽，又蠲疾而弭痾」。

---

〔註87〕轉引自趙山林：《古代文人的桃源情結》，《文藝理論研究》，2000 年第 5 期。

〔註88〕陸游：《九月十二日折菊》「開遲愈見凌霜操，堪笑兒童道過時。」

　　菊是陶詩的重要意象，其詠菊有如下幾處：《九日閒居》序云：「餘閒居，愛重九之名，秋菊盈園，而持醪靡由，空服九華，寄懷於言」。其詩曰：「酒能祛百慮，菊解制頹齡」；《和郭主薄》其二：「芳菊開林耀，青松冠岩列。懷此貞秀姿，卓爲霜下傑」；《飲酒》其五：「採菊東籬下，悠然見南山」；其七：「秋菊有佳色，裛露掇其英。泛此忘憂物，遠我遺世情」；《歸去來兮辭》：「三徑就荒，松菊尤存」。李公煥《箋注陶淵明集》卷三引定齋語：「自南北朝以來，菊詩多矣。未有能及淵明語盡菊之妙」。方孝儒《菊趣軒記》：「淵明之屬意於菊，其意不在菊也，寓菊以舒其情耳」。陶淵明之所以愛菊，既看重菊和酒一樣都是祛慮制頹的遣情忘憂之物，更看重菊不同與眾花的「佳色」和萬物凋零之後能夠「獨存」的高拔不群，尤其讚美菊之獨爲霜下傑的貞秀之姿。黃文煥析「芳菊開林耀」句曰：「秋來物瘁，氣漸閉塞，林光黯矣。惟此孤芳足以開景色，而生全林之光耀」；〔註89〕千載傳誦的名句「採菊東籬下，悠然見南山」則使詩人「閒遠自得之意若超然邈出宇宙之外」。〔註90〕

　　黃滔《木芙蓉三首》其二說：「誰憐不及黃花菊，只遇陶潛便得名」；辛棄疾《種梅菊》詩云：「自有淵明始有菊，若無和靖便無梅」；《瀛奎律髓》亦稱：「菊花減梅花，而賦者絕少，此淵明之所以無第二人也」。三者都強調陶淵明與菊的密切聯繫，菊並非只有陶淵明一個知己，其前也非無人詠菊，之後賦詩寫菊的也不在少數，但陶淵明賦予了菊新的文化意蘊，其中最爲關鍵的確認了菊爲「霜下傑」的隱逸品格。宋人高翥《菊花》詩：「愛花千古說淵明，肯把秋光不似春」。這兩句詩指明了一個問題：歷代詩歌詠菊往往都與陶淵明密切相關。

　　唐人詠菊詩大量是與「東籬」聯繫在一起的，稱東籬之菊。《全唐詩》所載涉及東籬之菊的作品有七十多首。如盧照鄰《山林休日田家》：「南澗泉初冽，東籬菊正芳」；儲光羲《仲夏餞魏四河北覲叔》：

---

〔註89〕黃文煥析義：《陶元亮詩》卷二。
〔註90〕蔡啓：《蔡寬夫詩話》，載郭紹虞輯《宋詩話輯佚》，第380頁，中華書局，1980年。

「東籬摘芳菊，想見竹林遊」；劉長卿《過湖南羊處士別業》：「水向縣城斜，自有東籬菊」；李白《感遇》其二：「可歎東籬菊，莖疏葉且微」；韋應物《贈令狐士曹》：「到家俱及東籬菊，何事先歸半日程」；杜甫《九日寄岑參》：「是節東籬菊，紛披爲誰秀」；杜甫《九日登梓州城》：「且酌東籬菊，聊袪南國愁」；錢起《九日田舍》：「今日陶家野興偏，東籬黃菊映秋田」；劉商《送王貞》：「槿花亦可浮杯上，莫待東籬黃菊開」；杜牧《江上逢友人》：「到時若見東籬菊，爲問經霜幾度開」；司空圖《五十》：「漉酒有巾無黍釀，負他黃菊滿東籬」；皎然《九日與陸處士羽飲茶》：「九日山僧院，東籬菊也黃」。

還有很多詩歌作品則直言所詠之菊就是「陶家菊」。皇甫曾《酬竇拾遺秋日見呈》：「欲送近臣朝魏闕，猶憐殘菊在陶家」；郎士元《盩厔縣鄭礒宅送錢大》：「陶令門前菊，餘花可贈君」；孟郊《秋懷》：「清詩既名脁，金菊亦姓陶」；李渤《喜弟淑再至爲長歌》：「朝走安公櫪上駒，暮採陶令籬邊菊」；溫庭筠《贈鄭處士》：「醉收陶令菊，貧賣邵平瓜」；公乘億《賦得秋菊有佳色》：「陶令籬邊菊，秋來色轉佳」；司空圖《歌者十二首》：「夕陽似照陶家菊，黃蝶無窮壓故枝」；劉兼《木芙蓉》：「謝蓮色淡爭堪種，陶菊香穠亦合羞」；皇甫冉《和中丞奉使承恩還終南舊居》：「謝公山不改，陶令菊猶存」；李德裕《早秋龍興寺江亭閒眺憶龍門山居寄崔張舊從事》：「淵明菊猶在，仲蔚蒿莫翦」則徑直將菊稱爲「淵明菊」。

唐人詠菊稱引陶淵明的主要目的在於將那種閒遠、自然的田園情趣和超脫凡俗的隱逸風致納入自己的詩歌當中，從而加深作品的內涵，未必都在「花之隱逸者」意義上使用。如盧照鄰《山林休日田家》：「歸休乘暇日，餚稼返秋場。徑草疏王篲，岩枝落帝桑。耕田虞訟寢，鑿井漢機忘。戎葵朝委，齊棗夜含霜。南澗泉初冽，東籬菊正芳。還思北窗下，高臥偓羲皇。」此詩乃休沐山莊田園所作，表達的是詩人向往隱逸田園生活的心志。其中徑草稀疏、岩樹凋落、朝葵委露、夜棗含霜、澗泉初冽、菊花正芳、耕田鑿井，首先是寫實性質的，應是

詩人所見田家之景；但更是寫意的，詩人將所見的平凡普通農村生活附上了一層濃厚的個人所期望的色彩，見農人種田聯想到了躬耕歷山的舜帝，看有人掘井想起了無機心的漢陰丈人。最後將自己心向往之的理想田園樂趣歸結到了陶淵明：以東籬採菊、北窗高臥表達其所追求的那種閒遠、曠逸的心志。

白居易《重陽日》：「敬亭山外人歸遠，峽石溪邊水去斜。茅屋老妻良釀酒，東籬黃菊任開花」。漢劉歆撰《西京雜記》卷三記：「九月九日，佩茱萸，食蓬餌，飲菊華酒，令人長壽。菊華舒時，並採莖葉，雜黍米釀之，至來年九月九日始熟，就飲焉，故謂之菊華酒」。這是關於重陽飲菊花酒的最早記載。白居易詩以「重陽日」為題正合重九飲酒賞菊之意。詩的前兩句寫山石之間的水遠去人歸來，後兩句寫茅屋內外的老妻釀酒和菊花盛開，作家所要著意營造的正是一種淳樸悠然的氣氛。但詩人以「東籬」限定黃菊，就把陶淵明「採菊南山下，悠然見南山」的自適精神納入了眼前的情境之中，表明此處的黃菊不是一般人家的秋花，詩人之樂也不是普通人所能感受的重九之樂。

錢起《九日田舍》：「今日陶家野興偏，東籬黃菊映秋田。浮雲暝鳥飛將盡，始達青山新月前」。這也是重陽菊花詩，首句表明所寫為「陶家野興」，黃菊、秋田、浮雲、歸鳥也都是陶詩最常見的幾種田園意象。同上述作品一樣，錢詩所要表達的依舊是隱逸田園的「陶家趣」。而菊在萬物凋零之後的高拔不群，獨為霜下之傑的貞秀之姿則幾乎已經蕩然無存了，真正是「陶公歿後無知己，露滴幽叢見淚痕」。
〔註91〕

## （三）陶家柳

柳自古就是中國文學最為常見的意象之一。較早的柳意象出現在《詩經》，《小雅・采薇》有「昔我往矣，楊柳依依。今我來思，雨雪霏霏」。此詩感時傷事別有深意，歷來被視為詠柳佳句，王夫之《薑

〔註91〕羅隱：《登高詠菊盡》。

齋詩話》贊其：「以樂景寫哀，以哀景寫樂，一倍其哀樂」。幾乎從這個時期開始，柳便被詩人們賦予了各種不同的意義：或以柳比喻離別的依依不捨和別後的綿綿之思，或以柳渲染春天初到的溫暖氣息，或以柳描繪年輕女子飄揚飛舞的嬌柔姿態。《史記・絳侯周勃世家》對周亞夫軍細柳營的記載則給柳又增添了另外一種歷史意味。

　　陶淵明的作品僅有四處寫到了柳，但卻賦予了它與既往截然不同的文化意蘊。《歸園田居》其一：「榆柳蔭後簷，桃李羅堂前」；《蠟日》：「梅柳夾門植，一條有佳花」；《擬古》其一：「榮榮窗下蘭，密密堂前柳」。這幾處所寫的柳樹還只是陶淵明悠然閒適田居生活的環境點綴，《五柳先生傳》就將原本普通無奇的幾株柳樹傳奇化了。

### 五柳先生傳

　　先生不知何許人也，亦不詳其姓字。宅邊有五柳樹，因以為號焉。閒靜少言，不慕榮利。好讀書，不求甚解。每有會意，欣然忘食。性嗜酒，家貧不能常得。親舊知其如此，或置酒而招之。造飲輒盡，期在必醉。既醉而退，曾不吝情去留。環堵蕭然，不蔽風日。短褐穿結，簞瓢屢空。晏如也。常著文章自娛，頗示己志。忘懷得失，以此自終。

　　贊曰：黔婁之妻有言「不戚戚於貧賤，不汲汲於富貴。」其言茲若人之儔乎？酌觴賦詩，以樂其志，無懷氏之民歟？葛天氏之民歟？

這是陶淵明的自傳性文字，《宋書・隱逸傳》稱：「潛少有高趣，嘗著《五柳先生傳》以自況，……時人謂之實錄」。蕭統《陶淵明傳》亦稱：淵明「穎脫不群，任真自得。嘗著《五柳先生傳》以自況，時人謂之實錄」。錢鍾書以為：

　　「不」字為一篇眼目。「不知何許人也，亦不詳其姓氏」，「不慕榮利」，「不求甚解」，「家貧不能恒有」，「曾不吝情去留」，「不蔽風日」，「不戚戚於貧賤，不汲汲於富貴」，重言積字，即示狷者之「有所不為」。酒之「不能恒

得」，宅之「不蔽風日」，端由於「不慕榮利」而「家貧」，
是亦「不屑不潔」所致也。「不」之言，若無得而稱，而
其意，則有爲而發；老子所謂「當其無，有有之用」，王
夫之所謂「言『無』者，激於言『有』者而破除之也」（《船
山遺書》第六十三冊《思問錄》內篇）。如「不知何許人，
亦不詳其姓氏」，豈作自傳而並不曉己之姓名籍貫哉？正
激於世之賣聲名、誇門第者而破除之而」。〔註92〕

正是這位不知爲何許人、亦不詳其姓字的傳主（陶淵明）將「不慕榮
利」、「忘懷得失」、安貧樂道、超然自得的品格賦予了生活中極爲普
通的五株柳樹。

陶淵明對唐詩柳樹意象的品格形成產生了極大的影響，以致眾多
唐代詩人在寫柳直接與陶淵明相聯繫，徑直稱爲「陶家柳」或「彭澤
柳」等。如竇常《酬舍弟车秋日洛陽官舍寄懷十韻》：「幾變陶家柳，
空傳魏闕書」；劉得仁《和段校書冬夕寄題廬山》：「謝公臺尚在，陶
令柳潛衰」；李頻《避暑》：「當暑憶歸林，陶家借柳陰」；司空圖《楊
柳枝》其一：「陶家五柳簇衡門，還有高情愛此君」；黃滔《貽宋評事》：
「燕國金臺無別客，陶家柳下有清風」；《寄宋明府》：「風蟬已有數聲
急，賴在陶家柳下聞」；孟浩然《尋梅道士》：「彭澤先生柳，山陰道
士鵝」；李商隱《永樂縣所居一草一木無非自栽今春悉已芳茂因書即
事一章》：「柳飛彭澤雪，桃散武陵霞」；李頻《奉和鄭熏相公》：「三
四株松匝草亭，便成彭澤柳爲名」；沈彬《陽朔碧蓮峯》：「陶潛彭澤
五株柳，潘岳河陽一縣花」；徐鉉《送王員外宰德安》：「應好五峯遊，
柳影連彭澤」；劉長卿《送金昌宗歸錢塘》：「惟有陶潛柳，蕭條對掩
扉」；李白《題東溪公幽居》：「宅近青山同謝朓，門垂碧柳似陶潛」；
羅隱《縣齋秋晚酬友人朱瓚見寄》：「千枝白露陶潛柳，百尺黃金郭隗
臺」；鄭谷《送水部張郎中彥回宰洛陽》：「何遜蘭休握，陶潛柳正垂」；
韓翃《家兄自山南罷歸獻詩敘事》：「落照淵明柳，春風叔夜弦」。

---

〔註92〕錢鍾書：《管錐編》，第四冊，第 1228 頁～1229 頁，中華書局，1979
年。

　　唐人寫陶家柳多取其閒逸超俗之意，如汪遵《隋柳》：「君看靖節高眠處，只向衡門種五株」。這裡的柳樹是陶淵明衡門之下高臥羲皇閒情逸致的襯托；孫魴《楊柳枝詞》其二：「彭澤初栽五樹時，只應閒看一枝垂」，則直接點明栽種陶家柳是為「閒」賞其枝條娳娜婆娑的姿態；蘇廣文《自商山宿隱居》：「黃公石上三芝秀，陶令門前五柳春。醉臥白雲閒入夢，不知何物是吾身」。黃公石上的三芝，陶令門前的五柳正是作者醉臥不知吾身竟為何物悠閒姿態之點綴。

　　唐代詩人通常是以「陶家柳」指代普通的柳樹，與其它農家景象一同點綴渲染陶淵明式的悠然自適的田園逸趣。王維《過沈居士山居哭之》：「楊朱來此哭，桑扈返於真。獨自成千古，依然舊四鄰。閒簷喧鳥鵲，故榻滿埃塵。曙月孤鶯囀，空山五柳春。野花愁對客，泉水咽迎人。善卷明時隱，黔婁在日貧。逝川嗟爾命，丘井歎吾身。前後徒言隔，相悲詎幾晨」。其中閒簷鳥鵲之喧、曙月孤鶯之囀與空山五柳之春所渲染的正是山居生活的悠然自得氛圍。李頎《答高三十五留別便呈十一》：「清冷池水灌園蔬，萬物滄江心澹如。妻子歡同五株柳，雲山老對一床書」。四句詩表達的也是對於了無羈絆的灌園讀書、舉家歡聚於五柳之側寧靜恬淡田園生活的無限向往。劉長卿《送金昌宗歸錢塘》：「新家浙江上，獨泛落潮歸。秋水照華髮，涼風生褐衣。柴門嘶馬少，藜杖拜人稀。惟有陶潛柳，蕭條對掩扉」。這是詩人想像的朋友歸錢塘後的田居生活：獨自泛舟開潮起潮落的江上，秋水映照華髮、涼風吹拂衣襟，沒有人來車往的喧囂與干擾，只有秋風中日漸蕭條的陶家之柳與虛掩的柴門無言相對。作為一首贈別詩，自有一種淒婉之氣，但以「陶潛柳」等意象對朋友未來安靜、閒逸生活的渲染還是非常明顯的。趙嘏《贈王明府》：「五柳逢秋影漸微，陶潛戀酒不知歸。但存物外醉鄉在，誰向人間問是非」。此詩借助於陶淵明的「五柳」和「戀酒」所要表達的是疏放自適、超然物外、遊於醉鄉、不問人間是非的田家情趣。

　　陶淵明的柳既包含了隱逸田園的悠閒自得之樂，更表達了詩人「不慕榮利」的堅貞氣節，唐代詩人沿襲使用這一意象所側重的幾乎都是前者，他們以新時代的新鮮眼光欣賞再造它，賦予了它自己的生活和思想方式的意義，而將所附著「不慕榮利」、「忘懷得失」的內容幾乎全部捨棄了，實乃鎔鑄古人意象而詩心自出，正所謂「五株名顯陶家後，見說辭榮種者稀」。〔註93〕

　　桃源、菊、柳三個經典意象在陶淵明作品中包含著公開或隱藏的象徵意義，充滿著作者的生命情感和個性力量。一旦它們作爲文學符號脫離原始語境而進入唐代的新語境後，必然會將新舊文本聯繫起來，造成新舊文本之間的對話性接觸與交鋒。意象沿襲所造就的文本間交鋒背後是唐代作家與陶淵明之間的對話性接觸，唐人與陶淵明對桃源、菊、柳意象的不同「運用」的深層是兩個時代的差異，是兩個時代文人思想立場的差異。但正是在兩個時代差異性接觸的地方才有可能迸發出思想的火花，進而照亮過去：唐人的創作爲我們理解陶淵明提供了新的依據，陶淵明的經典意義因唐人的創作而得以部分顯現。

## 三、唐詩中的陶淵明經典形象

　　通過唐詩考察陶淵明的經典化是一個較爲困難的任務，一是因爲唐詩數量繁多，內容龐雜，另一個原因則在於詩歌作品極少有集中寫某一個人，陶淵明的事迹大多是以典故形式出現的。但我們可以採用「窺斑見豹」的方法：結合唐詩對陶淵明的描述及唐詩中的陶淵明典故兩個方面考察其經典化問題。

### （一）「丘中有一士」〔註94〕——隱士陶淵明

　　在唐代詩人的總體印象當中，陶淵明的身份依舊是隱逸之士。他們一方面讚美、仰慕陶淵明辭官隱居的田園樂趣和堅貞氣節，同時也

---

〔註93〕徐夤：《柳》。
〔註94〕白居易：《丘中有一士》。

對他的隱居表達了異議和不滿。

　　以整個作品描寫、評價陶淵明的唐詩作品（含以陶淵明評說他人）不多，大致有 20 首左右。其中包括李白《戲贈鄭溧陽》、《贈崔秋浦三首》其一、其二，杜甫《遣興五首》其三，王維《偶然作六首》其二、其四，白居易《訪陶公舊宅》、《丘中有一士》二首、《效陶潛體詩十六首》十二，劉眘虛《潯陽陶氏別業》，崔塗《過陶徵君隱居》，黃滔《贈友人》，汪遵《彭澤》，顏眞卿《詠陶淵明》，錢起《酬陶六辭秩歸舊居見柬》，顧況《擬古三首》其三，吳筠《高士詠・陶徵君》，李商隱《自貺》，杜牧、趙嘏《同趙二十二訪張明府郊居聯句》，王貞白《書陶潛醉石》，陸龜蒙《漉酒巾》等。

　　其中有的作品是詩人直接描繪其所向往的陶淵明形象並進行了簡單的評價，如顏眞卿的《詠陶淵明》、汪遵《彭澤》、筠《高士詠・陶徵君》、杜牧、趙嘏合作《同趙二十二訪張明府郊居聯句》等；還有的作品是借陶淵明讚美自己的友人，如李白就有三首詩分別借陶淵明來讚美自己的朋友鄭溧陽和崔秋浦，黃滔《贈友人》也屬於這種情況。他們所讚美的雖是唐人，但詩中所描述的形象卻幾乎全然屬於陶淵明，是以陶淵明來比擬自己的友人。李商隱的《自貺》則是借陶淵明以自贈、自況。

　　在這些作品當中，陶淵明主要仍以隱士身份出現，詩人們所表達的既有對陶淵明毅然辭官的堅貞氣節的讚美，也有對其隱居田園之自然樂趣的向往與仰慕。

　　顏眞卿《詠陶淵明》對陶淵明形象的概括較爲全面也較爲典型，其詩云：

> 張良思報韓，龔勝恥事新。狙擊不肯就，舍生悲縉紳。
> 嗚呼陶淵明，奕葉爲晉臣。自以公相後，每懷宗國屯。
> 題詩庚子歲，自謂羲皇人。手持山海經，頭戴漉酒巾。
> 興逐孤雲外，心隨還鳥泯。

這是歷史上第一首以「題詩庚子」（當爲「甲子」）來讚美陶淵明「恥

事二姓」忠義人格的詩歌作品。《宋書·隱逸傳》載：陶淵明「自以曾祖晉世宰輔，恥復屈身後代，自高祖王業漸隆，不復肯仕。所著文章，皆題其歲月，義熙以前，則書晉氏年號，自永初以來，唯云甲子而已」。唐代文選家注陶詩將這一觀念明確爲「恥事二姓」，劉良注《辛丑歲七月赴假還金陵夜行塗口作》云：「潛詩晉所作者皆題年號，入宋所作者但題甲子而已。意者恥事二姓，故異之」。

顏詩以「詠陶淵明」爲題，卻先歌頌了張良和龔勝兩位先賢，大有深意。據《史記·留侯世家》記載，張良祖、父二代先後事韓國五君，後秦滅韓。「良年少，未宦事韓。韓破，良家僮三百人，弟死不葬，悉以家財求客刺秦王，爲韓報仇，以大父、父五世相韓故」。〔註95〕關於張良的這段事迹，李白《經下邳圯橋懷張子房》詩云：「子房未虎嘯，破產不爲家。滄海得壯士，椎秦博浪沙。報韓雖不成，天地皆振動」。

龔勝事迹載《漢書》。「莽既篡國，遣五威將帥行天下風俗，將帥親奉羊酒存問勝。明年，莽遣使者即拜勝爲講學祭酒，勝稱疾不應徵。後二年，莽復遣使者奉璽書，太子師友祭酒印綬，安車駟馬迎勝，即拜，秩上卿，先賜六月祿直以辦裝，使者與郡太守、縣長吏、三老官屬、行義諸生千人以上入勝里致詔。使者欲令勝起迎，久立門外。……至以印綬就加勝身，勝輒推不受。……語畢，遂不復開口飲食，積十四日死，死時七十九矣。使者、太守臨斂，賜複衾祭祠如法。門人衰経治喪者百數。有老父來弔，哭甚哀，既而曰：『嗟虖！薰以香自燒，膏以明自銷。龔生竟夭天年，非吾徒也。』遂趨而出，莫知其誰。勝居彭城廉里，後世刻石表其里門」。〔註96〕

顏眞卿明顯是以張良捨家誓報秦仇、龔勝至死不仕王莽來「美其志節」，〔註97〕頌揚陶淵明忠晉憤宋「恥事二姓」的政治氣節。無論

〔註95〕司馬遷：《史記》卷五十五，第 2033 頁。
〔註96〕班固：《漢書》卷七十二，第 3084～3085 頁。
〔註97〕錢鍾書：《談藝錄》（補訂本），第 89 頁。

陶詩「詩題甲子」一說是否可信，但由於顏詩展現了陶淵明悠然採菊之外的另一重要面目，在文學史上影響巨大。張溥《漢魏六朝百三名家集・陶彭澤集題解》稱：「古來詠陶之作，惟顏清臣稱最相知，謂其公相子孫，北窗高臥，永初以後，題詩甲子，志猶『張良思報韓，龔勝恥事新』也」。朱光潛也指出：「自顏眞卿做詩表白淵明眷戀晉室的心迹以後，一般人又看重淵明的忠貞一方面」。〔註98〕顏詩後兩聯以「手持山海經，頭戴漉酒巾。興逐孤雲外，心隨還鳥泯」勾勒出了陶淵明眞率自然、超逸灑脫的「羲皇上人」形象。兩方面結合起來看，此詩確實與歷史大多的詠陶詩只重陶淵明的安逸恬淡不同，是一首相對而言「顧及全篇，並且顧及作者的全人」〔註99〕的作品。

　　白居易雖然自稱「異世陶元亮」，〔註100〕然而他的創作主要繼承的仍是陶詩自適的一面，放大了陶淵明詩歌中的閒適情趣。〔註101〕在這一點上，白居易與唐代的山水田園詩人相近。但白居易的幾首詠陶詩卻與上述情況不大相同，往往不被研究者注意，其中包括《丘中有一士》和《訪陶公舊宅》等。與大多作品只重陶詩的閒情逸致不同，這幾首詩著重突出了陶淵明安貧樂道，堅守氣節的品質。

### 丘中有一士

　　丘中有一士，不知其姓名。面色不憂苦，血氣常和平。
　　每選隙地居，不蹋要路行。舉動無尤悔，物莫與之爭。
　　藜藿不充腸，布褐不蔽形。終歲守窮餓，而無嗟歎聲。
　　豈是愛貧賤，深知時俗情。勿矜羅弋巧，鸞鶴在冥冥。
　　丘中有一士，守道歲月深。行披帶索衣，坐拍無弦琴。
　　不飲濁泉水，不息曲木陰。所逢苟非義，糞土千黃金。

〔註98〕朱光潛：《詩論・陶淵明》，《朱光潛全集》，第三卷，第 261 頁。
〔註99〕魯迅：《且介亭雜文二集「題未定」草・七》，《魯迅全集》，第六卷，第 444 頁。
〔註100〕白居易：《醉中得上都親友書以予停俸多時憂……乘酒興詠而報之》。
〔註101〕李劍鋒：《元前陶淵明接受史》，第二編第三章之「白居易對閒適情趣的強化」。

　　鄉人化其風，薰如蘭在林。智愚與強弱，不忍相欺侵。

　　我欲訪其人，將行復沉吟。何必見其面，但在學其心。

陶淵明《擬古》其五云：「東方有一士，被服常不完。三旬九遇食，十年著一冠。辛苦無此比，常有好容顏。我欲觀其人，晨去越河關。青松夾路生，白雲宿簷端。知我故來意，取琴為我彈。上弦驚別鶴，下弦操孤鸞。願留就君住，從令至歲寒」。此詩公認乃是陶淵明自詠平生固窮守節之意，如蘇軾所言：「此東方一士，正淵明也」。〔註102〕

　　白居易詩並未標明所詠何人，但「丘中一士」提示：此一士則明顯為陶淵明無疑。前詩中終年窮餓、衣不蔽體、食不果腹，但血色平和不見憂苦之色、沒有嗟歎之聲「不知其姓名」的「丘中一士」，正是陶淵明筆下那位短褐穿結、簞瓢屢空、不慕榮利、忘懷得失，「不戚戚於貧賤，不汲汲於富貴」亦「不詳其姓字」的「五柳先生」。前詩白居易極力描寫此士的貧窮，後詩則在此基礎上突出此士糞土千萬黃金、不飲濁泉之水、不息曲木之蔭，雖是披帶索衣之貧但仍有鼓無弦之琴的樂趣，是因為此士堅貞守道、非義不為。

### 訪陶公舊宅

　　余夙慕陶淵明為人，往歲渭上閒居，嘗有效陶體詩十六首。今遊廬山，經柴桑，過栗里，思其人，訪其宅，不能默默，又題此詩云。

　　垢塵不污玉，靈鳳不啄羶。嗚呼陶靖節，生彼晉宋間。
　　心實有所守，口終不能言。永惟孤竹子，拂衣首陽山。
　　夷齊各一身，窮餓未為難。先生有五男，與之同飢寒。
　　腸中食不充，身上衣不完。連徵竟不起，斯可謂真賢。
　　我生君之後，相去五百年。每讀五柳傳，目想心拳拳。
　　昔常詠遺風，著為十六篇。今來訪故宅，森若君在前。
　　不慕尊有酒，不慕琴無弦。慕君遺榮利，老死此丘園。
　　柴桑古村落，栗里舊山川。不見籬下菊，但餘墟中煙。
　　子孫雖無聞，族氏猶未遷。每逢姓陶人，使我心依然。

此詩為白居易元和十一年（公元816年）遊廬山訪陶淵明舊宅所作，其中「不慕尊有酒，不慕琴無弦。慕君遺榮利」的思想感情在唐代難能可貴。白居易以不為垢塵所污的美玉、不肯啄食膻腥的靈鳳來比擬陶淵明心有所守、行有不為、遺榮棄利的忠義氣節，並以陶淵明全家與之同生飢寒交迫之中表明其「連徵竟不起」的「真賢」已超越了不食周粟、舍生取義的儒家先賢伯夷、叔齊。

　　此詩小序提到的「效陶體詩十六首」大致作於元和六年（公元811）至元和九年（公元 814）間，是蘇軾之前數量最多的效和陶詩的作品。這一組詩乃是白居易著意模仿陶淵明詩歌風格、體裁的作品。其所追求的平易自然的語言風格（其二「開簾望天色，黃雲暗如土。行潦毀我墉，疾風壞我宇。蓬莠生庭院，泥塗失場圃」）；滲透玄心的哲理之思（其一「不動者厚地，不息者高天。無窮者日月，長在者山川。松柏與龜鶴，其壽皆千年。嗟嗟群物中，而人獨不然。」此詩極似陶淵明《形影神》組詩中的《形贈影》）；飲酒自娛的田園之樂（其四「及此多雨日，正遇新熟時。開瓶瀉尊中，玉液黃金脂。持玩已可悅，歡嘗有餘滋。一酌發好容，再酌開愁眉。連延四五酌，酣暢入四肢」）；時不我待的遷逝之感（其十一「長生無得者，舉世如蜉蝣。逝者不重回，存者難久留。踟蹰未死間，何苦懷百憂）都與陶詩十分近似。但與陶詩的言簡意賅，富有餘韻相比，白居易的效擬則「其詞傷於太煩，其意傷於太盡，遂成冗長卑陋爾」。〔註103〕其中第十二首與組詩中其它作品顯然格調不同，其詩云：

> 吾聞潯陽郡，昔有陶徵君。愛酒不愛名，憂醒不憂貧。
> 嘗為彭澤令，在官纔八旬。愀然忽不樂，掛印著公門。
> 口吟歸去來，頭戴漉酒巾。人吏留不得，直入故山雲。
> 歸來五柳下，還以酒養真。人間榮與利，擺落如泥塵。
> 先生去已久，紙墨有遺文。篇篇勸我飲，此外無所云。
> 我從老大來，竊慕其為人。其它不可及，且效醉昏昏。

---

〔註103〕　張戒：《歲寒堂詩話》卷上，《歷代詩話續編》，第459頁。

這首詩與其稱「效陶詩」，不如稱「詠陶詩」更爲準確。作品主要描繪了陶淵明隱居田園的飲酒之樂，只以「人間榮與利，擺落如泥塵」兩句強調其不同一般的高尚人格。

王昌齡《詩格》言：「詩有五趣向：一曰高格，二曰古雅，三曰閒逸，四曰幽深，五曰神仙。……閒逸三：陶淵明詩：『眾鳥欣有託，吾亦愛吾廬』」。〔註104〕王昌齡將陶詩之趣定格在「閒逸」基本代表了唐人對陶淵明的共同看法。與顏眞卿和白居易對陶淵明堅貞志節有所重視不同，大多唐代詩人注目陶淵明的焦點是其田園隱居生中寧靜悠閒的生活情調〔註105〕和飲酒自逸的瀟灑風度。

集中描寫陶淵明飲酒自逸的瀟灑風度以李白爲代表，其《戲贈鄭溧陽》云：

> 陶令日日醉，不知五柳春。素琴本無弦，漉酒用葛巾。
> 清風北窗下，自謂羲皇人。何時到栗里，一見平生親。

李白此詩係用陶淵明故事以贈鄭溧陽，意爲淵明好酒而常醉，春來五柳亦不知。手撫無弦之琴，頭戴漉酒之巾，高臥北窗之下，自謂羲皇上人，全然是陶淵明的隱逸高致。詩人雖平生顧慕淵明，惟恨時世相隔不得相親相見也。又《贈臨洺縣令皓弟》詩云「陶令去彭澤，茫然太古心。大音自成曲，但奏無弦琴。釣水路非遠，連鼇意何深。終期龍伯國，與爾相招尋」。朱諫《李詩選注》云：「此李白贈臨洺弟皓而作。言淵明爲彭澤之令，其去官者，非獲罪譴遭斥逐也。持其高風亮節，遠有太古之心，不爲時俗之所拘。世人之彈琴者，皆取弦上之聲，惟淵明也，胸次和平，默契太古，趣與心會，自成曲調，不假於弦上之聲也。太古之人，又豈爵祿之所能羈乎？而以非罪而停官，與淵明之在彭澤，心何異哉？而之歸也，釣水而隱，路亦非遙，舉足之間，即可到矣。況而素有釣鼇之志，必將投竿而長往矣。我則與而相期於

---

〔註104〕 王大鵬等編選：《中國歷代詩話選》（一），第39頁，嶽麓書社，1985年。

〔註105〕 這種情況以王維《偶然作》其二、其四爲代表，見本章第一節內容。

龍伯之國，招尋於東海之濱，無負此志斯可也」。

### 贈崔秋浦　其一

吾愛崔秋浦，宛然陶令風。門前五楊柳，井上二梧桐。

山鳥下廳事，簷花落酒中。懷君未忍去，惆悵意無窮。

此詩說愛崔君為秋浦之令，以其宛然有陶令之風也：門前栽五柳，井上樹梧桐。山鳥下廳聽事，簷花落於酒中。崔君雖為身為令，而清閒自適如古之淵明。近藤元粹評「詩亦有陶令風」。〔註106〕

### 贈崔秋浦　其二

崔令學陶令，北窗常晝眠。抱琴時弄月，取意任無弦。

見客但傾酒，為官不愛錢。東皋春事起，種秫早歸田。

崔秋浦之為縣令，高臥北窗、抱琴弄月、嗜酒輕財、耕田種秫、其風致之高邁，與淵明幾乎同出一轍。

### 嘲王歷陽不肯飲酒

地白風色寒，雪花大如手。笑殺陶淵明，不飲杯中酒。

浪撫一張琴，虛栽五株柳。空負頭上巾，吾於爾何有？

無弦琴、五株柳、漉酒巾皆為陶淵明所有。此詩言天寒之際宜於飲酒，而歷陽不肯飲酒，如淵明於此而不飲酒，豈不甚為可笑，所畜之琴、所栽之柳、所戴之巾皆為無用之長物了。陶淵明性本嗜酒，此處偏說「笑殺陶淵明，不飲杯中酒」，是李白的戲謔之語。

李白這幾首詩不是直接描寫陶淵明，而是以陶淵明來喻指自己的朋友，其所側重的純然是陶淵明耕田種秫、漉酒而飲、高臥北窗下、手撫無弦琴的隱逸風致。

盛唐著名道士吳筠的《高士詠・陶徵君》：

吾重陶淵明，達生知止足。怡情在樽酒，此外無所欲。

彭澤非我榮，折腰信為辱。歸來北窗下，復採東籬菊。

此詩係《高士詠》組詩 50 首的最後一首，《高士詠序》說這一組詩「始於混元皇帝，終於陶徵君，舉其絕倫，明其標的，為五十首，以諷詠

---

〔註106〕　近藤元粹評訂：《李太白詩醇》卷二，青木嵩山堂出版，明治三十八年。

德音焉」。其所詠唱的高士還包括伯夷叔齊、南華眞人、榮啓期、長沮桀溺、老萊夫妻、鄭商人弦高、柳下惠、漢陰丈人、魯仲連、黔婁先生、原憲、商山四皓、張仲蔚等。吳筠所寫高士是經過選擇的。《高士詠序》云：「處而默者，所以居靜鎮躁，故雖無言，亦幾於利物，豈獨善其身而已哉」。可見，這些隱居處默的嘉遁高士並不僅高尚其事、獨善其身，而且頗具關心現實的「利物」之懷。陶淵明就是其中一位領悟了宇宙、人生之道的「達生」之士：既有不爲「五斗米」折腰的人生尊嚴，又有怡情之酒外的無所欲求，還有北窗下臥悠然採菊的自得情懷。

身處宦官專權、藩鎭割據亂世的晚唐詩人對陶淵明灑脫自然的田園隱逸生涯更爲傾心。杜牧、趙嘏《同趙二十二訪張明府郊居聯句》：

> 陶潛官罷酒缾空，門掩楊花一夜風。
> 古調詩吟山色裏，無弦琴在月明中。
> 遠簷高樹宜幽鳥，出岫孤雲逐晚虹。
> 別後東籬數枝菊，不知閒醉與誰同。

這是一首聯句詩，似是遊戲之作，但其表達的旨意卻相對集中明確：對陶淵明罷官歸隱田園後撫琴吟詩、弄酒賞菊生活的傾慕向往。李商隱《自眤》：「陶令棄官後，仰眠書屋中。誰將五斗米，擬換北窗風」。詩題表明這是李商隱的自贈之作，表達的是對陶淵明捨卻五斗微祿換取北窗下臥自由的欽慕與讚美，意在自勉。汪遵的《彭澤》一詩所聚焦的也是陶淵明捨卻宦情拋棄微祿欣然歸去之後漉酒賞菊的田園逸趣。其詩云：「鶴愛孤松雲愛山，宦情微祿免相關。栽成五柳吟歸去，漉酒巾邊伴菊閒」。閩中詩人黃滔《贈友人》：「超達陶子性，留琴不設弦。覓句朝忘食，傾杯夜廢眠。愛月影爲伴，吟風聲自連。聽此鴛飛谷，心懷迷遠川」。陶淵明的「超達之性」也是被定格在了吟詩撫琴、伴月吟風的田園之樂上。

雖然唐代隱逸之風大盛，詩人們也在毫不吝嗇地讚美陶淵明辭歸的高風亮節和安閒自然的田園情趣，但對陶淵明辭官歸隱的不滿

與非議也存在。例如王維既稱讚陶淵明爲「眞賢」(《奉送六舅歸陸渾》:「酌醴賦歸去,共知陶令賢」),然其《與魏居士書》卻又說:「近有陶潛,不肯把板屈腰見督郵,解印綬棄官去,後貧,《乞食》詩云『扣門拙言辭』,是屢乞而多慚也。嘗一見督郵,安食公田數頃。一慚之不忍而終身慚乎?此亦人我攻中,忘大守小,不(顧)其後之累也」。〔註107〕李白有仰慕陶淵明的詩句「何時到栗里,一見平生親」(《戲贈鄭溧陽》)和「何日到彭澤,長歌陶令前」(《寄韋南陵冰,余江上乘興訪之遇尋顏尙書笑有此贈》),但也有「齷齪東籬下,淵明不足群」(《九日登巴陵,置酒望洞庭水軍》)的說法。杜甫《遣興》其三:「陶潛避俗翁,未必能達道」;顧況《擬古》其三:「陶令何足錄,彭澤歸已遲。空負漉酒巾,乞食形諸詩」;祖詠《清明宴司勳劉郎中別業》:「何必桃源里,深居作隱淪」;白居易自謂「異世陶元亮」(《醉中得上都親友書以予停俸多時憂……乘酒興詠而報之》),且有「應須學取陶澎澤,但委心形任去留」(《足疾》)的願望,並稱陶淵明「連徵竟不起,斯可謂眞賢」,但《與元九書》卻說:「晉宋以還,得者蓋寡。以康樂之奧博,多溺於山水;以淵明之高古,偏放於田園」;《和新樓北園偶集從孫公度……皆先歸》又稱:「嵇劉陶阮徒,不足置齒牙」;韓翃《送別鄭明府》:「勸君不得學淵明,且策驢車辭五柳」;李端《晚遊東田寄司空曙》:「莫作驕官意,陶潛未必賢」;司空曙《送菊潭王明府》:「莫愛潯陽隱,嫌官計亦非」;歐陽詹《題華十二判官汝州宅內亭》:「步兵阮籍空除屛,彭澤陶潛謾掛冠」;司空圖《書懷》:「陶令若能兼不飲,無弦琴亦是沽名」。

　　這些針對陶淵明的不滿與非議在整個唐代詩壇雖不是主流聲音,可能也並非唐人的一貫態度,但畢竟不是空穴來風,同樣值得我們重視。唐人一貫熱衷於仕進,即使到了晚唐這種情況並沒有太大變

〔註107〕 王維撰,趙殿成箋注:《王右丞集箋注》卷十八,第334頁,上海古籍出版社,1984年。另:清人趙文焯《陶集鄭批錄》:「志士苦節,寧乞食於路人,不肯折腰於俗吏,正是大異人處,此意豈右丞所知。」

化，「且吟王粲從軍樂，不賦淵明歸去來」〔註108〕是其眞實心態的反映。隱逸往往只是他們待機而動或不得已的選擇，這就與陶淵明的躬耕壟畝有極大的不同。陶淵明的隱居田園的瀟灑自得可以是他們向往的理想人生狀態，但並不是他們現實的人生選擇。

李白的人生道路在整個唐代可能較具代表性，其對待陶淵明的態度也有典型性。李白的一生「頗懷拯物情」（《讀諸葛武侯傳書懷贈長安崔少府叔封昆季》：「余亦草間人，頗懷拯物情」），其人生理想是「使寰區大定，海縣清一」（《答孟少府移文書》）。他爲自己設計的理想人生道路是建立奇功（《述德兼陳情上哥舒大夫》：「丈夫立身有如此，一呼三軍皆披靡」），然後功成身退（李白表達這種思想的作品頗多，如《贈韋秘書子春》其二：「終與安社稷，功成去五湖」；《玉眞公主別館苦雨贈衛尉張卿》：「功成拂衣去，搖曳滄洲旁」；《登金陵冶城西北謝安墩》：「功成拂衣去，歸入五陵源」；《翰林讀書言懷呈集賢諸學士》：「功成謝人間，從此一投釣」；《留別王司馬嵩》：「願一佐明主，功成還舊林」；《古風》其十八：「功成身不退，自古多愆尤」；《行路難》其三：「吾觀自古賢達人，功成不退皆隕身」；《駕去溫泉後贈楊山人》：「待吾盡節報明主，然後相攜臥白雲」）。

在現存李白作品中（詩近千首，雜文一百六十多篇）出現的歷史人物（不計唐人）共 158 位，〔註109〕其所仰慕的古人包括范蠡、魯仲連、張良、謝安等人，其中李白最爲傾心的是謝安與魯仲連。

李陽冰《草堂集序》稱：李白「詠歌之際，屢稱東山」。東山是東晉謝安早年隱居之地，謝安於此結交文朋詩友、隱士高人，優游山水，其性格瀟脫曠達，名聲之高聞於朝廷。李白早年出蜀東遊，訪道交友，吟詩唱和，或廬山隱居，或梁園遊歷，性格豪放脫俗，身譽耀於當時，李之於謝可謂是「同聲相應，同氣相求」的異世知音。更爲關鍵的是謝安 40 餘歲走出東山，入仕朝廷屢居要職，特別是淝水一

---

〔註108〕 李商隱：《偶成轉韻七十二句贈四同舍》。
〔註109〕 裴斐：《李白與歷史人物》，《文學遺產》，1990 年第 3、4 期。

役的運籌帷幄、決勝千里，成了權傾朝野，功名赫赫的歷史人物，這才是李白向往謝安的眞實原因。李白《梁園吟》：「東山高臥時起來，欲濟蒼生未應晚」；《贈常侍御》：「安石在東山，無心濟天下。一起振橫流。功成復瀟灑」。在這些作品中，李白都表達了對謝安事迹的極度向往。

尤其是《永王東巡歌》其二，此詩是李白自抒懷抱之作，可見其才高志廣，有狂士氣概。其詩云：

> 三川北虜亂如麻，四海南奔似永嘉。
>
> 但用東山謝安石，爲君談笑靜胡沙。

《蔡寬夫詩話》稱，李白「其學本出縱橫，以氣俠自任，當中原擾攘時，欲借之以立奇功耳。故其《東巡歌》有『但用東山謝安石，爲君談笑靜胡沙』之句。至其卒章乃云『南風一掃胡塵靜，西入長安至日邊』，亦見其志矣」。〔註110〕此詩作於天寶十四載（公元755年），安祿山在范陽起兵反唐，第二年陷洛陽、入潼關。京師震動，唐玄宗倉皇出逃，直奔四川，途中命令他的第十六個兒子永王李璘爲江陵府都督，任山南東路、嶺南、黔中、江南西路四道節度使。七月，太子李亨在靈武即皇帝位，遙尊玄宗爲上皇天帝，改元至德，上演了一齣搶班奪權的鬧劇。永王璘見狀也按捺不住，從江陵引水師東進，沿長江直奔金陵，想控制長江中下一帶的富庶地區，伺機與肅宗一爭高下。當時李白正在盧山隱居，永王璘途經九江時，看重李白的才氣和名聲，一再邀他下山，李白不知永王的眞實用心，以爲是爲了打擊安史叛軍，便欣然接受了邀請，加入了永王璘的幕府。李白把自己此次應邀入永王璘幕府，比爲謝安的「東山再起」。這是李白自入長安任翰林學士被「賜金放還」以後的第二次政治生涯，他認定這次能夠親身參與討伐安史叛軍，必能如謝安一樣建立偉大功業，從而實現自己多年以來報效國家的宿願。李白對自己的才能抱有極大的自信，自認可

---

〔註110〕 蔡啓：《蔡寬夫詩話》，《宋詩話輯佚》，第381頁；又《苕溪漁隱叢話》前集卷五引，第28頁。

以在揮手談笑之間，將安史叛軍一舉平定。可是他萬萬沒有想到，永王李璘並不想真的對付安史叛軍，而是想藉此機會擴大自己的勢力，不聽朝廷的節制，結果遭到了肅宗的猜忌，派重兵剿殺。至德二年（公元 757 年）二月，永王璘兵敗身死，李白也因此獲罪下獄，被判流放夜郎。作《永王東巡歌》時李白雖然已年近花甲，但其政治熱情絲毫未減，作品寫得意氣風發、豪情萬丈，根本就沒有老年人的蕭瑟頹敗之氣。這首詩既是李白詩歌中最具個性色彩的代表作之一，也是最能反映李白性格與精神面貌的經典之作。

「李白一生在政治上最欣賞的是魯仲連」，〔註111〕人生經歷更富傳奇色彩的倜儻之士魯仲連確實是李白傾慕的對象。魯仲連，戰國時齊人。《史記·魯仲連鄒陽列傳》載：其人「好奇偉俶儻之畫策，而不肯仕宦任職，好持高節」；在成功卻秦救趙之後，平原君欲速以高官重金任之，終不肯受，「魯連笑曰：『所貴於天下之士者，爲人排患釋難解紛亂而無取也。即有取者，是商賈之事也，而連不忍爲也。』遂辭平原君而去，終身不復見」。後二十年，「燕將攻下聊城，聊城人或讒之燕，燕將懼誅，因保守聊城，不敢歸。齊田單攻聊城，歲餘，士卒多死而聊城不下。魯連乃爲書，約之矢以射城中，遺燕將。書曰……燕將見魯連書，泣三日，猶豫不能自決。欲歸燕，已有隙，恐誅；欲降齊，所殺虜齊甚眾，恐已降而後見辱。喟然歎曰：『與人刃我，寧自刃。』乃自殺」。〔註112〕

成就大功然後隱身而去是李白爲自己設計的理想人生道路，故多引魯仲連爲同調。《古風五十九首》其九：「齊有倜儻生，魯連特高妙。明月出海底，一朝開光曜。卻秦振英聲，後世仰未照。意輕千金贈，顧向平原笑。吾亦澹蕩人，拂衣可同調」。清人趙翼《甌北詩話》解此詩云：「青蓮少好神仙，故登真度世之志，十詩而九。蓋出於性之

---

〔註111〕 林庚：《詩人李白》，林庚《唐詩綜論》，第 175 頁，人民文學出版社，1987 年。

〔註112〕 司馬遷：《史記》卷八十三，第 2459～2469 頁。

所嗜，非矯託也。然又慕功名，所企慕者魯仲連、侯嬴、酈食其、張良、韓集、東方朔等。總欲有所建立，垂名於世，然後拂衣還山，學仙以求長生」。〔註113〕魯仲連「一箭下聊城」、「談笑卻秦軍」的千古奇功更爲李白所神往。《留別魯頌》：「誰道泰山高，下卻魯連節？誰云秦軍眾，摧卻魯連舌？獨立天地間，清風灑蘭雪。夫子還個倜，攻文繼前烈。錯落石上松，無爲秋霜折。贈言鏤寶刀，千歲庶不滅」；月東魯行答汶上君》：「五月梅始黃，蠶凋桑柘空。魯人重織作，機杼鳴簾櫳。顧余不及仕，學劍來山東。舉鞭訪前途，獲笑汶上翁。下愚忽壯士，未足論窮通。我以一箭書，能取聊城功。終然不受賞，羞與時人同。西歸去直道，落日昏陰虹。此去爾勿言，甘心爲轉蓬」；《奔亡道中》其三：「談笑三軍卻，交遊七貴疏。仍留一隻箭，未射魯連書」。朱諫《李詩選注》評此詩：「此李白自謂也。言我於談笑之間可以卻乎三軍。我於權貴之門無有交遊之迹，所以雖有卻敵之策，終無可試之地。如用我者，當如仲連以一箭之書而成聊城之功也」。「心齊魯連子」集中反映了李白終生不散的仕功情結。

　　李白一生仕途極其坎坷，「欲渡黃河冰塞川，將登太行雪滿山」的行路之難是其眞實心態的反映，不肯「摧眉折腰事權貴」是其錚錚傲骨的眞實寫照，但貫穿一生的卻是「起來爲蒼生」〔註114〕、「千載獨知名」〔註115〕積極參與現實政治生活的人生態度。因而初到長安之際，他會委託親友尋求疏通關係以期得到皇帝的召見並得以重用；在尋陽獄後，李白居宋若思幕府中才會以宋的名義向朝延上書自薦請拜京官。〔註116〕

　　**爲宋中丞自薦表**
　　　　臣某聞，天地閉而賢人隱。雲雷屯而君子用。臣伏見

〔註113〕　趙翼：《甌北詩話》卷一，《清詩話續編》，1142頁。
〔註114〕　李白：《贈韋秘書子春二首》其一。
〔註115〕　李白：《讀諸葛武侯傳書懷贈長安崔少府叔封昆季》。
〔註116〕　唐代文人干謁之風甚盛，關於這一問題可參見錢穆《中國文學論叢・記唐人干謁之風》，北京三聯書店，2002年。另：李白乾謁以求仕祿的書信還包括《與韓荊州書》、《上安州裴長史書》等。

前翰林供奉李白，年五十有七。天寶初，五府交辟，不求
聞達，亦由子眞谷口，名動京師。上皇聞而悦之，召入禁
掖。既潤色於鴻業，或間草於王言，雍容揄揚，特見褒賞。
爲賤臣詐詭，遂放歸山。閒居製作，言盈數萬。屬逆胡暴
亂，避地廬山，遇永王東巡脅行，中道奔走，卻至彭澤。
具已陳首。前後經宣慰大使崔渙及臣推覆清雪，尋經奏聞。

　　臣聞古之諸侯進賢受上賞，蔽賢受明戮。若三適稱美，
必九錫先榮，垂之典謨，永以爲訓。臣所薦李白，實審無
辜。懷經濟之才，抗巢、由之節。文可以變風俗，學可以
究天人，一命不沾，四海稱屈。伏惟陛下大明廣運，至道
無偏，收其希世之英，以爲清朝之寶。昔四皓遭高皇而不
起，翼惠帝而方來。君臣離合，亦各有數，豈使此人名揚
宇宙而枯槁當年？傳曰：舉逸人而天下歸心。伏惟陛下，
回太陽之高暉，流覆盆之下照，特請拜一京官，獻可替否，
以光朝列，則四海豪俊，引領知歸。不勝悽悽之至，敢陳
薦以聞。〔註117〕

此表作於李白五十七歲「高齡」之際，表中他敘述了天寶初年受到
玄宗召見入供奉翰林倍受優寵的榮耀歷史，並爲自己無辜「遇永王
東巡脅行」一事開脫。李白極力宣揚自己「懷經濟之才，抗巢、由
之節。文可以變風俗，學可以究天人」，目的在於懇請肅宗「大明
廣運，至道無偏，收其希世之英，以爲清朝之寶」。其急於報國之
情，熱衷仕進之心溢於言表。李白雖然曾經感歎「華髮長折腰，將
貽陶公誚」。〔註118〕但二者並不矛盾，李白的人生理想決定了他雖
不願意折腰事權貴，但更不願意一生碌碌無爲，最終默默無聞地老
死於草莽之間。

　　「苟無濟代心，獨善亦何益」。〔註119〕李白在作品雖也屢次表

---

〔註117〕 李白著，詹鍈主編：《李白全集校注彙釋集評》卷二十六，第3966
　　　　 頁，百花文藝出版社，1996年。
〔註118〕 李白：《經亂後將避地剡中留贈崔宣城》。
〔註119〕 李白：《贈韋秘書子春》其一。

明羨慕陶淵明式的田園生活的逸趣（甚至成仙而去），但那應是功成後後的身退，對無所作為而心甘情願老死於田園隱逸之間，他是極為鄙視的。《贈何七判官昌浩》：「有時忽惆悵，匡坐至夜分。平明空嘯吒，思欲解世紛。心隨長風去，吹散萬里雲。羞作濟南生，九十誦古文。不然拂劍起，沙漠收奇勳。老死阡陌間，何因揚清芬？夫子今管樂，英才冠三軍。終與同出處，豈將沮溺群？」唐汝群《唐詩解》卷四評：「此因昌浩典軍，而自陳己志。言我嘗竟夕不眠，以思用世此心已馳鶩乎風雲之表矣。羞與章句之老儒，竊慕沙場之劍客，斬將搴旗，以取勳用耳。假令沒身畎畝，何以顯功名於竹帛乎？今夫子以英才治兵，正我所與同志者也。方將並驅中原，其不終於耦耕決矣。史稱白喜縱橫，好擊劍，為任俠，於此詩見之」。周珽《唐詩選脈會通》認為，此詩「開口慷慨，便能吞吐凡俗。蓋用世之志，由夜及旦，思得同心者並驅建樹，以揚芬千古。故既羞為章句宿儒，復不甘志耕隱同類，白自負固高，其贊何亦不淺也」。此詩表現了李白的「熱心俠腸」，表明其志在於樹輔世之奇勳，掃沙漠而揚清芬，而不是與沮溺之流同為隱淪。《答王十二寒夜獨酌有懷》亦有：「吟詩作賦北窗裏，萬言不直一杯水。……黃金散盡交不成，白首為儒身被輕」。這裡我們不難看出李白諸人與陶淵明截然不同的心態。

　　現在來看李白所謂的「齷齪」論就不難理解了。《九日登巴陵置酒望洞庭水軍（時賊逼華容縣）》：

> 九日天氣清，登高無秋雲。造化闢川嶽，了然楚漢分。
> 長風鼓橫波，合沓蹙龍文。憶昔傳遊豫，樓船壯橫汾。
> 今茲討鯨鯢，旌旆何繽紛。白羽落酒樽，洞庭羅三軍。
> 黃花不掇手，戰鼓遙相聞。劍舞轉頹陽，當時日停曛。
> 酣歌激壯士，可以摧妖氛。齷齪東籬下，淵明不足群。

據《李白詩文繫年》，九日指唐肅宗乾元二年（公元 759 年）九月九日。〔註120〕詩題下注「時賊逼華容縣」指康楚元、張嘉延亂軍。《資

〔註120〕 詹鍈編著：《李白詩文繫年》，第 183 頁，人民文學出版社，1984 年。

治通鑑》卷二二一載：「八月，乙巳，襄州將康楚元、張嘉延據州作亂，刺使王政奔荊州。楚元自稱南楚霸王。……九月，甲午，張嘉延襲破荊州，荊南節度使杜鴻漸棄城走，澧、郢、峽、歸等州官吏聞之，爭潛竄山谷」。當時李白身在永王軍中，此詩是重陽登高遠望永王水軍操練而作。當時李白誤認為此次從軍是自己建功立業實現偉大抱負的大好時機，自是胸懷「南風一掃胡塵靜」〔註121〕之志。同樣是重九天高氣清之日，與陶淵明的志向當然截然不同。此處的「齷齪」不是人格品質的卑鄙惡劣，而是指人的氣量狹小，拘於小節。《史記‧酈生陸賈列傳》載：「及陳勝、項梁等起，諸將徇地過高陽者數十人，酈生聞其將皆握（齷）齪好苛禮自用，不能聽大度之言，酈生乃深自藏匿」。〔註122〕《史記集解》引應劭語：「握齪，急促之貌」；韋昭云：「握齪，小節也」。李白此處以「齷齪」所評當是陶淵明不為五斗米折腰而解綬印去職一事。

吟詠陶淵明式的田園之樂，讚美陶淵明拋棄榮利的峻潔人格，但陶淵明「艱辛」的隱逸之路是難以重複實踐的，這樣唐人就必然走向一條更具現實性的人生道路。如白居易雖然自稱為「異世陶元亮」，並真誠表示仰慕陶淵明這位遺棄榮利的「真賢」，且聲稱「甘心謝名利，滅迹歸丘園」。〔註123〕但其真正志向並不在此，《與元九書》：「古人云：『窮則獨善其身，達則兼濟天下』，僕雖不肖，常師此語，大丈夫所守者道，所待者時。時之來也，為雲龍、為鳳鵬，勃然突然，陳力以出；時之不來也，為霧豹、為冥鴻，寂兮寥兮，奉身而退。進退出處，何往而不自得哉？故僕志在兼濟，行在獨善，奉而始終之則為道，言而發明之則為詩」。在出處矛盾之間，他「愛官亦愛閒」，〔註124〕選擇的是更為現實的「隱在留司官」的中隱道

---

〔註121〕 李白：《永王東巡歌十一首》其十一。
〔註122〕 司馬遷《史記》卷七十九，第 2691 頁。
〔註123〕 白居易：《養拙》。
〔註124〕 袁宗道：《詠懷效白》。

路，因而朱熹以爲：「人多說其清高，其實愛官職，詩中凡及富貴處，皆說得口津津底涎出」。〔註125〕追求個人心安身適是其現實政治訴求的心理平衡物，但絕不輕易放棄兼濟之志和人生享受。這樣看來，白居易爲高古賢人陶淵明「偏放於田園」而感到不解和遺憾也就不足爲怪了。

王維《與魏居士書》挖苦陶淵明「忘大守小」出於李白、白居易二人同樣的人生理念，這也正是唐代士人與陶淵明根本價值觀念之不同造成的差異。「陶淵明在篡奪和動亂的時代中找不到自己的位置，畢生都在躬耕田園的生活中尋求人生的眞諦，並將勤於壟畝的意義和人類社會發展的大問題聯繫起來思考，徹底否定現存社會秩序，以堅定自己終身隱逸的意志。……盛唐文人則不同，儘管他們在暫時的挫折中時常產生對社會現實的強烈憤慨和種種懷疑，但時代給他們提供的人生道路是極其明確的。他們對『明主』始終抱有幻想，隨時等待著更好的出仕機會，從來沒有終身堅持隱逸的打算，因而看待生活的態度相當實際」。〔註126〕

那麼是不是在特定時代存在對陶淵明的爭議甚至於非議就會有損於陶淵明的經典形象呢？回答當然是否定的，經典作品與經典作家雖然具有較爲普遍的深刻性，但允許存在相當程度的爭論和不同——甚至於針鋒相對的意見，經得起特定時期的「噪聲」考驗也是文學經典的重要品質。經典性的獲得並不能夠一蹴而就，作爲蘊含深遠意義的文化載體，經典的意義「不可能」在一個歷史時期就得以窮盡，甚至根本就永遠不能窮盡。從嚴格意義上說，對文學經典的建構是不可能完成的，它處於一個積極變動之中，是一個向未來無限敞開的過程。總體來說，經典的意義很大程度上取決於特定的閱讀條件，而不僅僅是經典本身。經典的意義可以「以隱蔽方式潛藏著，在隨後時代

〔註125〕　朱熹：《朱子語類》卷一四零，第4326頁。
〔註126〕　葛曉音：《盛唐田園詩和文人的隱居方式》，葛曉音《詩國高潮與盛唐文化》，第101頁，北京大學出版社，1998年。

裏有利的文化內涵語境中才得以揭示」，〔註127〕而唐不是一個非常有利於陶淵明經典意義顯現的時代。

### （二）「嗜酒陶彭澤」〔註128〕──「飲士」陶淵明

唐人在陶淵明身上挖掘最多最深的文化資源是其樂酒之德，這位偉大隱士的飲酒最受唐人注目、鍾情。酒是魏晉風度最爲重要的標誌之一，《世說新語·任誕》載王孝伯語：「名士不必須奇才。但使常得無事，痛飲酒，熟讀《離騷》，便可稱名士」；亦載：「張季鷹（翰）縱任不拘，時人號爲江東步兵。或謂之曰，卿乃可縱適一時，獨不爲身後名耶？答曰：使我有身後名，不如實時一杯酒」；還記畢茂世（卓）語：「一手持蟹螯，一手持酒杯，拍浮酒池中，便足了一生」。王瑤受魯迅《魏晉風度及文學與藥及酒之關係》的啓發，較爲翔實地論證了魏晉文人與酒的關係。他認爲魏晉飲酒之風日盛的原因包括：對生命的強烈留戀，追求物我冥一的自然境界，最爲重要的是借飲酒行韜晦之計以逃避現實保全生命。〔註129〕詩歌與酒聯姻也主要發生在魏晉時期。〔註130〕曹操的《短歌行》、曹植的《箜篌引》、阮籍的《詠懷》等作品都與酒有緣。陶淵明是魏晉風度的重要代表之一，飲酒更是極富盛名。據顏延之《陶徵士誄》：陶淵明「心好異書，性樂酒德」。《宋書·隱逸傳》因陶淵明「性嗜酒」，所記載的主要也是其公田種秫、白衣送酒、採菊醉酒、撫琴閒飲、葛巾漉酒等諸多飲酒事迹。但陶淵明與前人最爲不同的是他「把酒和詩直接聯繫起來」，在此之前酒自是酒，詩自是詩，「詩中並沒有關於飲酒的心境底描寫」，「以酒大量的寫入詩，使詩中幾

---

〔註127〕 〔俄〕巴赫金：《答〈新世界〉編輯部問》，巴赫金《文本對話與人文》，第367頁，白春仁等譯，河北教育出版社，1998年。

〔註128〕 邢象玉：《古意》。

〔註129〕 王瑤：《文人與酒》，王瑤《中古文學史論》，第165～187頁。

〔註130〕 酒詩較早出現在《詩經》，如《周頌·豐年》：「以酒爲醴，丞畀祖妣」；《小雅·鹿鳴》：「我有旨酒，以燕樂嘉賓之心」；《豳風·七月》：「八月剝棗，十月獲稻，爲此春酒，以介眉壽」。

乎篇篇有酒的，確以淵明爲第一人」。〔註131〕陶詩幾乎篇篇有酒，
其飲酒包含著「忘憂」、「遺世」的意味，蕭統《陶淵明集序》稱「觀
其意不在酒，亦寄酒爲迹也」。陶淵明盛名流傳至今，詩與酒是最
爲重要的兩個因素。

　　唐代詩歌與酒的聯繫更爲緊密，飲酒聚會、吟詩作賦常常結合
在一起，幾乎稱得上詩酒交融，彷彿達到了無酒便無詩，有詩必有
酒的獨特境界，以酒助興、以詩詠志的作品不計其數。邊塞詩人「脫
鞍暫入酒家壚，送君萬里西擊胡」〔註132〕充滿了高昂的信念和壯烈
的激情；田園詩人「開軒面場圃，把酒話桑麻」〔註133〕則洋溢著淡
泊寧靜、閒逸安謐的氣氛。「盛唐詩酒無雙士，青蓮文苑第一家」的
李白不僅是詩仙，也是名副其實的酒仙。他自稱：「百年三萬六千日，
一日須頃三百杯」，〔註134〕「三百六十日，日日醉如泥」。〔註135〕
而「李白斗酒詩百篇，長安市上酒家眠，天子呼來不上船，自稱臣
是酒中仙」〔註136〕更是其瀟灑狂傲人生的眞實寫照。《月下獨酌》
其二則是讚美飲酒的豪放宣言，其詩云：「天若不愛酒，酒星不在天。
地若不愛酒，地應無酒泉。天地既愛酒，愛酒不愧天。已聞清比聖，
復道濁如賢。賢聖既已飲，何必求神仙。三杯通大道，一斗合自然。
但得酒中趣，毋爲醒者傳」。杜甫雖然一生窮困潦倒「酒債尋常行處
有」（《曲江二首》其二），雖然少有痛飲狂歌的日子，但也同樣性嗜
豪飲依舊「百罰深杯亦不辭」（《樂遊園歌》）。白居易自號「醉吟先
生」，當然就有獨飲時「酒盞酌來須滿滿」（《花下自勸酒》）的愛酒
成癖，「唯當飲美酒，終日陶陶醉」（《感時》）的金玉之言也在情理
之中。

---

〔註131〕　王瑤：《文人與酒》，王瑤《中古文學史論》，第184頁。
〔註132〕　岑參：《送李副使赴磧西官軍》。
〔註133〕　孟浩然：《過故人莊》。
〔註134〕　李白：《襄陽歌》。
〔註135〕　李白：《贈內》。
〔註136〕　杜甫：《飲中八仙歌》。

　　唐詩寫陶淵明的作品絕大多數是寫其飲酒，最爲集中的話題是他的酒意和醉態，甚至很多時候逕直將酒杯稱爲陶潛杯，把酒稱陶令酒。如李白《陪族叔當塗宰遊化城寺升公清風亭》：「雖游道林室，亦舉陶潛杯」；白居易《潯陽秋懷贈許明府》：「試問陶家酒，新篘得幾多」；《閒居貧活計》：「尊有陶潛酒，囊無陸賈金」；李端《慈恩寺懷舊》：「重入遠師溪，誰嘗陶令酒」；韓翃《送金華王明府》：「家貧陶令酒，月俸沈郎錢」；李賀《昌谷詩》：「泉尊陶宰酒，月眉謝郎妓」；鮑溶《山行經樵翁》：「舉案饋賓客，糟漿盈陶尊」；李冶《湖上臥病喜陸鴻漸至》：「強勸陶家酒，還吟謝客詩」；高瑾《晦日重宴》：「正開彭澤酒，來向高陽池」；僧齊己《雜曲歌辭·楊柳枝》：「穠低似中陶潛酒，軟極如傷宋玉風」；皮日休《奉獻致政裴秘監》：「黃菊陶潛酒，青山謝公妓」；齊己《折楊柳詞》其三：「穠低似中陶潛酒，軟極如傷宋玉風」。

　　與對隱士陶淵明的褒貶不一相比，唐代詩人對「飲士」陶淵明遊心物外、真率不羈的形象相當地傾心讚賞。在唐代詩人心目當中，陶淵明篇篇有酒，全然是一名曠達瀟灑的飲士。如白居易《效陶潛體詩》其十二稱：「吾聞潯陽郡，昔有陶徵君。愛酒不愛名，憂醒不憂貧」；還說：「先生去已久，紙墨有遺文。篇篇勸我飲，此外無所云」；崔道融《寓吟集》：「陶集篇篇皆有酒，崔詩句句不無杯」；吳筠《高士詠·陶徵君》：「吾重陶淵明，達生知止足。怡情在樽酒，此外無所欲」。

　　這樣，唐代詩歌塑造的陶淵明形象也以嗜酒、飲酒和醉酒爲主。初唐王績傚仿陶淵明，最爲津津樂道的就是陶淵明的飲酒。《薛記室收過莊見尋率題古意以贈》：「嘗學陶淵明，酌醴焚枯魚」；《醉後口號》：「阮籍醒時少，陶潛醉時多」。王維《偶然作》其四：「陶潛任天真，其性頗耽酒」；《奉送六舅歸陸渾》：「酌醴賦歸去，共知陶令賢」。李白《戲贈鄭溧陽》：「陶令日日醉，不知五柳春」；《流夜郎至江夏陪長史叔及薛明府宴興德寺南閣》：「恭陪竹林宴，留醉與陶公」；《下途歸石門舊居》：「隱居寺，隱居山，陶公煉液棲其間」；

《九日登山》：「淵明歸去來，不與世相逐。爲無杯中物，遂偶本州島牧。因招白衣人，笑酌黃花菊」；《尋陽紫極宮感秋作》：「陶令歸去來，田家酒應熟」。杜甫《奉寄河南韋尹丈人》：「濁酒尋陶令，丹砂訪葛洪」。白居易《首夏》：「食飽慚伯夷，酒足愧淵明」；《將歸渭村先寄舍弟》：「子平嫁娶貧中畢，元亮田園醉裏歸」。劉長卿《送薛據宰涉縣》：「日得謝客遊，時堪陶令醉」；《三月李明府後亭泛舟》：「壺觴須就陶彭澤，時俗猶傳晉永和」。許渾《送林處士自閩中道越由雪抵兩川》：「唯聞陶靖節，多在醉鄉遊」。陸龜蒙《奉和襲美夏景無事因懷章來二上人次韻》：「還聞擬結東林社，爭奈淵明醉不來」；《記事》：「我醉卿可還，陶然似元亮」。盧綸《春日過李侍御》：「心許陶家醉，詩逢謝客呈」；《送寧國夏侯丞》：「謝守通詩宴，陶公許醉過」。邢象玉《古意》：「嗜酒陶彭澤，能琴阮步兵」。

另外，從唐詩用陶淵明事（事典）也可以看出這個傾向，唐代詩人最喜使用的陶淵明典故包括撫無弦之琴、葛巾漉酒、九日坐菊、公田種秫、王弘送酒等。後面四個典故都與陶淵明的嗜飲、醉酒密切相關。而「無弦琴」也與飲酒相聯繫，《宋書·隱逸傳》記：「潛不解音律，而畜素琴一張，無弦，每有酒適，輒撫弄以寄其意」。《晉書》的記載大致相同，只是多了陶淵明高唱「但識琴中趣，何勞弦上聲」的說法。飲酒弄琴所寄託的是陶淵明的閒適歸隱之意，比喻一種幾乎達到極致的意趣閒雅和不俗懷抱的境界。這一點頗受唐人欽慕。如趙嘏《經無錫縣醉後吟》：「何須覓陶令，乘醉自橫琴」；司空圖《書懷》：「陶令若能兼不飲，無弦琴亦是沽名」；李中《贈史虛白》：「喚回古意琴開匣，陶出真情酒滿樽」。李商隱《假日》：「素琴弦斷酒瓶倚，坐敧眠日已中。誰向劉靈天幕內，更當陶令北窗風。」

「九日坐菊」的事迹與「白衣送酒」的典故相聯繫，源自陶淵明重陽無酒，王弘遣白衣人送酒的故事。據《宋書·隱逸傳》記載，陶淵明「嘗九月九日無酒，出宅邊菊叢中坐久，值弘送酒至，即便就酌，醉而後歸」；檀道鸞《續晉陽秋》載：「王弘爲江州刺史，陶潛九月九

日無酒，於宅邊（東籬下）菊叢中，摘盈把，坐其側。未幾（一作久之）望見一白衣人至，乃刺史王弘送酒也。即便就酌而後歸」。唐詩使用此典較多，如王勃《九日》：「不知來送酒，若個是陶家」；岑參《九日使君席奉餞衛中丞赴長水》：「爲報使君多泛菊，更將絃管醉東籬」；杜甫《復愁》其十一：「每恨陶彭澤，無錢對菊花。如今九日至，自覺酒須賒」；《九日登梓州城》：「且酌東籬菊，聊袪南國愁」；白居易《九月八日酬皇甫十見贈》：「惆悵東籬不同醉，陶家明日是重陽」；《閏九月九日獨飲》：「偶遇閏秋重九日，東籬獨酌一陶然」；劉脊虛《九日送人》：「從來菊花節，早已醉東籬」。徐鉉《和尉遲贊善秋暮僻居》：「庭有菊花尊有酒，若方陶令愧前賢」；崔曙《九日登望仙臺呈劉明府容》：「且欲近尋彭澤宰，陶然共醉菊花杯」。崔峒《題桐廬李明府官舍》：「可惜陶潛無限酒，不逢籬菊正開花」；劉長卿《九日登李明府北樓》：「無勞白衣酒，陶令自相攜」；李頻《和友人下第北遊感懷》：「且須共漉邊城酒 何必陶家有白綸」。

「公田種秫」的典故見《宋書·隱逸傳》。陶淵明爲彭澤令，「公田悉令吏播秫稻，妻子固請種秫，乃使二頃五十畝種秫，五十畝種秫」；蕭統《陶淵明傳》亦載：「公田悉令吏種秫，曰：『吾嘗得醉於酒足矣。』妻子固請種秫，乃使二頃五十畝種秫，五十畝種粳」；《歸去來兮辭》陶淵明自己亦說出外作官乃爲「公田之利，足以爲酒」。種粳可以解決全家人的吃飯問題，保證人的肉身需求，種秫的目的是飲酒，可以達到形神相親的境界。唐代詩歌用此典的也頗多，如白居易《老來生計》：「陶令有田唯種秫，鄧家無子不留金」；陸龜蒙《自遣詩》其十七：「淵明不待公田熟，乘興先秋解印歸」；李端《晚春過夏侯校書值其沉醉戲贈》：「阮籍供琴韻，陶潛餘秫田」；皇甫冉《田家作》：「向子諳樵路，陶家置秫田」；杜牧《許七侍御棄官東歸瀟灑江南頗聞自適高秋企望題詩寄贈十韻》：「凍醪元亮秫，寒鱠季鷹魚」。

陶淵明飲酒典故中最富盛名、影響最大的當屬「葛巾漉酒」。《宋

書‧隱逸傳》載：「郡將候潛，值其酒熟，取頭上葛巾漉酒，畢，還復著之」；蕭統《陶淵明傳》亦記此事，「郡將嘗候之，值其釀熟，取頭上葛巾漉酒，漉畢，還復著之」。此典一方面寫其愛酒成癖，嗜酒如命，更爲關鍵的是突出了陶淵明的率眞超脫，是其藝術化人生的突出表現。唐代詩歌使用此典最爲頻繁，頭戴漉酒葛巾是唐詩中陶淵明最爲經典的形象。葛巾也成了陶淵明最爲明顯的形象標誌，甚至唐人還有專門歌詠此巾的作品，如陸龜蒙《漉酒巾》：

> 靖節高風不可攀，此巾猶墜凍醪間。
> 偏宜雪夜山中戴，認取時情與醉顏。

劉言史《葛巾歌》：

> 一片白葛巾，潛夫自能結。籬邊折枯蒿，聊用簪華髮。
> 有時醉倒長松側，酒醒不見心還憶。谷鳥銜將卻趁來，野
> 風吹去還尋得。十年紫竹溪南住，迹同玄豹依深霧。草堂
> 窗底漉春醅，山寺門前逢暮雨。臨汝袁郎得相見，閒雲引
> 到東陽縣。魯性將他類此身，還拈野物贈傍人。空留梲杖
> 犢鼻褌，濛濛煙雨歸山村。

作品中用葛巾漉酒典故則更多。王績《嘗春酒》：「野觴浮鄭酌，山酒漉陶巾。但令千日醉，何惜兩三春」；杜甫《寄張十二山人彪三十韻》：「謝氏尋山屐，陶公漉酒巾」；顏眞卿《詠陶淵明》：「手持山海經，頭戴漉酒巾」；白居易《詠家醞十韻》：「釀糯豈勞炊范黍，撇篘何假漉陶巾」；《早春西湖閒遊悵然興懷憶與微之同賞因思在越官重事殷鏡湖之遊或恐未暇偶成十八韻寄微之》：「立換登山屐，行攜漉酒巾」；劉禹錫《柳絮》：「縈回謝女題詩筆，點綴陶公漉酒巾」；雍陶《寄永樂殷堯藩明府》：「古縣蕭條秋景晚，昔年陶令亦如君。頭巾漉酒臨黃菊，手板支頤向白雲」；李嘉祐《登滋城浦望廬山初晴直省齋敕催赴江陰》：「多負登山屐，深藏漉酒巾」；戎昱《閏春宴花溪嚴侍御莊》：「瓶開巾漉酒，地坼筍抽芽」；盧綸《無題》：「高歌猶愛思歸引，醉語惟誇漉酒巾」；朱放《經故賀賓客鏡湖道士觀》：「雪裏登山屐，林

間漉酒巾」；牟融《題孫君山亭》：「閒來欲著登山屐，醉裏還披漉酒巾」；姚合《哭硯山孫道士》：「永秘黃庭訣，高懸漉酒巾」；司空圖《五十》：「漉酒有巾無秫釀，負他黃菊滿東籬」；貫休《贈雷卿張明府》：「若起柴桑興，無先漉酒巾」。

　　典故乃是鑲嵌在作品中濃縮的比喻或象徵，「凡引一古人，用一故事，俱是比」。〔註137〕典故將複雜的故事內容與意義內涵濃縮爲精短的詞語形式，從而能使詩歌在較短的篇幅之中包含較多的內容，取得言簡意豐的表達效果；另外使用典故還可以將歷史意蘊納入現實語境，「引古人之精神，以接後人之心目」，〔註138〕從而達到古今對話的目的。典故沉積著前人的價值、情感和審美取向，使用這個典故往往可以反映對前人價值觀和審美觀的服膺與認同，典故的選擇與使用側重的是歷史精神與現實語境的相似與共鳴，體現了古今之間的一種對話形式和對話關係。詩人對典故的選擇「實際上是攜帶著現實的感觸，尋找歷史的相似性」；典故「作爲攜帶著文化涵量和生命體驗的遺傳信息單位」常常是詩人用來溝通歷史精神與現實生活的，詩人對典故的選擇所遵循是歷史相似性原則，因此詩人對典故的選擇所表現的「實際上是一種歷史精神系列的選擇，一種有關時代對應性與心靈對應性的歷史精神系列的選擇」。〔註139〕

　　唐代詩歌對陶淵明典故的使用啓封了那段已被歷史塵埃遮蔽的歷史，使其在人們的記憶中得以保留和延續。陶淵明的事迹成爲人所熟知的典故並較爲普遍地得以應用，意味著它作爲一種特殊意象開始進入一種文化並參與構建一種文化、一種傳統，成爲這種文化、傳統的重要構成因素。唐代詩歌對陶淵明典故使用，反映其錚錚傲骨和清高氣節的「五斗米」典故較少，展現其閒雅意趣的「無弦琴」較多，

---

〔註137〕 李重華：《貞一齋詩說》，《清詩話》（下冊），第 930 頁。

〔註138〕 鍾惺、譚元春：《詩歸序》。

〔註139〕 楊義：《李白詩歌用典的詩學謀略》，《佳木斯大學社會科學學報》，1999 年第 5 期。

而最多的則是「葛巾漉酒」之類的酒典，從中我們可以看出唐人在陶淵明身上進行的「心靈對應性」、精神相似性選擇是其飲酒、醉酒，他們所服膺的更多是這位六朝隱士的飲酒風度。

### （三）「只應陶集是吾師」〔註140〕——詩人陶淵明

唐代有蕭統整理編輯的《陶淵明集》（八卷本）和陽休之編輯的《陶潛集》（十卷本）流傳。白居易《醉吟先生傳》自稱：「往往乘輿，履及鄰，杖於鄉，騎遊都邑，肩舁適野，舁中置一琴一枕，陶、謝數卷。舁竿左右，懸雙酒壺。尋水望山，率情便去；抱琴引酌，興盡而返。如此者凡十年」；鄭谷《讀前集》其二則直稱：「只應陶集是吾師」；錢起《晚過橫灞寄張藍田》：「林端忽見南山色，馬上還吟陶令詩」；杜牧《梁秀才以早春旅次大梁將歸郊扉言懷兼別示亦蒙見贈凡二十韻走筆依韻》：則稱「但尋陶令集，休獻楚王珍」。

唐詩對陶淵明作品的評價大致有如下幾個方面值得注意。

首先是詩文與酒之關係，上文已經提到陶淵明在唐詩作品中主要是一名風流曠達的「飲士」，那麼其詩文中酒的內容必定受到注目與重視，詩酒關聯是對陶淵明詩文的總體評價。如李白《別中都明府兄》：「吾兄詩酒繼陶君，試宰中都天下聞」；張繼《馮翊西樓》：「陶令好文常對酒，相招那惜醉為眠」；章謁《夏日湖上即事寄晉陵蕭明府》：「陶家豈是無詩酒，公退堪驚日已曛」；許渾《途經李翰林墓》：「禰生狂善賦，陶令醉能詩」。從這些詩句可以看出，唐人對陶淵明醉飲而詩的特點十分明瞭。

其次是以陶詩作為標準稱讚他人創作。唐代詩人態度最為鮮明表示欣賞陶淵明作品的可能當屬白居易，他不僅有《效陶潛體詩十六首》，《北窗三友》還稱：「嗜詩有淵明」，其《題潯陽樓》又以「文思何高玄」讚美陶淵明的創作。《讀鄧魴詩》說：「塵架多文集，偶取一卷披，未及看姓名，疑是陶潛詩。看名知是君，惻惻令我悲」；

---

〔註140〕　鄭谷：《讀前集》其二。

《哭王質夫》稱：「篇詠陶謝輩，風流媲阮徒」。此二詩以朋友鄧魴、王質夫之詩酷似陶詩加以讚美。其它詩人也有類似作品，如劉禹錫《答樂天戲贈》：「詩情逸似陶彭澤，齋日多如周太常」；《酬湖州崔郎中見寄》：「今來寄新詩，乃類陶淵明」；許渾《寄當塗李遠》：「賦擬相如詩似陶，雲陽煙月又同袍」；孟郊《寄陝府鄧給事》：「見知囑徐孺，賞句類陶淵」。十分顯然這是唐人將陶淵明的作品當作了評價同時代人的一個標準，而標準性正是文學經典所具備的重要屬性。從這個角度考察，陶淵明的作品在唐代雖然沒有取得穩定的經典地位，但卻在一定程度上開始代表了某種高度的文學成就，成了某一序列作家作品的標準尺度，具有了某種初步的經典性。

最後也是陶淵明文學地位得到提高最爲明顯的一個標誌：杜甫在文學創作意義上對陶淵明、謝靈運的並稱（陶謝並稱）〔註141〕。

陶淵明是中國田園詩派的開創者，謝靈運是中國山水詩派的奠基人，陶謝並稱一直是中國文學史的慣例。但在唐代之前，陶淵明與謝靈運的文學地位根本不可同日而語。謝靈運的典麗新聲符合六朝審美風尚，在當時的文壇頗具盛名。沈約《宋書》記載：謝靈運「每有一詩至都邑，貴賤莫不競寫。宿昔之間，士庶皆遍，遠近傾慕，名動京師」；鍾嶸《詩品》則稱其「才高詞盛，富麗難蹤」，居於上品，爲「元嘉之雄」。而陶淵明則只是「南嶽之幽居者」，以「廉深簡潔」和「好廉克己」聞於世，於詩則僅爲「文取指達」。《宋書》將其列入隱逸傳而未入文苑，側重記錄的也只是隱居飲酒諸事。《詩品》雖稱其爲「古今隱逸詩人之宗」，但只列於中品，地位與謝靈運相去甚遠。

入唐以後，陶謝並稱開始成爲詩人們一種共識，但在杜甫之前不完全是在文學意義上對二人進行並舉。如宋之問《宴龍泓詩序》：「同

────────────────

〔註141〕 唐詩中的陶謝並稱中的謝雖以謝靈運爲主，並不僅其一人，有時還指謝安或謝朓，甚至有時難以辨別到底是哪個謝，但大多是指謝靈運。

謝客之山行，類淵明之野酌」；王勃《秋日登洪府滕王閣餞別序》：「睢園綠竹，氣凌彭澤之樽；鄴水朱華，光照臨川之筆」；李白《早夏於將軍叔宅與諸昆季送傅八之江南序》：「陶公愧田園之能，謝客慚山水之美」；劉長卿《送薛據宰涉縣》：「日得謝客遊，時堪陶令醉」；韓翃《贈兗州孟都督》：「閒心近掩陶使君，詩興遙齊謝康樂」；盧綸《春日過李侍御》：「心許陶家醉，詩逢謝客呈」；李端《夜宴虢縣張明府宅逢宇文評事》：「徵詩逢謝客，飲酒得陶公」《送夏中丞赴寧國任》：「板橋尋謝客，古邑事陶公」；《贈岐山薑明府》：「謝客纔爲別，陶公已見思」；李冶《湖上臥病喜陸鴻漸至》：「強勸陶家酒，還吟謝客詩」。這些陶謝並稱在陶淵明一方側重的是以飲酒爲主的行止風度，基本沒有涉及他的詩文創作（李白的《早夏於將軍叔宅與諸昆季送傅八之江南序》涉及了陶淵明、謝靈運在詩歌題材上的不同：田園與山水），而在謝靈運一方側重的則主要是他的詩。可以說，謝靈運的詩名應當遠在陶淵明之上。

　　杜甫有四首作品涉及到了陶謝並稱問題。《石櫃閣》：「優游謝康樂，放浪陶彭澤」；《寄張十二山人彪三十韻》：「謝氏尋山屐，陶公漉酒巾」。這兩首詩推重陶謝二公的原因不在於他們的文學成就，而在於二者「優游」、「放浪」的風流雅致。

　　　夜聽許十一誦詩愛而有作

　　　　誦詩渾遊衍，四座皆辟易。應手看捶鈎，清心聽鳴鏑。
　　　　精微穿溟涬，飛動摧霹靂。陶謝不枝梧，風騷共推激。
　　　　紫燕自超詣，翠駁誰剪剔。君意人莫知，人間夜寥闃。

其中以「陶謝不枝梧，風騷共推激」稱讚許十誦詩的美妙：下凌陶謝，上繼風騷。「枝梧」語出《史記・項羽本紀》：「羽殺宋義，諸侯皆慴伏，莫敢枝梧」。《史記集解》注：「小柱爲枝，邪（或大）柱爲梧」。《杜詩詳注》評：「許生自誦其詩，渾渾然流出。……下凌陶謝，上繼風騷，言其才大而氣古。枝梧，猶云抵當。推激，謂推尊而激

揚之」。〔註142〕這裡是講誦詩，不是論作詩，但把陶謝並稱，又跟風騷作對，明顯具有推重陶謝之詩的意味，而將陶與謝並列，更有推崇陶淵明之意。杜甫還有《江上值水如海勢聊短述》：

> 爲人性僻耽佳句，語不驚人死不休。
> 老去詩篇渾漫與，春來花鳥莫深愁。
> 新添水檻供垂釣，故著浮槎替入舟。
> 焉得思如陶謝手，令渠述作與同遊。

《杜詩詳注》：「此一時拙於詩思而作也。少年刻意求工，老則詩境漸熱，但隨意付與，不須對花鳥而苦吟愁思矣。檻外浮槎，代作釣舟，此水勢之盛也。才非陶謝，無此述作，聊爲短述而已。《杜臆》：玩末二句，公蓋以陶謝詩爲驚人語，此惟深於詩者知之」。〔註143〕此詩表達的是對陶謝詩歌的敬仰和推重，希望自己的創作能如陶謝一般。「爲人性僻耽佳句，語不驚人死不休」與最後的「焉得思如陶謝手，令渠述作與同遊」是推重陶謝詩中均有驚人佳句。謝靈運在唐代詩人心目中地位很高，杜甫在此首次將陶淵明與之並稱，實在是在攑舉他了。

　　杜甫的做法難能可貴，因爲在唐代絕大多數詩人眼裏，陶淵明是不足以與謝靈運相提並論的。唐詩以文采情致爲尚，謝靈運是他們所推崇的六朝詩人之一，而陶淵明並不在此列之中。如《河嶽英靈集》卷中：「昌齡以還，四百年內，曹、劉、陸、謝，風骨頓盡」；韓愈《薦士》詩歷數前代作家時亦不言及陶淵明，其詩云：「逶迤抵晉宋，氣象日凋耗。中間數鮑謝，比近最清奧」；包括杜甫本人的《遣興》其五：「賦詩何必多，往往淩鮑謝」也是只提鮑謝而不言陶謝。

　　在唐代，杜甫可以算是陶淵明的一個知己。其《可惜》云：「寬

〔註142〕　杜甫著，仇兆鼇注：《杜詩詳注》卷三，第247～248頁，中華書局，1979年。

〔註143〕　杜甫著，仇兆鼇注：《杜詩詳注》卷十，第810頁，中華書局，1979年。

心應是酒，遣興莫過詩。此意陶潛解，吾生後汝期」。這明顯是與陶
淵明心聲的共鳴，是將以酒寬心、以詩遣興的陶淵明引爲異世同調。
然而，杜甫和陶淵明之間還有一段不得不提的公案，即起源於杜甫《遣
興》其三的「枯槁」說。其詩云：

> 陶潛避俗翁，未必能達道。觀其著詩集，頗亦恨枯槁。
> 達生豈是足，默識蓋不早。有子賢與愚，何其掛懷抱。

胡應麟《詩藪》以爲：「子美不甚喜陶詩，而恨其枯槁也」；朱光潛亦
持類似見解，認爲：「大約喜歡雕繪聲色鍛鍊字句者，在陶詩中找不
著雕繪鍛鍊的痕迹，總不免如黃山谷所說的『血氣方剛時，讀此如嚼
枯木』」。〔註144〕

杜甫「枯槁」一說源自陶淵明《飲酒》其十一：

> 顏生稱爲仁，榮公言有道。屢空不獲年，長饑至於老。
> 雖留身後名，一生亦枯槁。死去何所知，稱心固爲好。
> 客養千金軀，臨化消其寶。裸葬何必惡，人當解意表。

何謂枯槁？《莊子‧天下》：「墨子眞天下之好也，將求之不得也，
雖枯槁不捨也，才士也夫」；《莊子‧漁父》：「屈原既放，遊於江潭，
行吟澤畔，顏色憔悴，形容枯槁」。「枯槁」一詞言物意爲情景蕭瑟，
於人則意爲際遇窮困、生命憔悴。陶淵明此詩所寫爲生前枯槁而身
後留名的先賢顏回和榮啓期，是借他人之酒杯澆個人之壘塊。黃徹
《䂬溪詩話》：「淵明非畏枯槁，其所以感歎時化推遷者，蓋傷時之
急於聲利也。老杜非畏亂離，其所以愁憤於干戈盜賊者，蓋以王室
元元爲懷也。俗士何以識之？」〔註145〕《遣興》組詩共五首，分別
歌詠了嵇康、諸葛亮、龐德公、陶淵明、賀知章、孟浩然六位高人，
第一首杜甫就交待了組詩的主旨：「蟄龍三冬臥，老鶴萬里心。昔時
賢俊人，未遇猶視今」。「猶視今」沿用《蘭亭集敘》「後之視今，亦
猶今之視昔」。可見此詩立意與陶詩類似，亦是借古（陶淵明）言今

〔註144〕朱光潛：《詩論‧陶淵明》，《朱光潛全集》，第三卷，第265頁。
〔註145〕黃徹著，湯新祥校注：《䂬溪詩話》，第106頁，人民文學出版社，
1986年。

（杜甫本人），表達賢俊不遇古今皆然，故感慨萬端。《杜詩詳注》：
「彭澤高節，可追鹿門。詩若有微詞者，蓋借陶集而翻其意，故爲
曠達以自遣耳，初非譏刺先賢也」。〔註146〕

　　此詩還有一個問題就是「陶潛避俗翁，未必能達道」。這似乎是
在批評陶淵明雖然號稱避俗高士，但並沒有徹底忘懷得失，因對子女
「賢愚」的過分牽掛而未必眞能「達道」。陶詩的確多處寫到對子女
的憐惜與牽掛，如《和郭主簿》其一：「弱子戲我側，學語未成音。
此事眞復樂，聊用忘華簪」；《命子》：「夙興夜寐，願爾斯才。爾之不
才，亦已焉哉」。但在對家人子女的多情這一點上杜甫與陶淵明極爲
相似，如其《遣興》詩云「驥子好男兒，前年學語時。……世亂憐渠
小，家貧仰母慈」；《憶幼子》又云：「驥子春猶隔，鶯歌暖正繁。別
離驚節換，聰慧與誰論。澗水空山道，柴門老樹村。憶渠愁只睡，炙
背俯晴軒」；《得家書》說：「熊兒幸無恙，驥子最憐渠」；《元日示宗
武》亦說：「汝啼吾手戰，吾笑汝身長」。觀此數詩，杜甫於諸子之鍾
情似乎更加過於陶淵明，怎麼可能出言相譏呢？

　　對於這個問題，黃庭堅作了這樣的回答：「子美困於三蜀，蓋爲
不知者詬病，以爲拙於生事，又往往譏宗武失學，故寄之淵明爾」。
〔註147〕杜詩名曰《遣興》，是借古人聊以解嘲，而不是譏病古人。故
金趙秉文《和陶淵明飮酒》（《閑閑老人滏水文集》卷五）說：「千載
淵明翁，誰謂不知道。閑賦責子詩，調謔乃娛老。杜陵概自況，亦豈
恨枯槁。壺觴清濁共，適意無醜好。歸來五柳宅，守我不貪寶。長嘯
天地間，獨立萬物表」；浦起龍《讀杜心解》說得明白：「嘲淵明，自
嘲也。假一淵明爲本身像贊」。

---

〔註146〕　杜甫著，仇兆鰲注：《杜詩詳注》卷七，第 563 頁，中華書局，1979
　　　　　年。
〔註147〕　葛立方：《韻語陽秋》卷十引黃庭堅語，《歷代詩話》，第 561 頁。
　　　　　仇兆鰲《杜詩詳注》引黃庭堅語：「子美困於山川，爲不知者詬病，
　　　　　以爲拙於生事，又往往譏議宗文、宗武失學，故寄之淵明以解嘲耳。
　　　　　詩名曰《遣興》，可解也」。《杜詩詳注》卷七，第 564 頁。

　　陶淵明的可貴、可愛之處正在於他雖然棄官隱居但又不廢人事、不離人情，而這正是六朝高士不違自然本性之真性情的一種重要表現。極端者如嵇康，因其「挺菀世之風，資高明之質」〔註148〕的瀟灑遐逸之氣度被稱為「餐霞人」。〔註149〕但即使這樣一個高蹈邁世之人，對現實生活也並非無所牽掛，反而比常人更為纏綿多情。其《思親詩》情哀感傷之深較潘岳《悼亡詩》有過之而無不及，他不願兒子學自己的曠達，所書《家誡》的諄諄教誨充滿了世俗人情與為人處世的謹慎，反而是人之情性本真之所在。不違自然本性，有生則有情，稱情則自得，聖人有情行不違道，正是以嵇康、陶淵明為代表的六朝高士的處世原則。這樣看來，在這一點上杜甫是真正讀懂了陶淵明的。

## 本章附錄　李詩證陶

　　李白可能是唐代乃至中國歷史上最富天才的詩人了，其作品表現出的天馬行空式的想像力和超乎尋常的創造力，幾乎是其它詩人難以企及的，這一點自唐以來幾乎沒有異議。李陽冰《草堂集序》：「凡所著述，言多諷興，自三代已來，《風》、《騷》之後，馳驅屈、宋，鞭撻揚、馬，千載獨步，唯公一人。故王公趨風，列嶽結軌，群賢翕習，如鳥歸鳳。盧黃門云：陳拾遺橫制頹波，天下質文翕然一變。至今朝詩體，尚有梁、陳宮掖之風，至公大變，掃地並盡，今古文集遏而不行，唯公文章，橫被六合，可謂力敵造化歟！」同時代的賀知章稱他為「天上謫仙人」；杜甫《寄李十二白二十韻》贊其：「筆落驚風雨，詩成泣鬼神。……文采承殊渥，流傳必絕倫」；《河嶽英靈集》稱：「其為文章，率皆縱逸；至如《蜀道難》等篇，可謂奇之又奇。然自騷人

---

〔註148〕　李充：《弔嵇中散文》，《全晉文》卷五十三。

〔註149〕　顏延之：《五君詠・嵇中散》「中散不偶世，本自餐霞人。形解驗默仙，吐論知凝神。立俗迕流議，尋山洽隱淪。鸞翮有時鎩，龍性誰能馴。」又《文選》李善注引孫綽《嵇中散傳》：「嵇康作《養生論》，入洛，京師謂之神人」。

以還，鮮有此體調也」；皮日休《劉棗強碑文》讚美李詩：「言出天地
外，思出鬼神表，讀之則神馳八極，測之則心懷四溟，磊磊落落，眞
非世間語者」；曾鞏《代人祭李白文》：「子之文章，傑立人上。地關
天開，雲蒸雨降。播產萬里，瑋麗瑰奇。大巧自然，人爲何施？」蘇
軾《學書太白詩》稱：「李白詩飄逸絕塵」，「飄逸者，如鶴之飛，如
雲之行，如蓬葉之隨風，皆有大力幹轉於中」。〔註150〕這是強調其詩
的壯浪縱恣，了無拘束。黃庭堅評李詩：「如黃帝張樂於洞庭之野，
無首無尾，不主故常，非墨工槷人所可擬議」；〔註151〕嚴羽說：「太
白天才豪逸，語多卒然而成者」，其詩乃「天仙之詞」；〔註152〕明代
楊愼的《升菴詩話》則說「李白神於詩」。以「神」、「仙」形容李白
所要表達的不外是強調李白「其神采有迥異乎常人者。詩之不可及
處，在乎神識超邁，飄然而來，忽然而去，不屑屑於雕章琢句，亦不
勞勞於鏤心刻骨，自有天馬行空，不可羈勒之勢」；〔註153〕王世貞《藝
苑卮言》卷四贊：「其歌行之妙，詠之使人飄揚欲仙者，太白也」；沈
德潛《說詩晬語》卷上則稱：「太白想落天外，局自變生，大江無風，
濤浪自湧，白雲卷舒，從風變滅」。

　　但這只是事實的一個方面，李詩的另一大特色在於他善於博采
前人之長而自成高格，王得臣《麈史》：「古之善賦詩者，工於用人
語，渾然若出於己意。予於李杜見之」。〔註154〕杜詩是公認的「無
一字無來歷」，李白的創作也並不是完全如《甌北詩話》所說的「天
馬行空」，李白神奇莫測之筆雖似憑空起勢但畢竟來還是有來路的，
其可貴之處在於能把許多古詩的精華了然無痕地點化吸收到自己的
創作當中。而這也未影響李白詩歌的獨創性，因爲任何的獨創性都

〔註150〕　張謙宜：《絸齋詩談》卷一，《清詩話續編》，第 796 頁。
〔註151〕　胡仔：《苕溪漁隱叢話》前集卷五引，第 30 頁。
〔註152〕　嚴羽：《滄浪詩話・詩評》，第 173 頁、178 頁。
〔註153〕　趙翼：《甌北詩話》卷一，《清詩話續編》，第 1139 頁。
〔註154〕　王彥輔：《麈史》，蔡夢弼《杜工部草堂詩話》卷二引，《歷代詩話
　　　　　續編》，第 211 頁。

是以吸收前人的智慧為基礎的,是在對前人成就的融會當中形成的,即使李白這樣的天才也要向前輩學習很多東西,因為人都是「集體性人物」,嚴格地說,真正的自我是「微乎其微」的,並且它需要在與他者的融會中才能不斷生成。「人們老是在談獨創性,但是什麼才是獨創性!我們一生下,世界就開始對我們發生影響,而這種影響一直要發生下去,直到我們過完了這一生。除掉精力、氣力和意志外,還有什麼可以叫做我們自己的呢?如果我能算一算我應歸功於一切偉大的前輩和同輩的東西,此外剩下來的東西也就不多了」。〔註 155〕

　　「任何藝術傾向在某一點上都是以前發生過的東西的結果,它在任何時候都在作為一個整體的歷史過程中創造了一種獨特的情境。發展的一個階段的結果成了下一個階段的出發點,每一個階段都拿前一個階段的體驗和成就作為先決條件」。〔註 156〕文學自身有較為特殊的發展規律和演變脈絡,表現為一種前後相繼的源流關係,文學天才的成往往是由前人精華培育出來的。《池北偶談》卷十二「唐詩本六朝」言:「唐詩佳句,多本六朝,昔人拈出甚多」。唐代文學確實吸收、濃縮了前世(尤其是六朝)文學的成功經驗和精華。無一字無來歷的杜甫「盡得古今之體勢,而兼文人之所獨專」。〔註 157〕「詩仙」李白也是如此,《詩源辯體》卷十八稱「太白五言古、七言歌行,多出於漢魏六朝,但化而無迹耳」。李詩確實與漢魏六朝詩歌關係密切,據對李白詩歌引歷代詩人作品(語典)次數所做統計,結果為:「鮑照 133 次,謝靈運 110 次,江淹 106 次,《詩經》93 次,屈原 86 次,曹植 70 次,謝朓 62 次,陸機 60 次,張衡

〔註 155〕　〔德〕歌德:《歌德談話錄》,第 88 頁,人民文學出版社,1985 年。
〔註 156〕　(匈)阿諾德・豪塞爾:《藝術史的哲學》,第 188 頁,陳超南、劉天華譯,中國社會科學出版社,1992 年。
〔註 157〕　元稹:《唐檢校工部員外郎杜君墓記銘並序》,《杜詩詳注・附編》,第 2236 頁,中華書局,1979 年。

52 次,《古詩十九首》47 次,陶潛 47 次,沈約 42 次……」〔註158〕
排在前面的大多數是漢魏六朝作家(僅《詩經》、屈原、《古詩十九
首》三個特例)。其中陶淵明與《古詩十九首》並列第 10 位,李白
有些詩歌名作與陶淵明的作品格調極爲相似,明顯是仿似點化得
之,如王圻《稗史》稱:「李白亦多用陶語,陶云:『揮杯勸影。』
而李云:『獨酌勸孤影。』陶云:『但得琴中趣,何勞弦上聲。』而
李云:『但得酒中趣,勿爲醒者傳』」。〔註159〕

　　乾隆欽定《唐宋詩醇》更多地羅列出李白與陶淵明格調相近的作
品,如《望終南山寄紫閣隱者》:「淡雅自然處神似淵明,白雲天際,
無心舒卷,白詩妙有其意」(卷六);《下終南山過斛斯山人宿置酒》:
「此篇及《春日獨酌》、《春日醉起言志》等作,逼眞泉(淵)明遺韻」
(卷七);《月下獨酌》其二:「置之陶《飲酒》中,眞趣正復相似」
(卷八);《獨酌》:「閒適諸篇,大概與陶近似,非有意擬古,其自然
處合以天耳」(卷八)。〔註160〕

　　師法前人歷來都是進行創作的重要途徑,皎然《詩式》戲言詩有
「偷語」、「偷意」、「偷勢」。〔註161〕「偷竊」是文學發展到一定階段
不得已而必爲之事,黃庭堅堂而皇之地美其名曰「奪胎法」、「換骨
法」。〔註162〕表面看起來,「偷竊」似乎並不光彩,但更爲關鍵是要
看「偷竊」者是否足夠高明,在「偷竊」中能否顯示出自己的獨創才
能,能否在「偷」來之詩的基礎上點化而生新意。艾略特《聖林》云:

---

〔註158〕 徐健順:《論李白的文學思想及其歷史地位》,茆家培、李子龍主編
　　　　《謝朓與李白研究》,人民文學出版社,1995 年。

〔註159〕 陶澍注:《陶靖節集注》《諸本評陶彙集》引,第 135 頁。

〔註160〕 乾隆欽定、御選、御評,冉苒校點:《唐宋詩醇》,中國三峽出版社,
　　　　1997 年。

〔註161〕 皎然著,李壯鷹校注:《詩式校注》卷一,第 59～60 頁,人民文學
　　　　出版社,2003 年。

〔註162〕 惠洪:《冷齋夜話》卷一記:「山谷云:『詩意無窮而人之才有限,
　　　　以有限之才,追無窮之意,雖淵明、少陵,不得工也。然不易其意
　　　　而造其語,謂之換骨法;窺入其意而形容之,謂之奪胎法。』」

「未成熟的詩人摹仿，成熟的詩人偷竊；手低的詩人糟蹋他所拿取的，高明的詩人使之更好或與原來相異。高明的詩人把他所竊取的熔化於一種獨一無二的感覺之中，與它脫胎的原物完全不同，而手低的詩人把它投入一團沒有黏合力的東西中。高明的詩人往往會從年代久遠的、另一文字的或興趣不同的作家借取」。

　　但不管怎樣，文學上的「失竊」往往是一種莫大的榮譽，尤其是被李白這樣的天才詩人「偷竊」，更是任何失主都樂於接受的。李白對陶淵明的「偷竊」（「奪胎換骨」）表現爲極富創造性的化用：意象的沿用、詩句的點化、結構的承襲、格調的倣仿等諸多方面。現在本書以表格的形式力圖呈現「詩仙」李白與陶淵明作品的互文關係。本書的呈現以詹鍈主編《李白全集校注彙釋集評》〔註163〕的歷代注釋爲基礎，但剔除其中牽強附會的內容，增加明顯遺漏的條目。

### 李詩證陶互文關係表

| 李 詩 詩 名 | 李 詩 詩 句 | 陶 詩 詩 句 | 陶 詩 詩 名 |
|---|---|---|---|
| 《古風》其一 | 兵戈逮狂秦 | 漂流逮狂秦 | 《飲酒》其二十 |
| 《古風》其二 | 昔是今已非 | 覺今是而昨非 | 《歸去來兮辭》 |
| 《古風》其五 | 邈而與世絕 | 邈與世相絕 | 《癸卯歲十二月中作與從弟敬遠》 |
| 《古風》其十一 | 松柏本孤直 | 因值孤生松 | 《飲酒》其四 |
| 《古風》其二十五 | 群動爭飛奔 | 日入群動息 | 《飲酒》其七 |
| 《古風》其五十七 | 小大各有依 | 萬族各有託，孤雲獨無依。 | 《詠貧士》其一 |
| 《短歌行》 | 富貴非所願 | 富貴非吾願 | 《歸去來兮辭》 |
| 《贈王漢陽》 | 白雲歸去來，何事坐交戰。 | 歸去來兮，田園將蕪胡不歸？ | 《歸去來兮辭》 |
| 《橫江詞六首》其六 | 公無渡河歸去來 | 歸去來兮，田園將蕪胡不歸？ | 《歸去來兮辭》 |
| 《玉眞公主別館苦雨贈衛尉張卿》 | 白酒盈酒杯 | 攜幼入室，有酒盈樽。 | 《歸去來兮辭》 |

---

〔註163〕李白著，詹鍈主編：《李白全集校注彙釋集評》，百花文藝出版社，1996年。

| 《鄴中王大勸入高鳳石門山幽居》 | 一身竟無託，遠與孤蓬徵。 | 萬族各有託，孤雲獨無依。 | 《詠貧士》其一 |
|---|---|---|---|
| 《贈閭丘宿松》 | 飛鳥還舊巢，遷人返躬耕。 | 羈鳥戀舊林，池魚思故淵。 | 《歸園田居》其一 |
| 《贈王漢陽》 | 白雲歸去來，何事坐交戰？ | 貧富常交戰，道勝無戚顏。 | 《詠貧士》其五 |
| 《北山獨酌寄韋六》 | 地閒喧亦泯…… | 結廬在人境，而無車馬喧。問君何能爾？心遠地自偏。 | 《飲酒》其五 |
| | 傾壺事幽酌， | 傾壺絕餘瀝，窺竈不見煙。 | 《詠貧士》其二 |
| | 顧影還獨盡。 | 顧影獨盡，忽焉復醉。 | 《飲酒詩序》 |
| 《送王屋山人魏萬還王屋》 | 頗驚人世喧 | 結廬在人境，而無車馬喧。 | 《飲酒》其五 |
| 《自金陵溯流過白璧山玩月達天門寄句容王主簿》 | 日出宿霧歇。 | 朝霞開宿霧 | 《詠貧士》其一 |
| 《別韋少府》 | 築室在人境，閉門無世喧。 | 結廬在人境，而無車馬喧。 | 《飲酒》其五 |
| 《留別龔處士》 | 龔子棲閒地，都無人世喧。 | 結廬在人境，而無車馬喧。 | 《飲酒》其五 |
| 《與周剛清溪玉鏡潭宴別》 | 此中得佳境，可以絕囂喧。 | 結廬在人境，而無車馬喧。 | 《飲酒》其五 |
| 《感遇》其二 | 可歎東籬菊…… | 採菊東籬下，悠然見南山。 | 《飲酒》其五 |
| | 未泛盈樽酒。 | 攜幼入室，有酒盈樽。 | 《歸去來兮辭》 |
| 《留別王司馬嵩》 | 鳥愛碧山遠，魚遊滄海深。 | 羈鳥戀舊林，池魚思故淵。 | 《歸園田居》其一 |
| 《穎陽別元丹丘之淮陽》 | 已矣歸去來，白雲飛天津。 | 歸去來兮，田園將蕪胡不歸？ | 《歸去來兮辭》 |
| 《口號》 | 食出野田美，酒臨遠水傾。 | 談諧終日夕，觴至輒傾杯； | 《乞食》 |

| | | 一觴雖獨進，<br>杯盡壺自傾；<br><br>傾壺絕餘瀝，<br>窺竈不見煙」。 | 《飲酒》其七<br><br>《詠貧》其二 |
|---|---|---|---|
| 《九日》 | 窺觴照歡顏，<br>獨笑還自傾」 | 一觴雖獨進，<br>杯盡壺自傾。 | 《飲酒》其七 |
| 《南陵別兒童入京》 | 白酒熟山中歸 | 歸去來山中，<br>山中酒應熟。 | 《問來使》 |
| 《送韓準、裴政、孔巢父還山》 | 時時或乘興，<br>往往雲無心。 | 雲無心以出岫。 | 《歸去來兮辭》 |
| 《同王昌齡送族弟襄歸桂陽》 | 終然無心雲 | 雲無心以出岫。 | 《歸去來兮辭》 |
| 《酬坊州王司馬與閣正字對雪見贈》 | 飄然無心雲，<br>倏忽復西北。 | 雲無心以出岫<br><br>庭宇翳餘木，<br>倏忽歲月虧。 | 《歸去來兮辭》<br><br>《雜詩》其十 |
| 《答高山人兼呈權、顧二侯》 | 虛舟渺安繫……<br><br>顧侯達語默……<br><br>曾是無心雲。 | 虛舟縱棹逸<br><br>時有語默，<br>運因隆寙。<br><br>雲無心以出岫 | 《五月旦作和郭主簿》<br><br>《命子》其四<br><br>《歸去來兮辭》 |
| 《自遣》 | 醉起步溪月，<br>鳥還人亦稀。 | 雲無心以出岫，<br>鳥倦飛而知還。<br><br>山氣日夕佳，<br>飛鳥相與還。 | 《歸去來兮辭》<br><br>《飲酒》其五 |
| 《於王撫軍座送客》 | 晨鳥暮來還，<br>懸車斂餘輝。 | 厲厲氣遂嚴，<br>紛紛飛鳥還。<br><br>果菜始復生，<br>驚鳥尚未還。 | 《歲暮和張常侍》<br><br>《戊申歲六月中遇火》 |
| 《杭州送裴大澤赴廬州長史》 | 好風吹落日 | 微雨從東來，<br>好風與之俱。 | 《讀山海經》 |
| 《送於十八應四子舉落第還嵩山》 | 開酌盻庭柯 | 引壺觴以自酌，<br>眄庭柯以怡顏。 | 《歸去來兮辭》 |
| 《送殷淑三首》 | 相看不忍別，<br>更進手中杯。 | 天運苟如此，<br>且進杯中物。 | 《責子》 |
| 《送別得書字》 | 日落看歸鳥 | 山氣日夕佳，<br>飛鳥相與還。 | 《飲酒》其五 |

| 《江夏送友人》 | 徘徊相顧影 | 顧影獨盡，<br>忽焉復醉。 | 《飲酒》序 |
|---|---|---|---|
| 《尋魯城北范居士失道落蒼耳中見范置酒摘蒼耳作》 | 酸棗垂北郭，<br>寒瓜蔓東籬。 | 採菊東籬下 | 《飲酒》其五 |
| 《下終南山過斛斯山人宿置酒》 | 山月隨人歸……<br><br>稚子開荊扉……<br>歡言得所憩……<br>我醉君復樂，<br>陶然共忘機。 | 帶月荷鋤歸<br>童僕歡迎，<br>稚子候門白日掩荊扉<br>歡言酌春酒<br>揮茲一觴，<br>陶然自樂 | 《歸田園居》<br>《歸去來兮辭》<br>《歸田園居》其二<br>《讀山海經》其一<br>《時運》其二 |
| 《春日陪楊江寧及諸官宴北湖感古作》 | 榮盛當作樂 | 得歡當作樂 | 《雜詩》 |
| 《遊謝氏山亭》 | 遙欣稚子迎 | 童僕歡迎，<br>稚子候門。 | 《歸去來兮辭》 |
| 《紀南陵題五松山》 | 歸去來，歸去來！<br>宵濟越洪波。 | 歸去來兮，<br>田園將蕪胡不歸？ | 《歸去來兮辭》 |
| 《寄遠》其十二 | 美人美人兮歸去來 | 歸去來兮，<br>田園將蕪胡不歸？ | 《歸去來兮辭》 |
| 《月下獨酌》其一 | 舉杯邀明月，<br>對影成三人。 | 顧影獨盡，<br>忽焉復醉。 | 《飲酒序》 |
| 《獨酌》 | 獨酌勸孤影 | 欲言無餘和，<br>揮杯勸孤影。 | 《雜詩》其二 |
| 《春日獨酌》其一 | 孤雲還空山，<br>眾鳥各已歸。<br><br>彼物皆有託，<br>吾生獨無依。 | 萬族各有託，<br>孤雲獨無依。<br><br>眾鳥欣有託，<br>吾亦愛吾廬。 | 《詠貧士》其一<br><br>《讀山海經》其一 |
| 《春日獨酌》其二 | 長空去鳥沒，<br>落日孤雲還。 | 萬族各有託，<br>孤雲獨無依。 | 《詠貧士》其一 |
| 《春日醉起言志》 | 覺來眄庭前……對酒還自傾。 | 引壺觴以自酌，<br>眄庭柯以怡顏。<br>一觴雖獨進，<br>杯盡壺自傾」。 | 《歸去來兮辭》<br><br>《飲酒》其七 |
| 《獨坐敬亭山》 | 眾鳥高飛盡，<br>孤雲獨去閒。 | 萬族各有託，<br>孤雲獨無依。……<br>朝霞開宿霧，<br>眾鳥相與飛。 | 《詠貧士》其一 |

| | | | |
|---|---|---|---|
| 《對酒憶賀監》其一 | 昔好杯中物 | 且進杯中物。 | 《責子》 |
| 《憶崔郎中宗之遊南陽遺吾孔子琴撫之潸然感舊》 | 泛此黃金花 | 泛此忘憂物，遠我遺世情。 | 《飲酒》其七 |
| 《擬古》其一 | 飄颻不言歸 | 思宵夢以從之，神飄颻而不安。 | 《閒情賦》 |
| 《擬古》其三 | 取酒會四鄰 | 斗酒聚比鄰 | 《雜詩》其一 |
| 《擬古》其十 | 杯以傾美酒， | 一觴雖獨進，杯盡壺自傾。 | 《飲酒》其七 |
| | 琴以閒素心…… | 聞多素心人，樂與數晨夕。 | 《移居》其一 |
| | 世人何倏忽？ | 倏忽流電驚 | 《飲酒》其三 |
| 《感興》其八 | 草深苗且稀…… | 種豆南山下，草盛豆苗稀。 | 《歸園田居》其三 |
| | 常恐委疇隴 | 常恐霜霰至，零落同草莽。 | 《歸園田居》其二 |
| 《尋陽紫極宮感秋作》 | 白雲南山來，就我簷下宿。…… | 白雲宿簷端 | 《擬古》其五 |
| | 陶令歸去來，田家酒應熟。 | 歸去來山中，山中酒應熟。 | 《問來使》 |
| 《秋夕書懷》 | 滅見息群動 | 日入群動息 | 《飲酒》其七 |

# 第三章　詩人之冠冕 [註1]

　　「淵明死千年，日月走名譽」。[註2] 在辭世近千年後，經歷了六朝和唐的長期醞釀，陶淵明終於在兩宋時期獲得了遲來的經典地位（不僅僅在文學領域）。從兩宋人對他的讚美我們可以十分清晰地看出其地位到底有多麼崇高和神聖。

　　梅堯臣《答新長老詩編》：「唯師獨慕陶彭澤」。

　　蘇軾《和陶怨詩示龐鄧》：「但恨不早悟，猶推淵明賢」；《陶驥子駿佚老堂二首》其一：「淵明吾所師」；《與蘇轍書》盛讚其詩「質而實綺，癯而實腴，自曹、劉、鮑、謝、李、杜諸人，皆莫及也」。

　　黃庭堅《跋子瞻和陶詩》：「彭澤千載士」；《次韻謝子高讀淵明傳》：「風流豈落正始後，甲子不數義熙前」。

　　韓淲《九日次陶韻》：「一歌百世蘇，重歌千載陶」。

　　范溫《潛溪詩眼》：「古今詩人，惟淵明最高」。

　　葛立方《韻語陽秋》：「陶淵明、杜子美皆一世偉人也」。

　　張栻《採菊亭贈張建安》：「陶靖節人品甚高，晉宋諸人所未易及」。

---

〔註1〕曾紘：「余嘗評陶公詩語造平淡而寓意深遠，外若枯槁，中實敷腴，真詩人之冠冕也。」見宋李公煥《箋注陶淵明集》卷四。

〔註2〕陳與義：《寄題康平老晬柯亭》。本書所引宋詩除特別注明者外，均據北大古文獻研究所編《全宋詩》，北京大學出版社，1998年。

　　陸游《讀陶詩》：「我詩慕淵明，恨不造其微」；《自勉》「學詩當學陶，學書當學顏」。

　　朱熹《陶公醉石歸去來館》：「每尋高士傳，獨歎淵明賢」。

　　辛棄疾《最高樓·吾衰矣》：「穆先生、陶縣令，是吾師」；《水龍吟·老來曾識淵明》：「須信此翁未死，到如今凜然生氣」；《鷓鴣天·晚歲躬耕不怨貧》：「千載後，百篇存，更無一字不清眞」。

　　其中既有宋朝最偉大的文學家蘇軾，也有理學成就之集大成者朱熹，既有宋詩的開山鼻祖梅堯臣，也有中國歷史上詩歌作品傳世最多的陸游，還有以慷慨凜然著稱的愛國志士辛棄疾。他們都是在中國文化、思想的發展進程中產生了深遠影響的重要人物。

　　「淵明文名，至宋而極」。〔註3〕其「文名」之極我們還可以從很多方面見出，如「思無邪」是儒家評價文學作品的最高標準之一，宋人毫不吝嗇地以之評價陶淵明。「自建安七子、六朝、有唐及近世諸人，思無邪者，惟陶淵明、杜子美耳，餘皆不免落邪思也」。〔註4〕可見對其推崇之至。

　　《文心雕龍·宗經》：「經也者，恒久之至道，不刊之鴻教也」。經典體現了一種超越了時間限制的規範性與基本價值，它有一個基本含意是尺度、標準。「經典一詞最初來自希臘字 kanon，指用於度量的一根蘆葦或棍子。後來它的意義延伸，用來表示尺度。公元1世紀基督教出現後，經典逐漸成爲宗教術語。公元4世紀，它開始代表合法的經書、律法和典籍，特別與《聖經》新、舊約以及教會規章制度有關」。〔註5〕兩宋時期，標舉陶淵明作爲一種普遍藝術風格的例證和詩文批評的基本尺度，以它去比較、評價同一類型或不同類型的作品，判斷其意義與價值開始成爲一種較爲普遍的現象。如蘇軾就曾以陶淵明比較柳宗元、韋應物、韓愈之詩，其《評韓柳詩》云：「柳子

---

〔註3〕錢鍾書：《談藝錄》（補訂本），第88頁。
〔註4〕張戒：《歲寒堂詩話》卷上，《歷代詩話續編》，第465頁。
〔註5〕劉意青：《經典》，《外國文學》，2004年第2期。

厚詩在陶淵明下，韋蘇州上。退之之豪放奇險則過之，而溫麗靖深不及也」。後來，有人更是把陶詩當成了詩歌評價的普遍標準——「百代之法」、「根本準則」。陸游《澹齋居士詩序》稱：「詩首國風，無非變者，雖周公之幽亦變也。蓋人之情，悲憤積於中而無言，始發爲詩。不然，無詩矣。蘇武、李陵、陶潛、謝靈運、杜甫、李白，激於不能自己，故其詩爲百代法」；〔註6〕朱熹則將陶詩與《詩經》、《楚辭》並舉爲「詩之根本準則」。其《答鞏仲至》（第四書）有感古今之詩凡有三變，「故嘗妄欲抄取經史諸書所載韻語，下及《文選》、漢魏古詩，以盡乎郭景純、陶淵明之所作，自爲一編，而附於《三百篇》、《楚辭》之後，以爲詩之根本準則」；〔註7〕眞德秀沿襲朱熹之論：「淵明之作，宜自爲一編，以附於《三百篇》、《楚辭》之後，爲詩之根本準則」。〔註8〕

　　達到極致的當然不僅是陶淵明的「文名」，經歷了長期醞釀和積累，兩宋時期人們對陶淵明的認識得到了巨大的拓展和深化，在陶詩內涵的眾多層面得以闡發的同時，其所附著的歷史文化精神也被充分地開掘出來。

　　「宋人除了重視陶詩在文學上的價值之外，更看重他在道德方面的成就，尤其他的高風亮節。……他們特別重視氣節和道德，把陶淵明在這方面的表現，特別提出來加以強調」。〔註9〕宋代的文化狀態以儒學的復興爲主調，崇儒歸德的社會風尙使宋人更加注重個人品節的修養與提升，期爲聖賢也成了自我修養的目標，這與唐人的本年度熱衷仕進、事功之心甚盛截然不同。陶淵明因其「安貧樂道」的聖賢品性、「恥事二姓」的政治操守、「不折腰」的堅貞氣節，自然而然地成了宋人崇敬的典範。

---

〔註6〕　陸游：《陸遊集·渭南文集》卷十五，第 2110 頁，中華書局，1976 年。
〔註7〕　朱熹：《晦庵先生朱文公集》（朱子全書版）卷六四，第 3095 頁。
〔註8〕　引自宋李公煥：《箋注陶淵明集》卷首《總論》。
〔註9〕　錢玉峰：《陶詩繫年》，第 40 頁，臺北中華書局，1991 年。

　　宋代文化還有一個重要特點就是崇尚理性，宋代思想文化流派眾多，但談「理」論「道」卻是他們共同而重要的內容。宋人之「道」包含著極其豐富的關於自然、人生、社會的深刻思考。「道」在宋人心目中幾乎已是最高的精神境界，從不輕易許人，但卻稱許陶淵明「知道」。陶詩的理性精神在這個時期得到了充分發掘，宋人普遍以「知道」、「聞道」、「近道」讚美他，這使陶淵明的哲人形象得以塑造完成。

　　總之，陶淵明已經真正成了宋朝人心目中的「詩人之冠冕」，完全確立了文學史的經典地位。經典化往往意味著使作家或作品具有「神聖化」性質，這種「神聖化」除了對經典的肯定之外，更反映了文學領域（甚至更為廣大的領域）對它的頂禮膜拜。陶淵明的「神聖化」包括詩文境界的「神化」與人格境界的「聖化」，正是在兩宋實現的。詩文境界的「神化」指宋人對其自然、平淡詩風的闡釋與推崇；人格境界的「聖化」包括兩個大的方面：一是借助於對「恥事二姓」和「安貧樂道」政治、倫理精神的開掘，塑造了陶淵明的「聖賢」形象；二是通過對陶詩理性精神的闡釋，以「知道者」命名確立了陶淵明最早的「哲人」形象。本章擬從上述幾個方面研究陶淵明的經典地位是如何在兩宋奠定的。

　　值得注意的是陶淵明經典地位的確立與蘇軾、朱熹等文化領袖對他的闡釋與推崇密不可分，其中蘇軾是一個具有劃時代意義的重要讀者與闡釋者。蘇軾對陶淵明表達了幾無保留的傾心認同，他曾自稱「我即淵明，淵明即我也」；〔註 10〕《江城子》亦說：「夢中了了醉中醒，只淵明，是前生」；晚年蘇軾還曾遍和陶詩，這在文學歷史上幾乎是絕無僅有的。故張戒《歲寒堂詩話》稱：「陶淵明、柳子厚之詩得東坡而後以明」。〔註 11〕「淵明文名，至宋而極」，從某種意義可以說是至蘇軾而極。李澤厚認為：蘇軾發現了陶詩，陶詩以

〔註10〕蘇軾：《書淵明東方有一士詩後》，《蘇軾文集》卷六十七，第 2115頁。
〔註11〕張戒：《歲寒堂詩話》卷上，《歷代詩話續編》，第 463 頁。

蘇化的面目流傳。〔註12〕陶詩之闡釋確實有幾個非常重要的方面始於蘇軾，並且陶詩闡釋主流也主要是由蘇軾決定的，所謂「東坡發明其妙，學者方漸知之」，這在本章的研究中可以看得出來。

　　蘇軾聲稱自己不僅深愛陶詩，並且對其爲人亦是深有感觸，表示「欲以晚節師範其萬一」。但蘇軾對陶淵明並不是如前人所說的那樣無所保留地讚美，相反他對陶淵明的一些做法提出了自己的不同見解，這也正是經典作爲古今對話活動載體的實質。如蘇軾十分重視陶淵明曠達、超世的一面，但亦曾指出陶淵明的「非達」。「劉伯倫嘗以鍤自隨，曰：『死便埋我』。蘇子曰：『伯倫非達者也，棺槨衣衾不害爲達。苟爲不然，死則死矣，何必更埋？』陶淵明作無弦詩云：『但得琴中趣，何須弦上聲。』蘇子曰：『淵明非達者也，五音六律，不害爲達。苟爲不然，無琴可也，何獨弦乎？』」〔註13〕蘇軾釋、贊、和陶詩大多是在其人生極爲困頓艱險之際，他實際上是希望在古人身上找到可以支撐自己的精神力量。從這一點出發，他當然最爲看重陶淵明的「知道」——了然世間萬物的自然規律，進而能夠不役於物，始終保持一種自然、曠達的心態。他希望古人更爲曠達，實質是希望自己能以更曠達、自然的心態直面人生的厄運，因此他更爲推崇陶淵明的「超然」品格，闡釋陶詩所側重的也是這一面。李澤厚認爲，「超脫人世的陶潛是宋代蘇軾塑造出來的形象」，〔註14〕確實如此。

　　再如他的和陶詩，蘇軾對自己遍和陶詩十分得意，曾自言：「古之詩人，有擬古之作矣，未有追和古人者也；追和古人，則始於吾」。〔註15〕過去對蘇軾和陶詩的評價多局於風貌之似與不似，或者孰優

〔註12〕李澤厚：《美的歷程》，《美學三書》，第 162 頁。

〔註13〕蘇軾：《劉陶說》，蘇軾撰，郎曄選注，龐石帚校訂《經進東坡文集事略》卷五十七，第 948 頁，文學古籍刊行社，1957 年。

〔註14〕李澤厚：《美的歷程》，《美學三書》，第 106 頁。

〔註15〕蘇軾：《與子由六首》（又稱《與蘇轍書》，）其五，《蘇軾文集·蘇軾佚文匯編》卷四，第 2515 頁。另：最早的和陶詩出現在晚唐，唐彥謙有《和陶淵明貧士詩》七首。

孰劣。如楊萬里《西溪先生詩話序》稱：「淵明之詩，春之蘭，秋之菊，松上之風，澗下之水也。東坡以烹龍庖鳳之手，而飲木蘭之墜露，餐秋菊落英者也」；〔註16〕朱熹則說：「淵明詩所以為高，正在不待安排，胸中自然流出。東坡乃篇篇句句依韻而和之，雖其才高，似不費力，然已失其自然之趣矣」。〔註17〕其實，蘇軾和陶詩的情況比較複雜，「有作意倣之，與陶一色者；有本不求合，適與陶似者；有借韻為詩，置陶不問者；有毫不經意，信口改一韻者。若《飲酒》、《山海經》、《擬古》、《雜詩》，則篇幅太多，無此若干作意，勢必雜取詠古紀遊諸事以足之。此雖和陶，而有與陶不相干者。蓋未嘗規規於學陶也。……詁謂公《和陶》詩，實當一件事做，亦不當一件事做，須識此意，方許讀詩。每見詩話及前人所論，輒以此句似陶，彼句非陶，為牢不可破之說。使陶自和其詩，亦不能逐句皆似原唱，何所見之鄙也」。〔註18〕

從整體來看，蘇軾和陶在「意」而不在「韻」，是要「借君無弦琴，寓我非指彈」，〔註19〕他的很多和詩其實是針對陶詩的「闡釋詩」或「對話詩」，。正如王若虛所稱「渠亦因彼之意，以見吾意爾，何嘗心競而較其優劣邪？」〔註20〕蘇軾和陶是借淵明之酒杯，澆自己之塊壘，是要借助於和陶這個平臺，來表達自己的情感、思想與見解。因此在很多重大問題上，和詩與原詩思想境界的差異（而非差距）相當之大。蘇軾和陶詩中針對一些歷史人物、歷史事件表達了與陶淵明截然不同的理解。〔註21〕如對「三良」殉葬的看法就大不相同。陶淵

〔註16〕楊萬里：《誠齋集》卷八十。
〔註17〕引自清陶澍注：《陶靖節集注》，《諸本評陶彙集》，臺北世界書局，1999年2版。
〔註18〕清王文誥語，《蘇軾詩集》注引，卷三九，第2107頁。
〔註19〕蘇軾：《和陶東方有一士》，《蘇軾詩集》卷四十一，第2266頁。
〔註20〕王若虛：《滹南詩話》卷二，《歷代詩話續編》，第515頁。
〔註21〕關於蘇軾和陶詩研究，可見宋丘龍《蘇東坡和陶淵明詩之比較研究》，臺北商務印書館，1980年。

明《詠三良》：

> 彈冠乘通津，但懼時我遺。服勤盡歲月，常恐功愈微。
> 忠情謬獲露，遂爲君所私。出則陪文輿，入必侍丹帷。
> 箴規嚮已從，計議初無虧。一朝長逝後，願言同此歸。
> 厚恩固難忘，君命安可違。臨穴罔惟疑，投義志攸希。
> 荊棘籠高墳，黃鳥聲正悲。良人不可贖，泫然沾我衣。

《詠三良》所歌詠的是爲秦穆公殉葬的子車氏三子：奄息、仲行、鍼虎。《左傳》文公六年：「秦伯任好卒，以子車氏之三子奄息、仲行、鍼虎爲殉，皆秦之良也。國人哀之，爲之賦《黃鳥》」。〔註22〕《詩經·秦風·黃鳥》序：「黃鳥，哀三良也。國人以刺穆公以人從死而作是詩也」。《史記·秦本紀第五》載：「三十九年，繆公卒，葬雍。從死者百七十七人，秦之良臣子輿氏三人名曰奄息、仲行、鍼虎，亦在從死之中。秦人哀這，爲作黃鳥之詩。君子曰：『秦繆公廣地益國，東服強晉，西霸戎夷，然不爲諸侯盟主，亦宜哉。死而棄民，收其良臣而從死。且先王崩，尚猶遺德垂法，況奪之善人良臣百姓所哀者乎？是以知秦不能復東征也』。」〔註23〕張守節《史記正義》引應劭云：「秦穆公與群臣飲酒酣，公曰：『生共此樂，死共此哀』。於是奄息、仲行、鍼虎許諾。及公薨，皆從死。黃鳥詩所爲作也」。陶詩言「三良」與穆公君臣相和，「生共此樂，死共此哀」。讚美三良死於知己，死得其所，死無所憾。蘇軾《和陶詠三良》則云：

> 此生太山重，忽作鴻毛遺。三子死一言，所死良已微。
> 賢哉晏平仲，事君不以私。我豈犬馬哉，從君求蓋帷。
> 殺身固有道，大節要不虧。君爲社稷死，我則同其歸。
> 顧命有治亂，臣子得從違。魏顆眞孝愛，三良安足希。
> 仕宦豈不榮，有時纏憂悲。所以靖節翁，服此黔婁衣。

這篇和陶詩乃是有意翻案，以爲三良以私事君，死於「一言」不合大義、大節，死得不得其宜（「良已微」、「安足惜」）。理解此詩的關鍵

---

〔註22〕楊伯峻編校：《春秋左傳注》，第546～547頁，中華書局，1981年。
〔註23〕司馬遷：《史記》卷五，第194～195頁。

是其中晏子與魏顆的典故，即所謂「賢哉晏平仲，事君不以私」。據《左傳》襄公二十五年，齊莊公因與國卿崔杼的妻子通姦，爲崔所殺，晏嬰聞訊來到崔家。

> 晏子立於崔氏之門外，其人曰：「死乎」？……（晏子）曰：「君死，安歸？君民者，豈以陵民，社稷是主。臣君者，豈爲其口實，社稷是養。故君爲社稷死，則死之；爲社稷亡，則亡之。若爲己死，而爲己亡，非其私暱，誰敢任之？且人有君而弒之，吾焉得死之？而焉得亡之？將庸何歸？」門啓而入，枕尸股而哭。興，三踊而出。人謂崔子：「必殺之」。崔子曰：「民之望也，舍之，得民」。〔註24〕

晏子認爲齊莊公死於個人私情而非死於國家社稷，故臣不當爲其殉死。這就是晏子賢於「事君不以私」。「魏顆眞孝愛」事載《左傳·宣公十五年》：

> 魏武子有嬖妾，無子。武子疾，命顆曰：「必嫁是」。疾病，則曰：「必以爲殉」。及卒，顆嫁之，曰：「疾病則亂，吾從其治也」。〔註25〕

魏顆聽從父親清醒時的話，在他死後將其妾嫁人，而沒有盲從父親病重時將妾殉葬的遺言，故蘇軾說「魏顆眞孝愛」。

蘇軾青年時代曾作《秦穆公墓》稱讚過奄息、仲行、鍼虎三子從秦穆公殉葬的精神：

> 乃知三子殉公意，亦如齊之二子從田橫。古人感一飯，尚能殺其身。今人不復見此等，乃以所見疑古人。古人不可望，今人益可傷。〔註26〕

至屢次被加以政治迫害之後，蘇軾開始對所謂忠君之道有了更深刻清醒的認識，君命如有「亂」，臣子自可「違」。故其《和陶詠三良》才會有了「殺身固有道，大節要不虧。君爲社稷死，我則同其歸。顧命有治亂，臣子得從違」的說法。

---

〔註24〕楊伯峻編校：《春秋左傳注》，第 1098～1099 頁，中華書局，1981 年。
〔註25〕楊伯峻編校：《春秋左傳注》，第 764 頁，中華書局，1981 年
〔註26〕蘇軾：《秦穆公墓》，載《蘇軾詩集》卷三，第 119 頁。

　　《苕溪漁隱叢話》後集卷三：「余觀東坡《秦繆公墓》詩意，全與三良詩意相反，蓋是少年時議論如此。至其晚年，所見益高，超人意表。此揚雄所以悔少作也」。又引嚴有翼《藝苑雌黃》曰：

> 秦繆公以三良殉葬，詩人刺之；則繆公信有罪矣。雖然，臣之事君，猶子之事父也，以陳尊己、魏顆之事觀之，則三良亦不容無譏焉。昔之詠三良者，有王仲宣、曹子建、陶淵明、柳子厚，或曰「心亦有所施」，或曰「殺身誠獨難」，或曰「君命安可違」，或曰「死沒寧分張」。曾無一語辨其非是者。惟東坡和陶云：「殺身故有道，大節要不虧。君爲社稷死，我則同其歸。顧命有治亂，臣子得從違。魏顆眞孝愛，三良安足希」？審如是言，則三良不能無罪。東坡一篇，獨冠絕於古今。〔註27〕

當然，蘇軾此首和詩之目的並不在於反駁陶淵明，反而是從自己一生仕宦導致憂悲糾纏出發，羨慕陶淵明退隱不復仕的明智之舉，這也正是蘇軾和陶詩第一首開篇所說的「我不如陶生，世事纏綿之」。〔註28〕

# 一 「淵明千古士」——高節賢士形象

　　陶淵明經典地位在宋朝的確立，首先由其高尚的道德精神和人格境界使然，這也正是他的詩文在兩宋受到高度重視的基礎。王國維《文學小言》嘗言：「三代以下詩人，無過於屈子、淵明、子美、子瞻者。此四子若無文學之天才，其人格亦自足千古。故無高尚偉大之人格，而有高尚偉大文章者，殆未之有也」。〔註29〕

　　「淵明人品不以詩文重，實以詩文顯」。〔註30〕歷史上眾多的陶淵明批評都傾向於從他的人格、胸襟和氣度進行，宋是清代之前最重陶淵明道德人格的一個時期。在宋人心目當中，陶淵明首先是一個具有峻潔、高尚品格的賢人志士，讚美其道德人格之美在這個時期是十

---

〔註27〕胡仔：《苕溪漁隱叢話》後集卷三，第18頁。
〔註28〕蘇軾：《和陶飲酒》其一，載《蘇軾詩集》卷三十五，第1883頁。
〔註29〕王國維：《王國維文集》，第232頁，燕山出版社，1997年。
〔註30〕喬億：《劍溪說詩》卷下，《清詩話續編》，第1100頁。

分普遍的現象。如陳政敏《遁齋閒覽》:「淵明趣向不群,詞采精拔,晉宋之間,一人而已;」洪邁《容齋隨筆》卷八:「陶淵明高簡閒靖,爲晉宋第一人」;楊萬里《讀淵明詩》:「極知人更賢,未契詩獨好」;朱熹《陶公醉石歸去來館》:「每尋高士傳,獨歎淵明賢」。

這一點從宋人對陶淵明典故的使用,及對其經典意象的沿襲可以看得十分清楚。與唐人重視陶淵明的田園隱逸之樂不同,宋人更爲欣賞這種隱居所體現的高尚精神與堅貞氣節。

唐人較多使用表現陶淵明閒遠自得之意的飲酒典故,而宋人在此之外尤其重視陶淵明的「不折腰」精神,使用此典的數量要遠遠多於唐人。如宋初的王禹偁就曾多次使用此典,《酬極遂》「坎坷位不進,陶潛還折腰」;《寄獻潤州眞舍人二首》其二「應笑陶潛未歸去,折腰奔走在泥沙」;《送史館趙寺丞出宰咸陽》「百里封疆三館客,折腰休歎似陶公」;梅堯臣亦有《送永叔歸乾德》「淵明節本高,曾不爲吏屈」。而唐人卻有「勸君不得學淵明,且策驢車辭五柳」這樣的詩句。〔註31〕

「陶家菊」(東籬之菊)是唐宋兩朝沿襲使用較爲普遍的一個陶淵明意象,面對「花之隱逸者」的經典意象,兩個時期使用的側重點幾乎全然不同。〔註32〕如:王十朋《採菊圖》:「淵明恥折腰,慨然詠式微。閒居愛重九,採菊來白衣。南山忽在眼,倦鳥亦知歸。至今東籬花,清如首陽薇」;〔註33〕陸游《陶淵明云三徑就荒松菊猶蓋以菊配松也余讀而感之因賦此詩》:「菊花如端人,獨立淩冰霜。名紀先秦書,功標列仙方。紛紛零落中,見此數枝黃。高情守幽貞,大節凜介剛。乃知淵明意,不爲泛酒觴。折嗅三歎息,歲晚彌芬芳」;《晚菊》:「菊花如志士,過時有餘香。眷言東籬下,數枝弄秋光」;朱熹《題霜傑集》:「平生尙友陶彭澤,未肯輕爲折腰客。胸中合處不作難,霜

---

〔註31〕韓翃:《送別鄭明府》。
〔註32〕唐人對陶淵明菊花意象的沿襲使用,參見第二章第二節內容。
〔註33〕王十朋:《梅溪王先生文集》後集卷十三。

下風姿自奇特」；鄭思肖《陶淵明對菊圖》：「誰知秋意凋零後，最耐風霜有此花」；牟巘《和淵明貧士》其一：「此物抱至潔，有似楚兩龔。留香待嚴凜，意與烈士同」。

　　總體而言，唐人側重於採菊悠然、飲酒忘憂的自然、閒遠的田園情趣和超脫凡俗的隱逸風致，而宋人則更爲深刻地挖掘出了菊花作爲「傲霜之傑」〔註34〕所負載的「清如首陽薇」、「獨立淩冰霜」、「霜下風姿自奇特」的人格精神。

　　宋代的思想、文化以儒學爲核心，具體包括新學、洛學、關學、蜀學等派別，彼此之間各有自己獨立的價值追求，但在整體上卻有其一致性。「以儒家的修身養性之學爲基點……都是以個體人格的自我提升、自我塑造爲入手處的」。〔註35〕這種「自我提升、自我塑造」最高境界就是宋代人格塑造的理想：「內聖外王」。周敦頤將這種人格理想分爲兩個境界：首先是「賢」、進而是「聖」，即所謂「聖希天，賢希聖，士希賢」，具體就是要「志伊尹之所志，學顏子之所學」。〔註36〕伊尹與顏回是儒家聖賢的代表：一個是外王，一個是內聖；一個是治人，一個是修己；一個是致君澤民的榜樣，一個是自我修養的典範。可以準確闡釋「內聖外王」的是《大學》所表述的「修齊治平」：

　　　　古之欲明明德於天下者，先治其國；欲治其國者，先齊其家；欲齊其家者，先修其身；欲修其身者，先正其心；欲正其心者，先誠其意；欲誠其意者，先致其知；致知在格物。物格而後知至，知至而後意誠，意誠而後心正，心正而後身修，身修而後家齊，家齊而後國治，國治而後天

---

〔註34〕陶淵明：《和郭主簿》其二「芳菊開林耀，青松冠岩列。懷此貞秀姿，卓爲霜下傑。」

〔註35〕李春青：《宋學與宋代詩學觀念・引言》，北京師範大學出版社，2001年。

〔註36〕周敦頤：《通書・志學第十》，第 14〜15 頁，上海古籍出版社，1992年。

下平。

其中「治國」這個層面涉及到如何處理君臣關係問題，其基本要求是「君君，臣臣」，《論語‧八佾》說「君事臣以禮，臣事君以忠」；《孟子‧離婁上》則說「欲爲君，爲君道；欲爲臣，爲臣道」；《荀子》要求君「以禮分施，均遍而不偏」，臣「以禮待君，忠順而不懈」。其中，臣道的關鍵是「忠」，表現爲不事二主、不僭越君位等。

宋人對陶淵明人格的極力推崇正是因爲他們在陶淵明的身上發掘出了「內聖外王」的精神境界：「恥事二姓」近於「外王」；「安貧樂道」則近於「內聖」。

### （一）「恥事二姓」的「忠義冠冕」〔註37〕

陶淵明「詩題甲子」以示「恥事二姓」一說最早源於沈約。《宋書‧隱逸傳》記：陶淵明「自以曾祖晉世宰輔，恥復屈身後代，自〔宋〕高祖王業漸隆，不肯復仕。所著文章，皆題其年月。義熙（東晉安帝年號，405年～418年）以前，則書晉氏年號；自永初（南朝宋武帝年號，420～422年）以來，唯云甲子而已」。蕭統《陶淵明傳》、李延壽《南史‧隱逸傳》均持此說。唐劉良注《文選》（《辛丑歲七月赴假還金陵夜行塗口作》詩注）曰：「潛詩晉所作者皆題年號，入宋所作者但題甲子而已。意者恥事二姓，故以異之」。這就又將「詩題甲子」進一步定格於「恥事二姓」。

對於這個問題，學術界歷來爭論較大。宋人思悅編《陶淵明集》不取此說，以爲陶淵明「詩題甲子」僅是偶爾爲之，並非有意表示忠晉之心，「考淵明詩有題甲子者，始庚子距丙辰，凡十七年間，只有九首耳，皆晉安帝時所作也。……其所題甲子，蓋偶記一時之事

〔註37〕葉嘉瑩《從「豪華落盡見眞淳」論陶淵明之「任眞」與「固窮」》：「原來淵明的心境，並非如一般人單就隱逸二字所想像的常如一片澄瑩寧靜的平湖，而在其湖心深處，還隱現著有起伏的激流和蕩漾的漩渦。於是乎除了隱逸的稱號外，還有人爲淵明戴了一頂忠義的冠冕」。葉嘉瑩《迦陵論詩叢稿》，第149頁，河北教育出版社，1997年。

耳。後人類而次之，亦非淵明本意」。〔註38〕後世袁枚《隨園詩話》、曾季貍《艇齋詩話》、陳沆《詩比興箋》、梁啓超《陶淵明之文藝及其品格》、羅根澤《陶淵明詩的人民性與藝術性》等皆取此說，只是理由略有不同。如陳沆《詩比興箋》卷二說：「讀陶詩者有二蔽：……二則聞陶淵明恥事二姓，高尚羲皇，遂乃逐影尋響，望文生義，稍涉長林之想，便謂采薇之吟。豈知考其甲子，多在強仕（壯）之年，寧有未到義熙，預興易代之感？至於《述酒》、《詠史》、《讀山海經》，本寄憤悲，翻謂恒語，此二蔽也」。

　　陶淵明集流傳至宋已是數經變遷，而李善、蕭統等人則生活在陶淵明死後不久，有可能見到過更早更完整的版本。蕭統曾親自編次陶集，陽休之《陶集序錄》也說在蕭統所編陶集之前，有六卷本、八卷本陶集存世。可見完全可能有如沈約、蕭統所說入宋「皆題甲子」陶集版本的存在。趙紹祖、陶澍據此認為沈約等人不是憑空立說，陶淵明確確實實地存有眷顧舊朝之心。〔註39〕

　　從現在的情況看，完全認定「詩題甲子」雖於據不足，但全然否定此說更不可取。方東樹說：「淵明之不仕，其本量高致，原非為禪代之故。其詩文或書年號，或書甲子，本無定例隱義」；〔註40〕梁啓超的《陶淵明之文藝及其品格》則認為：陶淵明「不復仕」的原因在於「不肯同流合污，把自己的人格喪掉」。這些說法可能都包含著一個潛在的意圖：希望更加完善陶淵明的形象、擡高陶淵明的境界，但這樣做既不完全符合事實，也著實沒有太大的必要。「淵明作於晉宋易代之際的某些詠懷詩，隱約吞吐地抒寫了悼晉憤宋的幽情，如此看來，淵明詩文入宋後僅書甲子，其意在『恥復屈身後代』，也就不是

〔註38〕陶澍注：《陶靖節集注》卷三引，第29頁，臺北世界書局，1992年2版。

〔註39〕參見陶澍注：《陶靖節集注》卷三，或陳美利《陶淵明探索》，第二章，臺北文津出版社，1996年。

〔註40〕方東樹著，汪紹盈校點：《昭昧詹言》卷十三，第361頁，人民文學出版社，1984年。

無稽之談了。換句話說，『年號甲子之說』，如孤立起來看似無意，但如果結合淵明某些詠懷詩觀之，並證以義熙末不就著作郎一事，則沈約之說確實揭示了淵明『恥事二姓』的隱情」。〔註41〕

宋人大多並不在意、關心沈約、蕭統等人之說可信度到底有多少，他們看重的是陶淵明「恥事二姓」所體現的士人氣節及其重要的典範作用，這才是問題的關鍵所在。

與唐人事功之心甚重，大多汲汲於仕進、熱衷於功名相比，宋人高揚人格力量，推崇高尚氣節，更重自我持守。這正是儒學復興的大環境使然——儒學復興的一個重要任務就是挽救中唐以來較為普遍的信仰危機、進行士人的品格重建，因而推重品行、節操、人格就是自然而然的事情了。這種風氣的形成與范仲淹、歐陽修在宋初的大力提倡與身體力行密切相關。其中范仲淹是宋代士風重振的表率，自入仕起他就以「信聖人之書，師古人之行，上誠於君，下誠於民」〔註42〕為信念。朱熹推崇他厲廉恥，振作士風之功大，稱讚其「大厲名節，振作士風，故振作士大夫之功為多」。〔註43〕《宋元學案·廬陵學案》載，歐陽修「天資剛勁，見義勇為，雖機阱在前，觸發之不顧，放逐游離至於再三，志氣自若也」。故王安石贊其「果敢之氣，剛正之節，至晚不衰」。〔註44〕據《宋史·忠義傳序》，自范、歐等「諸賢以直言讜論於朝，於是中外縉紳知以名節相高，廉恥相尚，盡去五季之陋矣。故靖康之變，志士投袂，起而勤王，臨難不屈，所在有之。及宋之亡，忠節相望，班班可書，匡直輔翼之功，蓋非一日之積也」。

儒家深重士人氣節。《論語·泰伯》記：「曾子曰：可以託六尺之孤，可以寄百里之命，臨大節而不可奪也，君子人與？君子人也。」

〔註41〕龔斌：《陶淵明傳論》，第63～64頁，華東師範大學出版社，2001年。
〔註42〕范仲淹：《上資政晏事務書》。
〔註43〕朱熹：《朱子語類》卷一二九，第4022頁。
〔註44〕王安石：《祭文》，歐陽修著，李逸安點校《歐陽修全集·附錄》卷三，第2686頁，中華書局，2001年。

但儒家先賢所提倡的「臨大節而不可奪」的堅貞氣節到晚唐、五代時期卻幾乎完全喪失了，士風靡弱墮落到了極致。馮道是其中最為典型的一個，也是最受宋人痛斥的一個。馮道，字可道，自號「長樂老」，五代瀛州景城人。後唐（公元923年～公元934年）、後晉（公元936年～公元940年）時任宰相，契丹滅後晉，馮任契丹太傅，後漢（公元947年～公元948年）時任太師，後周（公元951年～公元959年）時任太師、中書令，著有《長樂老敘》。在宋人看來，馮道喪失氣節，事四朝、相六帝，實乃「奸臣之尤」。歐陽修《新五代史》指斥馮道：

> 傳曰：「禮義廉恥，國之四維；四維不張，國乃滅亡。」善乎，管生之能言也！禮義，治人之大法；廉恥，立人之大節。蓋不廉，則無所不取；不恥，則無所不為。人而如此，則禍亂敗亡，亦無所不至，況為大臣而無所不取不為，則天下其有不亂，國家其有不亡者乎？予讀馮道《長樂老敘》，見其自述以為榮，其可謂無廉恥者矣，則天下國家可從而知也。〔註45〕

馮道的人生道路的選擇有其無奈和現實性基礎。歐陽修痛斥馮道的目的在於藉此倡導禮義廉恥，挺立士風，張揚忠義之氣。道德化、倫理化是宋代思想與學術的一個重要特徵。歐陽修是宋代學術的奠基人，他就曾將三綱五常之道絕，「君君，臣臣，父父，子子之道乖」視為社會衰敗的重要原因。〔註46〕其《朋黨論》論君子之理想之人格，其「所守者道義，所行者忠信，所惜者名節」。那麼君子所惜的「名節」具體指什麼呢？《論包拯除三司使上書》解釋「名節」：「夫所謂名節之士者，知廉恥，修禮讓，不利於苟得，不牽於苟隨，而惟義之所守，其立於朝廷，進退舉止，皆可以為天下法也」。所以重名節就是要求士人立身行事要以道義為準則，而不可苟且（不苟得、不苟隨）行事。這種觀念及范仲淹、歐陽修等人的身體力行為整個

---

〔註45〕歐陽修撰，徐無黨注：《新五代史》卷五十四，《雜傳第四十二》，第2686頁，中華書局，1974年。
〔註46〕歐陽修：《新五代史》卷十六，《唐廢帝家人傳第四》，第173頁。

宋代奠定一個尚名節、知廉恥的良好社會風氣。在這樣的社會氛圍下，陶淵明的「詩題甲子」、「恥事二朝」的忠憤人格自然會受到格外的關注與讚美。我們可以先從宋人的詩詞作品獲取一個簡單印象：

黃庭堅《次韻謝子高讀淵明傳》：「風流豈落正始後，甲子不數義熙前」；《宿舊彭澤懷陶令》「平生本朝心，歲月閱江浪」。

陸游《書陶靖節桃源詩後》：「寄奴談笑取秦燕，愚智皆知晉鼎遷。獨爲桃源人作傳，固應不仕義熙年」。

文天祥《海上》：「王濟非癡叔，陶潛豈醉人。得官須報國，可隱即逃秦」；《發彭城》「我愛陶淵明，甲子題新詩」。〔註47〕

牟巘《九日》：「終身書甲子，凜凜義形色」。

鄭思肖《題淵明集後》：「不堪生在義熙後，眼見朝廷被篡時」；《絕句》其六：「淵明只憶晉朝事，滿眼黃花淚不乾」；《對菊》其四：「誰知陶靖節，只是晉朝人」。

何夢桂《臨江仙·和毅齋見壽》：「浪言陶處士，猶是晉朝臣」。

蘇軾《書淵明述史章後》：「淵明作《述史九章》，《夷齊》、《箕子》蓋有感而云。去之五百餘歲，吾猶知其意也」。〔註48〕蘇軾說這幾首懷古詩是陶淵明「有感而云」，並說自己在數百年之後猶知淵明之意，但始終沒有點明陶淵明所感何在。後葛立方也分析了這幾首詩：

> 世人論淵明自永初以後，不稱年號，只稱甲子，與思悅所論不同。觀淵明《讀史》九章，其間皆有深意，其尤章章者，如《夷齊》、《箕子》、《魯二儒》三篇，《夷齊》云：「天人革命，絕景窮居」，「貞風淩俗，爰感懦夫」；《箕子》云：「去鄉之感，猶有遲遲。矧伊代謝，觸物皆非」；《魯二儒》云：「易代隨時，迷變則愚。介介若人，特爲貞夫」。由是觀之，則淵明委身窮巷，甘黔婁之貧而不自悔者，豈非以恥事二姓而然邪？〔註49〕

---

〔註47〕南宋末年，身處於易世之際的詩人更是從自身的境遇出發強調「恥事二姓」。

〔註48〕蘇軾：《蘇軾文集》卷六十六，第 2056 頁。

〔註49〕葛立方：《韻語陽秋》卷五，《歷代詩話》，第 530 頁。

葛立方認為陶淵明《讀史述九章》皆有「深意」，其中《夷齊》、《箕子》、《魯二儒》三篇尤其意圖明顯，並將這種意圖具體落實到了「恥事二姓」上。這幾首詩都是詠史詩，是陶淵明讀《史記》所生的感觸，理解它們的基礎和關鍵是理清基本的歷史事實。

　　夷　齊
　　　　二子讓國，相將海隅。天人革命，絕景窮居。
　　　　采薇高歌，慨想黃虞。貞風凌俗，爰感懦夫。

《史記‧伯夷列傳》載：孤竹君之二子伯夷、叔齊互讓君位，先後逃海而去。武王伐紂，二人扣馬而諫。……其後，「武王已平殷亂，天下宗周，而伯夷、叔齊恥之，義不食周粟，隱於首陽山，采薇而食之。及餓且死，作歌，其辭曰：「登彼西山兮，采其薇矣。以暴易暴兮，不知其非矣。神農、虞、夏忽焉沒兮，我安適歸矣？於嗟徂兮，命之衰矣！」遂餓死於首陽山。由此觀之，怨邪非邪？」

　　陶淵明《箕子》詩又云：
　　　　去鄉之感，猶有遲遲。矧伊代謝，觸物皆非。
　　　　哀哀箕子，云胡能夷？狡童之歌，淒矣其悲。

箕子，殷紂臣。《史記‧殷本紀》載：「紂愈淫亂不止。微子數諫不聽，乃與大師、少師謀，遂去。比干曰：『為人臣者，不得不以死爭』。乃強諫紂。紂怒曰：『吾聞聖人心有七竅』。剖比干，觀其心。箕子懼，乃佯狂為奴，紂又囚之。……周武王遂斬紂頭……釋箕子之囚，封比干之墓，表商容之閭。」另《史記‧宋微子世家》載：「其後箕子朝周，過故殷虛，感宮室毀壞，生禾黍，箕子傷之哭則不可，欲泣為其近婦人，乃作《麥秀》之詩以歌詠之。其詩曰：『麥秀漸漸兮，禾黍油油。彼狡童兮，不與我好兮！』所謂狡童者，紂也。殷民聞之，皆為流涕。」

　　陶淵明《魯二儒》云：
　　　　易代隨時，迷變則愚。介介若人，特為貞夫。
　　　　德不百年，污我詩書。逝焉不顧，被褐幽居。

魯二儒事迹載《史記‧劉敬叔孫通列傳》：

> 漢五年，已并天下，諸侯共尊漢王爲皇帝於定陶，叔孫通就其儀號。高帝悉去秦苛儀法，爲簡易。群臣飲酒爭功，醉或妄呼，拔劍擊柱，高帝患之。叔孫通知上益厭之也，說上曰：「夫儒者難與進取，可與守成。臣願徵魯諸生，與臣弟子共起朝儀。」高帝曰：「得無難乎？」叔孫通曰：「五帝異樂，三王不同禮。禮者，因時世人情爲之節文者也。故夏、殷、周之禮所因損益可知者，謂不相復也。臣願頗采古禮與秦儀雜就之。」上曰：「可試爲之，令易知，度吾所能行爲之」。

> 於是叔孫通使徵魯諸生三十餘人。魯有兩生不肯行，曰：「公所事者且十主，皆面諛以得親貴。今天下初定，死者未葬，傷者未起，又欲起禮樂。禮樂所由起，積德百年而後可興也。吾不忍爲公所爲。公所爲不合古，吾不行。公往矣，無汙我！」叔孫通笑曰：「若眞鄙儒也，不知時變」。

《讀史述九章》序曰：「有所感而述之」，明確表示歌詠對象不是隨意而生，而是作者有意選擇的。夷齊、箕子、魯二儒都生活在易代之際，他們的共同點是堅守故道，不與新朝合作，陶淵明所感當在於此。蘇軾指出《夷齊》、《箕子》是有感而云，葛立方以此作爲陶淵明深懷「恥事二姓」之痛的依據應當說是站得住腳的。

兩宋理學家對陶淵明均持讚美態度，並以自己的思想解釋之。張栻《採菊亭贈張建安並序》說：「陶靖節人品甚高，晉宋諸人所未易及。讀其詩，見其胸次灑落，八窗玲瓏，豈野馬遊塵所能棲集」；朱熹《陶公醉石歸去來館》感慨：「每尋高士傳，獨歎淵明賢」；〔註50〕陸九淵則說：「李白、杜甫、陶淵明，皆有志於吾道」。〔註51〕那麼，

---

〔註50〕朱熹：《晦庵先生朱文公文集》卷七，《朱子全書》本，第487頁，上海古籍出版社、安徽教育出版社，2002年。

〔註51〕陸九淵著，鍾哲點校：《陸九淵集》卷三十四《語錄》上，第410頁，中華書局，1980年。

在理學家視野中，陶淵明人品所不可及者何在，「賢」於何處，所志何「道」呢？

朱熹《向薌林文集後序》：

> 張子房五世相韓，韓亡，不愛萬金之產，弟死不葬，爲韓報讐。雖博浪之謀不遂，橫陽之命不延，然卒藉漢滅秦誅項，以攄其憤。然後棄人間事，導引辟穀，託意寓言，將與古之形解銷化者相期於八紘九垓之外，使千載之下聞其風者，想象歎息，不知其心胸面目爲如何人，其志可謂壯哉！陶元亮自以晉世宰輔子孫，恥復屈身後代，自劉裕簒奪勢成，遂不肯仕。雖功名事業不少概見，而其高情逸想，播於聲詩者，後世能言之士，皆自以爲莫能及也。蓋古之君子，其於天命民彝、君臣父子、大倫大法之所在，惓惓如此。是以大者既立，而後節概之高，語言之妙，乃有可得而言者。如其不然，則紀逡、唐林之節非不苦，王維、儲光羲之詩非不脩然清遠也，然一失身於新莽、祿山之朝，則其平生之所辛勤而僅得以傳世者，適足爲後人嗤笑之資耳。〔註52〕

又《跋魯顏公栗里詩》：「右唐魯文忠公《栗里詩》，……讀之者足以識二公之心，而著於君臣之義矣」。〔註53〕朱熹將陶淵明不仕二朝與張良祖、父的五代相韓相提並論沿襲了唐代顏眞卿的思路，又以紀逡、唐林失節於王莽，王維、儲光羲失義於安祿山來襯托陶淵明的「恥事二姓」的節義。其著眼點在於陶淵明惓惓於「天命民彝君臣父子大倫大法」之君臣大義。

在朱熹的思想系統中，社會存在的人倫關係，可以歸爲五倫：「君臣也，父子也，夫婦也，昆弟也，朋友也」。〔註54〕其中「父子有親、

〔註52〕 朱熹：《向薌林文集後序》，《晦庵先生朱文公文集》卷七十六，《朱子全書》本，第 3662 頁。

〔註53〕 朱熹：《跋魯顏公栗里詩》，《晦庵先生朱文公文集》卷八十一，《朱子全書》本，第 3853 頁。

〔註54〕 朱熹：《雜學辨·蘇黃門老子解》，《晦庵先生朱文公文集》卷七十二，《朱子全書》本，第 3471 頁。

君臣有義、夫婦有別、長幼有序、朋友有信，此人之大倫也」。〔註55〕
此「五倫」為天所命，生而有之，非出人為，「自天之生此民，……
敘之以君臣、父子、兄弟、夫婦、朋友之倫，則天下之理，固已無不
具於一人之身矣」。〔註56〕五倫之中，最為根本的是君臣、父子二倫，
「君臣父子之大倫，天之經，地之義，而所謂民彝也」。〔註57〕這樣
朱熹就將陶淵明的「恥事二姓」拔高到了「大倫大法」的最高境界，
讚歎其「賢」也就合情合理了。

　　正是因為對其「不事二姓」政治品格的重視，朱熹在自然、平
淡風格之外挖掘出了陶詩的「豪放」。「陶淵明詩人皆說是平淡。據
某看，他自豪放，但豪放得來不覺耳。其露出本相者，是《詠荊軻》
一篇，平淡底人如何說得這樣言語出來」。〔註58〕朱熹的陶詩「豪放」
說也得到了更多的支持。清代的龔自珍亦持此見，其《己亥雜詩》
其一云：「陶潛詩喜說荊軻，想見停雲發浩歌。吟至恩仇心事湧，江
湖俠骨恐無多」；其二：「陶潛酷似臥龍豪，萬古潯陽松竹高。莫信詩
人竟平淡，二分梁甫一分騷」。魯迅的看法也與之近似，「就是詩，
除論客所佩服的『悠然見南山』之外，也還有『精衛銜微木，將以
填滄海』；『刑天舞干戚，猛志固常在』之類的『金剛怒目』式。在
證明著他並非整日整夜的飄飄然。這『猛志固常在』和『悠然見南
山』的是一個人」。〔註59〕

　　真德秀評論陶淵明「恥事二姓」承襲了朱熹的基本思路。其《跋
黃瀛甫擬陶詩》：

---

〔註55〕朱熹：《學制第十六》，《儀禮經傳通解》卷九，《朱子全書》本，第
　　　　379 頁。
〔註56〕朱熹：《經筵講義》，《晦庵先生朱文公文集》卷十五，《朱子全書》
　　　　本，第 691 頁。
〔註57〕朱熹：《戊午讜議序》，《晦庵先生朱文公文集》卷七十五，《朱子全
　　　　書》本，第 3618 頁。
〔註58〕朱熹：《朱子語類》卷一百四十，《朱子全書》本，第 4323 頁。
〔註59〕魯迅：《且介亭雜文二集·「題未定」草六》，《魯迅全集》，第六卷，
　　　　第 436 頁。

　　余聞近世之評詩者曰：「淵明之辭甚高，而其指則出於
老莊；康節之辭若卑，而其指則原於六經。」以余觀之，
淵明之學正自從經術中來，故形之於詩，有不可掩。……
《飲酒》末章有曰：「義農去我久，舉世少復真。汲汲魯中
叟，彌縫使其淳」。淵明之智及此，是豈玄虛之士所可望耶？
雖其遺寵辱、一得喪，真有曠達之風。細味其詞，時亦悲
涼感慨，非無意於世事者。或者徒知義熙以後不著年號，
為恥事二姓之驗，而不知其眷眷王室，蓋有乃祖長沙公之
心，獨以力不得為，故肥遯以自絕。食薇飲水之言，銜木
填海之喻，至深痛切，顧讀者弗之察爾。淵明之志若是，
又豈毀彝倫、外名教者可同日語乎！（《西山先生真文忠公文
集》卷三十六）

真德秀也是從儒家的綱常彝倫（彝，法度、常規，意同倫）出發評價
陶淵明的「恥事二姓」。他認為人之所以異於禽獸在於「形既與禽獸
不同，性亦與禽獸絕異。何謂性？仁義禮智信是也。惟其有此五者，
所以方名為人」。〔註60〕而在所謂天命「五常」之中，「君臣之敬即所
謂義……智者，知此而已，信者，守此而已。……人而無此，則冠裳
而禽犢矣。國而無此，則中夏而裔夷矣」。〔註61〕如此看來，陶淵明
的「恥事二姓」完全符合宋代理學家所推崇的君臣大義，進而明確了
陶淵明出於經術，而非老莊，確實是得儒家之道的賢人高士。

　　南宋湯漢注陶淵明詩文亦持類似的觀點。湯漢，字伯紀，號東澗，
所注《陶靖節先生詩》是至今所知陶集注本的始祖。〔註62〕湯漢《陶
靖節詩集注自序》云：

　　　　陶公詩精深高妙，測之愈遠，不可漫觀也。不事異代

---

〔註60〕真德秀：《問格物致知》，《西山先生真文忠公文集》卷三十，《四部
　　　　叢刊》影印明正德刊本。
〔註61〕真德秀：《召除禮侍上殿奏箚一》，《西山先生真文忠公文集》卷四。
〔註62〕湯漢注《陶靖節先生詩》（宋刻本），中華書局，1987年影印。本書
　　　　所引湯注本均繫此版。另：郭紹虞《陶集考辨》認為陶集最早的注
　　　　本是費元甫的注本，但此本已佚失。郭紹虞《照隅室古典文學論集》
　　　　（上篇），上海古籍出版社，1983年。

之節，與子房五世相韓之義同。既不爲狙擊震動之舉，又
時無漢祖者可託以行其志，故每寄情於首陽、易水之間。
又以荊軻繼二疏、三良而發詠，所謂「撫己有深懷，履運
增慨然」（陶淵明《歲暮和張常侍》──引者注），讀之亦
可以深悲其志也已。平生危行遜言，至《述酒》之作，始
直吐忠憤，然猶亂以瘦詞，千載之下，讀者不省爲何語。……
又按詩中言本志少，說固窮多，夫惟惡於飢寒之苦，而後
能存節義之閒，西山之所以有餓夫也。世士貪榮祿，事豪
侈，而高談名義，自方於古之人，余未之信也。

湯漢《自序》表明自己推崇陶淵明「不事異代之節」，這也正是他注
釋陶詩一個特點，看重陶淵明「不事二姓」的出處觀及其守死善道的
實踐品格。其具體的注釋工作也確實在履行這一觀念，其注《榮木並
序》：「老而好學，詞氣壯烈如此，可謂有勇也矣」。（湯注《陶靖節先
生詩》卷一）注《飲酒》其十七：「蘭熏非清風不能別，賢者出處之
致，亦待知者知耳」。（湯注《陶靖節先生詩》卷三）注《述酒》：「按
晉元熙二年六月，劉裕廢恭帝爲零陵王。明年以毒酒一罌授予張禕，
使酖王，禕自飲而卒。繼又令兵人踰垣進藥，王不肯飲，遂掩殺之。
此詩所爲作，故以《述酒》名篇也。詩辭盡隱語，故觀者弗省，獨韓
子蒼以『山陽下國』一語疑是義熙後有感而賦。予反復詳考，而後知
爲零陵哀詩也。因疏其可曉者，以發此老未白之忠憤。昔蘇子《述史》
九章曰『去之五百年，吾猶見其人也。』豈虛言哉」。（湯注《陶靖節
先生詩》卷三）注《擬古》其九：「業成志樹，而時代遷革，不復可
騁，然生斯時矣，奚所歸悔耶？」（湯注《陶靖節先生詩》卷四）注
《詠二疏》：「二疏取其歸，三良與主同死，荊卿爲主報仇，皆託古以
自見云」。（湯注《陶靖節先生詩》卷四）注《雜詩》其三：「此篇亦
感興亡之意」。（湯注《陶靖節先生詩》卷四）湯注《贈羊長史》是值
得重視的一篇，此詩在宋先有胡仔之評，後有湯漢之注。

　　贈羊長史
　　　左軍羊長史，銜使秦川，作此與之。

愚生三季後，慨然念黃虞。得知千載外，正賴古人書。
賢聖留餘迹，事事在中都。豈忘遊心目，關河不可逾。
九域甫已一，逝將理舟輿。聞君當先邁，負？不獲俱。
路若經商山，爲我少躊躇。多謝綺與角，精爽今何如。
紫芝誰復採？深谷久應蕪。馴馬無貴患，貧賤有交娛。
清謠結心曲，人乖運見疏。擁懷累代下，言盡意不舒。

理解此詩的關鍵是「商山四皓」。晉皇甫謐《高士傳》卷中「四皓」條：「四皓者，皆河內軹人也，或在汲。一曰東園公，二曰角里先生，三曰綺里季，四曰夏黃公，皆修道潔己，非義不動。秦始皇時，見秦政虐，乃退入藍田山而作歌（《紫芝歌》——引者注）曰：……乃共入商雒隱地肺山，以待天下定。及秦敗，漢高聞而徵之，不至，深自匿終南山不能屈己」。

胡仔先評此詩：「淵明《贈羊長史詩》云：『路若經商山，……深谷久應蕪』。余謂淵明高風峻節，固已無愧於四皓，然猶仰慕之，尤見其好賢尚友之心也」。〔註63〕胡仔評此詩以「好賢尚友之心」見陶淵明之「高風峻節」，但這種「高風峻節」具體指什麼胡仔並未說明。湯漢注云：「天下分裂，而中州賢生之迹不可得而見。今九土既一，則五帝之所連，三王之所爭，宜當首訪，而獨多謝於商山之人，何哉？蓋南北雖合，而世代將易。但當與綺角遊耳，遠矣深哉」。〔註64〕湯漢的注穿透了胡仔評論「好賢尚友」的表象，觸及了陶淵明「高風峻節」的實質，指出此詩「遠矣深哉」之處在於：陶淵明不僅是「高風峻節」的隱士，更是如四皓一樣生活於「世代將易」之際「不事二姓」的忠義之士。湯漢爲了增強說服力，在本卷末還對此詩增加了一個重要補注——將《紫芝歌》全文引出。其歌曰：「莫莫高世，深谷透迤。曄曄紫芝，可以療饑。唐虞世遠，吾將何歸？馴馬高蓋，其憂甚大。富貴之畏人兮，不如貧賤之肆

---

〔註63〕胡仔：《苕溪漁隱叢話》後集卷一，第2頁。
〔註64〕湯漢注：《陶靖節先生詩》卷二。

志」。湯漢此注目的是突出陶淵明於「世代將易」之際，在「富貴」、「貧賤」之間所作的毅然選擇。〔註65〕

## （二）安貧樂道的「孔顏樂處」

宋初林逋《省心錄》稱：「陶淵明無功德及人，而名節與功臣、義士等，何耶？蓋顏子以退為進，甯武子愚不可及之徒歟」。〔註66〕「顏子以退為進」語出《孟子·離婁下》：

> 禹、稷當平世，三過其門而不入，孔子賢之。顏子當亂世，居於陋巷。一簞食，一瓢飲，人不堪其憂，顏子不改其樂，孔子賢之。孟子曰：「禹、稷、顏回同道。禹思天下有溺者，由己溺之也；稷思天下有飢者，由己飢之也，是以如是其急也。禹、稷、顏子易地則皆然。今有同室之人鬥者，救之，雖被髮纓冠而救之，可也。鄉鄰有鬥者，被髮纓冠而往救之，則惑也，雖閉戶可也」。

朱熹注：「此章言聖賢之心無不同，事則所遭或異，然處之各當其理，是乃所以為同也」。〔註67〕即聖賢之心隨感而應，各盡其道，如使禹、稷居顏子之地，則亦能樂顏子之樂；使顏子居禹、稷之任，亦能憂禹、稷之憂也。

---

〔註65〕沈從文曾借助兩件重要出土文物，指出史上的「商山四皓」，漢代和六朝人通說是「南山四皓」。「這裡讓我們聯想到，多少年來學人論陶詩時，喜歡引『採菊東籬下，悠然見南山』。對於這兩句詩的解釋，大致多以為這十個字顯得陶淵明生活態度多麼從容不迫、不以得失縈懷累心。東籬採菊是實、所見南山也不盡虛。我慚愧讀書不多，不能明白千多年來講陶詩的，有沒有人曾提起過這兩句詩，事實上是不是也還可以有些感慨，正可和『刑天舞干戚，猛志固長在』發生聯繫，用事雖不同，立意卻相近。原來淵明所說『南山』，是想起隱居南山那四位輔政老人，並沒有真見什麼南山！何以為證？那個畫像磚產生的年代，恰好正和淵明寫詩年代相差不多。」沈從文：《「商山四皓」和「悠然見南山」》，《沈從文文物與藝術研究文集》，第80頁，江蘇美術出版社，2002年。

〔註66〕陶澍：《陶靖節集注》，《諸本評陶彙集》引，第130頁。

〔註67〕朱熹：《孟子集注》，載《四書章句集注·四書或問》，《朱子全書》本，第364頁。

「甯武子愚不可及」語出《論語‧公冶長》：「」子曰：『甯武子邦有道則知，邦無道則愚。其知可及也，其愚不可及也』。甯武子，衛大夫，名俞。朱熹《論語集注》：

> 按《春秋傳》，武子仕衛，當文公、成公之時。文公有道，而武子無事可見，此其知之可及也。成公無道，至於失國，而武子周旋其間，盡心竭力，不避艱險。凡其所處，皆智巧之士所深避而不肯爲者，而能卒保其身以濟其君，此其愚之不可及也。程子曰：「邦無道，能沉晦以免患，故曰不可及也。亦有不當愚者，比干是也」。〔註68〕

現在我們不難看出，林逋以顏回、甯武子配陶淵明，甯武子取其「外王」一面，顏回取其「內聖」一面。看重並讚美陶淵明的安貧樂道，稱其與「孔顏樂處」出於一轍，以之追配顏回、曾晳等孔門聖賢正是宋人評價陶淵明的一個重要內容。如：

黃庭堅《顏徒貧樂齋》其一：「衡門低首過，環堵容膝坐。四旁無給侍，百衲自纏里。論事直如弦，觀書曲肱臥。饑來或乞食，有道無不可」。

葉適：「所守則通而當於義，知而蹈於常，所以爲優也。至於識趣言語，足以高世；而歌詠陶然順於物理，則不惟當於義，而又文辭之可觀焉。蓋中世之士如陶潛者，一二而已。潛之所稱山林居處，殆孔子所謂不堪顏子之憂者，潛能樂之」。（《習學紀言序目》卷三十《晉書二》）

胡仔釋《止酒》詩：「故坐止於樹蔭之下，則廣廈華居，吾何羨焉；步止於蓽門之里，則朝市聲利，我何趨焉；好味止於啖園葵，則五鼎方丈，我何欲焉；大歡止於戲稚子，則燕歌趙舞，我何樂焉。在彼者難求，而在此易爲也。淵明固窮守道，安於丘園，疇肯以此易彼乎？」（《苕溪漁隱叢話》後集卷三）

真德秀《跋黃瀛甫擬陶詩》：「淵明之學，正自經術中來，故形之

---

〔註68〕朱熹：《四書章句集注‧四書或問》，《朱子全書》本，第 6 冊，第 106 頁。

於詩，有不可掩，榮木之憂，逝川之歎也；貧士之詠，簞瓢之樂也」。
（《西山先生眞文忠公文集》卷三十六）

郭祥正《讀陶淵明傳》其一「陶潛直達道，何必避俗翁。蕭然守
環堵，褐穿瓢屢空。梁肉不妄受，菊杞欣所從。一琴既無弦，妙音默
相通。……使遇宣仲尼，故應顏子同」。

施德操《北窗輕錄》：「人見淵明自放於田園詩酒中，謂是一疏懶
人耳，不知其平生樂道至苦，故其詩曰：『淒淒失群鳥……千載莫相
違。』其苦心可知，既有會意處，便一時放下」。（《北窗輕錄》卷上）

儒家以天下爲己任，以「博施於民而能濟眾」〔註 69〕爲人生至
境，但這只是其人生理想的一方面，作爲自然生命個體，他們更有「一
個追求心靈自由，向往平和愉悅的個體性精神維度」，〔註 70〕這就包
括宋儒所極積倡言並不斷探尋的「孔顏樂處」。「孔顏樂處」主要是對
孔子與顏回等儒家先賢人格精神境界的評價。《論語・雍也》：

　　　子曰：「賢哉，回也！一簞食，一瓢飲，在陋巷。人不
　　堪其憂，回也不改其樂。賢哉，回也！」

《論語集注》引程子曰：「顏子之樂，非樂簞瓢陋巷也，不以貧竇累
其心而改其所樂也，故夫子稱其賢」。

《論語・述而》：

　　　子曰：「飯蔬食，飲水，曲肱而枕之，樂亦在其中矣。
　　不義而富且貴，於我如浮雲」。

這是孔子本人的自述之言。《論語集注》引程子曰：「非樂蔬食飲水也，
雖蔬食飲水，不能改其樂也。不義之富貴，視之輕如浮雲然」；又曰：
「須知所樂者何事」。

《論語・學而》：

　　　子貢曰：「貧而無諂，富而無驕，何如？」子曰：「可
　　也，未若貧而樂，富而好禮者也」。

---

〔註 69〕《論語・雍也》。
〔註 70〕李春青：《宋學與宋代文學觀念》，第 20 頁，北京師範大學出版社，
　　　　2001 年。

這是孔子借答子貢問而自言心志。朱熹《論語集注》:「常人溺於貧富之中,而不知所以自守,故必有二者之病。無諂無驕,則知自守矣,而未能超乎貧富之外也。凡曰『可』者,僅『可』而有所未盡之辭也。樂則心寬體胖而忘其貧,好禮則安處善,樂循理,亦不自知其富矣」。

　　「孔顏樂處」是宋代理學的一個重大課題。程顥回憶早年周敦頤對他的教誨時曾說:「昔受學於周茂叔,每令尋顏子、仲尼樂處,所樂何事」。〔註71〕此後,尋「孔顏樂處」就成了理學討論的一個重要內容。周敦頤自己解釋其所提出的「孔顏樂處」:

> 顏子一簞食,一瓢飲,在陋巷。人不堪其憂,而不改其樂。夫富貴,人所愛也,顏子不愛不求而樂於貧者,獨何心哉?天地間有至貴至富、可愛可求而異乎彼者,見其大而忘其小焉爾。見其大則心泰,心泰則無不足,無不足,則富貴貧賤,處之一也。處之一,則能化而齊,故顏子亞聖。〔註72〕

富貴是常人(包括聖賢、君子)共同追求的東西,但對君子而言必須超越止於富貴的人生追求,因為天地之間尚有比富貴更可愛、更可求的東西,顏回所樂在於見「大」忘「小」。所謂「小」當指富貴而言,何為「大」?

　　君子以道充為貴,身安為富,故常泰無不足,其視世間軒冕之富貴不過一銖之輕,金玉之富不過一塵之微矣。其重無加焉而。〔註73〕

　　周敦頤所謂「大」當指「道充」、「身安」而言。後程頤與其門人亦曾就此問題進行探討:

〔註71〕程顥、程頤:《河南程氏遺書》卷二上,載二程著,王孝魚點校《二程集》(第一冊),第 16 頁,中華書局,1981 年。本書所引二程著述均據此本。

〔註72〕周敦頤:《通書・顏子第二十三》,第 29～30 頁,上海古籍出版社,1992 年。

〔註73〕周敦頤:《通書・富貴第三十三》,第 42 頁,上海古籍出版社,1992年。

鮮于侁問伊川曰：「顏子何以能不改其樂？」正叔曰：
「顏子所樂者何事？」侁對曰：「樂道而已。」伊川曰：「使
顏子而樂道，不爲顏子矣」。(《程氏外書》卷七)

程頤顯然將顏子之樂神秘化了，顏淵固然不以「道」爲樂之對象，但
其「樂」畢竟與「道」俱在，有「道充」的力量作爲精神支撐，「孔
顏樂處」乃是與道俱在之樂。朱熹《論語集注》注此條曰：「言其近
道，又能安貧也」，強調的正是一個「道」字。可見，「孔顏之樂」並
非以貧爲樂，只是因其懷有自在平常之心，人所不堪的貧窮也不會影
響其樂，從而達到了一種超乎富貴利祿的人生境界。這種樂亦非只能
在貧賤之中獲得，只是貧賤更能突顯這種樂的精神境界而已。「孔顏
之樂」也不是將道作爲樂的對象，此樂乃是達到人道合一的境界自然
會享有的精神之樂，是「安時處順」、「無往不樂」的人格境界。「宋
儒所向往的這種『樂』之境界，乃是一種從容閒適，不以物欲累心的
超然態度」。〔註74〕

朱熹嘗言：「作詩須從陶、柳門中來乃佳。不如是，無以發蕭散
沖淡之趣，不免於局促塵埃，無由到古人佳處」。〔註75〕不「局促塵
埃」──不掛懷於外物（世俗的富貴貧賤），正是陶淵明得「孔顏樂
處」的原因。陶淵明《與子儼等疏》云：

少學琴書，偶愛閒靜，開卷有得，便欣然忘食。見樹
木交蔭，時鳥變聲，亦復歡然有喜。嘗言：五六月中，北
窗下臥，遇涼風暫至，自謂是羲皇上人。

這是陶淵明在自述一生窮困潦倒之後所表達的「北窗下臥」的自得之
樂：讀書、撫琴都是生活中最爲普通的日常活動，「樹木交蔭，時鳥
變聲」亦不過是大自然中最爲常見的季節變化，但詩人卻因此而欣然
自樂，可謂是微物足以爲樂。

**始作鎮軍參軍經曲阿作**

弱齡寄事外，委懷在琴書。被褐欣自得，屢空常晏如。

---

〔註74〕李春青：《宋學與宋代文學觀念》，第26頁。
〔註75〕陶澍注：《陶靖節集注》，《諸本評陶彙集》引，第123～124頁。

> 時來苟冥會，踠轡憩通衢。投策命晨裝，暫與園田疏。
> 眇眇孤舟逝，綿綿歸思紆。我行豈不遙，登降千里餘。
> 目倦川塗異，心念山澤居。望雲慚高鳥，臨水愧游魚。
> 眞想初在襟，誰謂形迹拘。聊且憑化遷，終返班生廬。

「被褐欣自得，屢空常晏如」兩句詩無論是借古人以表心志，還是如實描繪自己的生活處境，這種身披粗布之衣但怡然自樂，貧困至於簞瓢屢空而心神安祥的境界，都可以說是得「孔顏樂處」之眞髓了。「被褐」出於《老子》第七十章，「知我者希，則我者貴。是以聖人被褐而懷玉」；「自得」，李善注《家語（七十二弟子解）》曰：「原憲衣冠弊，並日而食蔬，衎然有自得之志」；〔註 76〕「屢空」出於《論語・先進》，「子曰：『回也其庶乎，屢空』」。朱熹《論語集注》：「屢空，數至空匱也。不以貧窶動心而求富，故屢至於空匱也。言其近道，又能安貧也」。朱熹並注引范氏曰：「屢空者，簞食瓢飲屢絕而不改其樂也。天下之物，豈有可動其中者哉？」陶詩多以「屢空」、「屢罄」等言其家貧。如《飲酒》其十：「屢空不獲年」；《五柳先生傳》：「簞瓢屢空，晏如也」；《自祭文》：「簞瓢屢罄，絺綌冬陳」；「晏如」李善注引《漢書》：「楊雄家產不過十金，室無簷石之儲，晏如也」。〔註 77〕

再看陶淵明《自祭文》的一段話：

> 簞瓢屢罄，絺綌冬陳。含歡谷汲，行歌負薪。
> 翳翳柴門，事我宵晨。春秋代謝，有務中園。
> 載耘載籽，迺育迺繁。欣以素牘，和以七絃。
> 冬曝其日，夏濯其泉。勤靡餘勞，心有常閑。

飯碗水瓢常常空無一物，冬天還穿著夏季的衣服。但詩人照樣滿懷喜悅地去山谷汲水，背負柴薪依然可以邊唱邊行。從早到晚，茅廬內外總有要操勞忙碌的雜務；由春至秋，田間地頭的農活總是難以幹完。除草培土之後，作物開始不斷滋生繁衍。讀一讀書、撫一撫琴，心志依舊和諧欣然。冬沐於暖陽、夏沐於清泉。雖需不遺餘力地辛勤勞作，

---

〔註 76〕李善注：《始作鎮軍參軍經曲阿作》，《文選》卷三十六，第 1233 頁。
〔註 77〕李善注：《始作鎮軍參軍經曲阿作》，《文選》卷三十六，第 1233 頁。

但內心仍是自在悠然。

《時運》亦是深合「孔顏樂處」，其詩並序云：

> 時運，游暮春也。春服既成，景物斯和，偶景獨遊，
> 欣慨交心。
>
> 邁邁時運，穆穆良朝。襲我春服，薄言東郊。
> 山滌餘靄，宇曖微霄。有風自南，翼彼新苗。
> 洋洋平澤，乃漱乃濯。邈邈遐景，載欣載矚。
> 稱心而言，人亦易足。揮茲一觴，陶然自樂。
> 延目中流，悠想清沂。童冠齊業，閑詠以歸。
> 我愛其靜，寤寐交揮。但恨殊世，邈不可追。
> 斯晨斯夕，言息其廬。花藥分列，林竹翳如。
> 清琴橫床，濁酒半壺。黃唐莫逮，慨獨在余。

《時運》爲陶淵明四十歲時暮春出遊所作。「延目中流，悠想清沂」，
「但恨殊世，邈不可追」表達的是陶淵明對先賢曾晳的追慕；「春服
既成」、「童冠齊業，閑詠以歸」則是對《論語·先進》一段話的隱
括：

> 子路、曾晳、冉有、公西華侍坐。子曰：「以吾一日長
> 乎爾，毋吾以也。居則曰：『不吾知也！』如或知爾，則何
> 以哉？」
>
> 子路率爾而對曰：「千乘之國，攝乎大國之間，加之以
> 師旅，因之以饑饉：由也爲之，比及三年，可使有勇，且
> 知方也。」夫子哂之。
>
> 「求！爾何如？」對曰：「方六七十，如五六十，求也
> 爲之，比及三年，可使足民。如其禮樂，以俟君子。」
>
> 「赤！爾何如？」對曰：「非曰能之，願學焉。宗廟之
> 事，如會同，端章甫，願爲小相焉。」
>
> 「點！爾何如？」鼓瑟希，鏗爾，舍瑟而作。對曰：
> 「異乎三子者之撰。」子曰：「何傷乎？亦各言其志也。」
> 曰：「莫春者，春服既成。冠者五六人，童子六七人，浴
> 乎沂，風乎舞雩，詠而歸。」夫子喟然歎曰：「吾與點也！」

　　朱熹《論語集注》：「曾點之學，蓋有以見夫人欲盡處，天理流行，隨處充滿，無少欠闕。故其動靜之際，從容如此。而其言志，則又不過即其所居之位，樂其日用之常，初無舍己爲人之意。而其胸次悠然，直與天地萬物上下同流，各得其所之妙，隱然自見於言外。視三子之規規於事爲之末者，其氣象不侔矣，故夫子歎息而深許之。而門人記其本末獨加詳焉，蓋亦有以識此矣」。朱熹的話抓住了「曾點之學」的兩處特徵：首先，安「所居之位」，樂「日用之常」，即「安時處順」而「無往不樂」之意；其次，曾晳之志是人之主體精神與天地自然同化爲一的表現。這正是儒家在「博施於民而能濟眾」之外所追求的個體生命超越於功名利祿而任眞自得、無往不樂的精神境界。

　　湯漢注此詩：「靜之爲言，謂其無外慕也，亦庶乎知浴沂者之心矣。」〔註78〕陶淵明此詩所言之志的關鍵正在於「靜」，「無外慕」，有「浴沂者之心」。清張潮等《曹陶謝三家詩・陶集》（卷一）也稱：「浴沂之志，尼父已與曾點。千載之後，復有知己，靖節若在孔門，與曾點眞一流人物」。〔註79〕

　　陶淵明一生曾受徹骨之窮，《陶徵士誄》說他「少而貧病，居無僕妾，井臼不任，藜菽不給；母老子幼，就養勤匱」。其作品自述則有「夏日抱長饑，寒夜無被眠」（《怨詩楚調示龐主薄鄧治中》）；「傾壺絕餘瀝，窺竈不見煙」（《詠貧士》其二）；「三旬九遇食，十年著一冠」（《擬古》其五）；「環堵蕭然，不蔽風日。短褐穿結，簞瓢屢空」（《五柳先生傳》）。那麼他爲何能在如此惡劣的生存環境之中保持欣然自得的心態呢？黃庭堅《顏徒貧樂齋》其一以道釋之：

　　　　衡門低首過，環堵容膝坐。四旁無給侍，百衲自纏裹。
　　　　論事直如弦，觀書曲肱臥。饑來或乞食，有道無不可。

此詩前半段亦是極寫其苦，最後指出詩人之所以可以如此，因其「有道無不可」。陶淵明自言心志正是「貧富常交戰，道勝無戚顏」（《詠

---

〔註78〕湯漢注：《陶靖節先生詩》卷一。
〔註79〕清張潮等：《曹陶謝三家詩・陶集》卷一。

貧士》其五；《詠貧士》其三亦云：「一旦壽命盡，弊服仍不周。豈不
知其極，非道故無憂」）。這既是以「道勝」無憂讚美「安貧守賤」的
先賢黔婁，更可看作君子自道。陶淵明這種以「道勝」而「固窮」的
人生態度與朱熹讚美顏回「言其近道，又能安貧」何其一致。

因以「道勝」，方能「固窮」。陶淵明一生的確唯「窮節」是守，
並時時以此自警。《有會而作》言：「斯濫豈攸志，固窮夙所歸」。
溫汝能評此詩云：「淵明一生，得力全在『固窮』二字。固則爲君
子，濫則爲小人。固與濫，舜、跖之分也」。〔註 80〕除此之外，陶
淵明還有多處自道「固窮」守節之志。《癸卯歲十二月中作與從弟
敬遠》：「高操非所攀，謬得固窮節」；《飲酒》其二：「不賴固窮節，
百世當誰傳」；《飲酒》其十六：「竟抱固窮節，飢寒飽所經」；《感
士不遇賦》：「寧固窮以濟志，不委曲以累己」。

「固窮」、「斯濫」出自《論語·衛靈公》。「子曰：君子固窮，
小人斯濫矣」。朱熹《論語集注》引程子曰：「固窮者，固守其窮」。
君子身困而道亨，小人處窮則無所不爲。「固窮」是君子在貧賤困頓
之中的不屈身降志，因其不移其志、不墜其節、不動其心、不失其
正而能始終保持一種平和安樂的精神狀態。此正顏回所樂、亦是淵
明所守，然其所樂、所守非在於「窮」，而在於「道」。

前文曾說「孔顏樂處」是宋儒探討人生理想境界所提出的問題，
孔子是普天之下的大聖人，顏回代表了儒家自我修養的典範，是孔門
第一得道者。宋人以「孔顏樂處」讚美陶淵明，無疑已經將其擡高到
了達「賢」、至「聖」的高度。而這種觀念到清朝達到了最頂點，幾
乎所有評陶詩者都會認可這一點。如沈德潛稱：「不懼飢寒，達天安
命，陶公人品，不在季次、原憲下」；〔註 81〕溫汝能《陶詩彙評序》：
「淵明則詩眞懷淡，超越古今，其所形諸詠歌，並無幾微不平之見，

---

〔註80〕溫汝能：《陶詩彙評》卷三。
〔註81〕沈德潛《詠貧士》詩評，《古詩源》卷九，第 209 頁，中華書局，1963
　　　年。

而安貧樂道，即置孔門，直可與顏、曾諸賢同一懷抱。論者謂風騷以後，陶詩近道者，此語良然」；劉熙載《藝概·詩概》也說：「陶詩有『賢哉回也』、『吾與點也』之意，眞可嗣洙、泗遺音。其貴尚節義，如詠荊軻、美田子泰等作，則亦孔子賢夷齊之志也」。

## 二、「知道者」──陶淵明的哲人形象

除了重視陶淵明的高風亮節之外，宋人的批評極爲推崇陶淵明之「道」、「理」，欣賞陶詩所表現出的了悟天道、順應大化的理性精神，將其視爲知悉自然、人生規律的哲人。或以「知道」、「聞道」、「近道」、「悟道」、「?道」稱道其人，或以「談理」、「理亦邃」、「純乎天理」「進禦寇乘風之理」論其詩文。

蘇軾《書淵明飲酒詩後》：「《飲酒》詩云：『客養千金軀，臨化消其寶。』寶不過軀，軀化則寶已矣。人言靖節不知道，吾不信也」；〔註82〕《和陶怨詩示龐鄧》：「當歡有餘樂，在戚亦頹然。淵明得此理，安處故有年」。

葛立方《韻語陽秋》亦載：「東坡拈出陶淵明談理之詩，前後有三：一曰『採菊東籬下，悠然見南山』。二曰『笑傲東軒下，聊復得此生』。三曰『客養千金軀，臨化消其寶』。皆以爲知道之言。蓋摘章繪句，嘲弄風月，雖工亦何補。若?道者，出語自然超詣，非常人能蹈其軌轍也」。〔註83〕

葛仲勝《書淵明集後》之二：「其詩云『蕤賓五月中，清明起南颸。不駛亦不遲，飄飄吹我衣。』《歸來引》亦云：『風飄飄而吹衣。』意淵明進禦寇乘風之理，因以?道也。至若『樹木交蔭，明鳥變聲，輒歡然有喜。』豈在物耶？聲塵種種，皆道所寓。唯淵明領此」；之三又說「淵明垂死之文，讀之令人恍然自失，與今世悟道坐脫立亡者何以異？」（葛仲勝：《丹陽集》卷八）

〔註82〕蘇軾：《蘇軾文集》卷六十七，第 2112 頁。
〔註83〕葛立方：《韻語陽秋》卷三，《歷代詩話》，第 507 頁。

張栻《採菊亭贈張建安》:「地偏心則遠,意得道豈否?」(《南軒集》卷二一一)

謝逸《讀淵明詩》:「揮觴賦新詩,詩成聊自慰。初不求世售,世亦不我貴。意到語自工,心真理亦邃」。

方回《張澤民詩集序》:「不純乎天理,公論不盡;不撥乎流俗,人品不高;然捐是以自標,則孔融、嵇康不容於曹馬矣。必知此者,始可與語淵明之詩也歟。」(《桐江集》卷一)

許顗《彥周詩話》:「陶彭澤《歸去來辭》云:『既自以心為形役,奚惆悵而獨悲?』是此老悟道處。若人能用此兩句,出處有餘裕也」。(《歷代詩話》第401頁)

羅大經《鶴林玉露》:「淵明詩云:『行迹憑化往,靈府獨長閒』,說得更好,果能行此,則靜亦靜,動亦靜,雖過化存神之妙,不外是矣。為淵明不知道,可乎?」(《鶴林玉露》乙編卷一)又「陶淵明《神釋形影》詩曰:『大鈞無私力,萬里自森著。人為三才中,豈不以我故。』『我』,神自謂也。人與天地並立而為三才,以此心之『神』也;若塊然血肉,豈足以並天地哉?末云:『縱浪大化中,不喜亦不懼。應盡便須盡,無復獨多慮。』乃是不以死生禍福動其心,泰然委順,養神之道也,淵明可謂知道之士」。(《鶴林玉露》甲編卷五)

呂祖謙:「陶靖節詩云:『代耕本非願,所業在田桑』。今人立於天地之間,甚可愧怍。彼歷敘饑凍之狀,僅願免而不可得,乃云:『人皆盡獲宜,拙生失其方』,此意甚平,若近道者。末句云『且為陶一觴』,卻有一任他底氣象,便是欠商量處。此等人質高,胸中見得平曠,故能如此,此地步盡不易到。」(《呂東萊文集》卷二十)

辛棄疾《書淵明詩後》:「身似枯株心似水,此非聞道更誰聞」。

葉夢得《玉澗雜書》評《形影神》詩:「此公天姿超邁,真能達生而遺世,不但詩人之辭,使其聞道而達一關,則豈言止如其而已乎?」

　　「道」作爲一個極具神聖性和超越性的範疇，幾乎是中國古代文化價值與信仰體系的總括，幾乎是中國文化價值系統和信仰系統之最高範疇——無論是儒家與道家。如《論語・里仁》：「朝聞道，夕死可矣」。程頤釋爲：「言人不可以不知道，苟得聞道，雖死可也」；〔註84〕朱熹說得更爲徹底：「道者，事物當然之理。苟得聞之，則生順死安，無復遺恨矣」。〔註85〕「以道自任精神的復活」〔註86〕是宋代士人心態的重要特徵，「道」是宋人心目當中最高的精神境界，士人都將「聞道」視爲自身修養的最高目標，從不輕易許人，但卻普遍稱許陶淵明「知道」，可見已對他已是推崇至極。宋代士人雖對道的闡釋有所不同，但都重道，並以道自任，以得道爲人生高致，這是道學家與文學家共同的最高價值取向。如王禹偁《東觀集序》所言：「士君子者，道也；行道者，位也。道貌岸然與位並，則敷而爲業。」

　　宋是中國文化史上的儒學復興時期，理的滲透與道的高懸——理性精神的張揚正是這個時代的重要特徵，對道與理的探討是宋代士人精神追求的重要內容。「治宋學必始於唐，而以昌黎韓氏爲之率」。〔註87〕昌盛於宋的儒學復興始自中唐韓愈，韓愈在儒學復興過程中的意義在於提倡文道並重的「道統論」。〔註88〕其《答李秀才書》云：「所志於古者，不惟其辭之好，好其道者也」。整個儒學復興過程正是以對道（理）的探討爲核心，文道關係則是其中一個重要話題，李漢《昌黎先生集序》所謂「文者，貫道之器也」是儒學復興之初文道關係的經典意見。

　　宋代的文化狀況與「道」、「理」二字密切聯繫。儒學復興的時代背景，重文的社會氛圍，造就了宋代文人理性精神的空前高揚。沈括《夢溪筆談・續筆談》記：「太祖皇帝問趙普曰：『天下何物最大？』

〔註84〕朱熹：《論語集注》引，《四書章句集注・四書或問》，第94頁。
〔註85〕朱熹：《論語集注》，《四書章句集注・四書或問》，第94頁。
〔註86〕李春青：《宋學與宋代文學觀念》，第11頁。
〔註87〕錢穆：《中國近三百年學術史》，第1頁，中華書局，1986年。
〔註88〕韓愈《原道》主張情禮相得、教道合一，列聖相承以爲統；自堯至孟軻的一脈相承就是後世所謂的道統。

普熟思未答,間再問如前,普對曰『道理最大』。上屢稱善。」可見
宋代尚理精神之深重。

　　宋人論道有兩個分野。文學家文道並重,主張文與道俱,既重
道,也重文。如蘇軾的道論繼承了歐陽修的思想,其《祭歐陽文忠
公夫人文(潁州)》:「契闊艱難,見公汝陰。多士方嘩,而我獨南。
公曰子來,實獲我心,我所謂文,必與道俱。則利而遷,則非我徒。
又拜稽首,有死無易。公雖云亡,言如皎日」。〔註89〕理學家則將道
的地位推到了極致,大多抑文揚道,認爲學文於道而言是舍本逐末,
甚至有害。如程頤就主張詩文不輕意而作,不然則「不止贅而已,
既不得其要,則離眞失正,反害於道必矣」。〔註90〕又:問作文害道
否?曰:「害也。凡爲文,不專意則不工,若專意則局於此,又安能
與天地同其大也。書曰:『玩物喪志』,爲文亦玩物也」。〔註91〕

　　本書更爲關注的是,理學家與文學家的道論有哪些共同之處?
這對我們理解宋人對陶淵明詩文中「道」、「理」的闡釋有所幫助。

　　首先是對窮「道」、明「理」的極端重視。如張載說:「萬物皆有
理,若不知窮理,如夢過一生」;〔註92〕陸九淵則認爲:「塞宇宙一理
耳,學者之所以學,欲明此理耳」;〔註93〕歐陽修《與張秀才第二書》:
「君子之於學也,務爲道」;《答祖擇之書》:「心定則道純,道純則充
於中者實;中充實則發爲文者輝光」。

　　宋人對「道」的極端重視還可以從文學家與理學家的人物品評
見出。秦觀《答傅彬老簡》:「蘇氏之道,最深於性命自得之際;其

〔註89〕蘇軾:《祭歐陽文忠公夫人文(潁州)》,《蘇軾文集》卷六十三,第
　　　　1956頁。
〔註90〕程頤:《答朱長文書》,《河南程氏文集》卷九,《二程集》(第二冊),
　　　　第601頁。
〔註91〕程頤語,《河南程氏遺書》卷十八,《二程集》(第一冊),第239頁。
〔註92〕張載:《張子語錄・語錄中》,《張載集》,第321頁,中華書局,1978
　　　　年。
〔註93〕陸九淵:《答趙泳道》(四),《陸九淵集》卷十二,第16頁,中華書
　　　　局,1980年。

次則器足以任重，識足以致遠；至於議論文章，乃其與世周旋，至粗者也」。秦觀將蘇軾之道概括為三個層次：最為看重的「性命自得」乃其得道之處，是其人生哲學；其次是「器識」──認識、處理事物的才能；「議論文章」言其文學成就，則在最後。邢恕《伊川擊壤集後序》中對邵雍之學的評價幾乎同出一轍：「以先天地為宗，以皇極經世為業，揭而為圖，萃而成書，其論世尚友，乃直以堯舜之事而為師，其發為文章者，蓋先生之遺餘，至於形於詠歌，聲而成詩者，又其文章之餘耳」。兩處評價都將「得道」放到了第一位，而置詩文成就於最末。

其次，宋人所論之「道」包含著極其豐富的關於自然、人生的深邃思考。他們的道論在承載列聖相傳的民族文化價值的同時，轉向了對「真」（天地、人生、自然之理）的探索。「道」往往表現為「物理」，是事物運行或事物成其為自己的規律性。這樣宋人的窮「理」、窮「道」就走向了對事物規律性「真」的探索，已超出了其所源出的道統範圍。朱熹《與陸子靜》：「凡有形有象者，皆器也。其所以為是器之理者，則道也」。〔註94〕這裡的「道」正是器之以為器的規律性。歐陽修的《筆說》言「物有常理」，而「磁石引針，蜋蛆甘帶，松化虎魄」正是「凡物」所具有的「常理」──自然規律性。

再者，具有本體論意義的「道」、「理」與具體存在的物相統一，物外無理、理外無物，使極具超越性的「道」、「理」就在現實的大地上尋得了落腳之處。「天下物皆可以理照，有物必有則，一物須有一理」。〔註95〕這樣，即物窮理也就有了可能。如朱熹對「格物」的解釋：「格，至也。物，猶事也。窮至事物之理，欲其極處無不到也」。〔註96〕其「即物窮理」也是要在具體的一物之上窮究一物之理。蘇軾

〔註94〕朱熹：《晦庵先生朱文公集》卷三十六，第1573頁。
〔註95〕程顥語，《河南程氏遺書》卷十八，《二程集》（第一冊），第193頁。
〔註96〕朱熹：《大學章句》，《四書章句集注·四書或問》，第17頁。

《品茶要錄跋》云:「物有畛而理無方,窮天下之辨,不足以盡一物之理。達者寓萬物以發其辨,則一物之變,強以盡南山之竹」。蘇軾的「道」論強調「一」與「多」的關係,從一個具體的竹子到各種各樣的竹子,再到所有的竹子,以至所有的植物和天地萬物,都是有「理」的,這樣窮一物之理則可以窮萬物之理。這樣,看似玄虛的「道」論在宋人這裡就更具有了極為樸素紮實的一面。其實,任何的文化在其初生階段都是面向具體的自然與人事本身的,故《易》曰:「遠取諸物,近取諸身」。《莊子》中「輪扁斫輪」與「痀僂承蜩」等故事也說明了小事、小物都有大道存焉。

陶淵明許多作品涉及了玄學形而上的題材,頗多對於人生、自然的悟真、體道之處,富有理性精神和思辨色彩。「宋人之學,全在研理日精,觀書日富,因而論事日密」。〔註97〕在整個時代崇理尚道的歷史背景之下,憑藉豐富的學識修養,細密的讀書功夫,宋代學者讀出了陶淵明詩文中所富含的「道」、「理」內容,無論是文學家還是理學家都對陶淵明「知道」的理性精神給予了高度讚揚。

蘇軾多次論及陶淵明「知道」,其中兩次涉及陶詩《飲酒》其十一。

> 《飲酒》詩云:「客養千金軀,臨化消其寶」。寶不過軀,軀化則寶已矣。人言靖節不知道,吾不信也。〔註98〕

又《韻語陽秋》卷三引:

> 東坡拈出陶淵明談理之詩,前後有三:一曰「採菊東籬下,悠然見南山」。二曰「笑傲東軒下,聊復得此生」。三曰「客養千金軀,臨化消其寶」。皆以為知道之言。蓋摘章繪句,嘲弄風月,雖工亦何補。若?道者,出語自然超詣,非常人能蹈其軌轍也。〔註99〕

先看陶淵明的《飲酒》其十一:

---

〔註97〕翁方綱:《石洲詩話》卷四,《清詩話續編》,第1428頁。
〔註98〕蘇軾:《書淵明飲酒詩後》,《蘇軾文集》卷六十七,第2112頁。
〔註99〕葛立方:《韻語陽秋》卷三引蘇軾語,《歷代詩話》,第507頁。

顏生稱爲仁，榮公言有道。屢空不獲年，長饑至於老。

雖留身後名，一生亦枯槁。死去何所知，稱心固爲好。

客養千金軀，臨化消其寶。裸葬何必惡，人當解意表。

「客養千金軀，臨化消其寶」是此詩關鍵所在。梁啓超以爲「這兩句名句可以抵七千卷的大藏經」，〔註100〕蘇軾亦拈出此兩句，藉此以爲陶淵明「知道」。這首詩涉及到了兩位古人：顏生與榮公。顏生爲顏回，《論語・雍也》記：「子曰：『回也，其心三月不違仁』」；《史記・仲尼弟子列傳》載：「回年二十九，髮盡白，早死」。榮公即榮啓期，事迹載《列子・天瑞》，「孔子游於太山，見榮啓期行乎郕之野，鹿裘帶索，鼓琴而歌。孔子問曰：『先生所以樂，何也？』對曰：『吾樂甚多：天生萬物，唯人爲貴。而吾得爲人，是一樂也；男女之別，男尊女卑，故以男爲貴。吾既得爲男矣，是二樂也；人生有不見日月、不免襁褓者，吾既已行年九十矣，是三樂也。貧者士之常也，死者人之終也。處常得終，當何憂哉？』孔子曰：『善乎！能自寬者也』」。〔註101〕

湯漢注此詩：「顏、榮皆非希身後名者，正以自遂其志耳。保千金之軀者，亦終歸於盡，則裸葬亦未可非也。或曰：前八句言名不足賴，後四句言身不足惜。淵明解處，正在身名之外也」。〔註102〕枯槁自身以求名，千金養軀以求壽，都是不能順應自然規律的表現。陶淵明之所以非同尋常，正是因其通達而不掛懷「身」、「名」，而「稱心」才是最重要的的原則。湯漢所謂「淵明解處」，即陶淵明的「得道」之處。

顏、榮二君以名、道爲寶，客以千金之軀爲寶。顏回爲仁簞瓢屢空，不能安享天年，榮公爲道年近九十仍飢寒度日。二人雖身後

〔註100〕 梁啓超：《陶淵明之文藝及其品格》，載梁著《陶淵明》，第27頁，商務印書館，1934年。

〔註101〕 列禦寇著，楊伯峻集釋：《列子集釋》卷一《天瑞篇》，第 22～23頁，中華書局，1979年。

〔註102〕 湯漢注：《陶靖節先生詩》卷三。

有名，但在世之時，卻枯槁至極。大化將近之日，名與壽二者都會消失殆盡。可見，身後之名徒使自苦，生前的厚養亦不足恃，不如以稱心適意自任爲好。陶淵明所表達的正是以「稱心」爲寶，而不爲身名（外物）所累的思想。其《感士不遇賦》亦云：「或擊壤以自歡，或大濟於蒼生。靡潛躍之非分，常傲然以稱情」。無論「擊壤自歡」還是「大濟蒼生」，在陶淵明看來並不能以「潛躍」加以高下區分，而只能以是否「稱情」評價。而這「稱心」或「稱情」正是蘇東坡所贊陶淵明不爲外物所累，順應自然（內在自然與外在自然）規律的「知道」之處。

陶詩表達這種順應自然規律，聽任天地自然之運，聽任自己生命的自然本性思想的還有「縱心」、「委心」、「委分」、「委運」等。

「縱心」、「委心」意爲聽任自己內心的自然而然。《庚子歲五月中從都還阻風於規林》其二：「靜念園林好，人間良可辭。當年詎有幾，縱心復何疑？」《歸去來兮辭》：「曷不委心任去留，胡爲乎遑遑欲速何之？」「委分」、「委運」意謂聽任天地自然之運行。《自祭文》：「勤靡餘勞，心有常閒。樂天委分，以至百年」；《形影神·神釋》：「甚念傷吾生，正宜委運去。縱浪大化中，不喜亦不懼。」

蘇軾認爲陶淵明「知道」的另一作品是《飲酒》其七：

> 秋菊有佳色，裛露掇其英。汎此忘憂物，遠我遺世情。
> 一觴雖獨進，杯盡壺自傾。日入群動息，歸鳥趨林鳴。
> 嘯傲東軒下，聊復得此生。

王士禎《古學千金譜》評此詩：「酒可忘憂，泛此而遺世情可也，乃並遺世情而遠之。太上忘情，情亦不設，一觴獨進，杯盡而壺自傾，因物付物，不假造作。因思人生所遇，不過喧寂二境：萬象不聞，喧中寂也；歸林鳥鳴，寂中喧也。我從此嘯歌寄東軒之下，娛情於喧寂之間，聊得此生已矣。彼役役於物者，皆失此生者耳，不欲酒得乎？」[註103]

---

〔註103〕引自北大、北師大師生編《陶淵明資料彙編》下，第176頁。

　　理解此詩的核心在於何爲「得此生」。蘇軾在另外一處明確了此詩「談理」而「得道」之處：「靖節以無事自適爲得此生，則凡役於物者，非失此生耶？」〔註104〕蘇論的關鍵在於「得此生」與「失此生」。既然凡役於物者，爲失此生；那麼不役於物，不以外物爲事，追求生命的適意與眞實則爲「得此生」，可見，「得此生」是指不爲外物屈役而能保持自然本性。《莊子・駢拇》：「自虞氏招仁義以撓天下也，天下莫不奔命於仁義，是非以仁義易其性與？故嘗試論之，自三代以下者，天下莫不以物易其性矣。小人則身殉利，士則以身殉名，大夫則以身殉家，聖人則以身殉天下。故此數子者，事業不同，名聲異號，其於傷性以身爲殉，一也」。「名」、「利」、「家」與「天下」皆爲外物，因此而易性則爲「失此生」。蘇軾《臨江仙・夜歸臨皋》自嘲說「長恨此身非我有，何時忘卻營營」，正是以自己不能忘卻於營營外物，而悔恨喪失本身、失卻此生。

　　陶淵明明確體現「聊復得此生」的是《歸去來兮辭》。作者言及因家貧，「耕植不足以自給，幼稚盈室，瓶無儲粟，生生所資，未見其術」，故爲彭澤令以藉公田之利養家爲酒。因「饑凍」之苦、「口腹」之欲而仕，皆爲外物所役而「違己交病」，失卻此生。不日而歸則是因「質性自然，非矯勵所得」。此處的「性」是人的自然本性，儒道兩家對「性」的看法並無大太不同。《孟子・告子上》：「生之謂性」；《荀子・正名》：「生之所以然者謂之性」；「不事而自然謂之性」；《莊子・庚桑楚》：「性者，生之質也」。陶淵明所謂「矯勵」意爲通過人爲的外力強行改變事物原來的性質或形狀，語出《荀子・性惡》，「故枸木必將待櫽括烝矯然後直，鈍金必將待礱厲然後利」。物遭外力「矯勵」就會失去其自然狀態，人受外物「矯勵」也會喪失自然本性，失卻此生。

　　與蘇軾的文學家身份不同，南宋的羅大經〔註105〕心向理學，推

────────────────

〔註104〕　蘇軾：《題淵明詩》，《蘇軾文集》卷六十七，第 2091 頁。
〔註105〕　羅大經生卒年不詳，字景綸，盧陵人。據《江西通志》與《吉水縣

崇二程與朱熹。其《鶴林玉露》體例介於詩話與語錄之間，也頗具理學色彩。在羅大經看來《詩經》與孔孟二位聖人的吟詠之樂如明道先生一樣不是出於情感的流露和審美之需要，而是於吟詠之中述理：

> 古人觀理，每於活處看。故《詩》曰「鳶飛戾天，魚躍於淵」。夫子曰：「逝者如斯夫，不捨晝夜」。又曰：「山梁雌雉，時哉時哉！」孟子曰：「觀水有術，心觀其瀾」。又曰：「源泉混混，不捨晝夜」。明道不除窗前草，欲觀其意思與自家一般。又養小魚，欲觀其自得意，皆是於活處看。故曰：「觀我生，觀其生」。又曰：「復其見天地之心」。學者能如是觀理，胸襟不患不開闊，氣象不患不和平。〔註106〕

羅大經以《形影神》與《戊申歲六月中遇火》二詩爲陶淵明「知道」的依據。

### 形影神並序

> 貴賤賢愚，莫不營營以惜生，斯甚惑焉；故極陳形影之苦，言神辨自然以釋之。好事君子，共取其心焉。

### 形贈神

> 天地長不沒，山川無改時。草木得常理，霜露榮悴之。
> 謂人最靈智，獨復不如茲。適見在世中，奄去靡歸期。
> 奚覺無一人，親識豈相思。但餘平生物，舉目情悽洏。
> 我無騰化術，必爾不復疑。願君取吾言，得酒莫苟辭。

### 影答形

> 存生不可言，衛生每苦拙。誠願游昆華，邈然茲道絕。
> 與子相遇來，未嘗異悲悦。憩蔭若暫乖，止日終不別。
> 此同既難常，黯爾俱時滅。身沒名亦盡，念之五情熱。
> 立善有遺愛，胡可不自竭。酒云能消憂，方此詎不劣。

---

志》，其著述有《鶴林玉露》，《心學經傳》，《易解》三書，後兩者已佚。《四庫全書簡明目錄》稱《鶴林玉露》「其體例在詩話、語錄、小說之間；其宗旨亦在文士、道學、山人之間。大抵詳於議論而略於考證。」

〔註106〕 羅大經：《鶴林玉露》乙編卷三，第163頁，中華書局，1983年。

神釋

> 大鈞無私力，萬理自森著。人爲三才中，豈不以我故。
> 與君雖異物，生而相依附。結托善惡同，安得不相語。
> 三皇大聖人，今復在何處。彭祖愛永年，欲留不得住。
> 老少同一死，賢愚無復數。日醉或能忘，將非促齡具。
> 立善常所欣，誰當爲汝譽。甚念傷吾生，正宜委運去。
> 縱浪大化中，不喜亦不懼。應盡便須盡，無復獨多慮。

羅大經以《形影神》爲依據，認爲陶淵明是「知道之士」。「陶淵明《形影神》……末云：『縱浪大化中，不喜亦不懼。應盡便須盡，無復獨多慮。』乃是不以生死禍福動其心，泰然委順養神之道，淵明可謂知道之士矣」。〔註107〕

《形影神》詩前小序交待此是針對「貴賤賢愚，莫不營營以惜生」之惑而作。「淵明一生之心寓於此三詩之內」。〔註108〕陶淵明此詩借形、影、神三者之言，所欲表達的是三種不同的人生境界與人生態度，哪個代表陶淵明的思想，歷來有所爭議。逯欽立以爲：「形之所行，正淵明之所服膺者可知也」；「影之所言，正淵明之所不取，詩雖並言形影之苦，然所謂營營惜生者，實指此影而不指此形也」。〔註109〕陳仁子、沃仲儀、黃文煥、馬墣等則主此詩的主題是立善。「生必有死，惟立善可以有遺愛，人胡爲不自竭於爲善乎？謂酒能消憂，比之更爲劣而。觀淵明此語，便是孔子朝聞道夕死，孟子修身俟命之意，與無見於道，留連光景以酒消遣者異矣」。〔註110〕

《形贈影》之「形」言天地山川長存不歿且無更易之時，草木常物枯榮相繼而可生生不息，獨人不能如山川草木之長存。既無騰化成仙之術，就不妨飲酒及時行樂。此詩反映的是時人感於人生苦短而欲

---

〔註107〕 羅大經：《鶴林玉露》甲編卷五，第 92 頁。
〔註108〕 馬墣：《陶詩本義》卷二，清抄本。
〔註109〕 逯欽立：《〈形影神〉詩與東晉之佛道思想》，逯欽立《漢魏六朝文學論集》，第 229 頁。
〔註110〕 陳仁子輯《文選補遺》卷三十六。關於這一內容可參見龔斌《陶淵明集校箋》，第 68～69 頁。

縱酒行樂的人生態度。《影答形》之「影」則選擇了一條與形相異的人生道路，陳寅恪認為：「此託為主張名教者之言，蓋長生既不可得，則惟有立名即立善可以不朽，所以期精神之長生，此正周孔名教之義」。〔註111〕其實未必如此，《影答形》乃是不得已而託之於身後之名，這與託之遊仙飲酒者並無太大區別。《形贈影》與《影答形》就是詩序所說的「形、影之苦言」，飲酒放縱與立善求名都不是陶淵明要選擇的人生態度。

陶淵明以《神釋》答形、影之苦：形懼「奄去靡歸期」，影憂「身沒名亦盡」，連三皇五帝這樣的大聖人及千年高壽的彭祖都不可能永世長存。飲酒或能忘憂、立善或能邀譽，但俱是役於外物，其弊在「營營惜生」，二者均不可恃。只有「委運」而去，「縱浪大化」之中，方能達到「不喜不懼」的自然之境。明人沃仲儀評此詩：「日醉促齡，立善誰譽，並飲酒好善，一齊掃去矣。細尋結穴處，只在『縱浪大化』、『不喜不懼』，淵明置身真在日月之上。題中『自然』二字，釋得透快」。〔註112〕從《神釋》內容看陶淵明所謂的「自然」正是「正宜委運去」之「委運」與「縱浪大化中，不喜亦不懼」之「縱浪大化」。

陶詩所謂「大化」指宇宙自然之變化。《荀子・天論》：「四時代御，陰陽大化」；《列子・天瑞》：「人自生至終，大化有四：嬰孩也，少壯也，老耄也，死亡也」。〔註113〕「縱浪」則本於莊子與化同體之義。《莊子・大宗師》：「古之真人不知說生，不知惡死；其出不訢，其入不距；翛然而往，翛然而來而已矣。不忘其所始，不求其所終；受而喜之，忘而復之，是之謂不以心捐道，不以人助天。是之謂真人」。郭象注：「與化為體者也」，「泰然而任之也」。《莊子・

---

〔註111〕 陳寅恪：《陶淵明之思想與清談之關係》，陳寅恪《金明館叢稿初編》，第 223 頁，北京三聯書店，2001 年。
〔註112〕 黃文煥析義：《陶元亮詩》卷二引。
〔註113〕 列禦寇著，楊伯峻集釋：《列子集釋》卷一，第 22～23 頁，中華書局，1979 年。

大宗師》又云：「同則無好也，化則無常也」。郭象注：「無物不同，則未嘗不適；未嘗不適，何好何惡哉」；又注：「同於化者，唯化所適，故無常也」。可見陶淵明的「縱浪大化」就是了然生死變化的自然規律，則不以生死禍福動其心，不以喜怒好惡累其志，能縱浪大化而與之同體。羅大經以「縱浪大化」、「泰然委順」證明陶淵明乃「知道士」可謂知言。另外，「《歸去來兮辭》結語『聊乘化以歸盡，樂夫天命復奚疑』乃一篇主旨，亦即《神釋》詩所謂『甚念傷吾生，正宜委運去。縱浪大化中，不喜亦不懼。應盡便須盡，無復獨多慮』之意，二篇主旨可以互證。又《自祭文》中『樂天委分，以至百年』，亦即《神釋》詩『正宜委運去』及『應盡便須盡』之義也」。〔註114〕

　　羅大經還有一處論及陶淵明「知道」：

　　　　《列子》曰：「仲尼廢心而用形」。淵明詩云：「行迹憑化往，靈府獨長閒」，說得更好。蓋其自彭澤賦歸之後，灑然悟心為形役之非，故其言如此。果能行此，則靜亦靜，動亦靜，雖過化存神之妙，不外是矣。謂淵明不知道，可乎？〔註115〕

「仲尼廢心而用形」語出《列子・仲尼篇》：

　　　　陳大夫聘魯，私見叔孫氏。叔孫氏曰：「吾國有聖人」。

　　　　曰：「非孔丘邪？」

　　　　曰：「是也」。

　　　　「何以知其聖乎？」

　　　　叔孫氏曰：「吾常聞之顏回曰：『孔丘能廢心而用形』」。

　　　　〔註116〕

張湛注：「夫聖人既無所廢，亦無所用。廢用之稱，亦因事而生耳。

〔註114〕　陳寅恪：《陶淵明之思想與清談之關係》，陳寅恪《金明館叢稿初編》，第225～226頁，北京三聯書店，2001年。
〔註115〕　羅大經：《鶴林玉露》乙編卷一，第134頁～135頁。
〔註116〕　列禦寇著，楊伯峻集釋：《列子集釋》卷五，第117頁，中華書局，1979年。

故俯仰萬機，對接世務，皆形迹之事耳。冥絕而灰寂者，固泊然而不動矣」；盧重玄解：「對人應物而生，濟時用，道群以示迹，不顯真以化凡焉」。

羅大經所引陶詩「行迹憑化往，靈府獨長閒」出自《戊申歲六月中遇火》。其詩云：

> 草廬寄窮巷，甘以辭華軒。正夏長風急，林室頓燒燔。
> 一宅無遺宇，舫舟蔭門前。迢迢新秋夕，亭亭月將圓。
> 果菜始復生，驚鳥尚未還。中宵佇遙念，一盼周九天。
> 總髮抱孤介，奄出四十年。形迹憑化往，靈府長獨閒。
> 貞剛自有質，玉石乃非堅。仰想東戶時，餘糧宿中田。
> 鼓腹無所思，朝起暮歸眠。既已不遇茲，且遂灌我園。

此詩寫盛夏遇火，然詩人並不以此為意，僅以「正夏長風急，林室頓燒燔」淡淡地書寫自己遭受的災難，毫無牢騷愁苦之語。「迢迢新秋夕，亭亭月將圓」是對秋夕月明美景的描繪，「鼓腹無所思，朝起暮歸眠」則是對東戶飽食無事、閒暇安逸生活的回憶，僅此數語就將詩人樂天安命之曠達情懷展現無遺。鍾秀以為：「靖節此詩當與《輓歌》三首同讀，才曉得靖節一生學識精力有大達人處。其於死生福禍之際，平日看得雪亮，臨時方能處之泰然，與強自排解、貌為曠達者，不翅有天壤之隔」。〔註117〕

羅大經以為「行迹憑化往，靈府獨長閒」是「得道」之語。《莊子‧太宗師》載仲尼曰：「……且方將化，惡知不化哉？方將不化，惡知己化哉？」郭象注：「故無所避就，而與化俱往也」；《莊子‧德充符》：「不可以入於靈府」。郭象注：「靈府者，精神之宅也」。成玄英疏「靈府者，精神之宅，所謂心也。經寒暑，（涉）治亂，千變萬化，與物俱往，未嘗概意，豈復關心耶」；《淮南子‧俶真訓》：「是故聖人託其神於靈府」：又《淮南子‧人間訓》：「得道之士，外化而內不化」。這樣來看，陶淵明這兩句詩正是「外化而內不化」之意，

〔註117〕　鍾秀：《陶靖節紀事詩品》卷二。

言四十餘年間，形迹隨大化而行，心靈卻能不牽制於外物而獨守長閒。

通過具體考察蘇軾與羅大經的論述，我們不難看出，在宋人的心目當中。陶淵明的「知道」乃是在於他對自然人生規律有著深刻、透徹的理性思考，藉此達到了一個順應自然規律的本眞境界。宋人「知道」論的實質是將陶淵明定位在了有著深邃思想修養的哲人形象上，以「道」、「理」的最高範疇來讚美陶淵明更是顯示出他在這個時期思想文化體系中已經佔據了不可替代的位置。

宋人普遍以陶淵明爲「知道」之士，這是一個極有分量的稱號。前文曾說宋人從不輕易以「道」或「知道」許人，並不是筆者爲突出陶淵明地位而作的虛言妄語，因爲在宋人的眼中「不知道」的人物比比皆是。蘇轍以爲唐人雖工於詩而「陋於聞道」，孟郊是其中的代表。其《詩病五事》云：「唐人工於詩，而陋於聞道。孟郊嘗有詩曰：『食薺腸齊苦，強歌聲無歡。出門如有礙，誰謂天地寬？』郊耿介之士，雖天地之大，無以安其身，起居飲食，有戚戚之意，是以卒窮而死。而李翱稱之，以爲郊詩高處在古無上，平處猶下顧、沈、謝，至韓退之亦淡不容口。甚矣，唐人之不聞道也」。〔註118〕

蘇軾喜以「器識」評價古人，其《賈誼論》稱：「賈生志大而量小，才有餘而識不足」，故「卒以自傷哭泣，至於夭絕，是亦不善處窮者也」。〔註119〕賈誼的不善處窮，源於其器識不足，實質還是不「知道」。就連句句皆有憂國之心的「詩聖」杜甫也被朱熹批評爲「不聞道」，朱熹評杜甫極寫窮愁的《乾元中寓居同谷縣作歌七首》：「杜陵此歌豪宕奇崛，詩流少及之者。顧其卒章，歎老嗟卑，則志亦陋矣。人可以不聞道哉？」〔註120〕杜甫的《乾元中寓居同谷縣作歌七首》

---

〔註118〕蘇轍：《欒城三集》卷八。陳宏天、高秀英點校《蘇轍集》，第三冊，第1229頁，中華書局，1990年。

〔註119〕蘇軾《賈誼論》，《蘇軾文集》卷四，第106頁。

〔註120〕朱熹：《跋杜工部同穀七歌》，《晦庵先生朱文公集》卷八十四，第3952頁。

作於公元 759 年（乾元二年）。這一年，詩人正處於窮愁絕境之中，攜家人一路簸蕩，流落同穀，所謂「一歲四行役」。詩歌描繪杜甫流離顛沛的生涯，抒發老病窮愁的感喟。詩人歷敘窮途之處，悲憤激越、淋漓鳴咽，大有「長歌當哭」意味，彌漫著濃重的遲暮之感，淒涼沉鬱的哀壯之情。

在宋人看來，柳宗元被貶有憂悲憔悴之歎，白居易退閒之後貌似曠達其實仍在意於自身的榮辱得失，此二人與陶淵明相比，俱非「達理」、「知道」之士。《蔡寬夫詩話》：「子厚之貶，其憂悲憔悴之歎，發於詩者，特爲酸楚。閔己傷志，故君子所不免，然亦何至是？卒以憤死，未爲達理也。樂天既退閒，放浪物外，若眞能脫屣軒冕者，然榮辱得失之際，銖銖校量，而自矜其達，每詩未嘗不著此意，是豈眞能忘之者哉？亦爲勝己耳。惟淵明則不然。觀其《貧士》、《責子》與其它所作，當憂則憂，遇喜則喜，忽然憂樂兩忘，則隨所遇而皆適，未嘗的擇於其間，所謂超世遺物者，要當如是而後可也。觀三人之詩，以意逆志，人豈不見？以論賢不肖之實，亦何可欺乎！」〔註 121〕

宋人視陶淵明爲「知道」之士的觀念影響極大，後世有更多的學者以「知道」的哲人來看待他。如元代的趙孟頫題歸去來圖》：「斯人眞有道，名與日月懸」；明代朗瑛《七修類稿》：「陶公心次渾然，無少渣滓，所以吐詞即理，默契道體，高出詩人」；清賀貽孫《詩筏》：「大抵彭澤乃見道者，其詩則無意於傳而自然不朽者」；陳寅恪斷言陶淵明不僅「文學品節居古今之第一流」，而且「實爲吾國中古時代之大思想家」，並將陶淵明的哲學思想歸納爲「新自然說」。其「要旨在委運任化。夫運化亦自然也，既隨順自然，與自然混同，則認己身亦自然之一部，而不須更別求騰化之術，如主舊自然說者之所爲也。但此委運任化，混同自然之旨不可謂其非自然說，斯所以別稱之爲新自然說也」。〔註 122〕袁行霈則以「眞自然說」概括陶淵明的哲學思想，

---

〔註 121〕 蔡啓：《蔡寬夫詩話》，《宋詩話輯佚》，第 393 頁。
〔註 122〕 陳寅恪：《陶淵明之思想與清談之關係》，陳寅恪《金明館叢稿初編》，第 225 頁，北京三聯書店，2001 年。

所謂「眞自然說」是指「通過泯去後天的經過世俗薰染的『僞我』，以求返歸一個『眞我』，這個眞人是自然的，也是順化的。這裡的關鍵在於『返歸』，他所謂『養眞』的目標就是返歸於眞」。〔註 123〕然而，無論以「新自然說」還是「新自然說」來概括陶淵明的思想都應是以宋人的「知道」論爲基礎的，而且後人的論述也並沒有完全超出宋人。

## 三、自然詩人

「陶詩獨絕千古，在『自然』二字」。〔註 124〕不止是陶詩，陶淵明之所以能在宋代成爲文化經典以至在整個中國文化史上站住腳跟，也正在於「自然」二字，歷史上對陶淵明及其詩文風貌的評價最爲集中的一點也是「自然」。而對陶淵明「自然」（包括人格境界、詩文風貌）的充分挖掘是在宋代展開的，在這個時期陶淵明被推到了自然詩人的至高地位。

自然是中國傳統藝術觀念中最高的審美理想之一，如晚唐張彥遠《論畫體工用搨（拓）寫》稱：「夫畫物忌形貌採章，歷歷具足，甚謹甚細，而外露巧密。……夫失於自然而後神，失於神而後妙，失於妙而後精，精之爲病也，而成謹細。自然者，爲上品之上。神者，爲上品之中。妙者，爲上品之下。精者，爲中品之上。謹而細者，爲中品之中」。〔註 125〕但自然在中國文化系統中並非一個簡單的藝術評價尺度，它包含了內容極爲豐富的人格境界的價值成分。「『自然』之所以能夠成爲一個重要詩學範疇，這在很大程度上是取決於它所包含的道德內涵——它標誌著古代文人的一種人生理想與人格境界，一種企盼眞誠無僞、任眞自得的精神狀態的強烈願望」。而自然作爲一種人格境界主要包含兩大特徵：「一是無拘無束的心靈

〔註 123〕　袁行霈《陶淵明的哲學思考》，袁行霈《陶淵明研究》，第 21 頁，北京大學出版社，1997 年。

〔註 124〕　朱庭珍：《筱園詩話》卷一，《清詩話續編》，第 2340 頁。

〔註 125〕　張彥遠：《歷代名畫記》卷二，第 26 頁，人民美術出版社，1963 年。

自由狀態（在老莊是物我兩忘、逍遙自適，在儒家是平和愉悅、從
容中道。）二是眞誠無僞的處世態度」。〔註 126〕這對於我們理解陶
淵明的「自然」大有裨益。宋人對陶淵明之「自然」的闡釋有兩個
基本層面：首先是人格境界之自然率眞；其次是詩學層面的自然：
表現爲不待安排與偶然入妙。

## （一）陶淵明「自然」的人格境界層面：率眞自然

「自然」是道家的核心範疇，其基本含義是順應大化，不違本
性。《老子》第二十五章：「人法地，地法天，天法道，道法自然」。
王弼注：「人不違地，乃得安全，法地也；地不違天，乃得全載，法
天也；天不違道，乃得全覆，法道也。道違自然，乃得其性」；「法
自然者，在方而法方，在圓而法圓，於自然而無所違也」。天、地、
人三種基本存在都以「道」爲基本法則，而「道」又以「自然」爲
法則，實際上等於說天、地、人這三種實體存在都以「自然」爲法
則。自然與「眞」密切聯繫。《莊子‧漁父》：「眞者，所以受於天也，
自然不可易也」。萬物自然本性之保持謂之「眞」。《莊子‧馬蹄》：「馬，
蹄可以踐霜雪，毛可以御風寒，齕草飲水，翹足而陸，此馬之眞性
也」。朱自清評「此中有眞意，欲辨已忘言」兩句詩說：「『眞』固是
『本心』，也是『自然』。《莊子‧漁父》『禮者，世俗之所爲也。眞
者，所以受於天也，自然不可易也。故聖人法貴天貴眞，不拘於俗。
愚者反此，不以反天而恤於人，不知貴眞，祿祿而受變於俗，故不
足。』淵明所謂『眞』，當不外乎此」。〔註 127〕

求「眞」、向「自然」正是陶淵明畢生的精神追求，其思想的
核心就是「崇尚自然」。〔註 128〕在陶淵明作品中，「自然」共出現

---

〔註 126〕 李春青：《論「自然」範疇的三層內涵──對一種詩學闡釋視角的
嘗試》《文學評論》，1997 年第 1 期。

〔註 127〕 朱自清：《詩多義舉例》，《朱自清古典文學論文集》（上冊），第 68
頁，上海古籍出版社，1981 年。

〔註 128〕 袁行霈：《陶淵明崇尚自然的思想與陶詩的自然美》，袁行霈《陶淵
明研究》，第 57 頁。

四次：《形影神》序：「貴賤賢愚，莫不營營以惜生，斯甚惑焉；故極陳形影之苦言，神辨自然以釋之」；《歸去來兮辭》：「質性自然，非矯勵所得」；《晉故征西大將軍長史孟府君傳》：「又問聽妓，絲不如竹，竹不如肉。答曰：『漸近自然』」；《歸園田居》其一：「久在樊籠裏，復得返自然」。另外意義基本與「自然」相同的還有「天」、「化」等。「眞」出現十次。《連雨獨飲》：「天豈去此哉，任眞無所先」；《始作鎮軍參軍經曲阿作》：「眞想初在襟，誰謂形迹拘」；《辛丑歲七月赴假還江陵夜行塗口》：「養眞衡茅下，庶以善自名」；《歸園田居》其五：「此中有眞意，欲辨已忘言」；《飲酒》其二十：「羲農去我久，舉世少復眞」；《勸農》：「悠悠上古，厥初生民。傲然自足，抱樸含眞」等。袁行霈認爲：「眞」是涵蓋陶淵明「全部人生理想在內的抽象理念」。〔註129〕

　　陶淵明的自然眞率可以從史書記載考見。沈約《宋書・隱逸傳》載：「潛不解音聲，而畜素琴一張，無弦，每有酒適，輒撫弄以寄其意。貴賤造之者，有酒輒設。潛若先醉，便語客曰：『吾醉欲眠，卿可去。』其直率如此。郡將候潛，值其酒熟，取頭上葛巾漉酒，畢，還復著之」。南朝檀道鸞《續晉陽秋》：「江州刺史王弘造淵明，（淵明）無履，弘從人脫履以給之。弘語左右爲彭澤作履，左右請履度，淵明便於眾坐伸腳。及履至，著而不疑」。魯迅評這段歷史記錄：「他非常之窮，而心裏很平靜。家常無米，就去向人樣門口求乞。他窮到有客來見，連鞋也沒有，那客人給他從家丁取鞋給他，他便伸足穿上了。雖然如此，他卻毫無爲意，還是『採菊東籬下，悠然見南山』。這樣的自然狀態，實在不易模仿。他窮到衣服也破爛不堪，而還在東籬下採菊，偶然擡起頭來，悠然的見了南山，這是何等自然」。〔註130〕

　　宋人闡釋陶淵明的「自然」首先抓住的正是他自然率眞的人格境界，這種闡釋始自蘇軾：

〔註129〕　袁行霈：《陶淵明的哲學思考》，袁行霈《陶淵明研究》，第17頁。
〔註130〕　魯迅：《而已集・魏晉風度及文章與藥及酒之關係》，《魯迅全集》，第3卷，第537頁。

> 孔子不取微生高，孟子不取於陵仲子，惡其不情也。
> 陶淵明欲仕則仕，不以求之爲嫌，欲隱則隱，不以去之爲
> 高；饑則扣門而乞食，飽則雞黍以延客。古今賢之，貴其
> 真也。〔註131〕

微生高，姓微生名高，素有直名，其與女子約會於橋下，女子未至，
大雨，水至，高守其信，抱橋柱不去，溺死。時人以爲信既如是，直
亦可知。孔子不以爲然，舉其轉乞醯與人之事，證其非直。《論語・
公冶長》記：「子曰：孰謂微生高直，或乞醯焉，乞諸其鄰而與之」。
孔安國注：「乞之四鄰以應求者，用意委曲，非爲直人也」。朱熹注：
「醯，醋也。人來乞時，其家無有，故乞諸鄰家以與之。夫子言此，
譏其曲意殉物，掠美市恩，不得爲直也」；朱熹注引程子曰：「微生高
所枉雖小，害直爲大」；又注引范氏曰：「是曰是，非曰非，有謂有，
無謂無，曰直。聖人觀人於其一介之取予，而千駟萬鍾從可知焉。故
以微事斷之，所以教人不可不謹也」。〔註132〕

仲子事見《孟子・滕文公下》。「仲子，齊之世家也，兄戴，蓋祿
萬鍾。以兄之祿爲不義之祿而不食也，以兄之室爲不義之室而不居
也，辟兄離母，處於於陵」。篇末孟子評：「以母則不食。以妻則食之，
以兄之室則弗居，以於陵則居之：是尚爲能充其類也乎？若仲子者，
蚓而後充其操者也！」

蘇東坡首先以微生高和於陵仲子的不自然、不率真來反襯陶淵
明。然後又以陶淵明的「欲仕則仕，不以求之爲嫌；欲隱則隱，不以
去之爲高」具體說明其平生行事之自然、率真。《歸去來兮辭》序：

> 余家貧，耕植不足以自給。幼稚盈室，瓶無儲粟，生
> 生所資，未見其術。親故多勸余爲長吏，脫然有懷，求之
> 靡途。會有四方之事，諸侯以惠愛爲德，家叔以余貧苦，
> 遂見用爲小邑。于時風波未靜，心憚遠役，彭澤去家百里，
> 公田之利，足以爲酒，故便求之。及少日，眷然有歸歟之

---

〔註131〕 蘇軾：《書李簡夫詩集後》，《蘇軾文集》卷六十八，第 2148 頁。
〔註132〕 朱熹：《論語集注》，朱熹《四書章句集注・四書或問》，第 107 頁。

　　情。何則？質性自然，非矯勵所得。饑凍雖切，違己交病。
　　嘗從人事，皆口腹自役。於是悵然慷慨，深愧平生之志。
　　猶望一稔，當斂裳宵逝。尋程氏妹喪于武昌，情在駿奔，
　　自免去職。仲秋至冬，在官八十餘日。因事順心，命篇曰
　　歸去來兮。

在蘇軾看來，這是最能反映陶淵明自然率眞的一段文字。陶淵明將自
己求官的動機（《飲酒》其十「似爲饑所驅，傾身營一飽」可相參）
與棄官的過程全盤坦然托出，求職出仕只是因生活困苦（《飲酒》十
九「疇昔苦長饑，投耒去學仕」），而公田種秫之利恰可滿足自己暢快
飲酒的願望；歸隱只是因爲悔悟不應爲口腹所役，而有愧於平生之
志，又逢親人新喪。眞可謂是「率然而出，率然而歸」。陶淵明沒有
掩飾或者美化自己出仕與歸隱的目的和動機，「仕不曰行志，聊資三
徑而已；去不曰爲高，情在駿奔而已」。〔註133〕然而，陶淵明並非不
重視廉潔與操守，只是不像一般隱逸者那般矯情立異，沾沾自喜地誇
耀自己的「廉潔」與「操守」，而是「處處都最近人情，胸襟儘管高
超而卻不唱高調，仍保持著一個平常人的家常便飯的風格」。〔註134〕

　　在後人眼中，蘇軾這個「眞」字下得恰當深刻。《苕溪漁隱叢話》
引此說後評：「余嘗三復斯言，可謂至論」。〔註135〕梁啓超評《歸去
來兮辭》也充分肯定了蘇軾對陶淵明的評價，「這篇小文，雖極簡單
極平淡，卻是淵明全人格最忠實的表現。蘇東坡批評他道：『欲仕則
仕，不以求之爲嫌；欲隱則隱，不以去之爲高。』這話對極了。古今
名士，多半眼巴巴地釘著富貴利祿，卻扭扭捏捏說不願意幹。《論語》
說的『舍曰欲之而必爲之辭，』這種醜態最爲可厭。再者，丟了官不
做，也不算什麼稀奇的事，被那些名士自己標榜起來說如何的清高實
在適形其鄙。二千年來文學的價值，被這類人的鬼話糟蹋盡了。淵明
這篇文，把他求官棄官的事實始末和動機赤裸裸地照寫出來，一毫掩

〔註133〕　羅願：《陶令祠堂記》，《鄂州小集》卷三。
〔註134〕　朱光潛：《詩論·陶淵明》，《朱光潛全集》，第三卷，第261頁。
〔註135〕　胡仔：《苕溪漁隱叢話》前集卷三，第15頁。

飾也沒有，這樣的人，才是『眞人』，這樣的文藝才是『眞文藝』」；
‧‧‧‧‧‧　‧‧‧　　　‧‧‧‧‧‧　　　‧‧‧
陶淵明是「一位最眞的人」。〔註136〕

　　蘇軾以爲，陶淵明人格境界的自然率眞還表現於「饑則扣門而乞
食，飽則雞黍以延客」：

　　乞　食

　　　　飢來驅我去，不知竟何之。行行至斯里，叩門拙言辭。
　　　　主人解余意，遺贈豈虛來。談諧終日夕，觴至輒傾杯。
　　　　情欣新知歡，言詠遂賦詩。感子漂母惠，愧我非韓才。
　　　　銜戢知何謝，冥報以相貽。

饑食、渴飲是人不學而能的自然本性。「夫所以食者，爲餓也，所以
飲者，爲渴也，豈自外入哉？人之於飲食，不待學而能者，其所以然
而然者明也」。〔註137〕陶淵明窮困潦倒至於乞食地步，但也僅有「不
知竟何之」的茫然與無奈、「叩門拙言辭」的些許窘迫，而在得食之
後便有了「談諧終日夕，觴至輒傾杯」的快樂，確實夠得上眞正的自
然曠達。清溫汝能評此詩：「此詩非設言也。因饑求食，是貧士所有
之事，特淵明胸懷，視之曠如，固不必諱言之耳。起二句諧甚、趣甚，
以下求食得食，因飲而欣，因欣而生感，因感而思謝，俱是實情實境」。
〔註138〕這是「飢則乞食」的自然，《歸園田居》其五則是「飽則延客」
的率眞，其詩云：

　　　　悵恨獨策還，崎嶇歷榛曲。山澗清且淺，遇以濯吾足。
　　　　漉我新熟酒，隻雞招近局。日入室中暗，荊薪代明燭。
　　　　歡來苦夕短，已復至天旭。

陶淵明一生貧困，「傾壺絕餘瀝，窺竈不見煙」（《詠貧士》其二）是
眞實寫照，食不得飽至於「寒餒常糟糠」（《雜詩》其八），詩人自述
「平生不止酒」（《止酒》），「性嗜酒，而家貧不以恒得」（《宋書‧隱

---

〔註136〕梁啓超：《陶淵明之文藝及其品格》，梁啓超《陶淵明》，第 15～16
　　　　頁，商務印書館，1934 年再版。
〔註137〕蘇軾：《蘇氏易傳》卷八。
〔註138〕溫汝能：《陶詩彙評》卷二。

逸傳》)。〔註139〕一個窮困潦倒至於乞食的人稍有酒食，便邀人同樂
至於通宵達旦，真可謂真率自然得無所顧忌。兩詩對照自可知曉蘇軾
所謂「饑則扣門而乞食，飽則雞黍以延客」的確不是一般的真率自然。

　　蘇軾論陶淵明的自然真率還有一處記於惠洪的《冷齋夜話》：

　　　　東坡每曰：古人所貴者，貴其真。陶淵明恥爲五斗米
　　屈於鄉里小兒，棄官去。歸久之，復遊城郭，偶有羨於華
　　軒。〔註140〕

蘇軾的話均有所指。《宋書・隱逸傳》載陶淵明爲彭澤令，「郡遣督
郵至縣，吏白應束帶見之。潛歎曰：『我不能爲五斗米，折腰向鄉里
小人。』即日解印綬去職，賦《歸去來》」。這是蘇軾所說的「恥爲
五斗米屈於鄉里小兒」，即陶淵明一生最爲閃光的事迹：「不爲五斗
米折腰」。「復遊城郭，偶有羨於華軒」當指陶淵明《遊斜川》一詩：

　　　　辛酉正月五日，天氣澄和，風物閒美，與二三鄰曲，
　　同遊斜川。臨長流，望曾城；魴鯉躍鱗於將夕，水鷗
　　乘和以翻飛。彼南阜者，名實舊矣，不復乃爲嗟歎；
　　若夫曾城，傍無依接，獨秀中皋；遙想靈山，有愛嘉
　　名。欣對不足，率爾賦詩。悲日月之遂往，悼吾年之
　　不留。各疏年紀鄉里，以記其時日。

　　　　開歲倏五十，吾生行歸休。念之動中懷，及辰爲茲游。
　　　　氣和天惟澄，班坐依遠流。弱湍馳文魴，閒谷嬌鳴鷗。
　　　　迴澤散游目，緬然睇曾丘。雖微九重秀，顧瞻無匹儔。
　　　　提壺接賓侶，引滿更獻酬。未知從今去，當復如此不。
　　　　中觴縱遙情，忘彼千載憂。且極今朝樂，明日非所求。

《遊斜川》是陶淵明僅有的一首山水詩。袁行霈認爲，此遊蓋「仿王
羲之蘭亭之遊也，《遊斜川序》與《蘭亭集序》，《遊斜川詩》與《蘭
亭詩》相對照悲悼歲月之既往，感歎人生之無常，寓意頗有相近之處。

─────────────────────

〔註139〕另《五柳先生傳》：「性嗜酒，家貧不能常得」；《擬輓歌辭》其一：
　　　　「但恨在世時，飲酒不得足」；《擬輓歌辭》其二：「在昔無酒飲，
　　　　今但湛空觴」。
〔註140〕惠洪：《冷齋夜話》卷一，載惠洪等《冷齋夜話・風月堂詩話・環
　　　　溪詩話》，第13頁，中華書局，1988年。

惟《遊斜川序》樸實簡練，僅略陳始末而已，不似《蘭亭序》之鋪陳且多抒情意味也」。〔註141〕

　　在明知「一朝辭吏歸，清貧略能酬」(《詠貧士》其七) 情況下，陶淵明不爲五斗米折腰而毅然歸去，是率性自然的行爲；在貧苦拮据的生活中羨慕他人的富貴奢華，也是自然而然的。就連聖人孔夫子也並不反對富貴，《論語・述而》：「富而可求也，雖執鞭之士，吾亦爲之。如不可求，從吾所好」。只是對富貴的追求要有原則，《論語・里仁》說：「富與貴是人之所欲也，不以其道得之，不處也」；《述而》又說：「不義而富且貴，於我如浮雲」。陶淵明對待富貴亦有自己的原則，《飲酒》其十五云：「若不委窮達，素抱深可惜」，陶淵明對待貧窮與富貴的態度是「委窮達」——聽任命運的貧富窮達，但以不違背「素抱」爲原則。可見陶淵明並非一味地反對榮華富貴，更非一味自虐式地「固窮」。《詠貧士》其三就有「豈忘襲輕裘，苟得非所欽」之說，富貴榮華要取之有道，而不能以犧牲原則而「苟得」。《感士不遇賦》亦自表白說：「寧固窮以濟意，不委曲而累己。既軒冕之非榮，豈縕袍之爲恥。誠謬會以取拙，且欣然而歸止。擁孤襟以畢歲，謝良價於朝市」。

　　蘇軾之後，宋人以自然率眞論陶淵明人格境界漸多，所側重的大多還是他不以出處爲意的一面。

　　蔡啓：「觀其《貧士》、《責子》與其它所作，當憂則憂，遇喜則喜，忽然憂樂兩忘，則隨所遇而皆適，未嘗有擇於其間，所謂超世遺物者，要當如是而後可也」。〔註142〕

　　佚名：「靖節先生，江左偉人，世高其節。先儒謂其最善任眞，方其貧也，則求爲縣令；仕不得志也，則掛冠而歸。此所以爲淵明也」。(清陶澍注《陶靖節集注》卷首《諸本序錄》引)

　　許顗：「陶彭澤詩，顏謝潘陸皆不及者，以其平昔所行之事，賦

---

〔註141〕　袁行霈：《陶淵明集箋注》，第 97〜98 頁。
〔註142〕　蔡啓：《蔡寬夫詩話》，《宋詩話輯佚》，第 393 頁。

之於詩，無一點愧詞，所以能爾」。〔註143〕

　　王十朋《觀淵明畫像》：「蕭灑風姿太絕塵，寓形宇內任天眞。絃歌只用八十日，便作田園歸去人。」（《梅溪王先生文集》後集卷十）

　　羅願《陶令祠堂記》（《鄂州小集》卷三）：「《易》之象，天地萬物，皆以其情見，而禮經大順之世，然後人不愛其情。乃知眞情之閼，爲日已久。又自東漢之末，矯枉既過。正始以來，始爲通曠，本欲稍返情眞，然以此相矜，末流之弊，愈不勝其僞。若淵明生百代之後，獨頹然任眞，雖清風高節，邈然難嗣，而言論所表，篇什所寄，率書生之素業，或老農之常務。仕不曰行志，聊資三徑而已；去不曰爲高，情在駿奔而已。饑則求食，醉便遣客。不藉琴以爲雅，故無弦亦可；不因酒以爲達，故把菊自足。眞風所播，直掃魏、晉澆習。嘗有詩云：『羲農去我久，滿世少復眞，汲汲魯中叟，彌縫使其淳。』嗚呼！自頃諸人，祖莊生餘論，皆言淳漓樸散，翳周孔禮訓使然，孰知魯叟爲此，將以淳之邪！蓋淵明之志及此，則其處己已審矣」。

## （二）陶淵明「自然」的詩學層面：不待安排與偶然　　　　入妙

　　「陶淵明詩所不可及者，沖淡深粹，出於自然。若曾用力學，然後知淵明詩非著力之所能成」。〔註144〕在宋人看來，陶淵明詩文之所以高妙，關鍵在於自然。宋人的創作雖多「以文字爲詩，以才學爲詩，以議論爲詩，……用事必有來歷，押韻必有出處」。〔註145〕但他們的審美理想卻是崇尚自然之美，以侔於造化爲藝術高致。蘇洵《仲兄字文甫說》就以「風行水上渙」之自然成文者爲「天下之至文」。蘇軾是兩宋文壇的最高峰，他的文學觀念更是力主自然。〔註146〕其《與謝民師推官書》（又作《答謝民師書》）稱讚謝文：「大

〔註143〕　許顗：《彥周詩話》，《歷代詩話》，第 383 頁。

〔註144〕　楊時：《龜山先生語錄》卷一，陶秋英編選《宋金元文論選》，第 212
　　　　　頁，人民文學出版社，1984 年。

〔註145〕　嚴羽：《滄浪詩話・詩辨》，第 26 頁。

〔註146〕　李春青：「貫穿蘇軾人格追求與學術旨趣的核心精神可由兩個概念

略如行雲流水，初無定質，但常行於所當行，常止於不可不止。文
理自然，姿態橫生」；〔註147〕另《文說》（又名《自評文》）自述：
「吾文如萬斛泉源，不擇地而出，在平地滔滔汩汩，雖一日千里無
難。及其與山石曲折、隨物賦形而不可知也。所可知者，常行於所
當行，常止於不可不止，如是而已矣」。〔註148〕父子二人都是以水
的自然流動之勢來比喻文的自然之境。南宋包恢亦以「天機自動，
天籟自鳴」為「詩之至」者。其《答曾子華論詩》云：「蓋古人於
詩不苟作，不多作，而或一詩之出，必極天下之至精。狀理則理趣
渾然，狀事則事情昭然，狀物則物態宛然，有窮智極力所不能到者，
猶造化自然之聲也。蓋天機自動，天籟自鳴，鼓以雷霆，豫順以動，
發自中節，聲自成文，此詩之至也」。〔註149〕

　　文如其人的觀念在中國文學傳統中根深蒂固：有什麼樣的「格」
就會有什麼樣的「調」是自然而然的事，內心境界的高下必然會反
映在藝術作品的色調之中，「先有絕俗之特操，後乃有天然之真
境」。即〔註150〕韓愈《答李翊書》所謂「根之茂者其實遂，膏之沃
者其光燁。仁義之人，其言藹如」。宋人對陶淵明自然本色的探索
也是沿著這個思路進行的。在宋人看來陶淵明詩文之「自然」是從
其高尚、峻潔的人格境界中自然流露而出的，非矯強所致，正所謂
有德者必有言。《冷齋夜話》卷三載：「李格非善論文章」，嘗曰：「諸
葛孔明《出師表》、劉伶《酒德頌》、陶淵明《歸去來詞》、李令伯
《乞養親表》，皆沛然從肺腑中流出，殊不見有斧鑿痕」；陳模《懷
古錄》卷上稱：「陶淵明如『孟夏草木長……好風與之俱』，如『結

---

予以概括，這便是自然與自由。同樣，蘇軾文學觀念的核心精神也
完全可由這兩個概念來表示」。李春青《宋學與宋代文學觀念》，第
162頁。

〔註147〕蘇軾：《蘇軾文集》卷四十九，第1418頁。
〔註148〕蘇軾：《蘇軾文集》卷六十六，第2068頁。
〔註149〕陶秋英編選：《宋金元文論選》，第391頁，人民文學出版社，1984
　　　　年。
〔註150〕潘德輿：《養一齋詩話》卷十評陶詩，《清詩話續編》，第2152頁。

廬在人境……飛鳥相與還』，此皆與萬物各適其適，氣象已好，又觸興而發，有自然之工。……蓋淵明人品素高，胸次灑落，信筆而成，不過寫胸中之妙而，未嘗以爲詩，亦未嘗求人稱其好，故其好者皆出於自然，此其所以不可及」。〔註151〕《彥周詩話》亦言：「陶彭澤詩，顏、謝、潘、陸皆不及者，以其平昔所行之事，賦之於詩，無一點愧詞，所以能而」。〔註152〕

「陶詩獨絕千古，在『自然』二字。……蓋自然者，自然而然，本不期而適然得之，非有心求其必然也。此中妙諦，實費功夫。蓋根底深厚，性情眞摯，理愈積而愈精，氣彌煉而彌粹。醞釀之熟，火色俱融；涵養之純，痕迹迸化；天機洋溢，意趣活潑，誠中形外，有觸即發，自在流出，毫不費力。故能興象玲瓏，氣體超妙，高渾古淡，妙合自然，所謂絢爛之極，歸於平淡」。〔註153〕這裡講的正是陶詩的妙合自然：自然者「非有心求其必然也」，自然者「自在流出，毫不費力」也。宋人闡釋陶淵明詩文之自然側重的正是在於：不待安排與偶然入妙——一是不排而高，一是無意而妙。

宋人對陶詩自然的闡釋首先認爲其待不「人爲」，將自然與「人爲」相對而言這一觀念源於莊子。《莊子·馬蹄》：

> 馬，蹄可以踐霜雪，毛可以御風寒，齕草飲水，翹足而陸，此馬之眞性也。雖有義臺路寢，無所用之。及至伯樂，曰：「我善治馬」。燒之，剔之，刻之，雒之，連之以羈縶，編之以皁棧，馬之死者十二三矣。饑之，渴之，馳之，驟之，整之，齊之，前有橛飾之患，而後有鞭筴之威，而馬之死者已過半矣。陶者曰：「我善治埴，圓者中規，方者中矩」。匠人曰：「我善治木，曲者中鉤，直者應繩」。夫埴木之性，豈欲中規矩鉤繩哉？然且世世稱之曰「伯樂善治馬。而陶、匠善治埴、木」，此亦治天下者之過也。

〔註151〕　引自北大、北師大師生編《陶淵明資料彙編》上冊，第116頁，中華書局，1962年。
〔註152〕　許顗：《彥周詩話》，《歷代詩話》，第383頁。
〔註153〕　朱庭珍：《筱園詩話》卷一，《清詩話續編》，第2340～2341頁。

在莊子看來，伯樂之治馬、陶者之治埴、匠人之治木都是在事物自然本性上強加人爲，結果使其自然本性消失殆盡。郭象《莊子·齊物論注》：「自己而然，則謂之天然；天然者，非爲也，故以天言之；以天言之，所以明其自然也」；又《莊子·則陽注》：「物有自然，非爲之所能也」。

宋人論陶淵明詩文之自然首先在於不假人爲：不煩繩削、不待安排、不假作爲。如：

黃庭堅《題意可詩後》：「寧律不諧不使句弱，用字不工不使語俗，此庾開府之所長也，然有意於爲詩也。至於淵明，則所謂不煩繩削而自合者。雖然，巧於斧斤者，多疑其拙；窘於檢括者，輒病其放。孔子曰『甯武子，其知可及也，其愚不可及也。』淵明之拙與放，豈可爲不知者道哉！」〔註154〕

施德操：「淵明隨其所見，指點成詩，見花即道花，遇竹即說竹，更無一毫作爲。故予嘗有詩云：『……淵明澹無事，空洞撫便腹，物色入眼來，指點詩句足。彼眞發其藏，我但隨所矚。』」〔註155〕

邢恕：「余嘗讀阮籍、陶潛詩，愛其平易渾厚，氣全而致遠。二人之學，固非先生比，然皆志趣高邈，不爲時俗所汩沒，事物所侵亂。其胸中所守者完且固，則爲詩不煩於繩削而自工，又況正聲大雅之什，不爲陶、阮者乎？」（邢恕：《康節先生伊川擊壤集後序》，《擊壤集》附錄）

朱熹：「若但以詩觀之，則淵明所以爲高，正在其超然自得、不費安排處。東坡乃欲篇篇句句依韻而和之，雖其高才，合湊得著，似不費力，然已失自然之趣矣」。（《答謝成之》，《晦庵先生朱文公集》卷五十八）

包恢《答傅當可論詩》：「如彭澤一派，來自天稷者，尙庶幾焉，

---

〔註154〕 陶秋英編選《宋金元文論選》，第190頁。
〔註155〕 施德操：《北窗炙輠錄》卷上，引自《陶淵明資料彙編》上冊，第56頁。

而亦豈能全合哉？然此爲天才生知，不假作爲，可以與此，其餘皆須以學而入。學則須習，恐未易徑造也」。〔註 156〕

「安排」、「做作」、「繩削」指作詩爲文刻意鍛鍊字句和講求布局，都是「自然」的對立面，「不假作爲」、「不待安排」、「不煩繩削」是同一層面的意思，意指陶詩的自然風貌。其中黃庭堅所謂的「不煩繩削」是宋代陶淵明批評較爲常用的一個詞。「繩削」語出《莊子・駢拇》。「待鈎繩規矩而正者，是削其性者也；待繩約膠漆而固者，是侵其德者也」。成玄英疏「夫物賴鈎繩規矩而後曲直方圓者，此非天性也」；又「夫待繩索約束，膠漆堅固者，斯假外物，非眞牢也。……既乖本性，所以侵其傷德也」。黃庭堅論詩有重視嚴謹法度的一面，且有「點鐵成金」、「奪胎換骨」之說，自身的創作也以鍛鍊字句見長，但卻以「不煩繩削而自合」的自然渾成爲高境。其《與王觀復書》其一稱：「好作奇語，自是文章病，但當以理爲主，理得而辭順，文章自然出群拔萃。觀杜子美到夔州後詩，韓退之自潮州還朝後文章，皆不煩繩削而自合」；其二：「所寄詩文多佳句，猶恨雕琢功耳。但熟觀杜子美到夔州後古律詩，但得句法簡易而大巧出焉，平淡而山高水深，似欲而不可企及。文章成就，更無斧鑿痕，乃爲佳耳」。因而後世元好問《論詩》（其二十八）有云：「論詩寧向涪翁（黃庭堅號涪翁）拜，未作江西社里人」。黃庭堅幾乎代表了宋人的基本情況：知識淵博、長於學問，生於「開闢眞難爲」的唐人之後，以己之長另闢以文字、才學、議論爲詩的新變之路是極爲自然之事。但宋人在審美觀念上大多又以自然之美爲追求，這似乎是一個不是悖論的悖論。

陶詩的「不假作爲」、「不待安排」、「不煩繩削」主要表現在語言運用的眞率自然。葉夢得《玉澗雜書》說：「詩本觸物遇興，吟詠情性，但能輸寫胸中所欲言，無所不佳。而世但役於組織雕鏤，故語言雖工，而淡然無味。陶淵明直是傾倒所有，借書於手，初不自知語言

---

〔註156〕 陶秋英編選《宋金元文論選》，第 385 頁，人民文學出版社，1984年。

文字也，此其不可及」。〔註 157〕意即陶淵明詩之所以能傾倒歷代讀者，關鍵之處在於其吟詠情性但求輸寫胸中之言，而不是用心於語言文字的「組織雕鏤」。

不用心於「組織雕鏤」結果就是語言運用自然「散緩」。蘇軾《書唐氏六家書後》：「永禪師書，骨氣深穩，體兼眾妙，精能之至，反造疏淡。如觀陶彭澤詩，初若散緩不收，反復不已，乃識其奇趣」；〔註 158〕惠洪《冷齋夜話》卷一又載：「東坡嘗曰：淵明詩初看若散緩，熟看有奇句。如『日暮巾柴車，路暗光已夕。歸人望煙火，稚子候簷隙』。又曰：『採菊東籬下，悠然見南山』。又曰：『靄靄遠人村，依依墟里煙。犬吠深巷中，雞鳴桑樹顛』。大率才高意遠，則所寓得其妙，造語精到之至，遂能如此。似大匠運斤，不見斧鑿之痕」。

這裡蘇軾以「散緩」來描繪陶詩的語言運用，後姜夔、范溫受其影響，也都說陶詩「散」。《白石道人說詩》：「陶淵明天資既高，趣詣又遠，故其詩，散而莊，淡而腴，斷不容邯鄲學步也」；〔註 159〕范溫《潛溪詩眼》亦說：陶詩「初若散緩不收，反復觀之，乃得其奇處」。〔註 160〕

蘇軾所謂的「散緩」正指陶詩語言「不假作為」、「不待安排」、「不煩繩削」的自然特徵。「散」指陶詩不人為刻意地堆積意象致使密不透風，而是寫其所見、寫其所想，詩歌意象疏朗有致；「緩」指陶詩的節奏不求僵硬刻板的統一劃齊，而是盡量保持如日常談話一般的自然質樸、張弛有度。這種「散緩」自然的詩歌語言正是與陶淵明所欲抒發的蕭散、閒逸的主體情懷相協調的──特殊的語言秩序也折射了作家的精神結構和體驗方式。

《飲酒》其五是最受宋人稱道、推崇的作品，也是充分體現陶詩「散緩」的代表作。其詩云：

〔註 157〕 葉夢得：《玉澗雜書》卷八，宣統觀古堂本。
〔註 158〕 蘇軾：《蘇軾文集》卷六十九，第 2206 頁。
〔註 159〕 姜夔：《白石道人說詩》，《歷代詩話》（下冊），第 681 頁。
〔註 160〕 范溫：《潛溪詩眼》，《宋詩話輯佚》，第 373 頁。

結廬在人境，而無車馬喧。
問君何能爾？心遠地自偏。
採菊東籬下，悠然見南山。
山氣日夕佳，飛鳥相與還。
此中有眞意，欲辨已忘言。

前四句最能反映陶詩的自然「散緩」。王安石說：「詩人以來，無此四句」；〔註161〕朱自清亦稱這四句是「從前詩裏不曾有過的句法」，並進而指出它用得是「散文化的筆調」。〔註162〕

　　蘇軾所謂「散緩」具體說就是陶淵明將自然質樸的日常語言用法引入了詩歌，形成了以自然而然「散文化的筆調」和不加刻意雕琢的「句法天成」爲特色的詩歌風貌，賦予了詩歌一種接近語言日常狀態的自然節奏，從而突破了六朝時期過分雕琢、過分追求駢儷的詩歌風氣，所以才說「詩人以來，無此四句」。錢鍾書以爲陶詩自然特徵爲「通文於詩」和善用代詞。「唐以前惟陶淵明通文於詩，稍引厥緒，樸茂流轉，別開風格。如『結廬在人境，而無車馬喧』；『倒裳往自開，問子爲誰歟』；『孰是都不營，而以求自安』；『理也可奈何，且爲陶一觴』；『阿宣行志學，而不愛文術』；『餒也已矣夫，在昔余多師』；『日日欲止矣之，今日眞止矣』。其以『之』作代名詞用者亦極妙，如『微雨從東來，好風與之俱』；『過門更相呼，有酒斟酌之』。」〔註163〕

　　文學史上常以「陶謝」共稱，至宋陶詩以不待安排的自然之「妙」與謝詩雕琢刻畫之「工」劃出了一個界限，並徹底超越了以「安排」和「工巧」見長的謝靈運。〔註164〕嚴羽的意見堪爲代表。其《滄浪

〔註161〕都穆：《南濠詩話》載：「《飲酒》其五云：『結廬在人境，而無車馬喧。問君何能爾？心遠地自偏。』王荊公謂：『詩人以來，無此四句』。」《歷代詩話續編》，第1342頁。

〔註162〕朱自清：《陶詩的深度——評古直〈陶靖節箋定本〉》，《朱自清古典文學研究論文集》下冊，第571頁，上海古籍出版社，1981年。

〔註163〕錢鍾書：《談藝錄》（補訂本），第73頁。

〔註164〕關於陶謝在六朝與唐的地位關係，可參看第二章相關內容。

詩話‧詩評》云：

> 漢魏古詩，氣象混沌，難以句摘。晉以還方有佳句，
> 如淵明「採菊東籬下，悠然見南山」，謝靈運「池塘生春草」
> 之類。謝所以不及陶者，康樂之詩精工，淵明之詩質而自
> 然耳。〔註165〕

嚴羽以「自然」與「精工」之明確顯示了二人藝術成就之高低：陶詩
高於謝詩在其「自然」，謝詩不及陶詩因其「精工」。劉克莊《戊子答
真侍郎選詩》亦以爲謝詩「太工」而不及陶詩，「世以陶謝相配，謝
用功尤深，其詩極天下之工。然後品故在五柳之下，以其太工也」。
與陶詩不同，謝詩往往語言構造上慘淡經營，因而以字句對仗工巧、
麗辭密藻突出、句式整齊劃一爲其特色。《登池上樓》是他的代表作，
其詩云：

> 潛虯媚幽姿，飛鴻響遠音。薄霄愧雲浮，棲川怍淵沈。
> 進德智所拙，退耕力不任。徇祿及窮海，臥疴對空林。
> 衾枕昧節候，褰開暫窺臨。傾耳聆波瀾，舉目眺嶇嶔。
> 初景革緒風，新陽改故陰。池塘生春草，園柳變鳴禽。
> 祁祁傷豳歌，萋萋感楚吟。索居易永久，離群難處心。
> 持操豈獨古，無悶徵在今。

陶淵明與謝靈運作品各具其美：陶詩之美在於自然，謝詩之美在於安
排；陶詩長於「化工」之妙，謝靈運長於「精工」之巧；「陶詩合下
自然，不可及處，在眞、在厚；謝詩經營而反於自然，不可及處在新、
在俊。陶詩勝人在不排，謝詩勝人正在排」。〔註166〕當然，由於中國
藝術總是以自然、化工爲上乘極致之美，「陶詩高處在不排，謝詩勝
處在排，所以終遜一籌」。〔註167〕

「飢寒常在生前，聲名常在身後」。〔註168〕六朝時，謝靈運是文

---

〔註165〕 嚴羽：《滄浪詩話》，第 151 頁。
〔註166〕 沈德潛：《說詩晬語》卷上，《原詩‧一瓢詩話‧說詩晬語》，第 203
頁。
〔註167〕 沈德潛：《古詩源》卷十，第 222 頁。
〔註168〕 蘇軾：《書淵明乞食詩後》，《蘇軾文集》卷六十七，第 2112 頁。

壇領袖、天才詩人，《詩品》列爲上品，贊其「才高詞盛，富豔難蹤」。
而陶淵明則難入「文苑」，位列《詩品》中品，「古今隱逸詩人之宗」
已是莫大榮光；有唐一代，謝靈運是李白等詩人崇拜的對象，作品被
稱爲「詩中之日月」。〔註169〕陶淵明則仍主要是被以隱士視之，其詩
文較少有人提及。至宋，由於審美風尙的變化，陶淵明已陡然居於謝
靈運之上，而謝則「未能窺彭澤數仞之牆了」。〔註170〕兩位詩人文學
史地位的變化已經清楚顯示：陶淵明已經是一個不折不扣的經典作
家，數代之後，他終於獲得了一頂經典詩人的桂冠。

　　在宋人的闡釋系統中，陶詩的自然還表現爲不「刻意」，這是一
種「來自天穢」的自然之美。而陶淵明的無意爲詩和偶然入妙正是不
待安排、不煩繩削的另一種表述。《莊子・刻意》：「刻意尙行，離世
異俗，高論怨誹，爲亢而已矣」。司馬彪注：「刻，削也，峻其意也」；
《文心雕龍・通變》有「今才穎之士，刻意學文」。刻意乃潛心致志，
用盡心思之意，所謂「安排」、「繩削」、「做作」均是刻意之爲。

　　黃庭堅論陶詩「不煩繩削而自合」是與庾信之所長「寧律不諧不
使句弱，用字不工不使語俗」的「有意於爲詩」對照而言，顯示的正
是陶淵明的無意爲詩。有意爲詩就會心求其工，必然要煩於繩削、借
助安排、假以做作；既然無意爲詩，那麼繩削、安排、做作之類的煩
瑣之事也就不必。無意爲詩與不假安排是一問題的反正面：無意爲
詩則不須安排，如陸游《文章》詩所言：「文章本天成，妙手偶得之。
粹然無疵瑕，豈復須人爲」。在宋人看來，陶詩「不煩繩削」、「不待
安排」、「不假作爲」的自然直率，正是他無意爲詩，偶然入妙而致。

　　宋代對陶詩這一點的闡釋亦與當時的審美風尙密切相關，宋人
論詩普遍以「風行水上」的自然無意爲高，強調藝術生成的偶得之

---

〔註169〕皎然著，李壯鷹校注：《詩式校注》，第118頁，人民文學出版社，
　　　　2003年。
〔註170〕黃庭堅：《跋淵明詩卷》；另方回《秋晚雜書三十首》其二十七：「世
　　　　稱陶謝詩，陶豈謝可比」；《彥周詩話》：「陶彭澤詩，顏謝潘陸皆不
　　　　及者，以其平昔所行事，賦之於詩，無一點愧詞，所以能爾」等。

妙。蘇洵《仲兄字文甫說》以「風行水上渙」爲天下之至文，然此
二物非有求乎爲文，而是「無意乎相求，不期而相遇，而文生焉。
是其爲文也，非水之文也，非風之文也。二物者非能爲文，而不能
不爲文也，物之相使而文出於其間也，故此爲天下之至文也」。蘇軾
論及藝術創作更是重視「無心」、「無意」，前文所舉的「隨物賦形」
的核心其實就在於「無意」的自然之美。《東坡易傳》反映了蘇軾藝
術「無心」論的哲學基礎。其卷六解釋「利涉大川，乘木舟虛也」：

> 易至於巽，在上而云涉川者，其言必及木。易之象曰：
> 『木道乃行。』渙之象曰：『乘木有功』。中孚之象曰：『乘
> 木舟虛』。以明此巽之功也。以巽行兌，乘天下之至順而行
> 於人之所說，必無心者也。舟虛者，無心之謂也。

只有「無心」者才能「乘天下之至順而行於人之所說」。

卷七解釋「乾知大始，坤成大物。乾以易知，坤以簡能」：

> 乾無心於知之，故易。坤無心於作之，故簡。易故無
> 所不知，簡故無所不能。

乾坤作爲天地，因其「無心」，而「無所不知」、「無所不能」。

卷七解釋「易則易知，簡則易從」：

> 易簡者，一之謂也。凡有心者，雖欲一不可得也，一
> 不則無信也。夫無信者，豈不難知難從哉！乾坤惟無心，
> 故一，一故有信，信故物知之也。易而從之也不能。

有心就會破壞作爲整體的「一」，乾坤無心，故能得「一」。

在此基礎上，蘇軾多以「無心」論藝，其論文有《子思論》：

> 昔者夫子之文章，非有意於爲文，是以未嘗立論也。
> 所可得而言者，唯其歸於至當，斯以爲聖人而已矣。……
>
> 夫子既沒，諸子之欲爲書以傳於後世者，其意皆存乎
> 爲文，汲汲乎惟恐其汩其汩沒而莫吾知也，是故皆喜立論。
> 〔註171〕

在蘇軾看來，聖人所以爲聖人，在於其無意之處；後人有意而爲，

---

〔註171〕 蘇軾：《子思論》，載《蘇軾文集》卷三，第94頁。

只能落入下流。其論書則有《評草書》：「書初無意於佳，乃佳爾」；
〔註172〕《跋劉景文歐公貼》：「此數十紙，皆文忠公沖口而出，縱手
而成，初不加意者也。其文采字畫，皆有自然絕人之姿，信天下之
奇迹也」；〔註173〕論畫則有《題吳道子畫》：「覺來落筆不經意，神
妙獨到秋毫顛」。

　　而這種推崇無心、無意之文藝的思想以蘇氏父子為代表，然非其
獨有，而是一種重要風尚。黃庭堅《大雅堂記》：「子美妙處乃在於無
意為文，夫無意而意已至」；《題李漢舉墨竹》亦說：「如蟲蝕木，偶
爾成文；吾觀古人繪事妙處類多如此」；邵雍《閒吟》：「句會飄然至，
詩因偶然成」。（《伊川擊壤集》卷四）；蔡啓評杜詩：「詩語大忌用工
太過，蓋鍊句勝則意必不足。……『紅稻吸餘鸚鵡粒，碧梧棲老鳳
凰枝』，可謂精切，而在其集中，本非佳處；不若『暫止飛鳥將數子，
頻來語燕定新巢』為天工自在」；〔註174〕葉夢得《石林詩話》評「池
塘生春草，園柳變鳴禽」：「此語之工，正在無所用意，猝然與景相
遇，藉以成章，不假繩削，故非常情所能到。詩家妙處，當須以此
為根本，而思苦言難者，往往不悟」；〔註175〕楊萬里《冬至前三日》：
「詩如得句偶然來」（《誠齋集》卷十一）；又《答建康府大軍門徐達
書》：「大抵詩之作，興，上也；賦，次也；賡和，不得已也。初無
意於作是詩，而是物是事，適然觸於我，我之意適然感乎是物是事，
觸先焉，而是詩出焉。我何與焉？天也，斯之謂興」。（《誠齋集》卷
六十七）；朱熹《答徐載叔賡書》讚美陸游：「放翁之詩，讀之爽然，
近代惟見此人為有詩人風致。如此篇者，初不見其著意用力處，而
語意超然，自是不凡，令人三歎不能自己」。劉克莊《後村詩話》引
張嵲評黃庭堅詩：「其病在太著意，欲道古今人所未道語」。〔註176〕

〔註172〕蘇軾：《蘇軾文集》卷六十九，第2183頁。
〔註173〕蘇軾：《蘇軾文集》卷六十九，第2198頁。
〔註174〕蔡啓：《蔡寬夫詩話》，《宋詩話輯佚》，第385頁。
〔註175〕葉夢得：《石林詩話》卷中，《歷代詩話》，第426頁。
〔註176〕劉克莊：《後村詩話》後集卷二，第67頁，中華書局，1983年。

推崇無意、無心的審美風尚肇始於宋初。宋代的詩話作品中記載了宋初的文壇領袖歐陽修、梅堯臣以偶然無意之得爲美的軼事。歐陽修《六一詩話》載：

> 梅聖俞嘗於范希文席上賦河豚魚詩（《范饒州坐中客語食河豚魚》──引者注）云：「春洲生荻芽，春岸飛楊花。河豚當是時，貴不數魚蝦」。河豚常出於春暮，群游水上，食絮而肥。南人多與荻芽爲羹，云最美。故知詩者謂只破題兩句，已道盡河豚好處。聖俞平生苦於吟詠，以閒遠古淡爲意，故其構思極艱。此詩作於樽俎之間，筆力雄贍，頃刻而成，遂成絕唱。〔註177〕

《苕溪漁隱叢話》亦有相關記載：

> 東坡云：「予在廣陵，與晁無咎、曇秀道人同舟，送客山光寺，時客去，予醉臥舟中，曇秀作詩云：『扁舟乘興到山光，古寺臨流勝概藏。慚愧南風知我意，吹將草木作天香』。予和之云：『鬧處清遊借隙光，醉時眞境發天藏。夢回拾得吹來句，十里南風草木香。』予昔對歐公誦文與可詩云：『美人卻扇坐，羞落庭下花。』公曰：『此非與可詩，世間元有此句，與可拾得。』」〔註178〕

梅堯臣一生苦於吟詠，然而樽俎之間的偶爾之作，遂被認爲是時代絕唱；文與可之作，在歐陽修看來原是人間所無偶爾「拾得」之妙句。

整體而言，宋詩重「作」、尙「煉」。筆者之所以不厭其煩地引述宋人關於「無意」爲詩、「偶得」爲妙的詩學觀念，意在表明宋人對無意而得之佳作的欣賞與向往到了何種地步。而陶淵明和杜甫正是宋人詩學精神的兩個偶像和兩個方向：「拾遺句中有眼，彭澤意在無弦」。〔註179〕杜詩高在有法可依，陶詩妙在無意而成。

陶詩無意而妙的高境正是在這種文化環境中被發掘、發現甚至是發明出來的。宋人程俱《讀陶靖節詩》評陶詩：「言出無言意，妙語

〔註177〕 歐陽修：《六一詩話》，《歷代詩話》，第 264 頁。
〔註178〕 胡仔：《苕溪漁隱叢話》前集卷三十九，第 264 頁。
〔註179〕 黃庭堅：《贈高子勉》四首其二。

自天與」；黃庭堅《論詩》則說：「謝康樂、庚義城之於詩，爐錘之功不遺力也。然彭澤之牆數仞，謝、庚未能窺者，何哉？蓋二子有意於俗人贊毀其工拙，淵明直寄耳」。在他們看來，謝靈運、庚信之所以不及陶淵明正是由於他們不遺「爐錘之功」的刻意而爲；而陶淵明之所以高明、高妙正在於無意爲詩而直寄本心。

　　陶淵明《飲酒》其五是「傑作中的傑作」。〔註180〕宋人推崇此詩，正是因其它充分體現了陶淵明的「無意爲詩」，而陶淵明經典地位的確立與這個眩目閃光點的發現與充分闡釋密不可分。其詩云：

> 結廬在人境，而無車馬喧。
> 問君何能爾？心遠地自偏。
> 採菊東籬下，悠然見南山。
> 山氣日夕佳，飛鳥相與還。
> 此中有眞意，欲辨已忘言。

闡釋《飲酒》其五的關鍵在於「悠然見南山」句中的「見」字，首創之功當歸蘇軾。蘇軾兩處論及此詩，首先是：

> 「採菊東籬下，悠然見南山」。因採菊而見山，境與意會，此句最有妙處。近歲俗本皆作「望南山」，則此一篇神氣都索然矣。古人用意深微，而俗士率然妄以意改，此最可疾。〔註181〕

陶淵明的詩文集在兩宋版本較多，不同版本之間字句差別也較大。據《蔡寬夫詩話》記載：「《淵明集》世既多本，校之不勝其異。有一字而數十字不同者，不可概舉」。〔註182〕蘇軾以爲「見」、「望」異文非同小可：因爲此詩的最妙處正在於一個「見」字，「望」則是俗士「妄以意改」，一改致使此詩「神氣索然」。這裡，蘇軾只言其然，未言其所以然。另一處，蘇軾點明了此處異文的所謂癥結所在：

〔註180〕 陸侃如、馮沅君：「總之，《飲酒》是第二期中的傑作，而《結廬在人境》又是《飲酒》中的傑作。」《中國詩史》，第308頁，山東大學出版社，1996年。
〔註181〕 蘇軾：《題淵明飲酒詩後》，《蘇軾文集》卷六十七，第2092頁。
〔註182〕 蔡啓：《蔡寬夫詩話》，《宋詩話輯佚》，第380頁。

　　陶潛詩「採菊東籬下，悠然見南山」。採菊之次，偶然
見山，初不用意，而境與意會，故可喜也。今皆作「望南
山」。杜子美云「白鷗沒浩蕩，萬里誰能馴」。蓋滅沒於煙
波間耳。而宋敏求謂余云「鷗不解沒」，改作「波」。二詩
改此兩字，便覺一篇神氣索然也。〔註183〕

蘇軾以為「見」字可喜之處在於「採菊之次，偶然見山，初不用意，
而境與意會」。正是「見」字所體現的「偶然」、「不用意」的心態決
定了此篇的「神氣」。

　　「『見』字無心得妙」。〔註184〕此詩之妙確實在於一個「見」字，
欲求「見」字之妙，應當先把握此詩所表現的作者心境。「悠然」是
關鍵點，「悠然」乃形神閒逸自得之意。如用「望」字，則是詩人有
意所為、著意之舉，與悠然之心境不符，自是令人讀之興味索然。「見」
字則不然，南山美景自然而然地映入眼簾，山色忽然呈現乃採菊之餘
的意外之喜，是一種本非有心求其必然，不期然而適然得之的心靈境
界。這不僅是詩人採菊時偶然擡頭的視線觸及，也是只在心境悠然的
情況下才能獲取的。這樣，南山之有無，於這種心境並無必然聯繫，
「既見南山矣，只得從南山說起。南山之色，無時不佳，只因此見，
適值日夕之時，故以為日夕佳耳。山中飛鳥，為日夕而歸，非為山色
之佳而歸，但其歸也，適值吾見南山之時，得此飛歸之鳥點綴之，益
增山色之佳，此亦偶湊之趣也」。〔註185〕

　　東坡此論一出，在兩宋就得到了眾人附和，對此詩「無意」之美、
「偶然」之妙的闡釋也就更為具體細緻了。晁補之：

　　東坡云「陶淵明意不在詩，詩以寄其意耳。『採菊東籬
下，悠然望南山』，則既採菊，又望山，意盡於此無餘蘊矣，
非淵明意也。『採菊東籬下，悠然望見山』，則本自採菊，
無意望山，適擧首而見之，故悠然忘情，趣閒而意遠」。此

〔註183〕 蘇軾：《書諸集改字》，《蘇軾文集》卷六十七，第2099頁。
〔註184〕 鍾惺、譚元春：《古詩歸》卷九。
〔註185〕 吳淇：《六朝詩選定論》卷十一。

未可於文字精粗間求之。」(晁補之:《雞肋集》卷三十三《題陶
淵明詩後》)

蔡啓:

　　天下事有意爲之,輒不能盡妙,而文章尤然。文章之
間,詩尤然。世乃有日鍛月煉之說,此所以用功者雖多,
而名家終少也。晚唐諸人議論雖淺俚,然亦有暗合者,但
不能守耳,所謂「盡日覓不得,有時還自來」者,使所見
果到此,則「採菊東籬下,悠然見南山」之句,有何不可
爲?惟徒能言之,此禪家所謂語到而實無見處也。……

　　「採菊東籬下,悠然望見山」,此其間遠自得之意直
若超然邈出宇宙之外。俗本多以「見」字爲「望」字,若
爾,便有褰裳濡足之態矣。乃知一字之誤,害理有如是者。
〔註186〕

陳善:

　　陶淵明詩「採菊東籬下,悠然望見山」,採菊之際,無
意於山,而景與意會,此淵明得意處也。而老杜亦曰:「夜
闌接軟語,落月如金盆」。予愛其意度閒雅,不減淵明,而
語句雄健過之。每詠此二詩,便覺當時清景盡在目前,而
二公寫之筆端殆若天成,茲爲可貴。(陳善:《捫虱新語》下集
卷一)

吳曾:

　　東坡以淵明「採菊東籬下,悠然望見山」,無識者以「見」
爲「望」,不啻碔砆之與美玉。然余觀樂天《效淵明詩》有
云「時傾一尊酒,坐望東周山」,然則流俗之失久矣。惟韋
蘇州《答長安丞裴說》有云「採菊露未晞,舉頭見秋山」,
乃知眞得淵明詩意,而東坡之說爲可信。(吳曾:《能改齋漫錄》
卷三。)

陸游:

　　茶山先生云:「徐師川擬荊公『細數落花因坐久』、『緩

〔註186〕 蔡啓:《蔡寬夫詩話》,《宋詩話輯佚》,第380頁。

尋芳草得歸遲』，云『細落李花那可數，偶行芳草步因
遲』」。初不解其意，久乃得之。蓋師川專師陶淵明者也。
淵明之詩，皆適然寓意，而不留（意）於物。如「悠然見
南山」，東坡所以知其決非「望」南山也。今云「細數落
花」、「緩尋芳草」，留意甚矣，故易之。又云：「荊公多用
淵明語而意異」，如「柴門雖設要常關」、「雲尚無心能出
岫」。「要」字、「能」字皆非淵明本意也。〔註187〕

陸游《老學庵筆記》中所舉與陶詩形成對照的詩句分別出於王安石三
詩：

**北　山**

北山輸綠漲橫陂，直塹回塘灩灩時。
細數落花因坐久，緩尋芳草得歸遲。

**招楊德逢**

山林投老倦紛紛，獨臥看雲卻憶君。
雲尚無心能出岫，不應君更懶於雲。

**與北山道人**

薜果蔬泉帶淺山，柴門雖設要常關。
別開小徑連松路，祇與鄰僧約往還。

前人評《北山》詩有「物我兩忘，閒適自得之至」的境界，其實未必
如此。正如陸游所指出的，王詩雖表面閒適，但所坐之「久」與所歸
之「遲」可能都是百無聊賴的表現；「細數落花」之「細」、「緩尋芳
草」之「緩」正是作者看似無心的著意之處；而「雲尚無心能出岫」
之「能」、「柴門雖設要常關」之「要」都是表示較為強烈主觀意願的
詞，亦是「有心」、「留意」之舉，說「無心」而實有心，雲門「常關」
而實未關。

宋人陳巖肖《庚溪詩話》也曾將辭相而歸的王安石與陶淵明做過
一個比較，可相參：

────────────────

〔註187〕陸游：《老學庵筆記》卷四，第25～26頁，載《陸放翁全集》（上），
中國書店，1986年。

　　王荊公介甫辭相位，退居金陵，日遊鍾山，脫去世故，平生不以勢利爲務，當時少有及之者，然其詩（《偶書》——引者注）曰：「穰侯老擅關中事，長恐諸侯客子來。我亦暮年專一壑，每逢車馬便驚猜」。既以丘壑存心，則外物去來，任之可也，何驚猜之有，是知此老胸中尚蒂芥也。如陶淵明則不然，曰：「結廬在人境，而無車馬喧。問君何能爾？心遠地自偏」。然則寄心於遠，則雖在人境，而車馬亦不能喧之。心有蒂芥，則雖擅一壑，而逢車馬，亦不免驚猜也。〔註188〕

在評論者看來，王安石雖擅壑而居，但仍不免逢車馬而驚猜，正是因其心有蒂介、留意外物；陶淵明雖在人境，由於寄心高遠、無意於物，遂能喧中取靜。

　　上文所舉陸游《老學庵筆記》稱「不留意於物」得《飲酒》其五要領。在宋人心目中，正因陶淵明「無意」於外物，故亦「無意」於詩，其詩因「無意」而高、而妙。這就又將陶淵明詩學層面的「自然」落實到了其人格境界層面的「自然」上，又在其「知道」的人生哲學上找到了依據。「不留意於物」正是宋人普遍向往的人生境界。如蘇軾《寶繪堂記》：「君子可以寓意於物，而不可以留意於物」；蘇轍《子瞻和陶公山海經詩欲同作而未成夢中得數句覺而補之》詩亦云：「此心淡無累，與物常欣然」。

　　重視陶詩「不留意於物」的特徵，也是宋人闡釋陶淵明詩歌「自然」風貌的一個重要方向。

　　汪藻：

　　　　淵明之方出也，不以田園將蕪爲憂，其既歸也，不以松菊猶存爲喜，視物聚散如浮雲之過前，初未嘗往來於胸中，蓋知夫物我之皆寓也。此其所以爲淵明，而爲吾固道之欣慕歟……放懷於詩酒之間，了然知身外之處無秋毫可戀者，故隨其遇樂之，略無留吝之意。而其樂至於不可勝記，非有得於淵明者，能如是乎？（汪藻：《信州鄭固道侍郎寓屋記》，《浮溪集》卷十九。）

---

〔註188〕陳巖肖：《庚溪詩話》卷下，《歷代詩話續編》，第183頁。

韓駒：

> 往住京口，爲曾公卷題《採菊圖》「九日東籬採落英，
> 白衣遙見眼能明。向令自有杯中物，一段風流可得成。」
> 蔡天啓屢吟此詩，以爲善。然余嘗謂古人寄懷於物而無所
> 好，然後爲達。況淵明之眞，其於黃花眞寄意耳，至言飲
> 酒適意，亦非淵明極致，向使無酒，但悠然見南山，其樂
> 多矣，遇酒足飯飽輒醉，醉醒之後，豈知有江州太守哉？
> 當有以論淵明。（韓駒語，載《苕溪漁隱叢話》前集卷四。）

韓元吉：

> 夫世之所慕於淵明者，非特其去就可尚也，惟其志意
> 超然曠達，適於物而不累於物，有所得者焉。（韓元吉：《東
> 皋記》，《南澗甲乙稿》卷十五。）

綜上所述，宋人所謂陶詩之「自然」呈現於兩個方面：不待安排實質
是「無法」，偶然入妙實質是「無意」。這是宋人在完成了對陶淵明人
格境界的「聖化」之後，對其詩歌藝術成就的一種「神化」。但按照
一般的藝術規律考察，任何藝術都不可能絕對天衣無縫，「自然」得
即使臻於造化也不可能眞得無迹可求。陶詩的「無法」並非截然無法，
「無意」更非絕對「無意」，而只能是藝術效果「自然」得看不出痕
迹，自然得似乎「無法」、「無意」而已。「自然者，不雕琢、不假借、
不著色相、不落言荃也」。〔註 189〕但藝術眞正的自然並非眞得不雕
琢。藝術本義就是人爲，從嚴格意義上說，沒有人爲，便沒有藝術。
自然只是人爲得妙得天工、雕琢得水平高超，效果好，了無痕迹，似
乎是不煩繩削、不待安排、不假作爲而已；眞正的藝術也並不絕對「無
心」、截然「無意」，而是處於一種有意而似無意的動態平衡之中。

　　實際上，宋人在神化陶淵明的詩歌藝術自然特徵的同時已經意識
到了這一點。

　　惠洪《冷齋夜話》載：

─────────────────────

〔註 189〕　沈祥龍：《論詞隨筆》，唐圭璋編《詞話叢編》，第五冊，第 4054 頁，
　　　　　中華書局，1986 年。

東坡嘗曰：「淵明詩初看若散緩，熟看有奇句。如『日暮巾柴車，路暗光已夕。歸人望煙火，稚子候簷隙』。又曰：『採菊東籬下，悠然見南山』。又曰：『靄靄遠人村，依依墟里煙。犬吠深巷中，雞鳴桑樹顛』。大率才高意遠，則所寓得其妙，造語精到之至，遂能如此。似大匠運斤，不見斧鑿之痕」。（惠洪：《冷齋夜話》卷一）

《冷齋夜話》卷三又記：

李格非善論文章，嘗曰：「諸葛孔明《出師表》、劉伶《酒德頌》、陶淵明《歸去來詞》、李令伯《乞養親表》，皆沛然從肺腑中流出，殊不見有斧鑿痕」。（惠洪：《冷齋夜話》卷三）

兩則詩話暗含著同一內容：陶淵明藝術水平高妙，造語精到、自然，如「大匠運斤，不見斧鑿之痕」。陶詩的「自然」並非絕對不加斧鑿、不待安排、不假作為，只是這種「做作」的效果達到了痕迹泯化、天機洋溢的自然境界，使人不易見到「斧鑿痕」。陶詩這種自然的境界正是「既雕既琢，復歸於樸」。〔註 190〕「樸」是未經加工成器的木材，《說文解字》：「樸，一素也」；段玉裁注「素，猶質也。以木為質，未雕飾，如瓦器之坯然」。《論衡·量知》：「無刀斧之斷者謂之樸」。《老子》第三十二章：「樸雖小，天下莫能臣也」。王弼注：「抱樸無為，不以物累其真，不以欲害其神」。樸既是自然之功，更是極致之美，「覆載天地、刻雕眾形而不為巧」〔註 191〕；《莊子·天道》所謂「樸素而天下莫能與之爭美」是也。

宋代以後的闡釋者對於這個問題的看法就比較全面、辯證。許學夷：「若靖節，則所好實在詩文，而其意但欲寫胸中之妙耳，不欲效顏、謝刻意求工也。故謂靖節造語極工、琢之使無痕迹既非；謂靖節全無意於為詩，亦非也」；〔註 192〕王世貞：「淵明託旨沖澹，其造語

---

〔註190〕　《莊子·山木》。
〔註191〕　《莊子·大宗師》。
〔註192〕　許學夷：《詩源辨體》卷六，第 100 頁。

有極工者，乃大入思來，琢之使無痕迹耳。後人苦一切深沉，取其形似，謂為自然，謬以千里」；〔註193〕王圻《稗史》：「陶詩淡，不是無繩削，但繩削到自然處，故見其淡之妙，不見其削之迹」。

　　陶淵明詩歌的「自然」作如上理解才更準確、更全面。明人孫緒《無用閒談》說：「文章出於天而雜以人；神經鬼絡，無意而為者，天也；字鍛句煉，有意而為者，人也」。從文學創作實際來看，沒有哪首詩是無「法」的，只不過陶詩體現了自然、無意的藝術風格與造語用心工致的巧妙結合。陶詩之「自然」不是沒有技巧，而是表現為更高明的技巧，並且善於將這些技巧了然無痕地融入自然、渾然的整體之中，是一種至高、成熟的技巧，使人不易覺察罷了。例如其《雜詩》十二首就曾多次寫時光的流逝，但各不相同。一曰：「盛年不再來，一日難再晨，及時當勉勵，歲月不待人」；二曰：「日月擲人去，有志不獲騁」；三曰：「日月還復周，我去不再陽」；四曰：「百年歸丘壟，用此空名道」；五曰：「去去轉欲速，此生豈再值……壑舟無須臾，引我不得住」；六曰：「去去轉欲遠，此生豈再值」；七曰：「日月不肯遲，四時相催迫」；八曰：「素標插人頭，前途漸就窄」；九曰：「掩淚泛東逝，順流追時遷」；十曰：「時駛不可稽……荏苒經十載……倏忽歲月虧」。同一個意思用不同的語句表達，顯然是經過詩人精心「錘鍊」的，只是這種「錘鍊」既十分精粹又不露安排之痕，只見大匠運斤的得心應手而不見組織雕鏤的慘淡經營。

　　毫無疑問，在藝術的本義當中，原來就已必然地包含了人為的要素、技巧的成份。與其說宋人沒有注意到這一點，不如說他們注意到了但以有意識、有選擇地加以忽視，從而能夠將陶淵明作為完全的典範來建構自己的審美理想。今天看來，陶詩的自然也並非如宋人所神化的那樣似乎沒有技巧，只是這種技巧達到了一種較高的境界而已。正如王蒙所言：

　　　　自然就是樸素，自然就是明白，自然就是單純，自然

─────────────

〔註193〕王世貞：《藝苑卮言》卷三，《歷代詩話續編》，第994頁。

就是真功夫。

行雲流水，無迹無蹤，有文氣貫之，有意貫之，有真情貫之，有自然貫之。自然就是真情。自然就是了然於心，得心應手。……

有技巧卻沒有匠氣。有小術卻更有大道，有起承轉合卻看不到慘淡經營者的緊縐的眉頭。有修辭卻看不到錬字錬句者的蒼白的面孔。圓熟而不油滑。豐瞻卻不賣弄。動情而不絮叨，思辨卻沒有「端」起肩膀。

所以説，自然是一種「度」。姿肆而又節制的「度」。是事物與人心具有的本身的分寸感。於是乎，自然便又成爲經驗、文化和修養的産物了。〔註194〕

## 四、清淡之宗〔註195〕

「淡，或沖淡，或遠淡，是後期中國詩畫等各文藝領域所經常追求的最高藝術境界和審美理想」。〔註196〕這個「後期」大致應自中唐始，中唐是中國封建社會的一大轉折。唐天寶十四年（公元755年）發生的安史之亂，將唐帶入了一個空前苦難的時期，文學也進入了一個具有歷史意義的變革時期，詩歌自這一時期發生的變化尤其具有劃時代的意義。葉燮《唐百家詩序》斷言中唐不只是唐詩之中，它是「古今詩運」「一大關鍵」。「此『中』也者，乃古今百代之『中』，而非有唐之所獨得而稱『中』者也」；「後此千百年，無不從是以爲斷」。其中文學審美風尚的一個巨大變化，就是「漸趨淡靜」，〔註197〕而以淡

---

〔註194〕　王蒙：《風格散記》，王蒙《風格散記》，第14～15頁，人民文學出版社，1991年。

〔註195〕　蔡絛《西清詩話》：「淵明意趣真古，清淡之宗，詩家視淵明，猶孔門視伯夷也」。胡仔《苕溪漁隱叢話》前集卷四引，第26頁。「清淡」一詞，見《莊子・知北遊》「淡而靜乎，漠而清乎」。

〔註196〕　李澤厚：《華夏美學》，《美學三書》，第386頁，安徽文藝出版社，1999年。

〔註197〕　胡震亨：「大概中唐以後稍厭精華，漸趨淡靜」。胡震亨《唐音癸籤》卷十，第99頁，上海古籍出版社，1981年。

爲美的風氣漸濃主要是在入宋以後。

　　北宋初年統治者右文的政治策略保證了皇權的穩定統一，造就了這個時期文化的極大繁盛，但也導致了使武力的孱弱，對外戰爭幾乎始終處於劣勢，只好採用貢幣求和的辦法，以退讓求得邊境的安寧。政治保守、軍事無力使得宋人沒了唐人意氣風發的豪邁氣概，士人心態趨於向內收斂，「在這樣一個由積極行動轉向深入思考的時代，人們的精神面貌變得幽淡沉靜了」。〔註198〕文學藝術上也就更加欣賞追求平易而豐盈的樸淡、精微之美，這一點在宋詩上表現得最爲顯著。繆鉞《論宋詩》談及這個問題認爲，宋代重用文人，國內清宴，「是以其時人心，靜弱而不雄強，向內收斂而不向外擴發，喜深微而不喜廣闊」。這種時代心態發而爲詩就有了異於唐詩的風貌：「宋詩之情思深微而不壯闊，其氣力收斂而不發揚，其聲調不貴宏亮而貴清泠，其詞句不尙蕃豔而尙樸淡，其美不在容光而在意態，其味不重肥醲而重雋永」。〔註199〕

　　淡本義只是一種口味，一種簡單的生理感覺。《說文解字》釋「淡」爲「薄味」。段玉裁注「淡」與「濃」相對。淡有何神奇之處？從最普遍的日常經驗考慮，「淡」因其味薄，具備了調理出各種味道的潛質，而濃味則就完全喪失了這種潛質，極有可能變成味之單一。

　　中國文學藝術崇「淡」的思想源自老莊。《老子》第三十五章：「道之出口，淡乎其無味。視之不足見，聽之不足聞，用之不足既」。王弼注：「道之出言，淡然無味，視之不足見，則不足以悅其目，聽之不足聞，則不足以娛其耳，若無所中然，乃用之不可窮極也」。作爲老子思想最高本體的道，淡而至於無味，不能悅目娛耳，似乎無所用處，實則「用之不可窮極」，乃是一種至味；《莊子·刻意》：「若夫不刻意爲高，無仁義而修，無功名而治，無江海而閒，不道引而

---

〔註198〕　成復旺、黃保眞、蔡鍾翔：《中國文學理論史》，第二卷，第291頁。北京出版社，1987年。

〔註199〕　繆鉞：《論宋詩》，繆鉞《詩詞散論》，第36～37頁，上海古籍出版社，1982年。

壽，無不忘也，無不有也，淡然無極而眾美從之，此天地之道，聖人之德也」。成玄英疏：「心不滯於一方，迹冥符於五行，是以淡然虛曠而其道無窮，萬德之美皆從於己也」。〔註200〕

後世劉邵以「平淡」評品人物。其《人物論·體別》云：「夫中庸之德，其質無名，故鹹而不城，淡而不匱，質而不縵，文而不繢，能威能懷，能辯能訥，變化無方，以達為節」；《人物論·九徵》以「兼材」為完人，「其為人也，質素平淡，中睿外朗，筋勁植固，聲清色懌，儀正容直，則九徵皆至，則純粹之德也」。「質素平淡」是成為「兼材」（完人）的保證，因為「凡人之質量，中和為最貴矣。中和之質必平淡無味，故能調成五材，變化應節」。唐人司空圖《詩品·綺麗》以「濃盡必枯，淡者屢深」論詩。凡此種種之論看重「淡」的都是其無味而能成眾味、至味的潛質。「淡」是中國文化中最具有包蘊性的範疇之一，事物只有中和平淡，方可無所不包、用之無窮。淡是是事物自然素樸的初始狀態，是無窮變化之所出，「淡」的意義正在於此。這樣「淡」才確實可能成為是一種具有包容眾美潛質的至高境界。

宋代文學景象的形成與歐、梅、蘇、黃密切相關。楊壽《雲蓮詩話》：「宋初詩人，尚治中晚唐格律，歐梅出，唐音漸變，蘇黃出，而宋體始成」。文學界對平淡之美的追尋也以他們（外加蘇舜卿）為主要線索。陶詩是他們闡釋平淡之美的重要的示範性樣本，宋人對平淡美境界的追尋與建構幾乎與對陶詩平淡美的發現、闡釋同步，也是借助對陶詩平淡美的闡釋而得以實現的。陶詩「滋味醇濃是大羹」〔註201〕的審美特徵是陶淵明在兩宋時期獲得經典地位，並備受傾慕、讚美的一個重要原因。

「開宋詩一代之面目者，始於梅堯臣、蘇舜欽二人」。〔註202〕梅、蘇二人一講「平淡」，一講「古淡」影響深遠，宋人對平淡之美

---

〔註200〕　莊周著，郭慶藩集釋，王孝魚點校：《莊子集釋》，第537頁，中華書局，1982年。

〔註201〕　文同：《讀淵明集》「文章簡要惟華袞，滋味醇濃是大羹。」

〔註202〕　葉燮：《原詩》外篇下，《原詩·一瓢詩話·說詩晬語》，第67頁。

的追尋由此二人奠定基調。梅堯臣是宋代第一個明確提倡並實踐詩歌平淡之美的，也是宋代第一個以「平淡」論及陶淵明的大詩人。其《答新長老詩編》稱：「唯師獨慕陶彭澤」，表示傾慕淵明，並欲師之。其論平淡兩次提到了陶淵明，《答中道小疾見寄》：「方聞理平淡，昏曉在淵明」；《寄次道中道》：「中作淵明詩，平淡可擬倫。兩處都是以「平淡」與「淵明」對舉，可見他已明確意識到了陶詩的「平淡」特徵。那麼梅堯臣以「平淡」論陶詩到底意味著什麼呢？梅堯臣的詩歌創作「覃思精微，以深遠閒淡為意」，〔註203〕其論詩亦以「平淡」為難以企及的藝術極境。《依韻和邵不疑以雨止烹茶觀畫聽琴之會》：

> 作詩無古今，唯造平淡難。淡泊全精神，老氏吾將師。

這就將「平淡」之美推崇到了古今為詩最難企及的最高點，同時準確地指出「淡泊」精神來自老子。其《林和靖先生詩集序》評林逋：

> 其談道，孔、孟也；其語近世之文，韓、李也；其順
> 物玩情為之詩，則平淡邃美，讀之令人忘百事也；其辭主
> 乎靜正，不主首刺譏，然後知趣尚博遠，寄適於詩爾。

梅堯臣借林逋詩文的「平淡邃美」點明為何古今詩歌到達平淡最難：平淡之所以「難造」是因為表面的平淡之下必須要有深邃之美。其《依韻和晏相公》：「因吟適情性，稍欲到平淡」，則是說平淡不是矯情而致，而是從人的自然性情中自然而然地生發出來。

　　蘇舜欽的詩歌風格以豪縱奇壯為主，歐陽修《六一詩話》以「筆力豪雋，以超邁橫絕為奇」〔註204〕評其詩。但他論詩亦是以淡為美，主「古淡」。其《詩僧則暉求詩》云：「會將趨古淡，先可去浮囂」；《贈釋秘演》又云：「不肯低頭事鐫鑿，直欲淡泊趨杳冥」。

　　梅、蘇二人是歐陽修詩文革新運動的旗幟性人物。宋代以「平淡」為美的風尚當從歐陽修的詩文革新考慮，正是歐陽修利用知貢舉的機會大力提倡平淡的詩風，終使宋初文風大變：

〔註203〕歐陽修：《六一詩話》，《歷代詩話》，第267頁。
〔註204〕歐陽修：《六一詩話》，《歷代詩話》，第267頁。

> 嘉祐初，權知貢舉。時舉者務為險怪之語，號太學體。
> 公一切黜去，取其平淡造理者，即預奏名。初雖怨讟紛紜，
> 而文格終以復古者，公之力也。〔註205〕

歐陽修本人論詩主張平淡而味長。其《讀張李二生文贈石先生》：「辭嚴意正質非俚，古味雖淡醇不薄」；《再和梅聖俞見答》讚美梅詩：「子言古淡有真味，大羹豈須調以薤」；《送楊闢秀才》云：「世好競辛鹹，古味殊淡泊」；《病告中懷子華原父（嘉祐四年）》又云：「狂來有意與春爭，老去心情漸不能。世味惟存詩淡泊，生涯半為病侵凌」；《讀書（嘉祐六年）》亦云：「紛華暫時好，俯仰浮雲散。淡泊味愈長，始終殊未變」；其中，較為典型的是其《水谷夜行寄子美聖俞（慶曆四年）》評梅詩：

> 梅翁事清切，石齒漱寒瀨。作詩三十年，視我猶後輩。
> 文詞愈清新，心意雖老大。譬如妖韶女，老自有餘態。
> 近詩尤古硬，咀嚼苦難嘬。初如食橄欖，真味久愈在。

《王方直詩話》又記：

> 歐公謂梅聖俞詩，始讀則歎莫能及，後數日，乃漸有味，何止橄欖回味，久方覺永。〔註206〕

二者相參，可知歐陽修所謂「初如食橄欖，真味久愈在」是說詩歌平淡美的藝術效果：初似平淡無味實則回味悠長。

歐陽修、梅堯臣、蘇舜欽三人是宋初詩文革新的領袖，他們提倡平淡之美主要是以之對抗鋪錦列繡、浮靡華豔的西崑文風。歐陽修的「世好競辛鹹，古味殊淡泊」，蘇舜欽的「會將趨古淡，先可去浮囂」都包含著一種意欲糾偏的指向，尤其歐陽修借助科舉考試這一重要的指揮棒有力地扭轉了文風。實際上，他們的努力也確實取得了「變盡『崑體』，獨創生新」的效果。〔註207〕

---

〔註205〕　韓琦：《歐陽修墓誌銘並序》，《歐陽修全集》附錄卷三，第2704頁，中華書局，2001年。
〔註206〕　王方直：《王方直詩話》，郭紹虞輯《宋詩話輯佚》，第108～109頁。
〔註207〕　葉燮：《原詩》外篇下，《原詩・一瓢詩話・說詩晬語》，第67頁。

　　歐、梅、蘇三人的「平淡」論開啓了宋代對這一審美範疇的探尋，蘇軾、黃庭堅即是以此爲基礎，將平淡美變成了種一種自覺的藝術追求。將「平淡」美的探索推進到高度自覺的當屬蘇軾，而其探索也主要圍繞陶詩進行，在籍陶詩闡述、建構其審美理想的同時，也將陶詩推到了另一個難以企及的藝術高度。這裡我們說蘇軾借平淡美以期賦予陶淵明經典地位，或說借陶淵明來樹立平淡美的地位均可。

　　凡文字，少小時須令氣象崢嶸，採色絢爛漸老漸熟，乃造平淡，其實不是平淡，絢爛之極也。汝只見伯爺而今平淡，一向只學此樣，何不取舊日應舉時文字看，高下抑仰，若龍蛇捉不住，當且學此。（蘇軾：《與二郎姪一首》，《蘇軾文集·蘇軾佚文匯編》卷四，第 2523 頁。）

　　李杜之後，詩人繼作，雖間有遠韻，而才不逮意，獨韋應物、柳宗元發纖穠於簡古，寄至味於澹泊，非餘子所及也。（蘇軾：《書黃子思詩集後》，《蘇軾文集》卷六十七。第 2124 頁。）

　　永禪師書，骨氣深穩，體兼眾妙，精能之至，反造疏淡。如觀陶彭澤詩，初若散緩不收，反復不已，乃識其奇趣。（蘇軾：《書唐氏六家書後》，《蘇軾文集》卷六十九，第 2206 頁。）

　　柳子厚詩在陶淵明下，韋蘇州上。退之豪放奇險則過之，而溫麗靖深不及也。所貴乎枯澹者，謂其外枯而中膏，似澹而實美，淵明、子厚之流是也。若中邊皆枯澹，亦何足道？佛云：「如人食蜜，中邊皆甜」。人食五味，知其甘苦者皆是，能分別其中邊者，百無一二也。（蘇軾：《評韓柳詩》，《蘇軾文集》卷六十七，第 2109～2110 頁。）

　　吾於詩人，無所甚好。獨好淵明之詩，淵明作詩不多，然其詩質而實綺，癯而實腴，自曹、劉、鮑、謝、李、杜諸人，皆莫及也。（蘇軾：《與子由》其五，又稱《與蘇轍書》，《蘇軾文集·蘇軾佚文匯編》卷四，第 2515 頁。）

　　蘇軾《與蘇轍書》稱曹操、劉楨、鮑照、謝靈運、李白、杜甫都不及陶淵明，是蘇軾獨好陶詩至極的表現。清人何焯批校《陶淵明集》辨析此條曰：「曹、劉以下六人，豈肯少讓淵明哉？欲推尊淵明而抑

諸人爲莫及焉，坡公之論過矣。夫亦曰以諸人之詩較之淵明，譬之春蘭秋菊，不同其芳；荼虀肉膾，各有其味，聽人之自好耳，如此乃爲公論。坡公才情飄逸豪放，晚年率歸平淡，乃悉取淵明集中詩追和之，此是好陶之至，不自知其言之病也」。

　　蘇軾以爲陶詩達到了「質而實綺，癯而實腴」的藝術「極境」，故推陶淵明爲古今天下詩人皆莫可及也。這樣他就把梅堯臣最初透露的陶詩平淡與「唯造平淡難」之「難」落到了實處。

　　「詩有表裏淺深，人直見其表面淺者，孰爲能見其裏而深者哉！猶之花焉，凡其華彩光焰，漏泄呈露，燁然盡發於表，而其裏索然，絕無餘蘊者，淺也；若其意味風韻，含蓄蘊藉，隱然潛寓於裏，而其表淡然若無外飾者，深也。然淺者韻羨常多，而深者玩嗜反少，何也？知花斯知詩矣。衣錦尚絅，惡其文著；闇然日章，淡而不厭。先儒謂水晶精光外發而莫掩，終不如玉之溫潤中存而不露」。〔註208〕在宋人的心目當中，陶詩正是表面淡然無飾而意味風韻潛寓其裏者，以自然天成的筆法、簡淡樸素的形式營造不平常的意境、蘊涵不平淡的奇妙意蘊正是陶詩的特色。

　　蘇軾對陶詩平淡問題的闡釋正是圍繞包恢所謂「表裏深淺」進行的，他將陶詩的平淡之美歸納爲「外枯而中膏，似澹而實美」，「質而實綺，似癯實腴」，又曾說「柳子厚晚年詩，極似陶淵明」，那麼言及柳詩的「發纖穠於簡古，寄至味於澹泊」也應當適於陶詩。

　　在蘇軾這裡，「平淡」與「絢爛」是陶詩之表裏，其中「枯」、「澹」、「質」、「癯」、「簡古」、「澹泊」是表，是陶詩外表簡樸的一面；而「膏」、「美」、「綺」、「腴」、「纖穠」、「至味」是裏，是陶詩內蘊豐潤的一面。陶詩外表的「枯」、「澹」、「質」、「癯」、「簡古」、「澹泊」蘊涵著極其豐富的審美潛質：「膏」、「美」、「綺」、「腴」、「纖穠」、「至味」。陶詩的平淡美是內蘊充盈的韻味表現爲清爽樸實的外部風貌，

---

〔註208〕　包恢：《書徐致遠無弦稿後》，陶秋英編選《宋金元文論選》，第387頁，人民文學出版社，1984年。

似至質實天下之至華，似至枯實天下之至腴──意味風韻，含蓄蘊籍。陶淵明的詩歌是平淡與絢爛的相互生成、是外表簡古與內蘊豐潤的辯證統一。「詞語表現得最爲簡淨，而含蘊卻最爲豐美」，〔註 209〕不啻詩歌的最高典範。〔註 210〕

在宋代文化的闡釋語境中，陶詩的平淡超越了「氣象崢嶸，彩色絢爛」，是「既雕既琢，復歸於樸」的平淡之美，是超越高下抑揚、龍蛇逶迤之後「漸老漸熟」的老境美。〔註 211〕這種老熟的平淡美是經過陶冶洗煉之功夫後才能達到的，是詩人涵養蓄積深厚（包括人格修養與藝術礪煉）之結晶。葛立方《韻語陽秋》：「陶潛、謝朓詩皆平淡有思致，非後來詩人怵心劌目雕琢者所爲也。老杜云：『陶謝不枝梧，風騷共推激。紫燕自超詣，翠駁誰剪剔』是也。大抵欲造平淡，當自組麗中來，落其華芬，然後可造平淡之境，如此則陶謝不足進也。今之人多作拙易語，而自以爲平淡，識者未嘗不絕倒也。……平淡到天然處，則善矣」。〔註 212〕陶詩既非「怵心劌目」的刻意雕琢，亦非平常無奇「拙」與「易」，其平淡是豪華落盡真淳盡現的藝術境界。

劉克莊評陶詩：「簡淡之內出奇偉，藏大功於樸，寄大辨於訥」。〔註 213〕只有人格修養與藝術磨煉功夫到家才能化巧爲拙、藏膏於枯、蘊綺於質、寓繁於簡，方可將詩技的抑揚、逶迤深藏其中，即「簡易而大巧出焉，平淡而山高水深」。〔註 214〕陶詩並非沒有技巧，只是因其超越「小技」臻於「大道」達到了「沒有技巧」的最高技巧──

〔註 209〕 葉嘉瑩：《從「豪華落盡見真淳」論陶淵明之「任真」與「固窮」》，葉嘉瑩《迦陵論詩叢稿》，第 146 頁，河北教育出版社，1997 年。

〔註 210〕 朱光潛以爲陶詩「不平不奇，不枯不腴，不質不綺」，卻又「亦平亦奇，亦枯亦腴，亦質亦綺」，因而達到了藝術的最高境界──「化境」。朱光潛：《詩論・陶淵明》，《朱光潛全集》，第三卷，第 265 頁。

〔註 211〕 「老境美」的提法見張毅《宋代文學思想史》，第 115 頁，中華書局，1995 年。

〔註 212〕 葛立方：《韻語陽秋》卷一，《歷代詩話》，第 483～484 頁。

〔註 213〕 劉克莊：《趙寺丞和陶詩序》，《宋金元文論選》，第 410 頁。

〔註 214〕 黃庭堅：《與王觀復書》其二，《宋金元文論選》，第 190 頁。

藝術的最高境界。學陶詩如果置此不顧，就會看走了眼，也不符合基本的藝術規律。《竹坡詩話》：「士大夫學淵明作詩，往往故爲平淡之語，而不知淵明製作之妙，已在其中矣。如《讀山海經》云：『亭亭明玕照，落落清瑤流』豈無雕琢之功？蓋『明玕』謂竹，『清瑤』謂水，與所謂『紅皺簷瓦曬，黃團繫門衡』者奚異？」〔註215〕周紫芝以代字「明玕」、「清瑤」爲陶詩「製作之妙」，論其與「紅皺簷瓦曬，黃團繫門衡」〔註216〕無異，未免皮相、粗淺。但卻也說明陶詩確實是有「製作」，只是其「妙」並不在此而已。

　　蘇軾推崇陶詩「平淡」，還指出其淡泊而有「至味」、疏淡而有「奇趣」，這也正是蘇軾獨好陶詩、極力推崇陶詩的重要原因。正如袁宏道《敘咼氏家繩集》所說：

　　　　蘇子瞻酷嗜陶詩，貴其淡而適也。凡物釀之得甘，炙之得苦，唯淡不可造；不可造，是文之眞性靈也。濃者不復薄，甘者不復辛，唯淡也無不可造；無不可造，是文之眞變態也。風値水而漪生，日薄山而嵐出，雖有顧、吳，不能設色也。淡之至也。元亮以之。〔註217〕

陶詩之淡蘊含著無窮變化的可能性，蘊含著神韻與濃味，陶詩淡到極致，但絕不是淡而無味，陶詩之淡如水生之漪、日生之嵐，是其含韻、有味的表現。「世人所難得者唯趣。趣如山上之色，水中之味，花中之光，女中之態，雖善說者不能下一語，唯會心者知之。……夫趣得之自然者深，得之學問者淺。……山林之人，無拘無束，得自在度日，故雖不求趣而趣近也」。〔註218〕

　　陶詩平淡而有而有味、有韻、有趣——淡是形的層面，味、韻、趣則是神的層面——這正是宋人闡釋陶詩平淡的另外一個重要內容，而這也主要是受蘇軾的影響。

---

〔註215〕　周紫芝：《竹坡詩話》卷一，《歷代詩話》，第340～341頁。
〔註216〕　韓愈、孟郊：《城南聯句》，「紅皺」、「黃團」分別代「棗」、「瓜」。
〔註217〕　袁宏道著，錢伯城箋校：《袁宏道集箋校》，第1103頁，上海古籍出版社，1981年。
〔註218〕　袁宏道：《敘陳正甫會心集》，《袁宏道集箋校》，第463頁。

　　晁補之《書黃魯直題高求父揚清亭詩後》：「陶淵明泊然物外，故其語言多物外意，而世之學淵明者，處喧爲淡，例作一種不工無味之辭。曰：『吾似淵明』。其質非也」。（《雞肋集》卷三三）

　　葉夢得《玉澗雜書》：「詩本觸物遇興，吟詠情性，但能輸寫胸中所欲言，無有不佳。而世但役於組織雕鏤，故語言雖工，而淡然無味。陶淵明眞是傾倒所有，借書於手，初不自知爲語言文字也，此其所以不可及」。

　　陳善《捫虱新話》：「文章以氣韻爲主，氣韻不足，雖有辭藻，要非佳作也。乍讀淵明詩頗似枯淡，久久有味。東坡晚年好酷好之，謂李杜不及也。此無他，韻勝而已。韓退之詩，世謂押韻之文爾，然自有一種風韻」。（陳善：《捫虱新話》卷七）

　　楊萬里《誠齋詩話》：「五言古詩雅淡而味深長者，陶淵明、柳子厚也」。〔註219〕

　　姜夔《白石道人詩說》：「陶淵明天資既高，趣詣又遠，故其詩散而莊、淡而腴，斷不容作邯鄲步也」。〔註220〕

　　「韻相對於文學的外在的體格而言，是指文學中所流露的個人的風格、獨特的情趣、氣度等」。〔註221〕宋人以「韻」論陶詩的代表當屬范溫，其《潛溪詩眼》論韻曰：

>　　凡物既儘其美，美必有韻，韻苟不勝，亦亡其美。

而在范溫的觀念中陶詩乃最具韻之美者，爲古今詩人之最高：

>　　有餘意之謂韻。……且以文章言之，有巧麗，有雄偉，有奇，有巧，有典，有富，有深，有穩，有清，有古。有此一者，則可以立於世而成名矣；然一不備焉。不足以爲韻，眾善皆備而露才用長，亦不足以爲韻。必也備眾善而自韜晦，行於簡易閒淡之中，而有深遠無窮之味，觀於世

<hr>

〔註219〕　楊萬里：《誠齋詩話》，《歷代詩話續編》，第142頁。
〔註220〕　姜夔：《白石道人詩說》，《歷代詩話》（下冊），第681頁。
〔註221〕　童慶炳：《中國古代文論的現代意義》，第44頁，北京師範大學出版社，2001年。

俗，若出尋常。至於識者遇之，則暗然心服，油然神會。
測之而益深，究之而益來，其是之謂矣。其次一長有餘，
亦足以爲韻：故巧麗者發之於平淡，奇偉有餘者行之於簡
易，如此之類是也。……自曹、劉、沈、謝、徐、庾諸人，
割據一奇，臻於致極，盡發其美，無復餘韻，皆難以韻與
之。惟陶彭澤體兼眾妙，不露鋒芒，故曰：「質而實綺，臞
而實腴，初若散緩不收，反復觀之，乃得其奇處」；夫綺與
腴，與其奇處，韻之所從生，行乎質與臞，而又若散緩不
可收者，韻於是乎成。《飲酒》詩云：「榮衰無定在，彼此
更共之。」山谷云：「此是西漢人文章，他人多少語言，盡
得此理？」《歸園田居》詩，超然有塵外之趣。《贈周祖謝》
詩，皎然明出處之節。《三良》詩，慨然忠臣之願。《荊軻》
詩，毅然彰烈士之憤。一時之意，必反復形容。所見之景，
皆親切模寫。如「孟夏草木長，繞屋樹扶疏」，「日暮天無
雲，春風扇微和」，乃更豐濃華美。然人無得而稱其長。是
以古今詩人，惟淵明最高，所謂出於有餘者如此。〔註222〕

范溫之論主要繼承了蘇軾的看法，將陶詩「體兼眾妙，不露鋒芒」的
平淡美的闡釋落實到了「韻」上。因陶詩有「餘意」（韻），故古今最
高。

　　論陶詩之「味」以張戒爲代表，其《歲寒堂詩話》以「味」作爲
評價詩歌的最高標準，以爲「大抵句中若無意味，譬之山無煙雲，春
無草樹，豈複可觀」。張戒論味多次提及陶詩「妙在有味」，推崇陶淵
明爲「味不可及者」。「古詩、蘇、李、曹、劉、陶、阮本不期於詠物，
而詠物之工，卓然天成，不可複及。其情眞，其味長，其氣勝，視《三
百篇》幾於無愧，凡以得詩人之本意也」；「陶淵明詩，專以味勝」；「黃
魯直自言學杜子美，子瞻自言學陶淵明，二人好惡，已自不同。魯直
學子美，但得其格律耳；子瞻則又專稱淵明，且曰『曹、劉、鮑、謝、
李、杜諸子皆不及也。』夫鮑、謝不及則有之，若子建、李、杜之詩，
亦何愧於淵明？即淵明之詩，妙在有味耳」；「味有不可及者，淵明是

〔註222〕　范溫：《潛溪詩眼》，郭紹虞輯《宋詩話輯佚》，第373～374頁。

也。……淵明『狗吠深巷中，雞鳴桑樹顛』，『采菊東籬下，悠然見南山』，此景物雖在目前，而非至閑至靜之中，則不能到，此味不可及也」；「陶淵明雲：『迢迢百尺樓，分明望四荒。暮則歸雲宅，朝爲飛鳥堂。』此語初若小兒戲弄不經意者，然殊有意味可愛」。〔註223〕

　　陶詩所展現的平淡美是一種「漸老漸熟」的老境之美，其韻味深於簡樸平淡的藝術形式之下，因而喜愛與讀懂陶詩一般需要一定的人生閱歷，這往往是在進入中晚年之後。如梅堯臣雖較早就明確要師法陶淵明，但眞正認識到陶詩的平淡並開始力倡平淡詩風是在44歲以後。〔註224〕蘇軾推崇並遍和陶詩也在被貶黃州之後，蘇轍《東坡先生墓誌銘》稱：「公本似李杜，晚喜陶淵明」；辛棄疾亦是「老來曾識淵明」。〔註225〕黃庭堅《跋淵明詩卷》則說：「血氣方剛時讀此詩，如嚼枯木。及綿歷世事，知決定無所用智」。這其實並不難理解，陶淵明創作出現在一個時代的末期，表現的是「窮途末路」之際的人生思考與現實道路的選擇，因此最容易與人生的中晚年產生「同構」式的感應關係。陶淵明之所以在唐（尤其是盛唐）不受到重視，而至宋卻陡然名聲大振，也與此有關。盛唐是文人心理的壯年強盛期，中唐以降至宋是文人心理成年成熟期。〔註226〕另外陶詩平淡而韻、味悠長，讀之不能速及其意，而需反復咀嚼細心揣摩方可有得。因此蘇軾說「反復不已，乃識其奇趣」；〔註227〕陳善亦云：「乍讀淵明詩頗似枯淡，久久有味」；〔註228〕清伍涵芬《讀書樂趣》也說：「陶淵明詩語淡而味腴，和粹之氣，悠然流露，最耐玩味。……人初讀，不覺其奇，漸詠則味漸出」。

〔註223〕張戒：《歲寒堂詩話》卷上，《歷代詩話續編》，第450～～462頁。
〔註224〕李劍鋒：《元前陶淵明接受史》，第248～249頁。
〔註225〕辛棄疾：《水龍吟唱·老來曾識淵明》。
〔註226〕韓經太：《心靈現實的藝術透視》，第279頁，現代出版社，1990年。
〔註227〕蘇軾：《書唐氏六家書後》，《蘇軾文集》卷六十九，第2206頁。
〔註228〕陳善：《捫虱新話》（涵芬樓舊版影印本）卷七，上海書店，1990年。

# 結　語

　　文學經典既是一種實體性存在，更是一種關係性存在。經典化是作家、作品被不斷閱讀、理解、闡釋的過程，是原創性文本與獨特性闡釋的結合，涉及到伊澤爾所說藝術極與審美極——「藝術極是指作者創作的文本，審美極是由讀者完成的現實化」。陶淵明的經典化也正是從這兩個方面實現的：藝術極是其可能成爲經典的基礎，審美極是經典化必經之途。探討作家、作品的經典化就是要考察藝術極與審美極互相產生作用的歷史過程。藝術極只有在審美極的作用下，通過閱讀和理解的不斷展開才能得以實現。本書對陶淵明經典化的考察以其「藝術極」爲基礎，以「審美極」的實現爲重點。

　　經典之所以成爲經典，首先必須具有獨創性，即其在藝術內容與形式上的獨到之處，這是作家、作品得以經典化的基礎。陶淵明是中國田園詩歌的奠基者與創始人，他把詩歌創作的題材範圍擴大到了鄉村、田園的日常生活，實現了對田園之美的發現和描繪，爲中國詩歌增添了濃厚的田園生活氣息。陶詩體物、緣情，富有理趣，達到了虛實、情理的平衡，既有理性精神，更有「詩性」內涵，既有「玄心」、「洞見」，更有「妙賞」、「深情」，從而實現了對玄言詩的超越。「田家語」不奇而奇的絕妙運用及「詩中有文」的語體特徵使其別具審美價值，也使之區別並最終超越了以「儷採百字之偶，爭價一字之奇」

為特徵的晉宋詩壇。陶詩的思想情感和藝術表現都在中國文學歷程中翻開了新的一頁，而這也正是文學經典所應具有的新鮮品格。

經典「都是由閱讀它們的社會『再創造』的（只是無意識地），事實上，沒有一部作品在閱讀時，不是被『再創造』的」。〔註1〕經典化就其本質而言是一個效果歷史事件，對作家、作品的獨特解讀與闡釋是經典化的必由之路，任何作家都不可能指望自己寫一部經典作品或知道自己正在創作的是一部經典作品，「經典作品只是在事後從歷史的視角才被看作是經典作品的」。〔註2〕經典的光芒主要是由後人賦予的，如果沒有不斷地被閱讀與解釋，就不可能有經典的產生，「經典」就會成為同於其它歷史器物的「故紙堆」。

讀者與解釋者在經典形成過程中扮演著極為重要的角色。任何的理解都不是簡單複製作者意圖的行為，而始終是一種創造性行為。正是通過解釋者的活動，作品的意義（內涵）得以逐漸顯現，並超越了他的作者。經典是後世的閱讀、解釋活動「再創造」出來的，這種「再創造」是讀者、解釋者對作家、作品可闡釋空間的掘進過程，是讀者、解釋者賦予作家、作品「意義」的過程。經典化研究就是要描述這一富有意味的歷史過程。

六朝是陶淵明經典性的奠基期，他主要是以隱士形象出現的。鍾嶸的闡釋與品第，蕭統對道、酒、真的闡釋及其《文選》選錄陶詩使陶淵明的經典性初步顯現；唐代大規模的山水田園詩歌創作放大、強化了源於陶淵明的田園逸趣；大量陶淵明意象的出現顯示他開始漸趨經典作家；但在唐人的總體觀念之中，他主要還是一名飲酒賦詩的隱士；兩宋是其經典地位的確立期。陶淵明因其「安貧樂道」的聖賢品性、「恥事二姓」的政治操守、「不折腰」的堅貞氣節，自然而然地成了宋人崇敬的典範；陶詩的理性精神得到了充分、深入的發掘，宋人

〔註1〕〔英〕特里·伊格爾頓：《文學原理引論》，第15～16頁，劉峰譯，文化藝術出版社，1987年。

〔註2〕〔英〕艾略特：《艾略特詩學文集》189～190頁，國際文化出版公司1989年。

以「知道」、「聞道」、「近道」讚美陶淵明，這使他的哲人形象得以塑造完成；自然、平淡詩文格調的闡發都表明他已經眞正成了宋朝人心目中「詩人之冠冕」，完全確立了文學史的經典地位。

　　按照 Itamar-Zohar 的觀點，「『經典化』意味著那些文學形式和作品，被一種文化大革命的主流圈子接受而合法化，並且其引入矚目的作品，被此共同體保存爲歷史傳統的一部分」。〔註3〕陶淵明被主流文化圈子所接受正是實現於兩宋，這意味著陶淵明經典地位的確立，但並不是其經典性的完成。從嚴格意義上說，對文學經典的建構是不可能完成的，它處於不斷的積極變動之中，是一個向未來無限敞開的過程。

　　《文心雕龍・宗經》：「經也者，恒久之至道，不刊之鴻教也」。經典體現了一種超越了時間限制的規範性與基本價值。伽達默爾認爲經典「沒有時間性」，因爲它「在不斷與人們的聯繫之中」現身，使過去與現在融合，使人們意識到它們在文化傳統和思想意識上既連續又變化的關係。「『古典型』這詞所表現的正是這樣一點，即一部作品繼續存在的直接表達力基本上是無界限的」。〔註4〕這裡的「古典型」具有經典的意思，而「無界限」則強調其無確定性，處於不斷「更新」的闡釋之中。經典不是陳列在博物館裏死的對象或僅可供人崇拜的神聖遺物，它「蘊含了一種異常豐富的可解釋潛能，經歷了幾個世紀仍能激起人們的好奇和興趣。正因爲如此，文學史上有許多作品在歷史性和現實性之間建立了一種獨特的張力關係：它們既是過去文明的見證，又對後來的時代持續發揮著影響。假如承認文學具有這種功能，我們便不能僅僅把它看作是各種不同的思想和人類問題的『容器』，看成歷史——社會進程的單純反映，而必須視爲總體歷史發展過程的一個組成部分：文學既有反映的功能，又

〔註3〕　（加）斯蒂文・托托西：《文學研究的合法化》，第43頁，馬瑞琦譯，北京大學出版社，1997年。

〔註4〕　〔德〕伽達默爾：《眞理與方法：哲學詮釋學的基本特徵》（上卷），第374～375頁，上海譯文出版社，2004年。

有建構的功能。它是特定的意識形成和流變過程的媒介，肩負著塑造特殊歷史環境的重要使命，是各個歷史時期的自我確定和意義構成的表現形式，影響歷史發展進程的重要力量」。〔註5〕

　　文學經典可以「打破自己時代的界線而生活到世世代代之中，即生活在長遠時間裏（大時代裏），而且往往是（偉大的作品則永遠是）比自己當代更活躍更充實。……然而作品卻往往還要擴大自己的意義，亦即進入到長遠時間中去」。〔註6〕正是在這個「長遠時間」裏，文學經典巨大的涵義潛能才能得到揭示，它會面向新時代、新生活而復蘇，「並以新的涵義進行充實」。〔註7〕陶淵明經典的涵義正是在中國文學的發展歷史過程中不斷得以充實和開掘的。宋人的闡釋確立了陶淵明自然、平淡的主流格調，但仍舊爲後人的解讀留下了可闡釋空間。明代的黃文煥就在陶詩自然、平淡之外「發現」了「鍊字鍊章」之法，《陶詩析義自序》云：

　　　　古今尊陶，統歸平淡；以平淡論陶，陶不得見也。析
　　之以鍊字鍊章，字字奇奧，分合隱現，險峭多端，斯陶之
　　手眼出矣。

黃文煥的闡釋主要側重於陶詩「知其妙而不知其所以妙」的自然高妙之後隱晦曲折的章法、句法、字法。《飲酒》其五是最能體現陶詩「無法」與「無心」的自然上乘之作，黃文煥卻指出此詩與《飲酒》其四之間具有深微精妙的章法結構關係：

　　　　前說（指《飲酒》其四——引者注）現前非定止，必
　　思清遠而辭近地；此又說人境亦靜區，各隨近地而自有遠
　　心。前說思遠之鳥，仍斂翮而歸松，究竟止不在遠也；此
　　說近人之廬，悠然而見山，究竟地亦未嘗不遠也。前純言

〔註5〕　〔德〕赫爾穆特・紹伊爾《文學史寫作問題》，《世界文論》編輯委員會編《重新解讀偉大的傳統——文學史論研究》，第141～142頁，社會科學文獻出版社，1993年。
〔註6〕　巴赫金：《答〈新世界〉編輯部問》，載巴赫金《文本人文與對話》，第366～367頁。
〔註7〕　巴赫金：《在長遠時間裏》，載巴赫金《文本對話與人文》，第373頁。

鳥而以『千載不相違』暗寓人，此純言人而以『紛紛相與
還』復明及鳥。前鳥爲失群，孑然無與，此爲紛與還則偕
群矣。前之飛爲夜夜悲，此之還爲日夕佳。兩首相翻，詩
心最幻」。〔註8〕

再如《陶詩析義》卷一評《榮木》詩之章法（篇章結構兼情感變化）：

四章相互翻洗。初章憔悴悵念，若寄之人生，與夕喪
之晨革同脆，無可自仗，説得氣索；次首拈出貞脆由人，
有善有道，可仗俱在，不須念悵，説得氣起；三首安此日
富，有道不能依，有善不能敦，怛焉内疚，倍於悵矣，又
説得氣索；卒章痛自猛屬，脂車策驥，贖罪無聞，何疚之
有？又説得氣起。

對陶詩句法、字法的分析以《酬丁柴桑》「放歡一遇，既醉還休。實
欣心期，方從我遊」二句爲代表：

「放」字、「遇」字，奇甚。意有拘束，則我景中之情
不能往而迎物，情中之景不能來而接我，「放」之而可以相
「遇」矣。此既往迎，彼亦來接，適相湊合，遇之妙也。「還
休」與「一遇」相映。「一遇」已足以休，況其屢乎？「方
從」復與「還休」相映。由此不「休」，由此日「遇」，是
在善「放」。從「憂」説「放」，從「放」説「休」，從「休」
又再説「欣」，逐句轉換。

藝術史運動的軌迹往往表現爲不斷地使自身彙入現實潮流之中，給
自身注入新的思想和價值，使人們對既往藝術所持的觀點得到某種
意味深長的「修正」。進入現代中國之後，在社會、文化變革新思想
的影響下，借助現代社會思潮和文學觀念、批評方法，對陶淵明詩
文的闡釋呈現新的方向，陶淵明在新文化的視野中呈現出一種現代
面貌。胡適《新思潮的意義》談到新文化運動與新思潮時，説其「根
本意義只是一種新態度。這種態度得叫做『評判的態度』。」而尼採
「『重新估定一切價值』八個字便是評判的態度的最好解釋」；朱自
清也指出「這是一個重新估定價值的時代，對於一切傳統，我們要

〔註8〕黃文煥：《陶詩析義》卷三。

重新加以分析，用這時代的語言表現出來」;「批評陶詩，用的正是現代的語言，一鱗一爪，雖然不是全豹，表現著陶詩給予現代的我們的影像」。〔註9〕

　　梁啓超的啓蒙思想以塑造完整的現代人格爲目的，他試圖恢復陶淵明的眞性情、眞面目，對陶淵明的闡釋以發現人的情感和以活的情感介入爲特徵。「不共」與「眞」是梁啓超批評陶淵明的兩個基本維度，他認爲陶淵明淵明的人格有三點應當特別注意：第一，須知他是「一位極熱烈有豪氣的人」;第二，須知他是「一位纏綿悱惻最多情的人」;第三，須知他是「一位極嚴正——道德責任心極重的人」。〔註10〕梁啓超推許陶淵明的自然人生哲學，認爲他的人生觀可以「自然」二字概括，「愛自然的結果，當然是愛自由，淵明一生都是爲精神生活的自由而奮鬥……他覺得做別人的奴隸迴避還容易，自己甘心做自己的奴隸便永遠不能解放了」。〔註11〕梁啓超將陶淵明的「自然」與時代氣息頗濃的「自由」觀念聯繫起來，顯示了現代精神。這與梁啓超的「自由」觀密切相關，他將「自由」與「奴隸」（奴役、奴性)、「束縛」對言，所謂「自由」正是對「奴隸」、「束縛」的擺脫。他認爲中國數千年之腐敗皆自奴隸性而來，而國人的自立，則以根除奴隸性爲前提，自由可使人自知其本性，而不受制於他人。正是從此出發，梁啓超從陶淵明的「自然」發現了「自由」;他還認爲《桃花源記》是「唐以前第一篇小說，在文學史上算是極有價值的創作。……至於這篇文的內容，我想起他一個名叫東方的Utopia（烏托邦）。所描寫的是一個極自由極平等之愛的社會。荀子所謂『美善相樂』，唯此足以當之。桃源，後世竟變成縣名，小說力量之大，也無出其右者」。〔註12〕梁啓超視小說爲重要的啓蒙工具，

---

〔註9〕 朱自清《〈陶淵明批評〉序》，臺灣開明書店，1947年。
〔註10〕 梁啓超：《陶淵明之文藝及其品格》，梁啓超《陶淵明》，第7～12頁。
〔註11〕 梁啓超：《陶淵明之文藝及其品格》，梁啓超《陶淵明》，第 26～27頁。
〔註12〕 梁啓超：《陶淵明之文藝及其品格》，梁啓超《陶淵明》，第25頁。

強調小說具有支配人的「不可思議之力」，有發起國民政治思想，激勵愛國精神之功效，尤其提倡「政治小說」。「政治小說者，著者欲藉以吐露其所懷抱之政治思想也。其立論皆以中國爲主，事實全由於幻想」。〔註13〕《桃花源記》正合「政治小說」的標準，梁啓超本人曾擬作「政治小說」《新桃源》（又名《海外中國記》），可惜未能完成。

　　胡適對陶淵明的現代定位是文學革命旗幟下的「白話詩人」。胡適所言「白話文學」範圍很大，包括舊文學中那些「明白清楚近於說話的作品」，而「白話」包括三個意思：說得出、聽得懂；清白、不加粉飾；明白曉暢。白話文運動作爲促進中國文化從傳統走向現代的一種催化劑，包含著豐富的社會文化內容——以追求語言的現代性來促進新文化的建構——白話文是新文化運動者找到的一個可以兼及思想與文學革命的重要突破口。胡適《白話文學史》認爲：「在那詩體駢偶化的風氣最盛的時代裏竟會跳出一個白話詩人陶潛：這都足以證明那白話文學的生機是誰也不能長久壓抑下去的」。批評史上對陶淵明詩歌語言特徵的概括大致經歷了「田家語」的質直——純是「自然」、「平淡」——「自然」之外有「繩削」的過程。胡適作爲新文學運動的主將把陶淵明「誤讀」爲白話詩人，目的在於表達他們文學革命（改良）的主張。其《嘗試集自序》說：「……文學革命不是形式上的革命，決不是文言白話的問題……我們認定文字是文學的基礎，故文學革命的第一步就是文字問題的解決……先要做到文字體裁的大解放，才可以用新思想新精神的運輸品」。在白話文學運動的發起者看來「書面語言的變革不只是文學形式問題，它在強有力地動搖著傳統的文化——心理結構」。〔註14〕

　　朱光潛主張陶詩有諧境的「至性深情」，他認爲在中國詩人中陶

〔註13〕新小説報社：《中國唯一之文學報〈新小說〉》，陳平原、夏曉虹編《二十世紀中國小説理論資料》（第一卷），第44頁，北京大學出版社，1989年。
〔註14〕李澤厚：《中國現代思想史論》，第50～51頁，東方出版社，1987年。

淵明和杜甫乃是能於悲劇之中見詼諧者。諧是一種觀察人生世相的特殊眼光，與作家主體心靈的深度、複雜性相聯繫。「詩在有諧趣時，歡欣與哀怨往往並行不悖，詩人的本領就在能諧，能諧所以能在醜中見出美，在失意中見出安慰，在哀怨中見出歡欣，諧是人類拿來輕鬆緊張情境和解脫悲哀與困難的一種清瀉劑」﹝註15﹞1936 年底，朱光潛又提出陶詩的偉大在於靜穆，並將「靜穆」視為藝術的最高境界，「屈原、阮籍、李白、杜甫都不免有些像金剛怒目，憤憤不平的樣子。陶潛渾身是『靜穆』，所以他偉大」。﹝註16﹞「靜穆」說源於溫克爾曼《關於在繪畫和雕刻中摹仿希臘作品的一些意見》，他認為古代希臘藝術家所塑造的形象，在一切劇烈的情感中卻表現出一種偉大和平衡的心靈，因而希臘藝術是最高的美和藝術的典範。「希臘藝術傑作的一般優點在於高貴的單純和靜穆的偉大」；「希臘人的藝術形象表現出一個偉大的沉靜的靈魂，儘管這靈魂是處在激烈情感裏面；正如海面上儘管是驚濤駭浪，而海底的水還是寂靜的一樣」。﹝註17﹞僅從藝術分析的角度看，朱光潛的「靜穆」說的確把握住了陶詩的一個重要特徵——平靜但又極富感染力——靜穆又非冷漠無奇。

在中國現代思想史上，魯迅是真正深刻的，他在發掘古典傳統和現代心靈的驚人深度上。作為深沉銳敏的文學家和思想家，魯迅的思想充滿了愛憎強烈的情感色彩和活生生的現實氣息。發掘古典傳統的深度與思想的強烈現實氣息在魯迅的陶淵明闡釋中表現得十分明顯。魯迅批評朱光潛的「靜穆」說缺少大量作品分析的必要基礎，存在「選本」與「摘句」缺點。「倘要論文，最好是顧及全篇，並且顧及作者的全人，以及他所處的社會狀態，這才較為確鑿。要不然，是很容易近乎說夢的」。﹝註18﹞魯迅的批評揭示了歷來陶淵明研究的一

---

﹝註15﹞朱光潛：《詩論》，《朱光潛全集》，第 3 卷，第 30 頁。
﹝註16﹞朱光潛：《說「曲終人不見江上數峰清」——答夏丏尊先生》，《朱光潛全集》，第 8 卷，第 396 頁。
﹝註17﹞朱光潛《西方美學史》譯文，《朱光潛全集》，第 6 卷，第 332 頁。
﹝註18﹞魯迅：《且介亭雜文二集·「題未定」草七》，《魯迅全集》，第六卷，

個普遍缺陷：摘句式批評的片面性。「魯迅始終以解決現實問題作爲他的理論思考的歷史前提」，〔註 19〕他以爲陶淵明是「貌似曠達的老隱士」，格外推重陶淵明詩文中「金剛怒目」式的作品，這與當時社會生活和政治鬥爭的實際情況密切相關。魯迅曾怒斥「泰山崩，黃河溢，隱士目無見，耳無聞」。魯迅之所以嚴厲批評朱光潛的「靜穆」說，學術研究方法的缺陷是一方面，更爲重要的是「渾身都是靜穆」的不合時宜。魯迅對「金剛怒目」的激賞，不僅僅是出於對文本的發現（曾鞏、朱熹、龔自珍對陶淵明的「慷慨」、「豪放」曾有闡發），更多地是以自身的主體標準對陶淵明人格的重構。充分肯定閒適之外的「金剛怒目」式、「不平」是在人格維度上對陶淵明內在情緒的更深發掘。魯迅闡釋不是簡單的述古或釋古，而是「以一種『五四』時代所特有的現代意識融注其中，借古代以闡明現在。從中我們可以看到，那種反抗一切，重新估價一切，追求眞理，敢於反潮流，愛國進取，個性主義等等可以稱之爲『五四』時代精神的一些基本內容」。〔註 20〕魯迅扯下了歷來籠罩在陶淵明詩文上的溫情，將其拉出「農民文學家」的行列。「然而他有奴子。漢晉時候的奴子，是不但侍候主人，並且給主人種地，營商的，正是生財器具。所以雖是淵明先生，也還略略有些生財之道在，要不然，他老人家不但沒有酒喝，而且沒有飯吃，早已在東籬旁餓死了」。〔註 21〕魯迅嘲諷陶淵明那種充滿詩意的生活方式，具有其鮮明的現實指向性：據此否定林語堂、周作人等人提倡幽默小品文和吹捧隱士的主張。

　　經典是多種闡釋結果的同時共存，多種闡釋結果構成了一個豐富、完整的經典存在。《國語》卷十六《鄭語》稱「夫和實生物，同

　　第 444 頁。

〔註19〕汪暉：《反抗絕望——魯迅及其文學世界》，第 90 頁，河北教育出版社，2000 年。

〔註20〕朱曉進：《魯迅文學觀綜論》，第 152 頁，陕西人民教育出版社，1996 年。

〔註21〕魯迅：《且介亭雜文二集・隱士》，《魯迅全集》，第 6 卷，第 231～232 頁。

則不繼。……聲一無聽，物一無文，味一無果，物一不講」。和是五味之和、五聲之和，是眾多不同闡釋的共生共存與相輔相成：不同的闡釋方式和闡釋結果完善豐富了經典本身，當然任何闡釋亦可能都有其未完成性和相對性。

# 參考文獻

1. 湯漢注：《陶靖節先生詩》（宋刻本），中華書局，1987 年影印。

2. 黃文煥析義：《陶元亮詩》，汲古閣刻本。

3. 陶淵明撰，陶澍注：《陶靖節集注》，臺北，世界書局，1999 年。

4. 溫汝能：《陶詩彙評》，清嘉慶順德溫氏刻本。

5. 邱嘉穗評注：《東山草堂陶詩箋證》，光緒八年漢陽邱氏重刊本。

6. 方宗誠：《陶詩真詮》光緒桐城方氏志學堂刻本。

7. 鍾秀：《陶靖節紀事詩品》，清同治 13 年刻本。

8. 逯欽立校注：《陶淵明集》，中華書局，1979 年，。

9. 龔斌校箋：《陶淵明集校箋》，上海古籍出版社，1986 年。

10. 袁行霈箋注：《陶淵明集箋注》，中華書局，2003 年。

11. 司馬遷撰，裴駰集解，司馬貞等索隱：《史記》，中華書局，1982 年，第 2 版。

12. 班固著，顏師古注：《漢書》，中華書局，1962 年。

13. 沈約：《宋書》，中華書局，1974 年。

14. 房玄齡等：《晉書，》，中華書局，1974 年。

15. 劉昫：《舊唐書》中華書局，1975 年。

16. 歐陽修，宋祁：《新唐書》，中華書局，1975 年。

17. 司馬光：《資治通鑒》，中華書局，1956 年。

18. 脫脫等：《宋史》，中華書局，1974 年。

19. 劉勰著，范文瀾注：《文心雕龍注》，人民文學出版社，1962 年。

20. 蕭統選編，李善注：《文選》，上海古籍出版社，1986 年。

21. 劉義慶著，劉孝標注，余嘉錫箋疏：《世說新語箋疏》上海古籍出版社，1993 年。

22. 王績著，韓理洲點校：《王無功文集》，上海古籍出版社，1987 年。

23. 李白著，詹鍈主編：《李白全集校注彙釋集評》，百花文藝出版社，1996 年。

24. 杜甫著，仇兆鰲注：《杜詩詳注》，中華書局，1979 年。

25. 皎然著，李壯鷹校注：《詩式校注》，人民文學出版社，2003 年。

26. 孟浩然著，佟培基箋注：《孟浩然集箋注》，上海古籍出版社，2000 年。

27. 王維著，趙殿成箋注：《王祐丞集箋注》，上海古籍出版社，1984 年新 1 版。

28. 白居易著，朱金城校箋：《白居易集校箋》，上海古籍出版社，1988 年。

29. 韋應物著，陶敏等校注：《韋應物集校注》，上海古籍出版社，1998 年。

30. 蘇軾著，王文誥輯注，孔凡禮點校：《蘇軾詩集》，中華書局，1982 年。

31. 蘇軾著，孔凡禮點校：《蘇軾文集》，中華書局，1986 年。

32. 葛立方：《韻語陽秋》何文煥輯：《歷代詩話》本，中華書局，1981 年。

33. 周敦頤：《通書》，上海古籍出版社，1992 年。

34. 程顥、程頤著，王孝魚點校：《二程集》，中華書局，1981 年。

35. 朱熹：《朱子全書》，上海古籍出版社，安徽教育出版社，2002 年。

36. 朱熹：《詩集傳》，上海古籍出版社，1979 年。

37. 嚴羽著，郭紹虞校釋：《滄浪詩話校釋》，人民文學出版社，1983 年。

38. 眞德秀：《西山先生眞文忠公文集》：《四部叢刊》影印明正德刊本。

39. 羅大經撰，王瑞來點校：《鶴林玉露》，中華書局，1983 年。

40. 胡仔纂，廖德明校點：《苕溪漁隱叢話》，人民文學出版社，1981 年。

41. 計有功撰，王仲庸校箋：《唐詩紀事校箋》，巴蜀書社，1989 年。

42. 許學夷：《詩源辯體》，人民文學出版社，1987 年。

43. 鍾惺，譚元春：《古詩歸》，明萬曆 45 年刻本。

44. 劉熙載：《藝概》，上海古籍出版社，1978 年。

45. 方東樹著，汪紹楹校點：《昭昧詹言》，人民文學出版社，1984 年。

46. 沈德潛：《古詩源》，中華書局，1963 年。

47. 沈德潛選編：《唐詩別裁集》，上海古籍出版社，1979 年。

48. 王國維：《王國維文集》，北京燕山出版社，1997 年。

49. 彭定求等編：《全唐詩》，中華書局，1960 年。

50. 陳尚君輯校：《全唐詩補編》，中華書局，1992 年。

51. 梁啓超：《陶淵明》，上海商務印書館，1934 年再版。

52. 蕭望卿：《陶淵明批評》，臺灣，開明書店，1975 年。

53. 王國瓔：《古今隱逸詩人之宗》，允晨文化實業股份有限公司，1999 年。

54. 李劍鋒：《元前陶淵明接受史》，齊魯書社，2002 年。

55. 袁行霈：《陶淵明研究》，北京大學出版社，1997 年。

56. 高建新：《自然之子——陶淵明》，內蒙古大學出版社，2003 年。

57. 陳美利：《陶淵明探索》，臺北，文津出版社，1996 年。

58. 龔斌：《陶淵明傳論》，華東師範大學出版社，2001 年。

59. 宋丘龍：《蘇東坡和陶淵明詩之比較研究》，臺北，商務印書館，1980 年。

60. 戴建業：《澄明之境——陶淵明新論》，華中師範大學出版社，1998 年。

61. 《文學遺產》編輯部：《陶淵明討論集》，中華書局，1961 年。

62. 北大、北師大師生編：《陶淵明資料彙編》，中華書局，1962 年。

63. 北大中文系文學史教研室等：《陶淵明詩文匯評》，中華書局，1961 年。

64. 鍾優民：《陶淵明研究資料新編》，吉林教育出版社，2000 年。

65. 梁啓超：《梁啓超學術論著集》，華東師大出版社，1998 年。

66. 魯迅：《魯迅全集》，人民文學出版社，2005 年。

67. 童慶炳：《文體與文體的創造》，雲南人民出版社，1999 年。

68. 童慶炳：《中國古代文論的現代意義》，北京師範大學出版社，2001 年。

69. 王一川：《中國現代性體驗的發生》，北京師範大學出版社，2001 年。

70. 李春青：《宋學與宋代詩學觀念》北京師範大學出版社，2001 年。

71. 徐復觀：《中國藝術精神》，華東師範大學出版社，2001 年。

72. 徐復觀：《中國文學精神》，上海世紀出版集團，2005 年。

73. 劉師培：《中國中古文學史》，人民文學出版社，1959 年。

74. 湯用彤：《魏晉玄學論稿》，上海世紀出版集團，2005 年。

75. 宗白華：《藝境》，北京大學出版社，1999 年。

76. 李澤厚：《美學三書》，安徽文藝出版社，1999 年。

77. 錢鍾書：《談藝錄》（補訂本），中華書局，1984 年。

78. 錢鍾書：《管錐編》，中華書局，1979 年。

79. 朱光潛：《朱光潛全集》，安徽教育出版社，1987 年。

80. 王瑤：《中古文學史論》，北京大學出版社，1998 年。

81. 羅宗強：《玄學與魏晉士人心態》，天津教育出版社，2005 年。

82. 羅宗強：《魏晉南北朝文學思想史》，中華書局，1996 年。

83. 林庚：《唐詩綜論》，人民文學出版社，1987 年。

84. 陳寅恪：《金明館叢稿初編》，北京三聯書店，2001 年。

85. 逯欽立：《漢魏六朝文學論集》，陝西人民出版社，1984 年。

86. 葉嘉瑩：《迦陵論詩叢稿》，河北教育出版社，1997 年。

87. 葉嘉瑩：《陶淵明飲酒詩講錄》臺北，桂冠圖書股份公司，2002 年。

88. 郭紹虞：《中國歷代文論選》，上海古籍出版社，1980 年。

89. 郭紹虞：《照隅室古典文學論集》，上海古籍出版社 1983 年。

90. 袁行霈：《中國詩歌藝術研究》（增訂本），北京大學出版社 1987 年。

91. 聞一多：《唐詩雜論》，中華書局，2004 年。

92. 聞一多：《聞一多選唐詩》，嶽麓書社，1986 年。

93. 許總：《唐詩史》，江蘇教育出版社，1994 年。

94. 陳伯海主編：《唐詩彙評》，浙江教育出版社，1995 年。

95. 陶秋英：《宋金元文論選》，人民文學出版社，1984 年，。

96. 容肇祖：《魏晉的自然主義》，東方出版社，1996 年。

97. 孫明君：《漢魏文學與政治》，商務印書館，2003 年。

98. 余英時：《士與中國文化》，上海人民出版社，1987 年。

99. 葛曉音：《山水田園詩派研究》，遼寧大學出版社，1993 年。

100. 王國瓔：《中國山水詩研究》，臺灣徑聯出版事業公司，1986 年。

101. 伽達默爾：《眞理與方法》，上海譯文出版社，1992 年。

102. 伽達默爾：《哲學解釋學》，上海譯文出版社，2004 年。

103. 艾柯等：《詮釋與過度詮釋》，北京三聯書店，1997 年。

104. 伊澤爾：《閱讀行爲》，湖南文藝出版社，1991 年。

105. 瑙曼等：《作品‧文學史與讀者》，文化藝術社出版社，1997 年。

106. 保羅‧利科：《解釋學與人文科學》，河北人民出版社，1987 年。

107. 赫施：《解釋的有效性》，北京三聯書店，1991 年。

108. 堯斯，霍拉勃：《接受美學與接受理論》周寧等譯，遼寧人民出版 1987 年。

109. 耀斯：《審美經驗與文學解釋學》，上海譯文出版社，1997 年。

110. 卡西爾：《人論》，甘陽譯，上海譯文出版社 1985 年。。

111. 海德格爾：《詩‧語言‧思》，彭富春譯，文化藝術出版社，1991 年。

112. 布爾迪厄：《文化資本與社會煉金術》，包亞明譯，上海人民出版社，1997 年。

113. 巴赫金：《巴赫金全集》，河北教育出版社，1998 年。

114. 阿諾德‧豪塞爾：《藝術史的哲學》，中國社會科學出版社，1992 年。

115. 劉若愚：《中國詩學》，韓鐵椿，蔣小雯譯，長江文藝出版社，1991 年。

116. 艾略特：《艾略特文學論文集》，百花洲文藝出版社，1994 年。

117. 佛克馬，伊布思：《文學研究與文化參與》，北京大學出版社，1996 年。

118. E‧希爾斯：《論傳統》，上海人民出版社，1991，年。

119. 索爾‧克里普克：《命名與必然性》，上海譯文出版社，1988 年。

120. 童慶炳：《文學經典建構的内部要素》，天津社會科學，2005 年第 3 期。

121. 童慶炳：《〈紅樓夢〉、「紅學」與文學經典化問題》中國比較文學 2005 第 4 期。

122. 李春青：《文學經典面臨挑戰》，天津社會科學，2005 年第 3 期。

123. 陶東風：《大話文學與消費文化語境中經典的命運》，天津社會科學，2005 第 3 期。

124. 陳雪虎：《當代經典問題與多元視角》，天津社會科學，2005 年第 3 期。

125. 陳太勝：《文學經典與理論：變與不變的辯證》，天津社會科學，2005

年第 3 期。

126. 劉意青：《經典》：《外國文學》，2004 年第 2 期。

127. 袁行霈：《辛詞與陶詩》，文學遺產，1992 年第 1 期。

128. 程傑：《從陶杜的典範意義看宋詩的審美意識》，文學評論，1990 年第 2 期。

129. 張世英：《海德格爾的形而上學——兼析陶淵明的詩》，文史哲，1991 年第 2 期。

# 出版後記

　　文章千古事，得失寸心知。讀者面前的這本小書是我的博士畢業論文，它作爲我人生軌迹上的一段重要歷程，連接著許多人。感謝我的導師童慶炳教授！這篇論文自選題、開題、框架設計、內容撰寫直至最終定稿「完成」，都凝聚著先生的勞動。先生給我的學業指導拓展了我的眼界和思路，先生對我的肯定和鼓勵讓我對學術研究有了信心，而先生對我工作、生活的關心和幫助，更讓我心懷感激。感謝在病中爲我的論文出版作序，再次對我的研究工作表示首肯和期待。感謝文藝學研究中心各位老師：程正民教授、李壯鷹教授、王一川教授、李春青教授、蔣原倫教授、曹衛東教授等老師對論文寫作思路調整所給予的獨到建議與意見都讓我受益匪淺，有些最終也成了論文完善的重要內容。感謝我任教的三峽大學文學與傳媒學院，感謝學院領導、同事對我研究工作的支持和鼓勵！我所從事的工作幾乎不能給自己的家庭和親人帶來任何實質性的幫助，感謝他們對我一如既往的默默支持。感謝我的妻子！每當我茫然不知所措時，她的堅強和智慧總能給了我莫大的信心和寬慰。

　　感謝花木蘭文化出版社！它使我的畢業論文有機會呈現在大家面前，接受時間的檢驗。讀者看到的是 2007 年夏天論文答辯的本來面目，它代表的是我那時對這個問題的一些思考，本次出版只對個別

細小的差錯做了必要的修正。

感謝國家社科基金對我的研究工作的鼓勵和鞭策！2010 年，我非常幸運地以「陶淵明經典化研究」獲得了國家社科基金的資助。這一方面這表明我的選題方向具有學術價值，研究方法也科學可行。另一方面更促使我對這個問題做出更爲深刻、成熟、細緻的思考。我的國家課題是對博士畢業論文研究工作的延展和深化。

首先，從本質上來說，我的課題探討、研究的是陶淵明形象的歷史變遷和陶詩的效果歷史問題——陶淵明究竟是「誰的」陶淵明？在中國文化中，人們往往習慣於把自己心中的理想，賦予某個（或某些）具有典型性和代表性的歷史人物，並借助頌揚他們的感性形式表達出來。比如，堯、舜、禹、湯、文、武等便被定格爲理想社會的化身。後人對陶淵明其人其詩的闡釋、熱愛也是如此。從某種意義上講，從一開始進入史書便身份不甚明瞭的陶淵明確實是一個因時代或個人需要而「被發明」的經典，某種程度上甚至是一個文學史的「神話」。自蘇軾經王國維到朱光潛等人對於「見南山」有意無意的執著無一不是如此。陶淵明與中國傳統的人格理想和文學理想纏綿在一起，如「自然」、「境界」等重大人生和詩學問題。重新理解陶淵明、重新解讀陶詩意味著對中國傳統文學觀念、傳統研究方法的重新理解和審視。正是出於這樣的認識，我將原來博士論文研究思路做了一定程度的方向調整，將其修訂爲「被發明的文學經典」，從這個角度做進一步的研究可能會更有意義和價值。國家基金中「發明」的觀念與博士畢業論文中以「發現」爲主的思路有著巨大的區別。

其次，經典化研究大致有兩條可循的路徑，或者將其視爲單純的文學研究，或者謹愼地參以文化研究的方法和思路。當時做論文的時候，感覺到文化研究的一些見解無法落到實處，與其空說，不如不說。現在又研讀了大量的文獻，我對這個問題的理解也更加具體、深入了，感到這個課題可以從這個方面下一點功夫。比如：陶淵明在宋代

的經典化在博士論文中只是在「儒學復興」背景下做了論述。經過這幾年的思考，我認爲還可以進行更具體細緻的研究工作，即把陶淵明的經典化與宋初意識形態和政治倫理的重建結合起來：士風的重建其實是與統治者「重整綱常」現實相關的，而「重整綱常」恰恰需要特定的「示範性經典」。

蘇軾與陶淵明的經典化關係密切，而蘇軾崇尙陶淵明亦可從這個角度切入。在某種程度上，陶淵明是「被發明」的，是因蘇軾詩學理想建構的需要而「被發明」的，是一個詩學的「示範性經典」。最爲明顯的是，《飲酒‧其五》因蘇軾的需要而被改頭換面最終成爲中國文學史和文學理論的理想樣本和「學說的神話」。

第三，我的國家課題將突出陶淵明詩歌中的自我建構問題，即「陶淵明的自畫像」，探討的核心是陶淵明對自我形象的想像與建構，而這種自我形象的建構是與陶淵明形象的流傳歷史密切相關的。這方面的研究擬從三個方面來進行，詩的自傳與自傳的詩、歷史他者與陶淵明的自我建構、陶詩的自然意象與其自我建構。

在追溯陶淵明經典的源流中，在不知何時更叠的春秋輪換中，我有幸更加全面、準確地認識了自己——做學問、搞研究在某種程度上也是對自己的解讀和認知。

心遠地自偏，何處不田園？